许开祯 作品

楼顶 2

作家出版社

第一章

1

无边的黑。

她感觉透不过气，屋子里空气浓稠，黑暗一层层地压过来，压得她浑身瑟瑟，抖颤不止。她蜷缩在沙发上，身子一阵阵抽搐，心脏也在阵阵发紧。她的心脏不好，最近更是频频受到刺激，受不了。进门时她吞下一片药，刚才又挣扎着爬起，就着凉水再服下一粒救心丸。

八月的天很热，外面冒火一样，但是她感觉到冷。恐惧、紧张，时不时地还有一种窒息，心像要凝结起来，结成冰块。屋子里有床，但她不敢去卧室，不敢躺到床上。进门到现在，十几个小时过去了，她一直窝在沙发上，仿佛随时做着逃走的准备。可她没地方逃，真的没地方去，而且也没逃的必要。

她是逃出来的，借着曹亚雯他们协助于向东整治医闹的空，瞅准时机，就从急诊楼逃了出来。

她必须逃出来。

她不能再在病床上躺下去，真的不能。一想到病床上这些日子，她就想疯，真的要疯。急诊中心那间病房令她窒息，简直就像狭闭沉闷的囚房，而她则变成了一只被人捆住翅膀的病鸟，强行绑在病床上。楼道里发霉的空气、浓烈的来苏水味，以及病人身体发出的各种气味，都让她有一种塌陷的感觉，她觉得自己快要疯了。

她是一名护士，按说对这些早已不陌生。她也知道，医院每一位工作者，生命中都有这些不可分割的东西。他们身上，早已不是纯粹干净的自己，而是无法避免地混合着他人的气味。医护人员的健康，更是掺杂着病人的疾病与痛楚。

可她还是受不了。

更受不了的，是那个叫曹亚雯的女警官。

这女人狠啊，听着是个普通警察，人也年轻，但一来医院就盯上她，那么好看的一双眼睛，冒出来的却全是毒。漂亮秀气的一张脸，如果能让笑容染着，该是多么迷人。甭说男人，就是她这样的女人，面对那样一张干净素洁如春雨洗过如奶泡过的粉嘟嘟的美脸，也会动心呢。可曹亚雯脸上挂的是啥啊？死相，成天板着个脸，阴冷潮湿，冒着飕飕的寒，从进医院到现在，她就没在那张脸上看到过一次笑，尤其跟她面对的时候，曹亚雯的目光像是要把她吃掉，感觉跟抢了她男人似的，有无比的仇恨。

想到这，她的心又猛地紧缩了一下，发出尖锐的疼痛。哦，男人，她脑子里兀地冒出一张脸来。

所有的苦难都因他而起，所有的麻烦都缘于这个该死的人。现在她终于明白，自己错就错在放不下他，放不下那份早该夭折的爱情。

哦，爱情。

多年前那个下午，市政府办公大楼上，她跟林其彬的一切就该终结。那个叫成思维的女人，一巴掌扇碎了她的爱情，也扇醒了她。那天她没跟林其彬吵，也没跟那个叫成思维的女人闹，闹不过，这点她很清楚。人家是谁啊，当时的公安局长现在的副市长女儿，她是谁，一条可怜虫，一个还没生下来便被父亲遗弃的人。

她咬牙打掉了肚子里的孩子，跑到母亲那里狠狠地哭了一场，哭得母亲都有些心碎，生怕此劫中她缓不过劲儿，做出傻事。那时候母亲天天要跟她通几次电话，电话一旦接不通，立马就会瞎想起来，好像她随时都会殉情而去。为此母亲还找到乌梅，要乌梅照管好她。

那时她不在康复中心，也不在柳冰露手下，她跟乌梅在一起，肿瘤内科。

都说她撑不过那段黑暗期，乌梅也这么说。

　　但她撑了过来，她感觉那就是一个奇迹。这事激怒了她的生父，手握重权的赵纪光一怒之下，将林其彬从政府赶走，彻底终结了他的仕途。他的仕途当然该断，这是她当时的想法，本来他就是为她准备的，是赵纪光送给她的一份大礼，更是赵纪光向她赎罪的一个具体举措。可他不知珍惜，更不知天高地厚，认为这个世界上谁都可以背叛别人，可以玩脚踩两只船的游戏。结果呢，差点没把自己摔死。

　　摔死才好，她一边抱着报复的心理，非常痛苦地诅咒着他，一边加紧养伤，想让自己以全新的面貌出现在生活面前。

　　她养好了伤，这得感激赵纪光，当然也得感谢他。这事让她跟赵纪光的关系近了一步，以前从不跟赵纪光掏心窝子的她，开始向他诉苦了，其实她是没地方可诉。母亲那里是断断不可能的，会吓坏她。至于继父和弟弟孟非，更不能，她不能以弱者的姿态在他们面前出现，她是这个家的顶梁柱呢。

　　如果不是赵纪光，她很可能走不出那段感情，走不出那段痛。赵纪光说，忘掉他吧，为一个负心的男人不值。虽然这话从赵纪光嘴里说出来有点怪怪的，但她还是感到了温暖。人只有在受伤的时候，才能感觉出亲人的好，也只有在整个世界都呈现出冰冷无情的样子时，才能切实感受到家人的温暖。

　　赵纪光给了她温暖。

　　那时候赵纪光还在位子上，这个从她在娘胎里就把她狠心抛开的男人，似乎也意识到命运恩赐给他一次机会，开始疯狂地抓住这个机会，不择手段地对她好。赵纪光是这样一种男人，绝情起来比灭绝师太还狠，多么过的事对他来说都是小菜一碟，牙都不咬眼都不眨就做了出来，简直就是恶棍。一旦动用起情来，又那样的火热那样的细腻，能把整个世界都给你，说无微不至都嫌粗糙。以至于那段日子，她恍惚得都不敢相信，这人真是赵纪光吗？真的是曾经遗弃了她们母女的那个恶棍吗？

　　她在十岁前，压根不知道世界上还有一个人叫赵纪光，不知道这个叫赵纪光的男人还是她的生父。十岁以前的她，无知而懵懂，她只知道自己的家在庆河县城，在一个叫木船的巷子里。父亲叫孟瓷，庆河汽修厂的工人，弟弟叫孟非，一个非常调皮非常可爱的小男孩。有时她也会不明白，怎么弟弟姓孟，她却姓史？母亲会把她揽进怀里，让她的小脸儿紧贴在自己温软的胸膛上，一边抚摸她的脸一边说："蕾蕾傻啊，爸爸跟妈妈生了两个孩子，弟弟跟爸爸姓，叫孟非，蕾蕾是女儿，当然跟妈姓，这下明白了吧？"

"真是这样啊？"她仰起小下巴，傻傻地跟母亲说。

母亲一把将她揽得更紧，是啊，是啊，她会连着说上好几遍。

再到后来，大约是小学快要毕业了吧，她从巷子里那些碎嘴婆娘的脸上看到异样，也从她们的闲话里听到一些对自己不利的东西，又跑去问母亲："我真的是你从肚子里带到孟家的吗？"

母亲猛地抡起巴掌，从不打她甚至从不恶声冲她说一句话的母亲，那天居然将巴掌重重盖到了她小脸上。她疼啊，哭得呜里哇啦。比她哭得更凶的，是母亲。娘俩哭了一个下午，把太阳都哭没了，直到父亲回来。那个时候父亲孟瓷已经下岗了，汽修厂倒闭，上百号工人扫地出门，父亲暂时在一家私人汽修厂找了个修车的活干，常常要到天黑很久才回来。她看着父亲把母亲叫到另一个屋里，两人嘀嘀咕咕说了半天话，然后母亲走出来，脸上已经没有了泪。母亲没有抱她，一般说，这种时候母亲会抱住她，会连着叫她名字，然后说些爱她呀喜欢她呀的话。那天母亲没有，母亲走出来，在她面前站了站，像是在做着思想斗争，然后一把拉起她，将她拉到巷子口，又拉回来，然后又拉出去，又拉回来，就这样来来回回五六次。天已经很黑了，深深的巷子里像是藏满了秘密，又像是孕育着什么危机，有点瘆人。

那晚的空气真的很瘆人。

母亲最后一次拉她出来时，没往远走，就在门前，母亲突然跪下了，冲她跪下。

这动作吓着了她，她妈呀一声，双手捂住了眼睛。

母亲一直跪着，跪了好久，才把吓傻的她抓过去，揽在怀里。母亲那晚没多余的话，只问她一句："妈不许你问这个，永远不许，你答应不？"

她不知道永远是多长，但她只能答应，母亲说她不答应就不起来，她怎么敢让母亲跪巷子里不起来呀？

"妈，我答应，我再也不问。"

她真没再问。

没问不等于事情不发生。

终于，在她考上海州医专的第二年，赵纪光找来了。坐一辆小车，还带了一个秘书。不是林其彬，那个时候林其彬还没被赵纪光发现，秘书的名字她已不记得，只见过几面，感觉是一个非常忠诚的年轻人。忠诚是赵纪光选拔人才的首要条件，更是他培养年轻人的必须条件。她不知道怎么办，真的不知道。赵纪光请她吃饭，第一次什么也没说，只是一个劲地看着她，从头看到脚，再从脚看到头，看得她心里发毛，好想抓住边上秘书的手。第二次来时，赵纪光没坐小车，打车来的。那时候她并不知道赵纪光这种身份的人是不可以打车的，打车意味着事情非常神秘。她不懂，她对赵纪光的一切都不懂，但又没地方可问。她不能去问母亲，她答应过母亲，永远不再问她什么，那个时候她已经知道永远是个什么概念，就是一辈子不许问。也不敢问父亲孟瓷，因为赵纪光说，他才是她的父亲。

"都怪岁月啊。"赵纪光这样叹着。她想不通，关岁月什么事呢，如果人把一切过错都推给岁月，岁月能担得起？

"一晃，你都长这么大了。"赵纪光又叹。她更不明白，怎么是一晃长大的呢，她感觉长大的过程相当漫长，长得足以天荒地老，足以让庆河干掉。

再后来，赵纪光就不叹什么了，开始对她好。买衣服给她，带她吃各种好吃的。她呢，怀着非常矛盾的心情，有时不想去，不想也不敢接受他那么多好处。有时呢，又恨，觉得花他多少也是应该。她掌握一点，不管赵纪光对她咋样，她始终一个态度：对他冷。

她冷了赵纪光三年，直到毕业，赵纪光动用关系，将她分进银河医院，还特意强调要放在乌梅这样的专家手下。她还是冷。她以为赵纪光会烦她，会恨她。他都对她这么好了，她还是态度不变一下。非但不按他期盼的那样，叫他一声爸，甚至从来不称呼。来了，见面了，她嗯一声。告别时，赵纪光说那么多话，她照旧还是嗯一声，多一个字都不发出。

发不出。

可赵纪光没有。赵纪光真有耐心啊，如果这个世界上要找一个最有耐心的人，她一定推选赵纪光，天下怕是没有比他更具耐心的。他在她的冷里持续着一切，用一张笑脸和一双含着内疚与愧疚的目光，继续着对她的关心。

直到发现林其彬，直到赵纪光把她带到林其彬面前。

她记得赵纪光跟林其彬说过一句话："她是我这辈子最重要的一个人，也是我最对不住的一个人，我在竭尽全力地弥补，也希望你能帮我弥补。"就在林其彬兴奋得马上要表态时，赵纪光用一个手势制止住林其彬，继续道，"你可以说不喜欢她，就当今天这个面没见，如果喜欢了，就要用你全部的生命去爱。如果你胆敢玩弄她，胆敢给她带来痛苦，我会让你一辈子生不如死。"

天呀，哪有这样跟下属说话的，还未来女婿呢。可赵纪光说了，说完，抓过她的手，非常有仪式感地放到桌子上，也让林其彬把手放桌子上，然后说："现在你们两个当着我的面，如果对对方有感觉，就把对方手握住，如果没有感觉，就把自己手收回去。"

晕，他居然也懂感觉，一个老男人，竟然也说感觉这字眼，弄得跟真的似的。

她没把手收回，但也没向林其彬伸过去，她拿不定主意。刚见一次面，话还没超过五句，哪来的感觉呢？她在脑子里只是想到一些事，差不多都是赵纪光说的，他有不错的工作，如果跟她好，他会给他一个很好的未来，会成就他。那时她还不懂成就是什么意思，她想，应该跟能做出一番样子差不多吧。对应到林其彬身上，可能就是将来要当官，手中会有权力。

那个时候的她，已经很有几分懂权力了，都是赵纪光让她感受到的。她欺骗不了自己，年纪轻轻，又生长在木船巷那样一个环境，竟然对权力，有几分喜欢。

她承认，她是冲"权力"二字奔着林其彬去的。因为赵纪光替林其彬描绘出的未来，其实就等于是替她描绘出来的未来，她为什么要拒绝这么好的未来呢，尽管心底里她还恨着赵纪光，但她不能恨权力啊。

就连乌梅也说，一个有未来的男人，你还犹豫什么？

她便没犹豫，林其彬也没再犹豫，终于有一天，他们的手握在了一起。

她没想到，她会很快爱上他。爱这个字，就那么快地来到她面前。她有些措手不及，但更有些按捺不住。没交往多久，他们之间就不再是握手这样的正规礼，她把自己扒光，也把林其彬扒光，他们光着身子倒在了床上。

哦，床上。

到手太快的东西，往往毁得也快，灭亡更快。这是好久之后她才悟到的一个理。悟到这些时，她已经离爱情很远了，离林其彬也很远了。

跟林其彬分手后，她并没有马上迎来新的爱情。一来，这事伤着了赵纪光，不会马上再给她带来一位有前途的年轻人。按赵纪光的说法，这种人可遇不可求，他也是擦亮了一双眼在寻找，可难啊。赵纪光的叹声常常会在她耳边响起来。二来，她需要休养一阵子，伤得太重，需要疗伤需要重振精神。赵纪光也说不急。"总会有的。"赵纪光这么说。但这个时候，她对赵纪光已经有些厌烦了。她忽然觉得，爱情之所以失败，之所以要在政府大楼那间办公室受成思维的羞辱，问题还是出在赵纪光身上。如果赵纪光是她名正言顺的父亲，如果一开始她就生在赵纪光家，成思维敢吗？他林其彬敢吗？如果赵纪光不是以还债的方式给她送来一个男人，她的爱情能这么荒唐吗？

不可能!

她有长达两年的日子不理赵纪光。不管赵纪光用怎样的方式联系她，找她，答应给她多少好处，她都拒绝跟他见面。赵纪光甚至为此事求到乌梅头上，乌梅还信誓旦旦地跟赵纪光保证："放心吧，让她先度过这阵子，这阵劲儿一过去，我会还给您一个乖巧听话的女儿。"哦，赵纪光将她的身世告诉了乌梅，他曾答应过她不告诉任何人的，这又不是什么光彩事。可他还是告诉了乌梅。有那么一段时间，她甚至怀疑赵纪光跟乌梅不干净，但她没有深究。她不喜欢八卦，更不喜欢一双眼睛盯在赵纪光那些见不得人的事上，但对乌梅，却是真的有了看法，以前她很尊重乌梅，认为乌梅是自己的偶像，但从那时起，乌梅的形象就在她面前渐渐垮了下来。一个同流合污的女人！她这么给乌梅下定义。她的拒绝还有冷漠弄得乌梅都很不理解，乌梅说："怎么回事啊晓蕾，不是已经转好了吗，干吗要放着这么一个爹不认？"

"认，你让我怎么认？"她把愤怒撒在了乌梅头上。

乌梅毕竟是见过一些世面的，对她温柔地笑笑，说了一句特俗的话："你没见现在的女孩变着法子认干爹，从干爹那里拿好处吗？再怎么说，他也要比干爹强些，至少他不睡你。"

"呸！"她平生第一次吐了别人，其实是在吐自己。

乌梅依旧笑笑，并不计较她的无礼，仍然温情十足也低俗十足地说了一句："先不要呸，这个世界上最终要呸的，还是自己，不信走着瞧。"

为这话，她断然决定离开乌梅，别人都说乌梅这好那好，她发现乌梅并不怎么好。这女人外表看着雅，名医，专家，有事业心，医术精湛，对学问也是精益求精，似乎优点全集中到她身上。但她还是看到不少缺点，有些甚至很可怕。比如她对爱情不忠，跟一个叫章笑寒的企业老板经常幽会，还上床。上床这事千真万确，不是在酒店，是在医院，值夜班的时候，她撞见过。她推门进去的时候，两人还用着劲儿滚一起呢。那是她第一次目睹滚床单，一向在外人面前文静优雅的乌梅乌大夫，哪还有半点羞涩，简直像头发情的母牛，太像了。全身赤裸着，两只硕大的奶子像要被气吹破似的乱弹，姣美的身子跟章笑寒肥胖的肉体纠合在一起，朦胧的灯光下竟分不清哪是她的腿哪是他的胳膊，不过她还是听到了乌梅粗壮的叫声。哦，原谅她的用词不当，那声音真的一点不优美，她压根就想不出，平日说话温声细气还带着优雅旋律听起来非常悦耳的乌梅，叫起床来竟是那么的糟糕。没有美感。这是她的直觉，为此她还怀疑是不是找错了门，看错了人。结果发现不是，床上嗷嗷粗叫的真是她心目中的女神乌梅。

坦率地讲，乌梅形象之所以毁掉，完全归罪于那次误闯进医生办公室，归罪于乌梅极不优雅极不抒情的叫声。那叫声简单到让人恶心，能把一切美好的东西都毁掉。她站在那儿，站在离床不远的地方，脑子里一片空白，不知道撞见了什么，也不知道接下来该怎么办。倒是乌梅极为镇定，乌梅听到了她闯进来的声音，并没慌，甚至没立即停下来，又叫了一会儿，才把吃惊中的章笑寒推开。然后乌梅走下床。

对了，乌梅居然没急着穿衣服，光着身子下床，赤脚来到她面前。她看清了乌梅全部，包括右边乳房上那颗巨大的痣，紫色的，在夜晚的光芒下可怜地闪耀着。当时她真有一种冲动，想伸出手，掐那颗痣一下。但她没有，她被眼前的景象吓住了。

乌梅并没问她怎么会闯进来，门没锁好，责任在乌梅不在她，乌梅当然不可以怪罪她。夜里值班，护士有急事时可以找值班大夫，这是医院坚持了多年的规定，不能因为乌梅要跟男人幽会就把这规定取消掉，没这个可能。乌梅一双眼睛看着她，眼里还闪着潮润的光芒，还未尽兴呢，身体仍然处在极其兴奋中，两只漂亮的奶子立挺着，那对奶子真是傲人啊，有一种蔑视一切的高傲。后来她终于明白，那晚乌梅为什么不慌，为什么会那样镇定，很大程度上就是因为乌梅拥有那样一对胸器。

女人高傲的资本，根本不是后天形成了什么，而在于上帝一开始赋予她什么。相比之下，她对自己真有几分不自信。尽管以前，她对自己的身材也是非常的满意与自豪，可那晚，这股自豪感瞬间没了。

"你都看到了?"乌梅站了好长一会儿才说。

她不知道怎么回答,机械地站在那。这个时间床上的章笑寒已经在穿衣服,她当然不会无聊到去看这个老男人,一堆肥肉,要多恶心有多恶心,她实在想不明白,乌梅怎么愿意让这样一具肉体压在身上,或许乌梅叫得那样没品位,也是嫌弃这具肉体吧。

她这么想。

"没想到你连这事都能撞上,行啊晓蕾,该看的你也看了,如果没啥事,是不是该退场了?"

她真没想到乌梅会这样说,脸上一阵羞臊,好像她闯进来,是成心要看人家直播似的。可她对天发誓,真的不是这样。

她嗫嚅了一阵,竟然把11床需要紧急救治的事给忘了。转过身,打算从门里而不是窗户里逃出去。

"等等。"乌梅突然叫住了她。她疑讶了一声,收住步子,倒霉得很,转身的空,她又看到床上那个恶心的男人。不过他已基本穿好了衣服。一穿上衣服,又觉得他像个人了。

"这事只许看,不许讲,明白不?"乌梅看住她,见她持续发愣,乌梅伸出手来,摸了下她的脸。讨厌,乌梅的手刚干过那个,多脏啊。可她不能表示出嫌弃,人家是主任,是专家,是医院的红人,她只是个小护士。

"我相信我们的晓蕾不会说出去,把看见的都忘掉,明白不?"

晕,难道不忘掉还要永世地记着啊。她呵呵了一声,带着鄙视地也朝乌梅脸上看了看,然后大方地走了出来。

她跟乌梅的缘分就这样尽了,她才不乐意继续待在一个外表优雅内心却非常不干净的女人手下。她决计离开乌梅,离开肿瘤内科。她要到柳冰露身边去。那时还没有康复中心,柳冰露也没现在这样有名,只是外二科一名普通大夫。但她感觉柳冰露是一个有前途的大夫,而且她人好,跟她有缘。

她没去找赵纪光,她发誓以后再也不找赵纪光了,反正也没承认过他是父亲,更没像他期望的那样,叫过他一声父亲。她有点像厌恶乌梅一样持续厌恶着赵纪光。

她找了周泽晋，周泽晋当时是副院长。周泽晋应该知道她跟赵纪光的关系，这些人都是人精，对这种关系极为敏感，也极会利用。所以她刚提出来，周泽晋就兴奋地答应了。

如果按当时的想法一路走下去，她的人生不会是这样。窝在沙发上，她又非常懊恼地叹了一声。最近叹成了她的常态，跟怕一样，混合在一起，折磨着她。

但是没有，她的人生并没有按当时的想法走，而是迈向了另一条路。

罪魁祸首还是林其彬，他竟然二次找来了。

2

林其彬能再次出现到她生活中，这是一件很突兀也很匪夷所思的事。

她打内心里已经彻底清理干净了这个男人，就像用杀毒软件彻底清了盘一样。尽管时不时也能听到一些他的消息，比如他跟成思维怎么热火，怎么受到成卓然的赏识与喜爱，以准女婿的身份频频出入于成家。还比如他离开政府大院后并没像赵纪光诅咒的那样，立马成为一条可怜虫。而是出人意料地下海经商，创办了一家叫"华科"的对外贸易公司，听说经营得还风生水起，十分有起色。听到后来她心里或多或少也有一些难受，不难受真的不可能，但难受一下就过去了，并不会影响什么。人不能让过去拖着，更不能活在旧恨里。这是她从一本书上看到的，摘录下来当座右铭。她的日子也因为工作变动而呈现出新气象，虽然没有新的男人闯进她的生活，并不表明她被过去压住。事实上她之所以没很快进入新的恋情，不是没人找她，这个世界怎么可能没有新的目光发现她呢？失恋后她开展了一系列自救，包括美容美胸，她发誓要给自己打造出一对绝不逊色于乌梅那样的傲人双峰来，她觉得在专业上胜不过别人，就应该在其他方面去鼓舞自己。当然，没有及时投入到新的恋爱中，更主要的一个原因是家庭。

她的父亲，准确说是继父，那个叫孟瓷的男人突然病了。

孟瓷从汽修厂下岗后，先是在一家私人汽修厂干了一段时间，一年尚未干满，就被炒了鱿鱼。炒掉的原因不是他技术不行，他技术太行了，问题出在孟瓷不会漫天要价，不会坑人。这是一个老实得近乎木讷的男人，一生都坚守着一个品行，就是不做对不起别人的事。人家把车开进去，他试一试，就能准确找出毛病，这时候老板会把他叫进去，如此这般跟他叮嘱一番，意思就是让他多报点问题，多开价。但孟瓷做不到。这个在国有厂就存在许久的老毛病，现在又开始困扰他。他结巴半天，从老板那里出来，还是会如实向客户说出问题，并按常规报出维修价。老板一听就恼火了，大骂他不开窍，他也确实不开窍，屡次挨骂屡次学不会。简直跟他在家里的举止像极了。孟瓷在家里，那简直叫一个瓷。一闷棍打不出一个吭字，说啥他都认，都听。家里一应事儿都不做主，不敢做主，也不善于做主，全由她母亲来做。不过对母亲，对她，他那个瓷，可真叫人舒服。

一个从不对家人给冷脸子的男人，一个有多少苦多少难都稳稳地接住，不露出半点让家人担忧的男人，一个什么时候都首先想到家人的男人，一个除了挣钱不多其他近乎挑不出毛病的男人。一个对她比亲生父亲还要疼爱百倍的男人。

可这个男人现在病了。

离开那家逼着他虚报价格的私营厂后，孟瓷租了辆出租，在庆河县城跑出租。母亲没有工作，孟瓷又不让母亲去打工，不容许母亲沾手任何脏活累活，更不许母亲为了生计去给他人低眉顺眼，他要用一双手把这个家撑起来。为此他一天十多个小时跑，白天跑了晚上也跑，终于，他把自己跑趴下了。

起先他们都以为是小病，营养不良或者过于劳累，等送进医院，连着做了几天检查，一家人傻眼了。

父亲孟瓷患的是胃癌。

好人没有好报。那一刻起，她坚信了这句话。好在发现得早，医生说还来得及治。于是她紧急把父亲转到银河医院，开始是想让柳冰露做手术的，柳冰露说这不是她的专长，让她找乌梅。她怎么能找乌梅呢，笑话。她都有些日子没在医院看到乌梅了，就算看到，也不会再跟乌梅谦恭和热情。她忘不掉值班室那一幕，更忘不了粗野的叫声，一想起来她就打颤，觉得人世间最美好的东西都让那种粗野给毁了。当然，那晚看到的并不美好，乌梅也不美好。她怎么能让不美好的一个人给父亲手术呢，决不可以。尽管乌梅医术高明。

她的固执让柳冰露匪夷所思，柳冰露对她说过一句话："你这丫头怎么比我还固执啊，唉，固执害人，看来咱俩算是遇像了。"

她也觉得像，像极了。

不像的是柳冰露遇事比她有办法，她遇事就一股子急，没了章法的乱急，而且脾气特别地大，一身的坏脾气都能在瞬间甩出来，非但于事无补，反而能让事情变得越发地糟糕，越发地不可收拾。柳冰露不一样，她不急，同样一件事，发生在柳冰露身上，她会先把事情安安静静放在那里，设法让自己逃出来。逃出来才能看得清，这是柳冰露教她的，可她逃不出来。

得先把事情想清楚，权衡好利弊。柳冰露又说。

可怎么放怎么想啊，她实在不知道。柳冰露笑笑，抚了下她的头发。"你呀——"柳冰露笑一声，就又不说啥了，开始按她的步骤帮她想办法去了。柳冰露总是这样，遇到意见不合或是志向不投者，总是先去说服，说服不了，马上从其他渠道入手，直到找出解决问题的方法。

柳冰露总能找到办法，这点真是让她羡慕死。

柳冰露帮她推荐了一名医生，也是银河医院的专家，并亲自出面联系。接下来她就开始准备手术，这中间她遇见了一个问题：钱。

钱这个字，尽管以前也会时不时地跳到她面前，折磨她一下，但她从不觉得是个问题。之前她的生活也清贫，尤其小时候，那份清贫简直是难以想象的。但在母亲精心的打理和父亲孟瓷不分昼夜的劳作下，他们的生活总是能从钱的被动下扭转过来，很多度不过去的事，也总是在父母的全力围攻下度了过去。等到认识赵纪光后，钱对她来说就根本不是啥问题了。只要她想到钱，提都不用提，只要脑子里想一下，赵纪光马上心领神会地满足她。她跟赵纪光关系友好的那两年，她像是报复似的跟赵纪光提钱，赵纪光也像是报复似的满足她。总之，他们对钱的态度有些野蛮，钱对他们的态度更是野蛮，只要你需要，我就来砸你，砸得让你对很多事说不出话来。比如那两年，在赵纪光不断供给她钱的过程中，很多话她就不好跟赵纪光提。过去的伤，过去的痛，过去的不义，凡此种种，都被钱砸了下去。但赵纪光有个原则，一开始她听不惯原则两个字，认为纯粹胡扯，赵纪光强调多了，她也勉强承认那是原则，并且得照做，否则赵纪光就会按他说的断供。

这个人可是说得到做得到的，这点她已很清楚。虽然对她百依百顺，可真要把他惹恼，他还是能走掉的。

一个当年能把怀着孕的母亲赶走的男人，一个一旦惹恼了他马上能把人家前程仕途毁得干净的男人，什么事做不出呢？

赵纪光不许她把钱花向家里，不许花给除她之外的任何一个人，包括母亲史肖玉！

有次她拿着赵纪光的钱，给父亲孟瓷和母亲史肖玉买了几件衣服，还给身体不好的孟瓷买了一堆营养品。赵纪光以为是买给他的，真是还有几分小高兴，可把那堆营养品翻来翻去看了一遍，眉头就皱了起来，他认定不是买给他的，因为很多东西都不是他需要的。

"你买给谁?"

"当然是我父亲啊。"她带着报复，愉快地说。

不料话还没说完，赵纪光突然拿起那堆东西，推开窗子就扔了下去。

她扑过去："干吗呀你，这是我买的。"

"你是买给他，买给那个汽修工人?"赵纪光恶狠狠地问。

"他不是汽修工人，是我父亲!"她也被激怒，大声说。

"你父亲是我!"赵纪光猛地呵斥。

"想得美，凭什么呀?"她怒站在他面前，摆出一副讨伐的样子。

她以为她的这个姿势摆出来，赵纪光就会退缩，就会向她赔不是，然后掏出更多的钱让她完成心愿。错。赵纪光根本不可能这样。他猛地抓起桌上的包："我说过多少遍，这是我给你的钱，只许花在你一个人身上，可你敢冒犯我，敢拿我的话不当话。"

"就不当了，能咋？"她仍然没把事态想那么严重，脸上仍然是不屑的神情，以为赵纪光不会把她咋样。

没想到赵纪光冷冰冰丢下一句话："我是不允许一个汽修工人跟我抢女儿的，如果你执意这样，我会让他变得更惨。"

"你什么意思，疯了呀！"她感觉有些不妙，因为赵纪光脸上闪出一种熟悉的表情，那是跟他接触这段时间她观察到的，一旦这神情闪到脸上，就表示赵纪光开始酝酿报复了。这人报复起别人来，那可真叫一个狠，能将冒犯他的人连骨头带血地吞掉。他去医院看病，感冒，有个年轻护士给他屁股上打针，可能是紧张，扎了几次没扎上，他脸一黑，就把院长叫来了，认定护士是拿他做实验。院长还有科主任冲他赔了一堆情，他不罢休。当场发了一阵飙，大家以为没事了，结果回去后，马上就有人找来，愣是把人家小护士从医院开除了。

这样的事简直多到数不清。

"听着，这是最后一次，如果以后再让我发现，非但你得不到一分钱，那个汽修厂工人，我保证他连一份工都打不到，还有他那个儿子，也休想有学上。你看着办。"

说完，赵纪光走了。

她认为赵纪光不是在吓她。赵纪光从不吓别人，只要他嘴里说出的话，哪怕是气话，哪怕是有悖天理的话，事后都能一一落实。

她开始怕。她不明白赵纪光为什么那么恨她的家人，就算不让给孟瓷买，难道买给母亲也不行吗？那可是当年他的红颜知己，一口一个小宝贝的人。

后来她才知道，赵纪光不只是恨她家人，甚至有种让他们立刻死掉的欲望。在赵纪光看来，当年史肖玉带着她嫁给孟瓷，是对他最大的羞辱。来自汽修厂的修理工敢娶史肖玉，更是对他无比的嘲弄。他赵纪光是谁啊，动一下脚银河都要抖三抖的人，竟然会输给一个汽修厂工人。孟瓷想娶女人，可以跟他要，十个八个他都能给孟瓷。可孟瓷竟然敢胆大包天地碰他赵纪光睡过的女人，还敢把她公开娶进家里做老婆，这简直是拿整个庆河的水来淹死他。史肖玉竟然敢带着他的骨肉嫁给一个汽修厂工人，直接等于是拿全汽修厂的机油来污他的脸，让他在这个世界面前永世抬不起头来。

紧接着她又知道，父亲孟瓷所在的那个汽修厂，根本不是经营不善倒闭的，全因他一句话，必须关。几百号人因为一个孟瓷丢了饭碗。父亲孟瓷后来也不是被那个个体汽修老板炒掉鱿鱼的，是因为接到警告，想干，就立马开掉孟瓷。小小的个体老板，哪敢不听？

这人不只是狠啊，简直是大变态！

孟瓷做手术没钱，家里一分存款没有，为了供她上学，家里把所有钱都拿了出来。弟弟孟非当时正在上高中，生活费都成了问题。孟瓷租了辆出租车跑活，开始还好，两个月后交警就开始扣车，以各种理由刁难，挣的钱不够交罚款，起初他们不明白缘由，现在清楚了，都是赵纪光。

他要断掉这一家的活路呢。

找赵纪光要，笑话，他巴不得孟瓷此时一命呜呼呢。找医院财务借，副院长周泽晋赔着笑脸说，病床上躺的要是你，这钱医院一分不收，可病床上躺的不是你啊。她也清楚了，同样还是赵纪光。

有天柳冰露苦着脸说，答应好的那个专家突然有事，要到北京学习，手术他不能做了。她呵呵一笑，狗屁个北京学习，都他妈是赵纪光。她恨不得拿把刀子去找他，他怎么狠到连手术大夫都要干预？

柳冰露苦着脸说："行吧，找不到人，我来做。"

她简直要给柳冰露跪下了，柳冰露紧跟着又说："我知道你筹不到钱，你也不用筹了，这是卡，你拿去交费。"

柳冰露将自己的工资卡交到她手上。

天啊，柳冰露能顶着这么大的压力给父亲做手术已经让她感激涕零了，哪还能用柳冰露的钱？

这个时候林其彬出现了。

林其彬二次出现，完全是瞅准了时机。要说这也是一个有战略眼光的男人，不，是心机。她怎么净遇上有心机的人呢？她一直不明白这个问题，现在她明白了，是她，是她老用一种心机对付世界，结果世界给了她另一种心机。

当时她没的选择，只有接受林其彬的资助，父亲的病等不起，柳冰露也不让她等，柳冰露已经拿着卡找她很多次了。

当然，她也有些心安理得，以为林其彬欠她的，借这个机会偿还一下未尝不可。她又错了，她发现自己老错，老是看不清这个世界，当然，也老是自以为是，对不该接受的东西心安理得地接受。

这就让她的人生又滑向另一个泥坑。

3

救完父亲，她跟林其彬并没马上打得火热起来，她以为林其彬只是良心发现，在她最需要帮助的时候来帮助她。她还半真半假地说："借你的钱我会想办法还你，我很感激你，但我不想再欠你什么，你还是走吧。"

林其彬嘴上说走，但并没马上走开，而是默默地拿起病房里的暖水瓶，去开水房接开水了。

林其彬担负起了照顾孟瓷的责任。她还纳闷，他难道不怕那只小母虎啊，要是成思维追杀到医院来，那该多热闹？心里这么想着，并没果断地让林其彬走开。事实上林其彬也走不开，父亲孟瓷手术是做完了，柳冰露很开心地告诉她，手术非常成功，父亲的癌细胞并未扩散，只要术后康复得好，完全能闯过这一关。

这一关就是死亡。

但她高兴不起来。父亲术后需要专人陪护，医院一刻也离不开人，而她的假期已满，柳冰露这边倒没催她，但她不能不去上班。母亲身体虽然健康，但这是一个遇事只知道愁眉苦脸却很难坚强起来的女人，她是让父亲孟瓷给毁了，父亲孟瓷自从娶了她，就把家里家外的一切都扛起来，什么也不让她插手，什么也不往她肩上扛，让她误以为生活就是这样顺风顺水，把她养成了一个废人。弟弟又在高中关键时刻，母亲那点精力，除了给弟弟做饭，照顾他的生活，就真是不能再帮她什么了。她实在再找不到第二个人来照顾父亲，只能默许林其彬留下来。

终于有一个夜晚，应该是父亲出院的前一天，父亲在病床上睡着了，林其彬披了披她衣角，把她叫到外面。站在花坛前那棵老槐树底下，林其彬冲她说，他跟姓成的分手了。

她猛地一怔，感觉心的某个地方狠狠地响了一下，然后全身就进入一种很神秘的状态。这状态跟她对林其彬的仇恨有关，跟对那个姓成的女人的嫉恨也有关。这些年来，她嘴上一直说，早把这个男人忘了，早就不在乎他了，其实真正的状况是，她并没忘掉。当然，这并不是说还想复原跟他的关系，不，这个她考虑得很清楚，坚决不会。她只是忘不掉那份仇恨，放不下那段屈辱。所有的不在乎不过是用来麻痹自己的一种良药，现在药性过了，那种强烈的复仇欲竟又复活了。

"恭喜你啊，又可以换下一个了。"她没想到她会冲林其彬说出这样一句有水平的话来，林其彬大约也没想到，嘴唇动了几动，发出了蚊子般的声音："晓蕾，你别这么说。"

"别这么说，那让我怎么说，是不是让我马上扑向你，哭得泪流满面？是不是让我冲这花香四溢的天空大喊一声，我前男友又回来了?"

那晚的外科楼前的确花香很浓，花坛里五六种颜色的花竞相怒放，少有人走动的楼前小广场又摆放了不少盆花，医院好像要庆祝一个什么节日。

"晓蕾，真心对不起。"林其彬竟然跟她说起对不起来。她哈哈大笑，对着布满星星的天空，对着医院的天空，她大笑几声，然后说："林其彬，你以为你拿钱救了我父亲，我就能忘掉那些伤，就能忘掉被她羞辱过的那个下午，就能忘掉狠心打掉的那个孩子？做梦去吧，吹了？是被人家玩腻了吧！报应！你林其彬也有今天啊，那头小母虎对你不是很好吗？她不是你的小宝贝小心肝吗？现在去啊，再去把她叫来，让她在这里羞辱我。去啊，为什么不去？瞧你这哭丧相，莫不是人家不要你了，你的床空了，怀里也空了，才跑来找我，想在我肚子里再下一个孽种？"

她有点疯，那晚的她真的有点疯。她骂了什么，连她自己也不晓得。反正站在花坛前，站在花香下，她不停地骂，不停地诅咒，凡是能想得到的话，凡是脑子里有的脏字恶毒词，都甩了出来。她这才发现，她这人要是狠起来，也真有一手。她越发肯定，她是赵纪光的种了，赵纪光身上有的恶毒，有的尖刻，她原来也有。

林其彬被他骂成了一棵树。

她还不解恨，一拳捣过去，真的捣了一拳，照准捣在林其彬木讷的脸上。一股血喷出来，虽然是夜晚，借着小广场那根柱子上电灯泡微弱的光亮，她还是看到了血。林其彬的鼻子被她捣烂了，鼻血流出来。

"这一拳我早就想打你，可惜打得迟了。"说完，她猛地转身，往外科住院楼走去。

林其彬抹了把鼻子，追上来，一把拽住她："晓蕾你听我说。"

"放开我！"她猛地叫了一声。林其彬没松手，她又抡起胳膊，林其彬大约怕她把第二拳甩出去，松开了手。

"你走，马上从我眼前消失，永远也不要再出来。走啊！"她用尽全力，扯着嗓子吼了一声。有人闻声转过身来，远处两个巡夜的保安以为发生了什么事，腾腾腾地跑过来。林其彬一看架势不好，悻悻地走开了。

就这样，林其彬替她照顾了半个月父亲，在父亲即将出院的前一个晚上，她轰走了他。

听着脚步声走远，她停下来，停在离那棵老槐树不远处，一股子泪喷出来，那不是泪，是血。

保安走过来，问她怎么回事，她恶狠狠瞪了保安一眼，甩给保安一个字："滚!"

　　林其彬被成思维甩了的事实还是多少振奋了她，父亲被送回老家，她又有精力开始乱想一些事情。这段日子的她常常发呆，明明站在手术台前，要给柳冰露递手术刀递纱布，但就是递不了。脑子里完全是一些古怪离奇的事。她在想那头该死的猪跟姓成的小母虎发生过什么，两人在哪种地方亲热，他在姓成的身上撒着什么样的野？她从没发现自己有这么下流，会想如此肮脏如此不堪的内容。她还想他那个名叫"华科"的外贸公司什么时候彻底倒掉，让林其彬这头猪彻底被摔出世界舞台，按赵纪光说的就成一条丧家狗。不，变成一条流浪狗。

　　哦，她越来越发现，自己跟赵纪光像，太像了。

　　柳冰露明显察觉到她的变化，虽然不知道她为了什么，但是见她如此分神，还是不敢将她继续留在手术台，轻叹一声道："你最近心思不在工作上啊，这样下去会出事的。"

　　小护士安雪琪就是这个时候开始替代她的。

　　但她无所谓，她的全部心思都被那对猪拽住了，一天不拿出几个小时来想他们，心里就不舒服。想了更不舒服。

　　她终于知道，成思维之所以盯上他，并不是因为爱他。这头小母虎心里根本就没有爱。她一脚插进他们中间，破坏掉他长达几年的爱情，一是因为无聊，她太无聊了，有了成卓然罩着，根本不用在工作上用心，在单位该有的照样会有，升职涨工资，当业务经理，一样少不了。她的时间没地方打发，身体内旺盛的女性荷尔蒙无处排泄，必须要找一个男人。二来，成思维知道了她跟赵纪光的关系。

　　在此之前，她从不知道父辈的关系会影响到子女，更不知道子女会拿着父辈间的仇恨恣意妄行。她只知道，赵纪光对成卓然有提携之恩，成卓然却老是在后面给赵纪光搞小动作，有些小动作很阴很损，简直到了无耻的地步。他还瞒着赵纪光，跟赵纪光政界宿敌陆子铭走在了一起。所有这一切，都令赵纪光焦恐不已，愤怒不止。说这是一个恩将仇报的小人，一个两面三刀、阳奉阴违的人。

赵纪光不止一次在她面前提起成卓然，说没有他赵纪光，哪来成卓然的今天？成思维从她手中抢走林其彬后，赵纪光曾痴痴地望着天花板，看了将近一个小时，最后狠狠地将拳头擂到茶几上，嘴里喷出四个字：恩将仇报。她也通过一些事，感觉到成卓然的确对赵纪光不咋地，阴一套阳一套。其实他们这些人都这样，不只是成卓然，就连赵纪光也是。表面上对比他们职位高的又巴结又奉承，多么露骨的话都能讲出来，再大的礼也敢送，她还听到过向赵纪光送老婆的呢。当然她不会讲出来，赵纪光许多事，她都不会讲出来。她只听，有时觉得好玩，世界真是五颜六色的，压根不是她看到的那样。要想看清世界的真面目，用眼睛不行，眼睛看到的都是假的，虚饰过的。用心也不行，心会被很多东西麻痹。看世界得用棱镜，而他们往往只用平面镜。这话是赵纪光跟她讲的。赵纪光用怎样的手段都不能打动她，都不能化解掉她心里的仇恨，就叹："蕾儿啊，你看到的根本不是真的，你是用平面镜看我，只用你自己一个角度看。你要学会用棱镜，多个面去看，换着不同角度看，要看深看透。当你有一天这样看时，你就会发现，这个世界是多么的诡异多么的不可信，而我又是多么爱你，多么急切地想把你唤回身边。"赵纪光说这话时，会伸出手，试图将她的双手抓在掌心里。脸上也有了父亲的颜色，哦，真的是父亲的颜色。有时她也会心动，一向排斥他的心会突然生出一丝怜悯来，她能感觉到这个老人的寂寞与苍凉，也能感觉到他生命衰竭的速度。有那么一段时间，她突然感觉这个老男人可能不行了，就要离开世界的样子。怪不得他会那么急迫，那么情急地想将她揽进怀里。她也有点成全他的意思，可是一想赵纪光对她父亲孟瓷还有母亲史肖玉的态度，她的心又倏然冷下来。我不能让他得逞，不能。她奋力提醒自己，将快要伸给他的手断然收回，留给他一地的冰凉。赵纪光伸出来的那双手打着颤，使劲抖索着，脸上肌肉一层层收缩，开出一朵朵枯萎的花来。

"我老了，我终于发现我老了，之前我真是有对不住你们的地方，我没珍惜，没把你们当宝，我悔啊，我恨不得时间能倒回，回到那个美好的年代去。"他像祥林嫂那样又开始絮絮叨叨。

"美好?"她打断他，惊讶地盯住深陷在往事里的赵纪光。她被美好这个字眼弄糊涂了，从他闯进她的生活到现在，她从未发现美好，就算他大把大把给她花钱的时候，她也没发现美好，只觉得钱美好，只觉得权力美好，从未发现赵纪光美好。

"当然，我知道回不去了，一切晚矣，一切晚矣啊，也是上天对我的惩罚，报应，这就是报应。"赵纪光又开始叹，叹完，重腾腾地倒在了沙发上。她恶心地看他一眼，哦，恶心。她回击道："知道就好，给我一万块，我看中了一款包。"

赵纪光眼睛蓦地一睁，他大约不会想到，这种时候她仍然会跟他提钱。

赵纪光被她气个半死。

"除了钱，跟我难道一句话都没有?"赵纪光不甘心地又问。

"没有，半句也没，如果硬说有，那就是恶心，你很恶心，我自己也很恶心。我花你钱的时候，更恶心。"她说了句实话。真的，她花赵纪光钱的时候，确实觉得自己非常恶心。

是的，恶心。赵纪光未找到她以前，她眼里的世界是美好的，虽然孟瓷给她提供的生活是清贫的，充满拮据的，可那个世界里有许多美好，有亲情、有手足、有温暖、有爱。赵纪光这里有什么，虚伪、狡诈、算计、阴险、势利、狠毒、利用与被利用。他们的世界充满着这些，他们又乐此不疲地制造着这些，同时也享受着这些。

现在林其彬又让她恶心，成思维更让她恶心。一想成思维，她心头的火又上来了，她不会放过这个女人，成思维抢了她男友，当着那么多人羞辱她，成思维趾高气扬不可一世的样子她永远忘不了，成思维逼她打掉了一个孩子，成思维是杀人犯，是她这辈子永远的敌人!

哦，敌人。她喃喃叫了一声。开始筹划着怎么复仇。

复仇之心是老早就有的，她瞒不了自己。一个人怎么能把自己的耻辱忘掉呢，一个人怎么能轻易就将自己遭受的伤害放下呢，放不下的，她曾以为能放下，现在她明白，放不下。

她开始尝试着接纳林其彬，她给自己设计了一个目标，先从林其彬这里了解那个女人，了解她父亲成卓然。她隐隐感觉到，这女人和她父亲，还有那个章笑寒，以及陆子铭，是有许多见不得光的东西的。以前她对这些不理解，更不感兴趣。自从赵纪光闯进她的生活，耳濡目染的，她对这些开始感兴趣。而为了复仇，她更需要对这些有兴趣。尽管她还不知道，了解和掌握到这些后她能怎么办，是把情报提供给赵纪光，还是拿这些直接去跟他们讨价还价？她没想好，也想不好，但她有一个强烈的愿望，她得先把这些拿到手。

林其彬又来了。不可能不来。虽然她一次次骂他滚远点，能滚多远滚多远，可这个没志气的男人就是滚不远。父亲孟瓷送回庆河后，她的工作相对正常了一些，加上断了跟赵纪光的联系，她的业余时间一下宽松了起来。林其彬趁着这空，频频跟她接触。她先是摆出爱理不理的姿势，折磨了他一段时间。她要看看他的态度，判断他到底有没有耐心。这家伙还真有耐心，每次来都怯怯的，一副忏悔的样子。他也确实在忏悔。几乎每次来，都要先把自己检讨一番，说当初跟姓成的搞在一起，完全是姓成的迷惑了他。他要开公司，他要创业，要到银行贷款，结果认识了成思维。一开始成思维对他爱理不理，为一张贷款表，难为他好多次，后来章笑寒出面，她才对他态度好一点。

他终于提到了章笑寒。

她一直感觉章笑寒这个男人有故事，她觉得所有的故事都因这个男人而起。这不是说她有什么先见之明，而是赵纪光跟她在一起的时候，谈得最多的并不是成卓然，也不是他的宿敌陆子铭，而是章笑寒。她不但知道赵纪光跟章笑寒的宿怨，还知道当年海二药收购案。赵纪光可能真拿她当亲女儿看了，这个孤独的老男人可能有许多话没地方可讲，他们看似辉煌，身边人很多，但真要找个掏心窝子的，难。他们其实活得比她悲凉。所以每次见面，总免不了要把他那堆事翻腾出来。她也发现，赵纪光在讲述这些恩怨的时候，身体会慢慢平静下来。虽然讲得义愤填膺，但讲着讲着，人就自然了。每个人都需要倾诉，她需要，赵纪光同样需要。尤其一个行将就木的老男人，尤其一个即将退出历史舞台的老男人，这种心理就更甚。

她虽然不爱听，但赵纪光每次讲，章笑寒这个人，就像病毒一样传染到她身上了。

有次她跟林其彬说："甭老提你那些破事，不爱听，说说章笑寒吧。"

林其彬一下兴奋，大张着嘴巴："你真的想听？"

她怕露馅，装作不在乎地说："哪个想听，这些破事我一样也不爱听。"

林其彬眨巴了一下眼睛，不甘心地道："你要是想听，我讲给你。"

她顿了顿，极不耐烦地说："讲。"

林其彬就讲。

4

一切起于章三河。

怕是谁也想不到，章家跟赵家，算是世交呢。早在赵纪光父亲的时候，两家来往就很密切。赵纪光跟章三河，打小就是很要好的伙伴，两人一同上小学，上中学。中学毕业后赵纪光考入银河师范，只身来到银河读书，然后到庆河石岩村小学当教师，从教师一步步爬到后来的位子上。章三河则跟随父亲，南下学做生意。章三河的父亲是有名的药材商，生意不只是做到了云贵，内蒙古、新疆，甚至神秘的西藏，他都覆盖过。等到章三河创办三河药业时，两家的感情已经历了六十年岁月的洗礼，不只是别人认为他们两家关系深厚，就连他们自己也认为是世交了。

章三河曾经说过一句话，这辈子成也赵纪光败也赵纪光。

坦率地讲，章三河子承父业，能撑起三河药业这片天下，真没少了赵纪光的帮助。这个时候的赵纪光已经完成人生的仕途积累，仕途积累这话是赵纪光发明的，也是他作为一种自豪讲给章三河的。他从一名普通的小学教师做起，一步步走上仕途，并迅速在银河走红，其间真是经历了无数险情，按他的话说，险象环生，荆棘密布，稳扎稳打，步步为营。完全是凭借斗智斗勇一路闯过来的。章三河也不得不承认，在银河，真要找一个让他佩服的人，这人非赵纪光莫属。两人在相互欣赏相互切磋中更是找到了共同点，那就是不服输，要做就做个样子。三河药业一天天做大，赵纪光的仕途也越走越顺，真可谓相得益彰，交相辉映。但是好时光总是很短暂的，两人还没来得及赏够人生的风景，儿子们便大了，三河药业面临新的选择，章三河要在两个儿子间选一位接班人，他不是要彻底交权，但作为企业，尤其民营企业，他必须提前培养接班人。将自己辛苦打拼下的家业草率地交到儿子手上，弄不好再让儿子毁掉，那不是他章三河的做法。他得慎重，慎而又慎。

在两个儿子到底选谁的问题上，章三河几次征求过赵纪光意见。他两个儿子，赵纪光不能说不熟，某种程度比自己的儿子还熟悉。赵纪光在一番深思熟虑后说："你两个儿子，一个太过沉闷，论专业论学问论人品，没说的。"这是指长子章笑风。"但要让他来接掌这样庞大的家业，怕是不妥。"赵纪光用词还是极为慎重，可见他也是费心费力帮对方认真思考的。接着他说："老大做做帮手可以，把整个企业交给他，让人不放心，他不适应这个时代。按照他的个性做下去，企业怕是维持不了三年。"

这是他对老大章笑风的评价。

到了老二章笑寒，他说："笑寒嘛，性子是野了点，做派有点像你。"他笑眯眯地说，此话说得让章三河脸红，不过他又补充一句，算是为章三河解除尴尬，"你的儿子嘛，当然像你。"

"笑寒野心太大，路子比你更野，交给他，风险是大了不少，弄不好会犯冒进的错误。但他的强项是敢剑走偏锋，敢出其不意。这小子猛啊，个别时候有点像我。"他呵呵笑了几声，下结论道，"当然，要我说，还是交给笑寒好，时代不就这样的吗？墨守成规是没有出息的，哪个敢博哪个才能赢。不过你得好好带。"最后他又补充了一句。

应该说，章三河还是听了他的，尽管中间还发生这样那样的故事，但总体，章三河还是以赵纪光的判断为准，将重点培养对象放在了次子章笑寒身上，对老大章笑风，则采取了步步疏离的策略。

赵纪光后来叹，不是章三河给他树了敌，这个敌人是他自己树的，如果当初建议章三河把三河药业交老大章笑风手上，那就容易多了。

变故其实来自自己的儿子赵岩身上。

章三河将狼一样的目光扫在两个儿子身上的时候，赵纪光那双鹰眼，也在自己儿子身上转来转去。他曾把厚望寄托在赵实身上，希望儿子赵实能按他设计的路线走出一条跟他一样结实风光的路来，可这个儿子太令他失望，赵实不只是缺乏野心更缺乏胆量，赵实一路走得胆小谨慎，既缺少力量也毫无创意，一点让人心血沸腾的东西都没有，结果不到三十岁就让人看到老气横秋了无生气的未来。赵纪光心碎了，知道这是一个扶不起的阿斗。在赵实身上付出多少心血都是闲的，根本不顶用。赵纪光只好把希望又挪到赵岩这里。对赵岩，赵纪光真是寄予了非同一般的希望。赵岩身上有他的影子，血性十足，敢想敢闯，尤其是不怕事不甘现状的样子，像极了他。赵纪光为此心花怒放，心想怎么也要把这个儿子扶到仕途上。在仕途上已经尝到不少甜头的赵纪光自然知道，男人这一生，做什么都不如走仕途。权力，只有权力才能满足你的一切实现你的一切，同时也证明你的一切。章三河企业做那么大，有什么用呢，见了他，还不得毕恭毕敬，还不得俯首帖耳。权力为王，赵纪光很早就把这四个字送给了儿子赵岩。

赵岩一开始被安排在银河税务局，按赵纪光的设计，先在税务局打点底，把起步这个阶段走好，该解决的问题提前解决好，比如各种先进啊、后备人才库啊、第三梯队啊，等等，然后到县里锻炼一下，镀镀金，从基层做起，先在基层干几年，夯实经验，铺下一点人脉，然后再到市里，只要基层这一步走好，以后的路就会顺许多。

赵岩起先干得很卖劲，也饶有兴致，大约有那么两三年吧，就在赵纪光暗暗高兴时，赵岩的兴致突然变了，不想在税务系统干，他想到公安系统。他跟赵纪光说，如果让他穿一身警服，腰间再来支枪，那该多威风啊。"爸，我觉得从公安干起好，权力很实在，接触的人更多，爸你想一下，哪个人不犯点事呢，尤其领导子女。如果让我从公安干，等于是提前跟领导交手，卖他们人情。"

"错！"赵纪光大叫一声，他压根没想到儿子会生出这样的想法，儿子把公安看得太简单了。公安是什么，是非丛生的地方。且不说生命安全，单就一个仕途安全，你能保证得了？犯事的人是多，其中也不乏领导子女，可正是这样，才充满了风险，稍有不慎，你的一生就被毁掉。比如说领导子女犯事，你查不查，怎么查，这都是学问。有些事件出来了，你平不平息，不平息，有人说你办事不力，没把事态控制住。平息了，有人说你方向把握得不对，要么太高调要么没考虑方方面面的因素，这个方方面面，牵扯太多，根本不是年轻的赵岩能悟透的。赵纪光坚决不同意赵岩去穿警服，再说穿警服有啥前途，说穿了只是工具，真正的权力部门，不是靠腰间的枪来证明自己的。是靠一支笔，靠一张嘴。别人说了不算，你说了就是真理，这便是权力。别人写多少都是汇报，你只需两个字：同意。这事就要坚决实施。这才是权力。

他把这些很有耐心地讲给赵岩，赵岩跟赵实最大的不同，就是能听懂。听懂好，听懂就意味着有希望。赵纪光重新又对赵岩燃起了希望。可就在打算派赵岩到庆河担任税务分局局长时，出事了。

事情出在一个叫晏小语的女子身上，这女子赵纪光见过，清清秀秀一张脸，弱不禁风一个人。工作三年了，看上去还像个女中学生。赵纪光对这种女人没啥兴趣，就一个骨架子，灵秀是灵秀，但也太过空灵了，提不起男人一点胃口。可他万万没想到，赵岩把这个晏小语睡了。

晏小语腆着个大肚子找到他办公室时，她跟赵岩的关系已有半年之多，高高隆起的肚子便是证明。晏小语进来，扶着沙发坐下，说先给我一杯水。赵纪光不明就里，一看一个长着娃娃脸的女子腆那么高肚子，就知不是什么好事，一定是被哪个衣冠禽兽给祸害了。他让秘书给晏小语倒一杯水，晏小语说不用秘书，就让他赵纪光倒。赵纪光一听不妙，知道有名堂了，给秘书递个眼色，打发走了秘书，亲自倒一杯水，小心翼翼端过去，还没送到晏小语手上，先满含关切地问："怎么回事？"

晏小语回答得很平静："还能怎么回事啊，让你儿子睡了。"

"啊？"赵纪光手里杯子当一声落地，水漫了开来，湿了他的鞋脚。

"不慌，你老先别慌，重新倒杯水给我吧，看你笨手笨脚的，你儿子可不像你这样，他沉着得很呢。"

赵纪光的心怦怦乱跳，瞬间意识到儿子遇大事了，仕途很可能走不通了。经验，这都是经验。这个女人早不来晚不来，单在这个时候找上门，绝不只是被儿子睡了这么简单。

果然，等他倒了水，赔着笑脸递给女子。女子呷了一小口，折腾他似的说嫌烫，先放一会儿吧。这中间就有人打进电话，说他儿子赵岩出了另一件事。他利用税务稽查员身份，为一家民企做假账，两年累计偷税高达五百多万元，经查实，将近三百万元他揣进了自己腰包。

赵纪光扔了电话，屁股腾一声，瘫坐在椅子上。

比起女子怀孕来，电话里讲的这事要大得多。两件事同一时间涌来，立马让赵纪光想到了一个字：局。仕途中人，对这个字的理解要比常人深刻得多。这个字蕴含的力量，也比其他字大得多。赵纪光身上的汗下来了，头发瞬间湿了，虚脱一般。坐在沙发上的晏小语关切地问："你没事吧？"

赵纪光一下怒了，冲腆着大肚子的晏小语吼出一句："滚！"

他的确把晏小语骂得滚了出去。被人搞大肚子找我做什么，难道是我赵纪光搞大了你肚子？

他骂得有道理。晏小语一声不吭走了。

赵纪光锁上门，迅速为儿子想对策。

他先想后面这事，偷税且贪污税款之事。这事放在赵岩身上，要比搞大女人肚子要命得多。依他对儿子的了解，儿子做这些事应该是比较隐秘的，他不会大张旗鼓去做。一件当事人做得很隐秘的事突然被曝出来，原因只有一个。有人盯儿子的梢，给他儿子挖坑。赵纪光脑子里立马冒出陆子铭那张阴险的脸来。陆子铭儿子当时在税务局担任副局长。那时陆子铭职务要比赵纪光高一些，手里实权也大一点。

"栽了，彻底栽了。"想到这层，赵纪光悲凉地叹出一声。

当天晚上，他把儿子怒叫到家中，关上房门，质问儿子到底怎么回事。赵岩显得漫不经心，好像什么事也没有一样。赵纪光连问几声，赵岩才慢条斯理说："不明白你问的哪件？"

"一件一件说，先说偷税的事。"

"大家都在做，怪只怪我运气不好。"儿子回答得极其轻淡。赵纪光不再问下去，知道儿子说了实话。这个世界上很多事其实大家都在做，比如帮企业偷税，比如从企业手里拿好处，还比如睡女人，哪个没在做？权力其实就是做这些的，要不人们对权力那么垂涎干吗？问题是光做不被发现，你就依然是满身光彩的人，依然可以堂而皇之地做下去，而且做得比以前大。可一旦你被发现，被查出，完全就是另一码事了。

倒霉，运气不好，很多事只能这么理解。

他有点同情地看着儿子，问儿子打算怎么办？儿子想了想说，还能咋办，不是有你吗，你不会这点事也摆不平吧？

儿子把皮球踢给了他。这不怪儿子，像他这样的家庭，本来就是这样运转的，儿子只是说了句大实话。"好吧。"他再次悲凉地叹了一声，绕过这话题，问另一件事。

"那个晏小语呢，你咋搞的，肚子那么大难道看不出来？"

"看出来能咋？"儿子反问一句，竟把他给问结舌了。

"你——"他有些怒其不争地怨了一声。然后又放缓口气问："说吧，这事打算咋解决？"

儿子没急着回答，想了一会儿，突然问出一句让他哭笑不得的话："爸，你觉得这女人咋样？"

赵纪光身子猛地一震，清楚儿子问这话的缘由。事实上晏小语找到他办公室时，同样的想法也在他脑子里盘旋过，可仅仅只是盘旋了一下，马上就让他轰走了。

男人遇上这种事一般有两个办法，一是快刀斩乱麻，从新人身上入手，给钱消灾，让女人打掉肚子里的孩子，然后赔一堆好话软话，先渡过这个劫再说。另一个，就是破釜沉舟，跟原配离婚，娶了这女人。

万万离不得。儿子赵岩已经成婚，老婆范欣然也有孕在身。离不得的关键原因不是范欣然比晏小语好多少，当然要好一点，这个晏小语，看着弱不禁风，可她腆着肚子坦然地来找赵纪光，就证明绝不是一盏省油的灯，花灯，妖灯，而他赵纪光家是绝不许这样一个女人进门的。赵纪光不让儿子动第二个脑子，症结还在儿媳妇范欣然身上。这个女人只要娶进赵家门，就再也不能离开，否则会出大乱子。

范欣然的父亲是海东统战对象，有着多重身份并在知识界威望很高，此人是一位民法专家，是海东大学校长，副部级。在海东当时的影响力远远胜过他赵纪光，可以说，儿子赵岩娶范欣然，算是高攀。不只是儿子赵岩，就连赵纪光自己，很多事还得靠这位亲家。亲家的父亲更是了不得。范欣然的爷爷是国民党前高官，后来去了美国，成了非常爱国的一位美籍华人。前些年范欣然爷爷回国，可是一件大新闻，中央领导都要陪呢。首长岳南谈起这位老人，都肃然起敬。这婚是断断离不得的，见儿子想要花招，赵纪光猛然黑下脸，郑重其事跟儿子讲了婚姻在一个人仕途中的重要性，还拿他自身当反面教材，说他就是因离婚再娶，才弄得自己很狼狈，走了许多弯路。这话让赵岩很不高兴，但赵岩大难当头，也不敢对他说什么，只能点头同意，说自己也没有离婚再娶的意思，就算娶，也轮不到这个晏小语，她算老几啊，破鞋一双。

儿子这句话让赵纪光吃了定心丸，只要儿子不离，就有办法解决。

接下来他给儿子出主意，如何对付那个骨感女人。儿子说老爸不用，你那套早已过时，这事还是交给我吧，我保证会让她乖乖走掉。

赵纪光半信半疑，儿子其他本事他见过，这方面还是头一遭，他有点不放心地叮嘱道："不管怎么，得把肚子里的孩子拿掉。"

"不拿！"儿子响当当地回应他一句。

"哦?"赵纪光让儿子的斩钉截铁怔住了。

"爸你压根不用操心她肚子,我倒要看看,她能拿我怎么着?"

儿子说完就走了,一点惧怕的意思都没。这让赵纪光欣慰,儿子这点上真有他的气概。

后来的事实证明,处理男女关系方面,儿子比他狠,也比他绝情。赵岩果然没逼着骨感女人晏小语打掉肚子里的孩子,既没给钱也没给软话,甚至好看的脸色都没给一个。赵岩采取跟他完全不同的战略,冷绝,不闻不问,装作跟自己毫无关系一样。晏小语后来又腆着大肚子找到纪委那边,企图靠纪委来施压,纪委也确实把赵岩叫去了。当着纪委几位领导的面,赵岩不慌不忙,走过去抚了晏小语隆起的肚子一把,拍了拍,笑着说:"小家伙摸起来还挺健康啊,可别生下跛了一只足。"

就这么一句,便把晏小语彻底击落在那里。据事后人们说,晏小语到纪委时气焰非常嚣张,一口一个让赵岩负责,如果不负责,就把孩子生在市委楼上。可赵岩此话一出,晏小语小脸一下白了,苍白,彻底地白。大张着嘴巴,想冲赵岩说句什么,赵岩却扔下她远去了。临走莫忘跟纪委几位领导说:"一定要她生下啊,生下你们纪委就能查清怎么回事了。"

弄得纪委的人也面面相觑,搞不清这里面还藏着什么。

后来人们才知道,表面清秀看着像个女中学生的晏小语,其实是用表象迷惑了大家。她不只跟赵岩有这层关系,跟举报了赵岩的副局长也就是陆子铭的儿子同样有一腿,赵岩也知道这事,他只是觉得这样好玩,刺激,才从来不揭穿晏小语。让晏小语从他这边下来再回到陆子铭儿子那边去。当然,现在赵岩不能再装沉默了,但他还是没把话说透,算是替晏小语留了一些面子。陆子铭的儿子腿脚有些不好使,一条腿有点小残疾,走路跛着,怕是晏小语自己,都不敢肯定肚子里的孽种究竟是哪个的。

晏小语乖乖打掉了肚子里的儿子。

也因为这事,赵岩为企业瞒税且收受贿赂的事不了了之。

世间的事就这么离奇，不怕别人抓住你的把柄，就怕你没有还击。如果还击得准，对方照样会向你缴械。

这事最终是陆子铭出面摆平的。

不过出了这样的事，赵岩再走仕途，断断不可能了。这很令赵纪光悲观，但他也看得比赵岩清。走仕途怕什么？就怕污点，人一旦背上污点，会跟你一辈子，不管走到哪，不管走多远，污点总能把你拉回原处。有天他把赵岩叫去，悲哀至极地说："你把自己毁了，这条道你算是走不通了，早点想办法吧。"

赵岩当然懂。事实上连着出了两样事，赵岩从政的兴头算是彻底打掉了。什么鬼地方，既不能睡女人又不能拿钱，那我还要权力做什么，不要了。

赵岩有天夜里找到赵纪光，说："爸，我想通了，这条路不走了，你不是跟章三河关系非常亲密吗？你把我弄出去，在他三河药业里弄个副总干干。"

这话差点没把赵纪光气死。

他赵纪光多大的野心多高的志向啊，轮到儿子们身上，咋都一个个不争气呢？就算仕途走不下去，就算要创业，那也得自己甩开膀子干，怎么就只能想到别人的公司里去干个副总呢，太让人失望了，不，绝望。

赵纪光歇斯底里冲儿子发泄一通，然后又平静地说："你要真有干企业的信心，就去自己选个行业，从零做起，做给爸看。"

儿子没让他失望，考察半年后，终于决定要创办海天药业。这个决定让赵纪光既喜又惊。喜的是，儿子总算没让他彻底灰心，关键时候又挺了起来。惊的是儿子竟然跟章三河选择了同一行业，看来，他是要跟章三河拼一拼了。

后来赵纪光才知道，儿子盯着章三河，盯着三河药业已不是一天两天了。

也好。赵纪光这么跟自己说。

第二章

1

海天药业一经创办，迅速在海东掀起一股旋风。赵纪光欣喜地发现，儿子赵岩原来是一块经商的料。虽然赵岩以两件不光彩的事终结自己的仕途生涯令赵纪光感伤连连，常常在夜深人静时发出喟叹，两个老婆替他生了三个儿子，却没一个能子承父业，赵家的光辉将终结在他手里。他们这些人，哪一个不盼着权力能像遗产一样传递给儿子，一代代传下去，让他们世世代代活在权力的荫庇下。但是看到海天一天天茁壮成长，成为银河乃至海东企业界一颗耀眼的新星，他心里还是很快乐很享受的。虽然财富没有权力那么令人享受，但毕竟赵岩也抓住了一样东西，不像大儿子赵实，一生窝囊，平淡到令人反胃。

赵纪光跟章三河的关系微妙起来。虽然章三河也像以前那样来看他，来了也会跟他热情地谈上一阵，跟他讲讲企业经营的难处，讲讲自己的儿子章笑寒和章笑风，但赵纪光觉得，他们再也回不到以前。以前他们是亲密无间的，章三河的事就是他赵纪光的事，章三河有什么困难，等于他有什么困难。什么人跟章三河过不去，就等于是跟他赵纪光过不去。但现在，这种感觉全没了。相反，章三河谈的这些令赵纪光反感，什么他儿子章笑寒多么能干，又谈成了几个项目，引来了多少资金，打开了多少市场，三河药业本季度又研发出什么新产品，实现效益多少，这些往日听起来极亲密极熟悉的话题，突然陌生起来。不只陌生，还有点令他嫉妒，令他不安。他看章三寒的目光，也变得复杂，不像以前那么清澈，更不可能像以前那么友好。不管章三河谈多少，也不管章三河重新引出什么话题，他都报以冷笑，真的是冷笑。包括以前他们每次都要谈的女人，现在他也变得没了兴趣，不是对女人这话题没了兴趣，而是再也不会跟章三河谈女人。

他心里有了一道红线。

他知道，这红线是为儿子赵岩拉的。

以前章三河领着陌生而新鲜的女人来，他总是会幽默连连，笑声不断，直到把女人逗得花枝乱颤，最后心照不宣而又热火朝天地去跟女人完成必须完成的那项使命。现在不一样了，不管章三河带着怎样的女人来，他看了都恶心，都觉得这女人就是晏小语那样的贱货，是危险品。他变得警惕，变得正经，他会一本正经跟章三河说："带回去吧，以后不要搞这套，不好。"

章三河自然感觉到了这种变化，往他这里来的步子开始慢下来。

此后赵纪光听到一件事，章三河开始接近陆子铭，已经跟陆子铭的儿子打得火热了。

"好!"他这样说了一声。

这只是开始，只是一种隐秘的感觉。

真正的危机到来，是因海二药的改制与收购。

章三河盯上海二药已经很久了。海东有两个大的制药企业，海一药和海二药，它们都在银河。后来省里简政放权，将海一药和海二药下放到银河，由省管变成了市管。海一药资历要老一点，建厂时间比二药要早得多，对海东的贡献也要比海二药大得多。海二药其实是海一药的二期工程，建成投产后省里觉得摊子太大，就把它分开了。海二药虽然建厂时间短，但生命力极强，由于没有老本可吃，或者它的诞生就是因了新特效药，所以海二药在创新方面，犹如一匹烈马，势头猛到挡不住。这要归功于一个人，海二药厂长陈岳锋。这是一个不可多得的经营型人才，头脑好使，专业素养好，敬业务实，创新精神更是没说的。但是国有企业发展到一定程度，毛病就出来了，负担过重，管理成本过高，腐败丛生，企业效益低下，等等。对国企改制，也就成了一个应运而生的课题，摆在了赵纪光们面前。

章三河一开始盯上的是海一药，但盯来盯去，发现海一药这块骨头太难啃，企业创新能力尽失，负担过重，呆死烂账太多，企业活力早已丧失。更重要的，人员负担太重，这家企业最高峰时职工总数两万多名，就是改制前，在册人数也高达一万八千多。要消化掉这么多人，不是他章三河能做到的。而改制的前提是必须把人的问题解决好，不能推向社会，更不能引发社会矛盾。于是章三河带着诚心找赵纪光出主意，那个时候赵岩还没创业，赵纪光跟章三河的关系还没出现裂缝，赵纪光设身处地替章三河想，让他把目光放低一点，可否考虑换一个目标。

"您是说海二药？"章三河显得不那么确定。

"难不成银河还有第三家药企？"赵纪光笑眯眯地说。

章三河心里猛地一悸，他可做梦都没想过海二药啊，依海二药目前势头，人家吞并三河还差不多，哪轮得到他来谈收购海二药。

"要敢想嘛，你不是一向以敢想出名吗？"赵纪光笑着提示。

章三河心里又是一震，是啊，要敢想嘛。世上没有做不成的事，只有不敢想或想不到的事，这话他以前常挂在嘴边。熟悉他的人都知道，他成功的秘诀就是胆大心细，敢想敢做。而且不吃独食，该谁得的他会一分不少提前交到人家手上。赵纪光分明是在暗示他啊，他咋就不知道往狠处想呢？海二药就算再有活力再有创新能力，想要改制它，还不就是赵纪光一句话？

章三河一下醒悟，连着叫了几声好，回去了。再一次来时，章三河带了两样礼品，暂且叫它礼品吧。一是请省里体改委专家做的海二药收购方案，另一个，赵纪光自己也没有想到，一个鲜花怒放的女子，一个有独特身份的女子：田丹阳。

赵纪光早就听闻，一向对女人心不慈手不软的章三河，把儿子从电影学院带来的女朋友给抢了，弄到了自己床上。"哈哈，霸气，真霸气。"他这样笑着，脑子里浮出许多画面，都是关于章三河和女人的。赵纪光一直没在章三河面前提这事，章三河有时候有点耐不住，想自己提。他跟赵纪光是无话不说的，这样大一件事，搁心里真不是滋味。赵纪光不说道两句，他不安啊。可赵纪光不让他提。每次话到嘴边，都让赵纪光拿别的话遮挡了过去。赵纪光不是对电影学院女生田丹阳没兴趣，浓得很呢，但他不提。有时候，不提比提好。

这不，章三河把田丹阳带来了。

呵呵，带来了。

后来很长的日子，赵纪光都清晰地记得那晚的一切。那晚章三河先是把方案拿出来，并没有急着向赵纪光介绍田丹阳，他让田丹阳木偶一般站在赵纪光身后。章三河不介绍，赵纪光也不问。绝不能急。世界上任何事情，都是熬到最后的人胜利，谁急谁输，这是真理。

赵纪光拿过方案，认真地看，仔细地看。他从来没如此细致地看过任何方案，从他手里改制或兼并出去的企业，已经不止十家了，哪家他看过方案，都是相关部门先汇报一下，他呢，挑核心的几个数字问问，然后再讲一堆一定要严格按中央和省里的政策办啊，要将国企改革当成一场攻坚战去打啊，绝不能让国有资产流失啊，要妥善安置好每一个工人，绝不将包袱甩给社会等等非常原则非常有高度的话，然后这家企业就轰隆隆推倒了，如同一堆牌，推倒按新方式来洗。那天他看得细，从头到尾，一个字也不放过。个别地方甚至翻来覆去读，方案翻过去十几页然后又倒回来读。他的耐心让章三河如坐针毡。章三河起先还坐在赵纪光边上，到自己认为该解释的地方，先向赵纪光解释一番。慢慢地，他不解释了，他擦汗。跟官员打交道久了，你会发现一个非常奇特的现象，官员们对事物的态度，往往不是直接表现在事物上，而是表现在其他一些无关紧要的事上。比如看材料吧，如果一个官员心里早就想替你办这件事，他对方案啊材料态度是相当潦草的，他把态度亮在方案之前，亮在你拿出方案之前。而一旦他对方案或材料十分在意，那这件事十有八九就不会通过，他心里很可能在意其他事。

那晚赵纪光足足看了有一个小时，章三河憋不住，连着上了三趟厕所。就算他钻进卫生间里，赵纪光仍然将目光埋在方案上，而不是斜过目光来看一眼木偶一般的田丹阳，他那样子简直就像是田丹阳不存在。后来田丹阳终于挺不住了，哪有人这样冷落她啊。她鼓起勇气，咳嗽了一声，用以提醒赵纪光，这边还有个大活人呢。

赵纪光居然没听到，继续深研方案。方案其实并不长，二十来页，除去一些红头文件上来的政策啊原则啊，核心的东西不到四页。无非就是资产怎么清算，债务怎么处理，工人分几步安置，如果买断工龄的话，每年平均买断费按多少来执行等。用不了十分钟，赵纪光就对章三河知底了，可他用了一小时还多。直把章三河看惨了，看崩溃了。

章三河第三次从洗手间出来，赵纪光的目光还没离开方案，他真是撑不下去了，再让赵纪光这样折磨，他坚强的内心会毫不留情地轰然坍塌。他知道赵纪光在跟他玩心术，在银河这块地盘上，要论玩心术，玩忍术，没人玩得过赵纪光。

他主动认输，道："时间也不早了，要不方案改天再讨论，领导先洗把脸，然后我们出去活动活动？"

"活动？"赵纪光这才缓缓扭过目光来，探照灯般，先在章三河脸上扫了三遍，再移，像是忽然发现房间里还有人，这个身后像木乃伊般的年轻女人把她骇了一跳。

"她是谁，啥时来的？"

章三河心里连着响了几声，撞见鬼似的又惊出一身汗。什么叫老辣，这才叫啊。明明心思在身后，却用长达一个小时的过程来做铺垫，这样的演技，哪个有？

"丹阳，是丹阳。"章三河赶忙说。生怕晚说半秒，他又将目光埋进方案。

"丹阳，丹阳是谁，你秘书，新聘的？"

章三河脸上早已羞臊得不成，猫要是戏起老鼠来，真能把小老鼠戏死。

"不是秘书，我忘了跟领导介绍，她是电影学院毕业的，一直想拍戏，先在我公司屈就，等待机会，等待机会。"

他把等待机会重复了两遍，好让赵纪光在机会面前有点准备。

"哦——"赵纪光又长长地哦一声。目光收回去，章三河心里腾一声，就在他担心赵纪光继续低下头看方案时，赵纪光忽然又抬起目光："不对呀老章，这丫头不是你儿子带来的吗？前些日子我听说，你儿子笑寒找了个小影星，还没给他恭喜呢，怎么，你是带来让我相儿媳妇的啊，这关我可把不了。"

这句玩笑话简直说得太妙了，绝对的赵纪光水平。章三河还有身后站着的田丹阳，都让这话说得脸红到了耳根。尤其田丹阳，感觉整个脸皮被扒了下来，瞬间没脸了。来之前她还信心满满，甚至有点小高傲，现在，除了羞愧除了耻辱，啥也没了。

没了就对。赵纪光要的就这效果，你有了，我咋办？不能有嘛，还小骄傲呢，小傲娇也不行。

赵纪光估摸着差不多了，合起方案，说："老章啊，这事不能急，得从长计议，俗话说心急吃不了热豆腐，海二药急不得，这是块肥肉，你比我懂，要想把它吞下，你我可得多动动脑子。你说呢，丹阳？"

他突然把话头甩给了田丹阳。一直被他晾在一边的田丹阳猛听得叫她，一阵惊喜，思考都来不及就说："有赵叔在，相信章总能吃到热豆腐的。"

"赵叔，哈，赵叔，你这丫头，我有那么老吗？"赵纪光一副和善可亲的样子，跟刚才严肃的他判若两人。田丹阳胆子一大："不老，赵叔哪有老呢，风头正健嘛。"

"这话好，这话好啊。我说老章，怎么啥人到了你手里，就全变得嘴乖了？"

章三河不好说，只能呵呵："托领导的福，托领导的福嘛，走，吃饭去。"

那晚的饭吃得非常滋润。该敲打的办公室里已经敲打，该提醒的也已提醒，该打掉的虚情与傲娇也已打掉，剩下的就是开怀畅饮了。

赵纪光说这晚他请客，上最好的酒，他要好好醉一场。章三河说哪能让领导掏腰包，领导您就别打我脸了，三河再不济，管顿饭还是没问题。

"真没问题？"赵纪光哈哈笑着问。

"当然没问题。"章三河脸上这才笑了开来。他就怕赵纪光不吃他，事实上干企业的根本不是怕领导吃，而是怕领导不吃。领导哪天真不吃他们，他们怕就真的要破产了。

三个人要了一豪华大包，酒店经理要亲自服务，被赵纪光劝走了。这样一个晚上，他不想被别人打扰，他要好好跟章三河喝一场。章三河也要好好跟他喝一场，结果菜还没上，酒先干上了。开始他们没让田丹阳喝，赵纪光觉得一开始就拿酒灌一个女生显得自己别有用心，于是装绅士。后来章三河不依，说丹阳一直想认识领导，就是没机会，今天斗胆把她带来了，还让领导晾了半天，不行，为了以后的友谊，怎么着也得让丹阳给领导敬两杯。

赵纪光笑眯眯地看着田丹阳，心里一遍遍说，不错，电影学院毕业的就是不一样，真不一样，瞧这脸，这身段，哟嘿嘿，那对宝贝胸，假设扒光了，该是多么迷人。好菜啊，好菜。赵纪光忍不住叫出了声。

其实他已过了对女人饥渴的年龄，如果对方不是田丹阳，不是章三河儿子的女朋友，不是电影学院毕业的，他不会这样。但她偏偏是，这就不能怪赵纪光了。

那晚章三河醉了，是不是赵纪光灌醉的，很难说。反正征战大半辈子，他们对什么时候该醉什么时候不该醉，非常有数。他们要想醉，几杯都能醉，真要不想醉，你就是搬个酒缸来，也很难让他醉。那晚章三河知道自己该醉，必须醉。

赵纪光也有点飘，他只能飘。

田丹阳呢，小脸红彤彤的，一双眼睛扑闪着，在酒精的作用下放射着非常美妙非常诱人的光芒，说话声音软起来嗲起来，时不时地还要拿小拳头在赵纪光身上软软地捶两下，蹦出一个字：坏。

赵纪光果真就坏了，当然不是当着章三河面。章三河喝得再醉，也知道及时走开，他拿出电话，一通大呼大叫就把司机追来了，摇摇晃晃下楼，边走边说，丹阳啊，我把大领导交给你，海二药能不能拿下，就全靠你了。

　　接下来的一切就顺畅多了，几乎没怎么费劲，赵纪光跟田丹阳就到了宾馆。赵纪光那晚很亢奋，其实很多的时候他都很亢奋，一个男人的亢奋程度，跟野心和能量是成正比的。有时候赵纪光会拿这些来衡量自己，他不容许自己疲软，更不容许自己潦草。他喜欢精耕细作，喜欢中途停下来，认真地想一会儿。为什么要跟这个女人上床，这个女人跟别的有什么不同，上完床后，还该不该跟这个女人继续来往，有没有风险？有风险的事他绝对不做，他会当机立断，将风险消灭在起始阶段。那晚他中途停了两次，弄得田丹阳很难受，不停地叫他快点。可他不想快。为什么要快呢？他喜欢享受这个过程，喜欢中途停下来思考一些问题。

　　比如那晚，他就想，把海二药给了章三河，到底划不划算？这事是不是答应得快了些？改制海二药是要冒险的，毕竟这是一家非常有前途的企业，更何况这家企业的负责人、厂长陈岳锋是一位不容易打交道的男人，这人个性太过强烈，像一匹没有驯服的烈马，不好控制。赵纪光想事，总是先把难点想到前头，不像其他领导，总是觉得凡事都容易，不容易啊。一步迈错，满盘皆输，赵纪光不想为一家药厂给自己惹事。但他答应了别人的事，就务必办成。空头支票，开不得。

　　赵纪光这么一想，就影响了那晚的发挥，而且也没像往常一样，掏出微型录像机，将欢畅淋漓的画面摄录下来。这些都影响了赵纪光的心情，每个人有每个人的怪癖，赵纪光的怪癖就是喜欢在摄像头前，摄像头如同别人的眼睛，一想是在别人眼睛下干这等美事，赵纪光会更加兴奋，更加卖力，身上所有的细胞都会被激活。

　　那晚充其量只激活了一半。以至于事情结束后，他有点不尽兴地想，什么电影学院的学生，也不过如此嘛。以为电影学院学生有多不一样呢，一样，完全一样。他一边上了当似的苦笑着，一边往起提裤子。提到中间，又走过去，在田丹阳软绵绵的屁股上打了一巴掌。田丹阳马上刺激地发出一声尖叫，这尖叫比刚才床上的叫声让赵纪光兴奋。他又打了一巴掌，田丹阳又叫了一声。赵纪光决定不提裤子了，迅速扒下，跳上床，啪啪啪，连着打了无数下，田丹阳就叫成一片了。这个无意中的发现很快激发起赵纪光身上的野性，他不可遏制，一边猛烈地扑向田丹阳，一边用力甩开手掌，在不同部位奋力地打着，田丹阳也以不同高度的声音叫着，房间里很快又响成一片。

如果不是后面这场戏，那晚的田丹阳是不会喜欢上赵纪光的。可以说，上半场她感觉很不好，她都有点要后悔了，赵纪光突然又来了这么一出，结果把两个都弄兴奋了。

赵纪光才发现，电影学院的田丹阳的确不同凡响。

当然，有些事赵纪光并不知道。比如田丹阳为什么跟着章三河来见他，田丹阳这晚又揣着什么样的目的。

田丹阳根本不是为了海二药来见他，如果那样，太小看田丹阳了。她付出这么多，难道只是为了替人做嫁衣？不，绝不可能。她是为自己。电影学院毕业的田丹阳，一直心怀梦想，她想演戏，而且想当女一号。原以为跟了章三河，会成就她这个梦想，哪知章三河只知道贪婪她的身体，对她的梦想，一概不顾及，这令她伤心。

现在，田丹阳终于抓住了赵纪光。

可以说，在整个海二药收购案中，有着复杂身份和复杂心理的电影学院学生田丹阳扮演了非常复杂的角色，一方面她充当着润滑剂，加速海二药的改制。另一方面，又因为她的诸多野心，引出了一系列新问题，最终迫使赵纪光放慢了海二药的改制步伐。

这怕是章三河做梦也想不到的。

2

海二药改制持续了将近两年，这在银河国企改革当中，算是特例。其他企业，一经列入改制名单，三下五除二，很利落地就解决了。

时间拖得长的原因，一是赵纪光得把一切准备工作都做好，做到天衣无缝，不容许别人挑出啥毛病来。做事最怕别人挑问题，有时候我们花在堵漏洞上的时间远远多于花在正事上的时间。这没办法，一件事情做得成不成功，不在于你把事件办成了咋样，其实事件的结局早就摆在那里，根本不用你多想。而是这事你要办得经得起考验，任谁横挑鼻子竖挑眼，都找不出毛病，这才叫办妥了办铁了，办得没有一丝风险了。

第二个原因，来自田丹阳。田丹阳一经跟赵纪光搭上手，马上便打得火热起来。她的热情像一团火，就连赵纪光这样久经沙场的老男人，也有些受不了。几番轰炸之下，赵纪光投降了，他承认喜欢上了这个女人，而且愿意为她做些事。当时正好有那么个机会，有部剧要开拍，赵纪光认识的一个朋友在里面还能起到关键作用，赵纪光找到这人，双方切磋几次，方案就定了下来。赵纪光负责给这部剧拉赞助，就是找几家企业来投资，对方呢，可以重新设置一个人物，不是女一号，但至少也能过足戏瘾，弄不好还能火。田丹阳一听很高兴，梦想终于成真，在赵纪光满是褶子的老脸上狠狠嘬了几口，把赵纪光的劲头又给嘬了上来。两人在一家酒店结结实实来了一次，赵纪光说，路给你铺好了，能不能火，就看你的了。说着话，又在田丹阳饱满的屁股上啪啪打了几下。这次田丹阳没叫，而是认真地说，她不会辜负赵纪光厚望，一定会全身心地投入。

赵纪光找的赞助商竟然是海二药，另一家自然是章三河。赵纪光有自己的想法，要想成功把海二药改掉，就得拉近跟陈岳锋的关系，就得跟他有一些亲密接触。正好海二药有两个新药要上市，广告投入非常大，双方一拍即合，这事算是定了。

戏是拍出来了，花了半年多时间，但田丹阳没火，顶多算是过了一次戏瘾。这怪不得别人，她的确是演技太差了，以至于制片人和导演都怀疑，她到底是不是电影学院毕业的？看在赞助的分上，导演和制片人原谅了她。这样的结果让人着实尴尬。更尴尬的，拍戏过程中，田丹阳变了。

女人最怕有野心，一个有野心的女人是男人轻易约束不了的，更别谈征服。赵纪光这辈子遭遇过不少女人，大多他都能征服，那些女人同样有野心，但她们的野心大抵在官位和钱上，这两样赵纪光都能满足，所以他以为天下女人都能臣服在他怀里。田丹阳的野心既不在官位也不在钱，在名。这个对赵纪光就相当有难度了。

发现这事，赵纪光很是难过了一阵子，说郁闷应该更准确。那段时间他既不跟章三河来往也拒绝跟田丹阳见面，田丹阳巴不得不见呢。看起来两人就像是要散伙。

这中间还出了一档子事，儿子赵岩突然提出，海天要拿下海二药。

这事是大事。赵纪光一下就沉默了。儿子给他出了一超级难题，等于把他计划全打乱了。他得想想，真得想想。

赵纪光把自己关在办公室，推掉所有应酬，就连几个必须参加的会议都推掉了。想了一周，赵纪光把儿子叫来，说："我答应你，这事可以操作，毕竟你是我儿子嘛，我不能把这么好的资源给别人不是，尤其章三河，他已经是你的竞争对手，我怎么能帮别人来威胁自己的儿子呢？但这事往你手里操作，难度非同小可。为稳妥起见，你必须答应我三件事。"

赵岩问哪三件，赵纪光说："第一，你不能一家吞并掉海二药，那样太明显，人们会说我赵纪光损公肥私，我赵纪光为党工作一辈子，最怕别人说这种话，你要找一个合作伙伴，重新组建一家公司，这家公司由你来控股，但必须有其他资本参与进来，这个人选最好是章三河。"

"为什么是他？"儿子打断他问。

"这还不明白吗？章三河为海二药，已经付出了这么多，让他退出，不是件容易事啊。"

儿子呵呵笑了两声，道："组建公司行，但跟姓章的组建，不行。"

赵纪光问："为什么？"

赵岩说："我吞并海二药的目的不只是让自己壮大，更是想对三河形成更大的压力。你知道的，一山不容二虎，药业这一块，有海天就不能有三河，我得把他干掉，让他死。"

赵纪光听得毛骨悚然，不过很快他又淡定了，他说："你比我狠。"赵岩又呵呵笑了两声，跟赵纪光说："谁让我是你儿子呢，狠是我们赵家的传统。"

"行，你有这个野心，我当然高兴。但要想干掉三河，不是一件容易事，你得有足够的心理准备。"

赵岩说："不怕，我比他年轻，我有耐心。"

"可他也有儿子，而且是两个。"

赵岩说："两个儿子如果合起手来，我赵岩当然干不过。如果让他两个儿子互相干起来，对我就省事多了。"

赵纪光头皮都紧了起来，儿子竟然说出这样的话。他从没发现赵岩还有如此智慧的一面，心里暗暗笑了笑，赞许的目光投过去，狠狠地盯着儿子看了一会儿，道："你这点不像我，倒很像你母亲。"

赵岩知道赵纪光对母亲胡梦之有恨，他也看不惯母亲，小时候他觉得母亲很牛，跟母亲出去他很有面子。慢慢地，发现不是那么回事。而且赵岩撞见过母亲的丑事，知道母亲是怎样一个女人。打那以后，对母亲，他的看法变了。但他从不说，他把一切装在心里。母亲遭遇那样惨烈的车祸，死得那么悲壮，他去现场，竟然一滴眼泪都没掉，非常平淡地说了一句："终于可以安静了。"之后，母亲这一页，就在他心里翻了过去。

赵岩说："咱不谈母亲，咱谈海二药。"

其实那天赵纪光是很想跟赵岩谈谈第二任妻子胡梦之的，胡梦之遭遇车祸后，他们父子从没在家里谈起过她，一次也没。这有些古怪，更有些不人道，好像这个人从没存在过一样。但赵岩说不谈，他就不好硬谈。赵纪光心里有些黯淡，他是想给儿子提醒一件事，这事胡梦之有过，他也……都是让胡梦之害的，他怕赵岩也会，所以分外担心，但又不敢明确提出来，只能含沙射影。纠结了一会儿，赵纪光有点词不达意地说："那你就找你想合作的吧，总之，你不能拿海天来兼并，太明显的事，咱不能做。"

赵岩说："这事我会做好，另外两条呢？"

看着儿子如此胸有成竹，赵纪光也不再担心什么，接着道："第二件，现在开始你得严格管理自己，各方面都要从严，海二药收购之前，你不能在任何方面犯错，明白我的意思不？"

赵岩说："明白，我当然不会拿前途开玩笑，我已经被人算计过一次，这辈子不会再给任何人机会。"

赵纪光听了很高兴，看来儿子是真正成熟了。所以讲第三件时，他的心情一下好出许多，几乎是笑着讲的。

"第三件嘛，你得对你老婆好，得把你老婆家的资源调动起来，你老婆家可不是一般人啊，再说你老婆也有经营才能，这要发挥出来。必要时候，可以让你老婆出面嘛。"

"这……"赵岩脸上露出了为难。

赵纪光眉头一皱，刚刚涌出的那层喜悦又不见了。看来儿子还是不成熟啊，一个人要想成大器，首先要懂得收敛，懂得屈服，懂得隐忍，懂得化解各种危机。自从跟晏小语的事情曝光之后，赵岩跟妻子范欣然的关系就非常紧张。而赵岩拒不低头，根本不拿这事当事，甚至随时做好离婚的准备。这让赵纪光不安。离婚放在其他人身上，可能是件小事，正常事，放在他赵家人身上，就一点小不得。他自己吃过这亏，有深刻感受。如果当年不是执意要离掉沈绪岚，娶个戏剧演员进门，他现在早不是这个位子了，哪容陆子铭超过他。他绝不容许儿子跟他犯同样的错误，有着丰富人生经历的他越来越知道，离婚再娶是男人人生最大的败笔之一，也是最最无聊的一件事。天下好女人那么多，难道都能让你娶进门？婚姻对于老百姓，它就是婚姻，但对走仕途或打算干出一番事业的人来说，它绝不仅仅是婚姻，它是你道德的一杆旗，是别人看你的一面镜子，更是你信用的一种担保。儿子要搞企业，要成为企业界领袖，"信用"两个字，就显得格外重要。你连自己的妻子都能背叛，都能抛弃，天下还有什么你抛弃不了的？

赵纪光想让儿子明白这个道理。这个坎过不掉，他就不能帮儿子，绝不能。想到这，他慢悠悠地说："如果你有难度，这事咱就放弃吧，看来海二药还是人家三河的啊。"

没料想儿子突然叫了一声："不!"

赵岩说到做到。从那一天起，赵岩突然对范欣然好起来，他负荆请罪，坦诚地向范欣然承认错误。范欣然当然不会轻易原谅，但赵岩有的是办法。以赵岩的智商与个性，真要求得范欣然谅解，绝不是件难事。他天天买花，天天扮出一副罪人的嘴脸，以前从不沾手家务的他，那段时间将家务悉数承包了下来。而且别有心机地买了一本菜谱，照着书上讲的精心学做范欣然爱吃的菜。不只如此，他瞒着范欣然买来各种宝宝用的东西，仅尿不湿就买了上百个。范欣然肚子还鼓着呢，但家里已经让婴儿用品挤满了。面对这样一个赵岩，范欣然不能不松口，就算她是铁打的，心也被软化了。

一等范欣然软化下来，赵岩马上按父亲说的实施下一步战略，这次他真把范欣然推到了前台，凡事都拿出来跟老婆商量，也是在这个过程中，赵岩惊喜地发现，父亲的眼光的确是独特的，他发现不了的，父亲早就发现了。老婆范欣然不只是持家能手，在企业经营与管理方面，堪称天才。赵岩由衷地叹，有这样一位老婆助他，如果不能成就一番大事，真是愧对苍天啊。

赵岩很快成立了一家公司，他拉了两位合伙人，一是妻弟范欣生，当时范欣生的欣生制药已经有点规模了，尤其在新特药开发方面，比海天还要强。另一家出人意料的居然是章笑风的普生制药。

这完全是老婆范欣然的主意。范欣然说，你的对手是章笑寒而非章三河，章三河老矣，很快会退出舞台，你还怕他个啥？你要提前孤立章笑寒，让他有唇亡齿寒众叛亲离的感觉。拉近跟章笑风的关系，利用普生，彻底孤立章笑寒，这才是最好的办法。赵岩不放心地问，他们兄弟明着是分开干，但实质上都还在三河旗下，这招如果不慎，等于是引狼入室。妻子范欣然拍拍高高隆起的肚皮，非常自信地说："我了解章笑风，他跟章三河还有章笑寒决然是两种人，这人是典型的书呆子，而且有一股正义在身。他对章三河还有章笑寒，早就反感透顶。操作好了，我们完全可以把他拉过来，这叫化敌为友，给章笑寒致命一击。"

见妻子说得如此肯定，赵岩不再犹豫，跟章笑风接触过程中，他也确实感受到章家兄弟还有父子间的不一样。

一家叫作三巨联合药业的新公司很快挂牌，董事长这次赵岩没当，而是换了老婆范欣然，副董事长一个是章笑风，另一个是范欣生妻子柳春露。关于海二药的收购，此后就由三巨联合来操作。

到了这时候，章三河就清楚，海二药他是拿不到了。赵岩的险恶用心，他更是看得清楚，尤其拉走章笑风，更让章三河气短心凉。连儿子都要背叛他，还有什么不能背叛的。章三河跟长子章笑风的感情，算是彻底让赵岩玩死。

章三河开始反扑。

章三河也是急了，为了海二药，他付出了多少啊，眼睁睁看着大嘴肥肉到口了，突然飞来一只乌鸦，要从他嘴里叼走肉，他哪能认输。赵纪光为儿子苦心运作的时候，章三河也没闲着，他也不是那种一棵树上吊死的人，随时准备着应对变化呢。章三河借赵纪光把全部精力用在为儿子谋划的这个时机，火速加紧跟陆子铭的联系，短短时间内，不只是搞铁了陆子铭，同时也搞铁了成卓然。原来成卓然早就有另起炉灶的想法，两人一拍即合，马上给陆子铭抛过绣球去。

章三河的反扑很快有了效果，让赵岩收购海二药的脚步变得艰难。赵纪光要求儿子耐心等待，绝不能急。他说双方相持不下呈胶着状态时，比的就是耐心，谁急谁输，因为一急就会犯错误。终于，机会让赵纪光等来了。那年银河发生了三件事，一是有人举报三河药业存在偷税漏税问题，上面要求严查，陆子铭不赞成，从保护地方企业角度讲了许多，意思就是敲打一下算了，让三河补缴点税。赵纪光会上啥话也没说，他走高调，到省里去谈这事。结果省里派了税务稽查组，深入三河，两个月后查明，三河这些年累计偷税漏税高达六千多万元。这中间还发生了一件有趣的事，章三河的儿子章笑寒见有人跟三河过不去，竟然暴力抗法，带人驱赶殴打税收稽查人员。也有说是章三河亲手打的。赵纪光暗暗使力，本是想把章三河以抗税名义弄进去，结果他儿子殴打税务人员，最后只能将章笑寒关进去。

章笑寒这次算是替父顶罪。

三河既被罚了款又被抓了人，元气大伤，已经没有气力再收购海二药了。

接着又出一件事。陆子铭的儿子被人举报。举报者是银河一家家具厂，陆子铭的儿子利用担任税务分局局长职务，先后三年，从这家企业拿走价值二十万元的各色家具，收受贿赂高达二百万元。此事一出，陆子铭立刻惊了，虽经上下活动，但最终，儿子受贿的事被查实，本来要依法追究责任，但念其儿子退赃及时，悉数将收受的贿赂交了上来，最近被撤销分局局长职务，调离出税务系统。

赵纪光知道，这事一定是儿子赵岩干的。赵岩已经是名气不小的企业家，操纵个别企业给别人凑点事，还不容易？而且儿子心里有仇啊，有仇岂能不报？赵纪光这次完全站在儿子这边，非常坚定地支持了儿子。虽然没将陆子铭跛足儿子送进监狱，但也算是把陆子铭折腾到家了。

陆子铭跟赵纪光的仇恨，从此就再也化解不开。

按说这两件事后，收购海二药的障碍算是清除了，赵纪光让儿子加快步伐，可就在他发力时，新的危机出现。海二药厂长陈岳锋拒不同意让三巨收购，为此他联合五百多名员工，将意见书写到了中央。

这一招打得赵纪光措手不及。

3

海二药收购案，最终是以非常壮烈的方式结束的。都说那一年的赵纪光疯了，赵岩也疯了。那一年的许多事，林其彬无法完整地讲给史晓蕾，因为他也不是太了解详情。其实详情是别人了解不了的，详情只在当事人心里。林其彬也只是在章三河和章笑寒断断续续的叙述中，对事情了解个大概。

那一年的林其彬，已经跟章笑寒关系非同一般。他也不知道章笑寒为什么看中他，但是章笑寒就是喜欢拉他做事。林其彬的华科之所以经营得有起色，跟章笑寒私下的帮助是分不开的。尤其章三河搞好跟成卓然的关系后，他们的关系更是进了一步，可以说，章笑寒已经拿他当铁杆朋友了。那个时候他毕竟是成卓然的预备女婿啊，这层关系章笑寒不能不考虑。

章笑寒跟林其彬讲过一件事，是关于影视学院女生田丹阳的。章笑寒说，田丹阳自从演了那部片子，心一下野了。对赵纪光，不怎么当回事了，心里有一着没一着的。想来就来不想来招呼也不打，一旦来了，除了拿钱好像就是争吵。对他父亲章三河，更不在话下，完全当路人看了。说这话的时候，章笑寒早已从田丹阳的阴影中走出来，再也不拿那段荒唐的感情折磨自己。他甚至认为自己愚蠢，压根就不该在田丹阳这样的女人身上付出感情。经历了那么多波折，甚至有过牢狱之灾的章笑寒一从里面走出来，人生态度立马发生了极大的改变，几乎是颠覆性的。他的显著变化有二，一是不再对父亲报以仇视，并为以前的仇视忏悔不已。章笑寒不认为这次替父亲坐牢是一件不光彩的事，他告诉林其彬，他的确没打税务人员，是父亲章三河气不过出手的。如果换上他出手，可能就不是现在这个结果了，起码得躺下几个。所以他感谢父亲，同时也认为，正是他顶替父亲坐牢，父亲才有机会拯救三河，如果让父亲进去，三河怕是早就关门了。

章笑寒发誓要让三河重振雄风："等着吧，别人欠三河的，我会让他们一一还上。我欠三河的，我会十倍百倍地追回来。"这番话大大鼓舞了章三河，父子关系一下有了质的飞跃，好像所有的误会瞬间消除，彼此之间再也没有了恨和怨，只剩下团结，剩下同仇敌忾。这中间他们把目标共同指向两个人，一个当然是赵岩，另一个，是章笑寒的哥哥章笑风。

至于田丹阳，父子两个从不提起，这女人像是从他们父子的生活中彻底清理干净了。如果不是后来发生的事，他们很可能都要忘掉这个女人。

怪就怪海二药厂长陈岳锋。赵纪光没想到，这是一个十分不开窍的人，赵纪光干了大半辈子工作，还没遇到这样有个性的人。一般来说，被改制的企业领导会有想法，会闹意见，但多的，做做工作，将他本人的后顾之忧解决好，或者直接换个单位，给他一些甜头，基本也就顺从了。但陈岳锋是软硬不吃，不管怎么做工作，他就三个字：不同意。他罗列出来了十二条理由，大会小会上公开叫嚣，真是把赵纪光叫嚣烦了。

再后来，赵纪光听说，陈岳锋不同意的关键原因，还是因为章三河。原来早在章三河拿方案时，陈岳锋跟章三河间就达成某种协议。

"真有这回事？"赵纪光问手下。

手下肯定地说："有！"

"怪不得呢，原来他们有协议啊。"赵纪光开始深思了。赵纪光这种级别的人，看问题跟别人不一样，别人只看一面，他看两面甚至多面，尤其看重的，是有没有其他关系的介入。他们不在乎你不同意，但绝对在乎你同意别人而不同意他。

想到这些，再想到章三河，赵纪光就知道该怎么做了。

"这事得彻底解决，得连根拔掉。"他说。

赵纪光说到了根。

这话他是说给自己的。说完，赵纪光把赵岩叫来，既然人家父子拧成了一股绳，他这边也必须得拧成一股绳。光把儿子叫来还不行，把儿媳妇范欣然也一起叫来了，三个人合上门，开始商议。

赵纪光说："真没想到啊，这人骨头这么硬。"赵纪光说的是海二药厂长陈岳锋。

"他是软硬不吃，啥套下给他都不钻，警惕性相当高。"儿子赵岩说。这话就能听出，儿子赵岩在陈岳锋身上，是用了不少办法的，可惜都以失败告终。

"别人都说这家伙既不贪钱又不好色，看来还真是，我让人查过海二药的账，账上真还找不出任何问题。"赵纪光忧心忡忡道。

"供应商和销售商我都试过了，一个缝都钻不开，简直是铁桶阵，牢不可破。"儿子赵岩泄气道。

"本以为他跟姓章的没再联系，看来我们还是低估了他，他的心在姓章的那边。"

"确切说还是在姓陆的身上。"赵岩补充。

"可姓陆的现在已经顾不得他了啊，自己屁股都擦不干净呢。"

"表面，这都是表面。背后他们正在蓄势待发，随时准备反扑。"赵岩重腾腾说。

这话说得赵纪光透心凉，看来前面几招还是太软，没把对方打趴下，一旦对方真的缓过劲来反扑，那不安的就是他了。打虎不死，反被虎咬，这是真理。赵纪光后背飕飕的，冒出冷气。开弓没有回头箭，没有回头箭啊。赵纪光陷入了深思。儿子赵岩一句话也不说，显出疲惫而无力的样子。

父子俩说话时，儿媳妇范欣然始终缄默着，一双眼睛这个脸上瞅瞅，那个身上望望。等父子俩相继沉默，屋子里彻底安静下来时，范欣然终于开了口。

"我以为多大的事，说来说去，就一个陈岳锋，他真有那么干净？"

"不，还有章三河。"赵岩补充道。

"章三河算老几，他不过是一条被人抛弃的狗，老狗。就算能汪汪几声，又能咋？只要把陈岳锋干掉了，他还能咬得动人？"范欣然一脸高傲，说出的话非常有气势。

"咬不动，当然咬不动。"一听儿媳妇说出的话这么鼓舞人心，赵纪光阴着的脸马上见晴。"不过怎么才能让姓陈的变老实呢，这人不好对付啊。"赵纪光又说了句丧气话。

范欣然不高兴起来："对付他还不容易，办法有，哪个猫不沾腥，我还就不信他真成圣人了，不过……"

"不过什么?"赵纪光紧着问。

"舍不得孩子套不住狼，人选我有，办法我也有，就看有人舍得舍不得?"

"什么舍不得?"赵纪光感觉儿媳妇话中有话，因为说这话时，儿媳妇的目光一直盯他脸上，盯得他有几分毛，感觉老底要被揭穿一样，"都啥时候了，还说这种没心眼的话。"

"爸真能舍得?"范欣然也不客气了，直接就把话端在了赵纪光面前。

"我有啥舍不得的，再说跟我有啥关系吗，欣然你到底想说什么?"

范欣然微微一笑，并没把话挑明，算是给赵纪光留了点面子。但赵纪光已经知道，她在打谁的主意了。赵纪光有片刻的难受，不是因他舍不得那一个，而是这话由儿媳妇说出来，令他脸面无光，毕竟那是他不光彩的一页啊。但范欣然并不知道，他早就想甩开那个包袱。自从帮田丹阳拍戏以后，赵纪光跟田丹阳的关系，也变得越来越紧张，赵纪光发现，田丹阳不只是一个有野心的女人，而且心理接近变态，这种女人留在身边，迟早会出事，而且是大事。赵纪光正愁没有办法甩开呢，一听儿媳妇的话，立马响应："欣然你啥都别管，现在以大局为重，凡是能维护我赵家利益的事，你就放手去做。"

"真的?"范欣然往前走两步，目光故意在赵纪光脸上挑衅几下。

赵纪光扭过头，避开那目光，手狠狠地擂了下桌子："爸什么时候说过假话?"

"好，有爸这句话，我就放心了。这事你们不用管了，交给我。"

那晚之后的两个多月，有关陈岳锋，什么风声也没。以至于赵纪光都怀疑，儿媳妇到底有没有这个能力。与此同时，章三河这边，咬得越来越紧，也不知章三河这边又搭上了谁，用了什么回天之术，总之，那段时间关于海二药的改制，上上下下有不少说法。趁赵纪光不注意时，三河药业跟南方一家药业公司联姻，坊间曝出了三河要上市的传闻，媒体炒得铺天盖地，省里关于三河的好话，也突然多了起来。以前不关心三河的领导也开始过问起三河上市的事来。赵纪光坐卧不安。

就在赵纪光快要撑不住的时候，一个晚上，银河突然传来消息，公安在执行扫黄打非任务时，在银河一家五星级宾馆抓到了一男一女。警察闯进去时，女的赤条条躺在床上，男的衣冠不整。重要的是，警察在房间搜到两样东西，一是吸毒者常用的那种针管，二是三十万元现金。

第二天就有新闻曝出，海二药厂长陈岳锋在酒店花巨款买春，女的是刚刚签了合同做海二药形象代言人的三线影星田丹阳。

消息传来，赵纪光一改平日正经严肃的样子，不顾秘书在场，竟在办公室哈哈大笑，他的笑声吓坏了秘书。

海二药这个堡垒最终因厂长陈岳锋曝出丑闻轰然塌掉，随后传来更骇人听闻的消息，相关部门对海二药跟田丹阳签订形象代言人一事的调查中，田丹阳因羞愧难当，加上毒瘾发作，跳楼身亡，结束了自己年仅二十八岁的生命。第二天又传出消息，陈岳锋因不堪压力，趁上厕所时拿刀片割断了自己大动脉，虽然送进了医院，可因失血过多最终未能挽回生命。

海二药是成功被三巨联合药业收购了，但对章三河的调查并未结束。因为有线索表明，让田丹阳染上毒品的不是别人，正是跟田丹阳有过不正当关系的章三河。

警察为此展开了长达半年的调查，最后的结果是，章三河染毒绝不是一天两天，他不只是让年轻的田丹阳吸食毒品，自己也吸。他吸毒的理由是工作压力太大，必须依靠毒品让自己充满斗志。

章三河最终也死了。他是在儿子章笑寒办理了取保候审，回到家中，吸毒过量而死。警察对他的尸体进行了解剖，体内发现大量冰毒残留物。

一代枭雄章三河，就以这样不堪的方式终结了他传奇的一生。

林其彬讲得热血沸腾，史晓蕾听得惊心动魄。好几次激烈紧张处，她的小心脏都要承受不住了。她说等等，林其彬，我先吃药。林其彬给她拿过药，她吞下去，在沙发上闭目养神一会儿，等小心脏舒服了，她道："真想不到，想不到啊，这些人的世界竟然这样可怕。也怪我，只看到他们光鲜亮丽的一面，压根没想到，暗地里他们有这么多的肮脏事。"

林其彬投其所好，道："我只是听了一小半，要是全挖出来，不知有多怕人。"

史晓蕾捂着胸口，怔怔想了会儿，忽然道："林其彬你还瞒着我什么，讲半天咋不讲你？"

林其彬猛地打个哆嗦，林其彬害怕讲他自己。可史晓蕾不依："林其彬，我想知道这些事里你干了什么，一样也不能落，知道不，敢隐瞒，我掐死你。"说着，在林其彬脖子上狠狠掐了一把。林其彬妈呀一声，脖子上两道红印显出来，林其彬对着镜子看了看，说史晓蕾你真狠，真能下得了手啊你。史晓蕾眼睛一瞪，"还说我狠，当初你一脚端了我，钻进小母虎怀里，你知道我怎么过来的吗，还说我狠？林其彬，别以为我会原谅你，一辈子都不会！"

话虽这么说，但脸上表情分明已不一样了，而且她走过来，在林其彬脖子那儿摸了摸："不就一道红印吗，等下就没了。"从这口气，还有抚脖子的样子，林其彬忽然发现了她的变化。一道亮光喷出来，林其彬看见了希望，兴奋地说："你要不解气，再抓我一把吧。"

史晓蕾坐到沙发上，懒洋洋地说："我没那兴致，林其彬，你还是讲吧，我上瘾了。"

她的确上了瘾，不停地缠着林其彬讲。只要林其彬一来，就逼迫着讲。林其彬跟成思维还有成卓然以及章笑寒那些事，就这样点点滴滴到了她耳朵里。

林其彬过得并不快活。林其彬一开始认为，踹了史晓蕾，跟成思维热恋，一定是件美好的事。他做过比较，也做过分析。史晓蕾虽说是赵纪光的女儿，但这女儿在暗处，赵纪光不敢拿到明处，史晓蕾也不可能让他拿到明处。赵纪光那么多子女，哪能对史晓蕾真心好啊。赵家那些子女眼睁睁看着赵纪光手中权力，绝不可能让别人分享。成思维就不一样，她是成卓然唯一的孩子，成卓然就她一个宝贝，成思维是他全部。再者赵纪光虽然地位显赫，可马上要退了，他是夕阳，不，是残阳。成卓然不一样，他的仕途还早着呢，而且这人智慧超常，权谋权术方面一点不比赵纪光逊色，他有大好的未来。从这个角度看，他肯定要把未来拴在成思维这边。这是其一。其二，史晓蕾虽然也算漂亮，但毕竟打小生活在底层，人是老实一点，但这也让她的美丽大打折扣。跟成思维比起来，史晓蕾就有点村姑的味道。林其彬当然不会喜欢村姑，成思维多么奔放多么野性，这种野性的美刺激着他，让他欲罢不能。

　　可是林其彬错了。当你带着心机去看别人时，往往看到的也是心机，这是真理，任何人都躲不开这宿命。林其彬同样躲不开。林其彬很快发现，成思维并不是真正喜欢他，女人如果喜欢上男人，状态是完全不一样的，尤其热恋阶段，她会时时刻刻离不开你，你就是她的太阳，更是她的月亮，不，是她的全部。她的整个身心都在为你燃烧，为你疯癫。她或许会冲你发点小脾气，来点小性子，但这都是来自于爱，是爱的一种表现方式。核心的内容，是她要你时时刻刻关注她，把心系她一个人身上，有时连你父母分点心都不行。

　　可成思维不这样，她对他随意。黏起来没完没了，像条蠕虫，撵都撵不走。一旦不黏你，会将你忘得一干二净。压根不在乎世界上还有一个你。林其彬发现，成思维黏他，多是在心情不好的时候，是在压抑或受了气的时候，她需要一个出气筒，要将身体里所有的坏东西倒给你，还要你热情地接着，不落掉一样。等她心情缓过劲儿来，立马就飘别处去了。

　　原来他只是一个垃圾桶啊。林其彬忽然有几分悲凉。这个时候，他会想到史晓蕾，想起以前跟史晓蕾热恋的日子。但很快，成思维又来了，成思维心情见晴的时候不多，老是阴着。这归功于她对待世界的态度，一向骄横跋扈的成思维总觉得世界是她一个人的，世界得听她召唤，她需要什么，世界就应该给她什么，可世界哪能完全听她的啊，哪怕她是成卓然的女儿。世界一旦对她说不，坏脾气马上就来了。这个时候的林其彬就遭殃了。

到后来，林其彬就更准确地想到一个词，成思维只是拿他来充饥。

充饥。当她咬不动世界的时候，就来咬他。他充当着一个弱世界，充当着她征服世界的一个替代品。她在他身上，除了撒野，再没别的。

有次林其彬很认真地把这个问题提出来，想得到证实，其实是想得到否定。因为他怕被证实。可人家成思维大言不惭地说："对啊，傻子，你以为我真爱你啊，你有什么值得我喜欢的？你不会傻到冒气吧，不会真以为我是爱上你了吧？"

林其彬惊得两颗眼珠子都要掉出来了。说了他是想得到否定，他怕证实，可人家一句话就证实了。

"那你……"他嗫嚅半天，鼓足勇气终于把憋了一年多的话问了出来，"那你为什么要插一脚进来？"

成思维那天心情很好，她刚刚跟着父亲认识了一位新朋友，金融界一大腕，网上很有名的。这人不但手握重权，而且有相当的话语权，而且幽默风趣，浑身充满活力。成思维一下就喜欢上这人了，虽然这人年纪跟她父亲差不多，但她就是喜欢。成思维心情一好，说话就大度起来，她的大度就是讲实话。

"告诉你吧，我就是看不惯你跟史家丫头在一起，才插进一脚来的，你当我真喜欢你啊？"

她管史晓蕾不叫史晓蕾，叫史家丫头。可见她是多么的傲气，多么的不把史晓蕾放眼里。

林其彬哪能接受这个，苦巴巴地说："你毁了我的前程啊，成思维。"

"叫我维维！"成思维忽然走过来，亲了他额头一下，然后命令，

"叫我维维，要永远这样称呼我，知道不？"

没办法，林其彬只能学做很动情地喊了她一声维维。

成思维呵呵笑了笑，拿手指托起他的下巴："这就对了，叫维维多好，我最反感男人直呼我名，那多没情调啊，你说是不？"

林其彬忙点头说是。

成思维又往他跟前贴了贴，大半个身子都要依他怀里了，林其彬都能感觉到她软绵绵的热量了，可成思维突然用水浇灭了这热量。

"刚才你说什么呢，前程？"她再次伸出两根手指，她的手指特别纤细，长而温软，白净，无骨一样。可那一刻，这些全都感觉不到。林其彬只觉得有冰凉的刀子架在脖子上。

"宝贝你有前程？真有，在哪，我咋看不见？"她还装模作样四下看了看，然后脸一板，改变了声音道，"你不就是赵纪光的一条狗吗，一条狗还谈前程，不怕我笑掉两颗牙齿。宝贝你赔不起的，我一颗牙齿就能换你一条命。可你也别怕，想当狗还不容易啊，只要会汪汪，只要会摇尾巴，肯定有主子喜欢你。等着吧，过两天我给你找位新主子。"

成思维这样调侃完他，不，不是调侃，是羞辱，彻底地羞辱。就又走了。像一阵风，来得迅速去得也很迅速。

林其彬考虑过分开，得知成思维并不是真心喜欢他，只是把他当玩偶，他很是悲伤了一阵子，但他没办法离开。成思维是那样一种人，她虽然不爱你，但她占有了你。占有了她就不许你离开，除非哪天她腻味了，让你滚你才能滚。不然，想离开她半步，都休想。

"我可把话说明白了，你少对我三心二意，给我老老实实待着，我成思维虽然不爱你，但我乐意有你陪着。有你我就不寂寞，寂寞你懂不？"她突然泪眼闪烁，将一脸的寂寞呈现给他。林其彬一下没招了，他最怕女人拿软处砸他。"听着林其彬，"成思维抹了把泪，脸又恢复到常态，眼里那层寂寞没了，换成另一样东西：恶。"我这人最恨别人背叛我，你要胆敢背着我再找新欢，我会阉了你，信不？"说着，她用手做出一个阉的动作来。

林其彬心里吱吱响了几声，感觉自己正在被阉掉。

后来他挣扎着说："可是，可是这样对我不公平。"

没想这话又惹恼了成思维，她猛地用膝盖顶住林其彬，这动作她常有，在她发疯且需要做那种事的时候。现在又不做那事，用膝盖顶住林其彬，林其彬就有些接受不了，因为痛啊。

可她不管，狠狠地顶着，顶得林其彬头上都直冒汗，她很过瘾似的，又猛一用力，林其彬痛得龇开了牙。

"公平，你跟我讲公平？你够资格吗，我一市长的女儿，让你睡让你玩，公平吗？我违规给你公司贷款，找各种关系帮你拉生意，没我，你那个公司一天都转不了，这公平吗？我把我所有的社会资源介绍给你，在他们面前我扮演你女朋友，目的就是让他们给你开绿灯，可你拿什么报答我，让你床上卖点力你都不肯，还背着我去嫖妓，进夜总会玩小姐，这公平吗？我父亲坚决反对我跟你来往，为了你，从不对我凶的他扇过我一耳光，你知道吗，这公平？"成思维说着说着，忽然泪流满面，稀里哗啦哭个不停。

这一哭，林其彬就没招了，只能乖乖按她的路数走。

林其彬有时也会感觉到，成思维并不是完全对他没感觉，这不可能，女人如果纯粹对男人没感觉，是无法跟你在一起的，尤其上床睡觉这种事，男人可以跟陌生女人开房跟讨厌女人上床，女人却难。有句老话叫男人为性女人为情，很有道理的。女人就算玩一个男人，这男人身上也得有吸引她的东西。

可他有吗？

林其彬人生头一次陷入了深思。

尤其这晚成思维哭得稀里哗啦，更让林其彬觉得，成思维心里还是有他的。只怪他不成器，因为跟史晓蕾分手，被赵纪光报复，被一脚踢出公务员队伍，将他大好的人生葬送。他不服输，马上下海创办企业，原以为自己有能力，用不了几年时间就会像赵岩章笑寒那样，成为企业界一霸。可现在他才知道，他哪有什么能力，当一个企业家何其艰难。他的华科表面看山长水远，运行得很顺畅，那都是成思维的功劳啊，如果离开成思维，他怕是一笔生意都拿不到。不能离开，真不能。

可怎样才能抓住成思维呢？林其彬又陷入了苦恼。

他清楚，成思维之所以对他怨恨丛生，问题并不全出在她身上，关键还是成卓然。成卓然嫌他，成卓然坚决不同意自己的女儿下嫁给一个什么也没有的男人，更不可能让女儿倒贴。成卓然一开始默许女儿跟他来往，是他还在体制内，还是一名颇有前途的大秘书。谁知赵纪光如此狠心，为一个私生女将他打进地狱，从光彩照人的市委大秘书变成一个小小的个体户。成卓然看他的目光马上就变了。这个世界永远是势利的，有时势利到惨绝人寰，林其彬已经深刻感受到这点。他不恨成思维，要恨也只能恨赵纪光。现在，林其彬又将希望寄托到成思维说的新主子上，他知道成思维不会彻底丢下他，他期待转机的出现。他想重新抓住一双手，哪怕让他做狗也行，只要能让他打翻身仗。

4

林其彬苦等了一个月，万万没想到，成思维给他说的新主子，竟是章笑寒。

林其彬快要笑死这个世界了。找章笑寒还用得着成思维吗，他跟章笑寒认识也不是一天两天了。当天他悲伤至极地说："成思维你是在耍我啊，我以为什么主呢，原来就给我引来这样一个烂货？"

"你说什么，再说一遍我听？"成思维显得很吃惊，她竖起的两道眼神告诉他，林其彬这话让她极度失望，甚或有那么点愤怒。

林其彬没被成思维的眼神吓住，竟然又将这话重复一遍。

"林其彬你头猪，你永远不知道强人是怎么产生的，你只配被人阉割。"

"我就不知道，成思维我告诉你，不要老以市长女儿的身份来压我。"

"叫我维维!"成思维歇斯底里。

"好吧,维维,这个人你请回去,我的事我自己想办法。"

"我靠!"成思维破天荒地骂了句脏话,"自己想办法,林其彬你有几个办法,你要真有办法,早成人物了,还用得着我屁颠屁颠去求人家?对了,这是给你的最后一次机会,你要再不抓,休怪我再给你补上一脚,把你彻底地踹进地狱,姓赵的老家伙踹你还不狠,还没让你醒悟。你可以堕落,我成思维不能,听到没有,你!"

林其彬被吓住了,真的被吓住。他可以不害怕成思维,但他害怕再补上一脚。

跟章笑寒重新接触一段时间,林其彬才发现,成思维的话有道理,不,维维讲得有道理。他自己认识的章笑寒跟维维介绍过来的章笑寒,完全不一样。林其彬这才知道,什么叫分量。分量就是一个人对世界的统治力,就是一个人说话的力度,更是一个人迫使他人服从的能力。

章笑寒跟他约法三章:一、华科对外可以宣称是林其彬自己的,对内必须严格听章笑寒的,作为三河药业的附庸,做跟三河药业有关的生意。三河大得很,生意多得做不完,养几个小企业根本不在话下。二、林其彬精力不能只放在华科,华科甚至可以找个人打理,这个人选由林其彬自己定,章笑寒不干预,他懒得干预。至于林其彬,章笑寒有更重要的任务交付他。

"我看好你,你身上有股特质,很适合做一样事。只要按我说的做,保你发财。"章笑寒笑眯眯的,目光甚至有几分暧昧,这样温暖的目光让林其彬着实感动,尤其听到特质两个字,简直快要感动死。折腾这么久,终于遇到欣赏自己的人啊。林其彬心花怒放,感觉自己已经发了大财。

第三条,也是最重要的一条,章笑寒说:"你要全身心地爱着成思维,不,维维。"章笑寒也叫她维维,叫得那么亲切,那么自然,"要拿她当生命,绝不许对她三心二意。记住,哪天你跟她关系破裂了,哪天就从我这里走人,多一分钟也不留。同时,更要搞好跟成卓然的关系。"

林其彬倒吸几口凉气，章笑寒这话什么意思啊，难道是替成思维谈价码，但又觉不像。再说到现在为止他也没想背叛成思维啊，召妓的事跟背叛没关系嘛，章笑寒自己也召妓呢，这是男人的共同爱好啊，又不是养小三包二奶。

见他发愣，章笑寒伸手拍拍他肩，说："放心吧，市长之所以对你不满意，是你没做出成就，跟着我，做一番样子给他看，只要你把事业做大了，还愁他不高看你，到时候怕是他得这样看你呢，是不是啊林总？"

章笑寒笑着做了一个仰起头来朝上张望的姿势，这个动作把林其彬逗笑了，那声林总更是让他瞬间高大出许多。

林其彬全答应了，来不及细想，也不需要细想，甬说三条，就是三百条，他也要答应。

林其彬的新生活就这样开始。章笑寒并没有食言，这的确是一个说到做到的男人，而且绝对的大手笔。他先是给华科融了一大笔资，一次性投入三百万，彻底改造了华科，包括林其彬的办公室，都鸟枪换炮似的，一夜间高大上起来。接着让华科干了两大票，一票是跟新加坡的一家公司合作，做成了一笔医疗器械生意，华科赚了三百多万。一票是向南非输出药品，华科更是赚得钵满盆溢。两笔生意下来，华科在业界名声大振，没人敢小瞧林其彬了。这时候章笑寒才催促林其彬赶快给华科找一名职业经理，他要给林其彬交付更重要的任务了。

林其彬告诉史晓蕾，华科新找的经理人，叫骆一山，猎头公司介绍的，男人。这个他特意强调了一番，生怕史晓蕾有别的怀疑。骆一山之前一直在医疗器械行业，替人打理过两家公司，业绩非常突出，一家后来还上市了。公司交骆一山手上，的确变了一个样子，骆一山以职业经理人的路子，重新改造了华科，让华科完全从小作坊的经营方式脱胎出来。而他自己，从那天起，就担负了新的使命。

这个使命他一直没跟史晓蕾讲，史晓蕾问过几次，他只说是替三河拓展业务。史晓蕾也觉得自己的兴趣点不在这方面，所以也没深追细问，而是马马虎虎地放过了。

后来的问题恰恰出在这里，不过这是后话。

按那几年的步骤，林其彬真是能成就一番事业的，跟成思维的爱情也能结出硕果来。自从跟了章笑寒后，成思维对他的态度有了变化，不再像以前那样刻薄恶毒，有时还显得特近人情。任何女人心里都是有一根柔弱神经的，女人的强大往往是装出来的，或者是男人不争气，女人不得不硬撑。一旦男人在这个社会上有所作为，能立得住脚直得起腰，多数女人都会歇下劲儿来。女人的天性其实是服从，服从于偶像，服从于能征服自己的那一个人。生活中那些看似强大的女人不是少了服从，而是少了那个愿意让她臣服的偶像。

林其彬终于找回一点做男人的面子。

不只如此，一向对他冷眼横眉的成卓然，也开始拿他当人看了。虽然还没亲密到拿他当未来的女婿对待，但成思维带他回家，出现在他们夫妻面前时，成卓然脸上表情也不再坚硬，偶尔还会跟他聊上几句，问问他对当前经济形势的看法。这就很好嘛，证明已经在尝试着接受他呢。对了，成卓然夫人叫何香久，在税务局工作。何香久对成卓然的态度也是从那时改变的，以前她可横呢。跟成思维恋爱，林其彬最怕的并不是成卓然，而是夫人何香久，她要是不高兴，能直接将林其彬赶出门。现在不赶了，不但热情，还关心起华科税收的事来。何香久出面，还帮华科减免过两次税呢。

如果不是那个叫罗德的新加坡人出现，如果不是后期西蒙睿跟海天的合作，林其彬也不会沦落到再次跑来向史晓蕾诉苦，更不会把爱情的绣球二度抛向已经被抛弃的史晓蕾。

事实上跟罗德的合作，华科要比赵岩的海天早得多。林其彬正式投到章笑寒门下，华科做的第一票，就是跟罗德联手完成的。只不过那时的罗德不姓罗，也不叫罗德。林其彬记得，当时这个人叫涂自强，自称是出国留学后定居到新加坡的华人。公司名也不叫西蒙睿，叫前线投资。

涂自强跟华科的二次合作，是完全瞒着林其彬进行的。这时候林其彬正忙着帮章笑寒拓展业务，华科做什么，业务做到多大，都由他请来的职业经理人骆一山说了算。林其彬只是定期回公司过问一下，对个别吃不准的项目，表示一下疑惑。但经验丰富的骆一山会几句话将他的疑惑解除，何况人家业绩摆在那儿，华科的确是一天强过一天，林其彬真是不好说什么。

　　林其彬听说华科跟涂自强的前线投资联手从德国引进价值高达九千多万美金差不多十亿人民币的重离子治疗肿瘤全套设备时，这项目已经运作到尾声了。林其彬把自己吓坏了，投资如此巨大，风险如此之高的项目，经理人骆一山竟然不跟他打招呼，而且使用障眼法将运作过程瞒得严严实实。也怪他，一头钻进章笑寒说的新项目里，忙得焦头烂额，长达三个月时间竟然顾不上回华科一趟。听闻风声后，他马上从泰国飞回，直接将骆一山叫到家中，问怎么回事。骆一山笑问什么事。林其彬有点动怒："什么事，公司运作这么大的项目，我这个老板居然一点消息不知道，你说什么事？"

　　骆一山一听他问重离子设备的事，马上竖起一根手指，放嘴上"嘘"了一声，意思是不让林其彬大呼小叫。虽然家里再没第三个人，林其彬还是乖乖按一山说的，小下声来。

　　"这事可不是随便说的，我怕提前跟你透露了，你一准会吓得尿裤子。"

　　"尿裤子，骆一山你拿我当什么人了？"林其彬霍地又站起来。

　　骆一山再次笑笑："不怕就好，不怕就证明我没跟错人，我还一直替你发愁呢，生怕你见了钱会吓昏过去，看来我的担心有点多余，早知道老板有这等勇气，我早就汇报了。"

　　骆一山绕了一个大弯子，听不出是夸还是损他。林其彬极不耐烦，他说你快点告诉我，这到底怎么回事？

　　"怎么回事？"骆一山再次神秘起来，"事情大着呢，你知道这项目是谁看准的吗，知道前期工作是谁做的吗？"

　　林其彬说不知道。

"你当然不知道，所以我说，公司的事就由我打理，你只管放放心心拿钱就是，难不成你还怕钱多了烫手？"

那晚不管林其彬怎么问，他请来的职业经理人骆一山就一个态度，跟他打太极。林其彬忽然有一种警觉，是不是这个人请错了？

接下来他紧着查问此事，才知道人家骆一山并没吓他，十亿人民币从德国引进质子重离子治疗肿瘤先进设备，的确大有来头。这项目绝不是哪个商人看中的，而是陆子铭。

陆子铭是先赵纪光一步到达省里的，赵纪光后来到省里担任了卫生厅厅长，折腾几年才进了省府大院，担任秘书长，而且还是阴差阳错，是两个竞争对手互相伤害，他渔翁得利。人家陆子铭是一步到位，从银河直接进了省府，先是秘书长，然后副省长。陆子铭这辈子，总是走在赵纪光前头，这也是赵纪光挺不顺心的一件事。

这不顺心就促成了后来一件大事，重离子治疗肿瘤项目。

这个项目的真实过程是，陆子铭随着一个考察团去德国考察，发现了这个项目，回来后念念不忘，一直想把它引进来。但因设备昂贵，而且据说项目建成后收回期限非常遥远。质子重离子治疗肿瘤，是世界医学最新的一个方向，也是前卫医学家们埋头钻研的一件事，此技术被医学界公认为不仅能显著杀灭肿瘤细胞，还能最大限度减少对正常细胞的损害。它是利用质子或重离子射线，经过同步加速器加速后高速引出，射入人体，聚焦能量作用于肿瘤组织的一种放射治疗方法。也被称为"质子刀""重离子刀"。但这个项目的局限性也十分大，尤其是高昂的治疗费用。林其彬后来拿到的一份材料显示，质子治疗设施和X射线治疗设施的平均造价分别是九千多万美元和两千多万美元，每年的成本投入是两千五百万美元和一千万美元。目前国内只有上海有些项目，每个疗程平均价格将近三十万元，且不在医保范围内。

林其彬真是吓住自己了，这样昂贵的治疗费用，一般家庭哪能承受得起？这样的设备就算引来，哪家医院敢用？

但陆子铭不怕，天大的事，到了陆子铭们手里，就一点不怕了。

陆子铭最终还是拍板，将设备引进了过来。

设备是陆子铭指示章笑寒，由三河和华科联手通过涂自强的前线投资引进的。从这个意义上，就能看出章笑寒跟陆子铭的关系已经很不简单了。林其彬不敢多问了，骆一山说得对，问多了真是能吓住他呢。他只求这设备能尽快出手，找到最后的主人。因为华科为引进这设备，在银行欠下他想都不敢想的巨额债务。而这些，居然都是章三河一手操作的。

这个时候林其彬才知道，这个叫骆一山的职业经理人，压根就不是跑来为他服务的，人家是章笑寒的人。而章笑寒跟涂自强的合作，从来没中断过。

天啊，中计了。

林其彬出了几身冷汗，公司明显被章笑寒控制了，这是不争的事实，可他还蒙在鼓里，还拿章笑寒当导师当恩人。尤其是当他得知，骆一山听从章笑寒的，为了购进这价值昂贵的设备，以虚假手续，从银行拿到将近一个亿的巨额贷款时，他的脸都吓白了。一个亿啊，就算把华科以十倍的价格卖掉，也不值。他猛地想到另一层，章笑寒怎么才能说服银行，将这样一笔巨款贷出来？然后忽地又想到成思维，成思维不正是在这家银行工作吗，货款手续不正是成思维帮着办的吗？

不用想了，啥都不用想。他被人玩了，华科哪是他自己的，分明成了章笑寒从银行骗贷款的一个工具，成了章笑寒骆一山甚至成思维合谋算计他的一个坑，天坑。可这些款最终是要他还的啊，林其彬再次吓出一身冷汗。

光出汗不行，林其彬得紧着想办法，把这事弄清楚，把山一样的压力解除掉。可他想什么办法啊，他跑去找章笑寒，人家一句话就将他打发了出来："其彬啊，说好的公司要交给骆经理打理，你怎么又干涉起来了？这不好，我们做事是要讲诚信的。"

听听，还成他不讲诚信了。

他战战兢兢又问一句："章总，不，老大。"从某个时刻起，他们这些人，就不再管章笑寒叫章总，而统一称老大。

"老大，我是公司法人代表啊，公司这样大的业务，我怎么能不过问一下？"

"你问了管用吗，款都贷了，还不止这一笔，其他的你还不知道呢，你说咋办？"

"还有？"林其彬吓得魂都要飞了。

章笑寒阴阴地看了他一眼："你这个公司，除了贷款还真没啥用，既然你不放心，要干预，那行，让骆经理走人，公司交你手上，你亲自来打理。"

"那贷款呢，贷款咋办？"

"贷款当然由你来还，难道让人家骆经理还不成？"

"不！"林其彬惨叫一声。

章笑寒却不管他吓成啥样，继续说："公司的事就这么定了，我看骆经理也不会跟你长期合作下去，你这样的心态，哪个人敢跟你合作。回头你把这边的事清理一下，将业务情况跟季经理交接掉，这边我看也不需要你了。"

季经理就是季文韬，跟着章笑寒的这两年时间，林其彬其实是跟季文韬做另一件事。这件事他不能告诉别人，真的不能。

"什么，让我走？"林其彬这才意识到章笑寒要卸磨杀驴，眼睛不只是绿了，简直要出血。

"我章笑寒这里不养闲人，林其彬，你认真想想，两年多你做出什么业绩来了，拓展的业务没一项是合格的，你连一件简单的事都做不了，我还要你做什么？"

"简单的事？"林其彬整个人都蒙了。

"哈哈。"章笑寒笑出了声，笑完，突地叫来两个人，冲他们瞪一下眼，"让他走，能走多远走多远，我再也不要看见他。"

"不可以啊老大。"

不管林其彬多么不甘心，也不管他有多少疑惑，总之，那天他是被章笑寒手下架了出来。

"我被他架了出来，架了出来啊，他太残忍了。"

林其彬痛哭流涕地跟史晓蕾说。

史晓蕾觉得，自己之所以二次动心，就是从林其彬流眼泪开始的。自从父亲住院，林其彬拿来了几万块钱，她跟林其彬断了的关系，就又续上了。一开始史晓蕾把得紧，再三跟自己提醒，绝对不能再对这个男人动情，哪怕他为她做出多少，那也只能感谢，甚至连谢字都不能有。至于情，她史晓蕾还有情吗，林其彬还有情吗？可是不久，史晓蕾悲哀地发现，自己的内心变了，对待林其彬的态度也变了。

都是眼泪惹的祸。林其彬二次找她，是装可怜来的。几乎每次来，都要将自己不堪的往事讲上一遍，都要将自己遭受到的欺诈与蒙骗讲上一堆。一开始史晓蕾听得很过瘾，林其彬讲得越多，她心里越痛快，好像章笑寒还有那个叫骆一山的替她报了仇雪了耻解了恨。慢慢地，她发现自己心里有了别样的味道。林其彬再哭时，她会主动递上一张纸巾，有时甚至关切地问，心里好受点了吧？她既像个垃圾桶，一任林其彬将过去几年的破事烂事一股脑儿倒进去，更像个治疗仪，林其彬不是在她这里诉说，而是在她这里疗伤，她竟然真的替林其彬疗起伤来。

有那么一段时间，她竟然糊涂地想，这个男人遭受了惩罚，为背叛付出了惨痛代价。上天替她修理了这个男人，打掉了他的野心，也让他十倍百倍地品尝到了背叛的恶果。够了，对一个人，还能咋样呢，难不成还要她亲自动手，将他千刀万剐啊。她可做不出。

"好了，林其彬，我不计较你的过去了，起来吧。"她冲蹲在沙发边的林其彬说。

林其彬怀疑地坐起身子，一把抓住她的手："蕾蕾你原谅我了啊？"

"原谅？"史晓蕾当时没反应过来，不知道原谅这个词从何讲起。等明白林其彬的意思，不可思议地笑了起来。

"林其彬你说什么呢，我有什么原谅你的，你跟我有关系吗？"

"有！"林其彬再次抓住她的手，几乎乞求着说："蕾蕾我是爱你的，我真的是被那个女人骗了，蕾蕾你再给我一次机会，再给我一次好不？我一定百倍珍爱你疼惜你。"

史晓蕾猛地抽回自己的手，疼惜？林其彬这话把她吓住了，原来弄半天，他是跑来疼惜她的啊。

赵纪光跑来疼惜她，林其彬也跑来疼惜她，莫非她给世界的样子，就是一条可怜虫，必须靠这些人的疼惜才能活着？可她的可怜又是从哪来的呢，还有，他们凭什么疼惜她啊，难道他们很强大？

本来她应斩钉截铁地告诉他，滚一边去吧，她不需要这个世界疼惜，更不需要假惺惺的怜悯，她只想让伤害离她远点，只想让这个操蛋的世界还回她公平。可话到嘴边，竟然又咽了下去。她有点复杂地看住林其彬，看着看着，眼睛竟然湿润，似乎从林其彬这可怜巴巴的神态中，发现了另一个自己。

哦，同是天涯沦落人。史晓蕾心里居然奇怪地生出这样一个念头，居然对林其彬有了怜悯，居然……

她把手抽出来，完全地怔在那里，她搞不懂自己了，更搞不懂林其彬。那天她心里真有一个强烈的意愿，似乎没听够林其彬的话，还想听林其彬再说一遍。林其彬准确地判断出她的心思，稀里哗啦，又讲出许多。史晓蕾动摇了，人虽然继续木着，但分明已听到内心里另一个声音，这男人真够可怜啊，公司没了，事业没了，玩弄他的女人也跟别人去了，按他说的，满世界只有她史晓蕾一个可以信任可以说话的人了，她该咋办？

人根本不是被别人迷惑的，人完全是被自己不清晰的内心给搞混乱的。时隔多年，史晓蕾想起那段日子，还能感觉到那种黏黏稠稠如梅雨季节的心情。是的，她承认自己是被林其彬迷惑了，被他的花言巧语弄忧伤了。林其彬说他的心一直在她这边，一直在，她居然信了。可她为什么被他迷惑呢？

爱。想了很久，史晓蕾才明白，真正让她二次迷失自我的，仍然是爱，而不是别的。她压根就没忘掉林其彬。她以为忘掉了，忘干净了，其实没。她以为自己被林其彬伤透了，伤烂了，其实也没，还伤得不够，必须再来一次。

悲哀啊。意识到这点，史晓蕾才发现，一个被爱情迷住的女人，是多么的可怜，多么的无救。哦，真的无救。

能活过来的，不叫死。史晓蕾最终还是在林其彬悔恨的泪水和百般的讨好中重新张开了怀抱，搂住了他。不搂没有办法，她不能看着这个男人消沉下去，毕竟也是她深爱过的男人啊。更不能看着这个男人整天被愤怒和诅咒包围，他得做事，得重新站起来。当时她真这么想。于是她说："其彬，我可以原谅你，但你不能这样消沉，你得做出个样子来，你能答应我吗？"

天啊，她竟然叫他其彬，还要他答应她。可见她的智商是多么让人着急。

不管怎么，史晓蕾跟林其彬是重归于好了。这事极大地震怒了赵纪光。听闻消息，赵纪光第一个来找她。这个时候的赵纪光已经彻底从位子上退了下来，成了一个闲人，手中既没了权力，身边也没了簇拥的人，风光没了，变成了一个可怜巴巴的孤独老头。他找到医院，把史晓蕾从医院叫出来。

"你想气死我是不是，世上男人死光了，我的女儿嫁不出去了，干吗还要跟那个骗子好？"

"你的女儿？"史晓蕾怪怪地盯住赵纪光。这个时候她想到一些事，父亲孟瓷住院手术时，史晓蕾被逼没有办法，厚着脸皮找过赵纪光，求他借点钱，让她替父亲治病。赵纪光竟黑着脸说："你有几个父亲，你要永远记住，你只有一个父亲，就是我赵纪光。想从我这里拿钱给别人治病，门都没有。"

史晓蕾的眼泪瞬间就下来了，这个意义上她真得感谢人家林其彬呢，如果不是林其彬，父亲孟瓷怕早没命了。她狠了狠心，又狠了一下，道："你这个时候跑来让我当你的女儿，你好意思吗？"

赵纪光说："这有啥不好意思，你本来就是我赵纪光的种，跑哪儿都改不了。我赵纪光以前不敢公开承认，那是我在位子上，现在下来了，我当然敢。"

"你下来了？"史晓蕾问。

"是，下来了。"赵纪光活动了两下胳膊，阳光很好，阳光好的时候，人就有活动一下筋骨的冲动。

"你也能下来，我以为你要干一辈子呢，我以为权力会在你手里掌握一辈子呢，原来你也会下来啊。"史晓蕾说着笑了起来。

"什么意思，你什么意思？"赵纪光一下警惕起来。

"你想让我有什么意思，站在这叫你一声爸？你做梦呢吧，血压没高吧，或许我该带你进去检查检查？"

"你——"赵纪光这才听出她是在挖苦，恶毒地挖苦。可他不生气，他真的能做到不生气，他冲天空笑了两声，继续以父亲的口吻说，"听着丫头，你千万不能上他的当，他不但是个骗子，还是个害人精哪。"

这个时候的史晓蕾早就没了理智。人是不能失去理智的，任何时候，都不能晕了头。可史晓蕾那天是晕了头。非但听不进去赵纪光一句劝，反而打定一个主意，就冲赵纪光这态度，她也要跟林其彬好。她要拿林其彬报复他们，报复赵纪光，也报复成卓然，当然还有那头小母虎。你们不是想从我手里夺走他吗，来夺啊，他现在牢牢地握在我手里，正跟我热烈地相爱呢。

赵纪光一看完蛋，知道史晓蕾中了毒，身上摸了摸，像是要摸出解毒药一样。摸半天他摊开手，无奈而又苍凉地说："你可以恨我，但不能拿他惩罚你自己啊，你知道这些年他做了什么吗？你肯定不知道。他帮姓章的发展老鼠会，这是姓章的交给他的一项任务。知道老鼠会是什么吗？就是替姓章的铺网，铺毒品的网，让那些无辜者去吸毒。你还知道姓章的为什么要一脚踢开他吗？他发展下线不力，更重要的是，他自己染了毒，染了毒啊。"赵纪光猛地一阵咳嗽，激动得说不下去了。史晓蕾大叫了一声："你血口喷人，你不就是怕我回到他身边吗，休想！"

赵纪光继续咳嗽着，可以看出他的情绪已经非常激动，整个身子在抽搐，随时要倒下来一样。史晓蕾才不管呢，她也被赵纪光气疯了，林其彬吸毒，林其彬发展老鼠会，这样的话他竟能说出来！她在心里猛喊一声："我什么也不信，不信！"

赵纪光一头栽倒在地。

史晓蕾理也没理，转身而去。

这个时候恰巧柳冰露过来了，一看倒在地上的赵纪光，惊叫起来："晓蕾你怎么能这样，快扶他起来。"

史晓蕾本可以当听不见，本可以走掉。可她没走，而是蓦地停下步子，转过身，一双眼睛非常犀利地盯住柳冰露。

"柳医生你是在叫我吗？"她面带和颜地问出一句，她听得出自己内心在发出另一种声响。这声响从她发现柳冰露和赵纪光不洁关系的那一天开始，哦，那是多么肮脏的一天啊，又是多么不堪的一天。她去找赵纪光，事先没打电话，径直去。在赵纪光平时老叫她去的那幢二层楼里。赵纪光在省城有不少居所，有些是极隐秘的，但那处不隐秘，赵纪光说只要她想来，随时可以。于是她就去了，于是就看见了不堪的一幕。

要说那一幕也没啥过分的，她进去时他们两人都穿着睡衣，赵纪光坐在书桌边，正在批阅一份文件。柳冰露在厨房忙着磨咖啡。咖啡豆的味道很诱人，柳冰露的肤色更迷人，尤其裸在睡衣外一大片粉红色的脖颈，还有睡衣怎么也掩不住的那道深沟，真的很迷人。她当时还真被迷了一下，不过很快那种美丽的感觉就没了。在医院工作，听不到小道消息是假的。有关柳冰露的各种传闻，一直是医院里那些没有上进心的人八卦的主要内容。作为上进心不大的一员，史晓蕾对那些八卦早就烂熟于心，不外乎权力与美色的又一起合谋，这类事听得简直耳朵都要生茧了。她也不是多有正义感的人，听到这种传闻，一概一笑了之。各人有各人的活法，生为女人拿姿色换取点资本，捞取点好处，也无可厚非。甭看科室里那些女人谈起这个来个个义愤填膺，谁都是正义的化身，道德楷模。那是她们没有机会，或者压根就不具备傍男人的资本。她敢打赌，如果权力持有者稍稍跟她们抛个媚眼，她们恨不能一秒钟扒光自己呢。她不。她是一个极少去评论他人的人，自己连自己都理不顺，哪还有心思精力去管顾别人。再说这个世界上有那么多不合你胃口的人和事，难不成个个你都要义愤填膺？还有一条，她没能力评价别人，她感觉这个世界上她是最没有资格去说别人的，一个在社会底层苦苦挣扎，一个到现在还养不起家、给父亲看病都需要向别人伸手的人，有什么资格？如果她这样的都敢对别人指手画脚，世界岂不乱得不成样子？

所以对柳冰露和赵纪光，她听见了装听不见，从来不问，从来不想。这事上她真能做到心静如水。

那天她没做到。不是因为撞见了不该撞的，而是柳冰露超常的镇定激怒了她，还有赵纪光看她的眼神。按说他们两个应该有点慌吧，毕竟是她第一次看见他俩在一起，可没，真没。柳冰露只冲她说了句来啦，然后就聚精会神磨咖啡豆。赵纪光呢，见她到来，只是淡淡地点了下头，告诉他有文件要批阅，让她找个地方坐。而他们为什么要在一起，在一起干了什么，需不需要向她解释一下、遮掩一下？这些问题像是根本不存在，他们那种超级淡定一下让她恼了，好像这个世界发生什么，都跟她史晓蕾无关一样。

那天她掉头而走，狠狠地摔了下门，借以发泄内心的不痛快。回来到现在，她仍然没跟柳冰露提这事，柳冰露也装作什么也没发生，闭口不谈。这是一个淡定到让人可怕的女人，史晓蕾真是打心底里服她。可这一刻，她不服了，挑衅似的看住柳冰露，想让柳冰露也慌张一下。

柳冰露依旧没慌，见她样子有些怪，就说："算了，你去吧，我来扶。"然后走过去，想扶起赵纪光，又发现情况不妙，掏出电话打给急救中心，让急救这边马上派人过来。

"恶心。"史晓蕾心里骂了一句。

"都不是好东西，都该死。"她又骂了一句。

赵纪光的反对加剧了史晓蕾跟林其彬的关系，柳冰露不识好歹，竟然也厚着脸皮劝她，让她想细点想周全点。晕，世界有这么搞笑的吗？一个心甘情愿当小三的女人竟让她想周全点。她差点反问柳冰露，你想周全了吗？你肯定想得好周全哦。她没问。她心里只有一个声音，我就要你们难受，你们不是超级淡定超级从容吗，那我就在你们的从容里加把盐。

"骗？我就要让他骗，心甘情愿被他骗，急切地想让他骗，你能拿我怎么着？"她在心里一次次冲赵纪光冲柳冰露说这样的话。

悔啊，现在想起来，史晓蕾悔得想用双手撕掉自己。一切都让他们说准了，这些可恶的人，他们竟然提前把什么都看了个清楚，连她的下场也看清了。骗？岂止是骗，她整个人生都让林其彬绑架了。

赵纪光说过老鼠会之后，史晓蕾盘问过林其彬，问老鼠会是什么东西，这些年他是不是在帮章笑寒发展下线？林其彬装得很稳地说："什么老鼠会，我听不懂啊。我是帮他发展下线，可他是在搞金融投资，就是民间融资，借鸡下蛋，拿别人的钱去做项目，从中获取大额利润。"

"为什么不从银行贷？"她傻傻地问了一句。

"银行？呵呵，你就甭提银行了，你没经过商，不知道银行门槛有多高，我告诉你吧，现在有能耐的企业家，融资几乎都不靠银行，而是自己干。他们以民间借贷的方式，将大家手里的闲钱集中起来，回报要比银行的高出十倍还多。"他一通胡言乱语，竟把史晓蕾说信了。

其实他是真的在帮章笑寒搞老鼠会。这是最近她才知道的。他被章笑寒一脚踹开，不是因华科那点事，那事算什么啊，设备他们不是照样甩给赵岩了吗，重离子项目不是如愿地让赵岩接了盘吗？章笑寒是嫌他在老鼠会毫无作为，更嫌他没有按计划顺利地拿下成家父女。

哦，肮脏，听起来都是肮脏。

更肮脏的是，林其彬将她省吃俭用节省下来的八万存款悉数骗到了颐养园那个项目。当初他说这项目投资回报高达百分之一百二，也就是拿一百万放进去，一年后单是收益就有一百二十万。说得她那个兴奋啊，好像马上就能变身亿万富翁一样。

说穿了还是穷，缺钱，她想有钱！

被项目打动后，她开始为钱发愁。她没有一百万啊，但她特想跟着林其彬狠赚一把。林其彬说，你没有别人有呀，去找赵纪光。她恨恨地剜了林其彬一眼，警告道："不许提他，提他我跟你翻脸。"

林其彬就没再提，但他提到了房子。

"赵纪光不是在省城蝶江边送了你一套房子吗，我们何不把房子拿出来，要知道，一年后它就会变成两套，不，三套，甚至别墅啊。"林其彬畅想得快要醉了。

她本能地从林其彬怀里脱出来："林其彬你说什么，房子？你想打房子的主意？"

一开始她脑子里还是有点警戒的，可让林其彬一描绘未来，一说颐养园项目前程有多美好，入股有多难，得有相当的关系才能参股进去，她的心又一次动了。

那房子不由她。是的，赵纪光是送了她一套房子，就在省城蝶江边上，就是此时此刻她寄身的这里。但房子不在她名下啊。可恨的赵纪光，竟然对她留了好几手。当初她也不明白，为什么不把房子直接过户到她名下。赵纪光说："不可能，一来你是我女儿，虽然没公开，但保不齐别人会知道，我在位子上时，绝不能大意，要随时防着他人。二来，我也怕……"

赵纪光没把话说完，但她替赵纪光把话说完了："是怕我让父母住吧？"

"对！"赵纪光说这话时整个身体都是含着恨的，他就怕给她一点好处，马上分享到孟瓷那边去。为这事，她没再跟赵纪光闹，一来她打定主意不会做赵纪光的女儿，二来，她对房啊啥的也没感觉。她才不会为一套房去做违心的事呢。

现在情况不一样了。林其彬把颐养园项目说得那么好，她也暗暗打听了下，这项目的确非同一般，获利非常诱人，而且只要你一交钱，红利马上就返还到手。抱着钱挤着交的人多了去了，用挤破了头形容一点不为过。远处不说，单他们医院，周泽晋交了，副院长也交了，好几个科室主任通过市里的关系也交了。科室里天天谈论此事，找不到关系的人急啊，百分之一百二十的分红，哪个不眼红？

一听房子不在她名下，林其彬也泄气了。可儿天后林其彬又来了，喜滋滋的，见面就说，你猜赵纪光把房子弄到了谁名下，打死你也想不到。

她连问几遍，林其彬都不说，后来她急了，提起小拳头就要揍林其彬，林其彬才说："他把房子过户到了柳冰露名下。"

"啊？"

史晓蕾彻底炸了，忍都不能忍。"你还笑呢！"她骂了一句林其彬，抓起包就去找赵纪光。说是送她房，竟然把房子办在柳冰露名下，凭什么？

赵纪光当时的话至今还响在她耳边。

赵纪光看着她暴怒的样子，道："我知道你迟早会找来，没想到你来得这么快，好吧，既然你想知道，那我就告诉你。"

"房子是给你的，这个不会变。但放在你名下不安全，放在柳冰露名下，永远是安全的。一来外人不会怀疑，她完全有能力买得起这样一套房。二来，也是我深思熟虑过的，这人可靠，比我所有的子女都可靠，当然也包括你。这么说吧，她在任何时候都不会欺骗你，会把房子安全地过户给你。但前提是，你必须跟姓林的彻底断掉关系，而且保证这房子只用于你结婚。"

赵纪光用了安全，可见这是一个多么谨慎的人。

她心里呸了一声，表面上却装得很亲和。只冲赵纪光说了句，哦，知道了。然后抓起包就回。她才懒得跟赵纪光说什么呢，她来只为了一件事，就是证明一下房子是不是落户在柳冰露名下。现在她心里有底了，好你个柳冰露，你手段也太高了吧？

她不跟赵纪光要房，她跟柳冰露要，天天要，她这招高吧。柳冰露难道愿意别人知道赵纪光还有房，愿意别人知道赵纪光把房子过户到她名下？绝不可能。果然，柳冰露被她缠得没招了，有天把她叫进办公室，关起门说："我不知道你干吗这样逼我，房子我绝没有不给你的意思，不是我的东西，我绝不要。但我还是不能给你，因为我答应过他。"

"他？"她差点笑得喷出来。"行了，咱都别演戏了，戏演多了真不好，不给房就拿钱，反正我是要定了，你看着办。"她摆出一副无赖的样子，她知道，这个时候的她，真的很接近无赖了。

就这么着，柳冰露拿出五十万给她。给她的时候，还刻意叮嘱："这钱说啥也不能到林其彬手里，如果你还拿我当好姐妹的话，就听我一句。"

"姐妹？我都不知道该怎么称呼你呢，以前我管你叫柳大夫，柳姐，现在怕是得叫你柳姨了吧。"她大笑着离去，才不拿柳冰露那些叮嘱当话听呢。

实践证明，她是头猪，彻头彻尾的猪。天下还有这样笨的女人吗？没，绝没。其他女人是被人家骗一次，她是心甘情愿让骗二次。不只是骗感情，骗身体，还让姓林的骗钱。

坐在蝶江边空空的房子里，史晓蕾的心快要碎了。

第三章

1

史晓蕾擅自离开医院，引发了一场危机。

事件发生后，钟好火速回到医院。曹亚雯没有经验，大约也是吓着了，竟在这么短的时间，就将事件传播了很远，局里上下也都知道了。尤其副局长于向东，更是电话一个连着一个，质问到底怎么回事。查看完现场，钟好气不打一处来地道："你什么意思，嫌事不大是不，嫌知道的人少是不？"曹亚雯紫红着脸，声音打着哆嗦说："我就去帮于局他们一会儿的空，回来人就不见了，问哪个也不知晓，我急啊。"

"急就可以违反原则，急就可以满世界嚷嚷，还嫌现在不乱是不是？"钟好一边训斥曹亚雯，一边找大侠。奇怪的是，大侠这小子也不见了。曹亚雯说，赵岩叫来了十几个人，气焰非常嚣张，于局怕出现意外，让她们过去协助。她跟两个警员帮着处理完太平间那边的医闹，等于局他们带着赵岩赵一霜还有光头李活一干人离开医院后，才回到急诊楼这边，回来后就发现史晓蕾病房空了，大侠病房也空了。

"她失踪了，她真的失踪了。"曹亚雯还处在紧张中，说几句就要重复一遍失踪。钟好不耐烦了，近乎粗暴地说："冷静，这个时候应该冷静，失踪可不是一个随便用的词，知道不？"

骂着，二次又回到急诊楼。

病房空空，史晓蕾病房里什么也没有留下，几个护士说话前言不搭后语，根本就提供不了什么。问值班大夫，也说整个医院被医闹搞得乱哄哄的，哪还有心思操心别的。大侠这边的病房同样干净，翻腾了几遍，除两本外国小说外，什么也没有。钟好将小说扔给跟随的警员，说拿回去检验一下。然后掏出电话，又给大侠打。

他给大侠打了已不止一遍，往医院赶的路上，他就要把大侠手机打爆了，这小子手机关机，现在还是联系不上。

钟好又打给文霁，同样关机。奇了怪了，他们两口子很少有关机的时候啊，今天竟是同步关机。

"得，我得去趟花店。"钟好让曹亚雯继续留在医院，有消息马上通知他。自己驾上车，往花店那边去。

路上于局又把电话打来了，钟好说没事，别听亚雯的，女人就是多事，一点担当没有，针尖大的事搞得满城风雨。失什么踪，一个小护士长，她能失踪到哪，头儿你只管放心，天黑以前我把人找到。

"天黑以前！"于局命令道。

赶到新安百货这边，花店居然关着。再次打电话，仍然关机。钟好有点发急，拿着手机翻半天，翻出小姑娘乐乐的号码来，立马打过去。通了。可是乐乐说，她回老家了，姥姥病了，花店那边的情况她也不知道。

"全是扯淡。"

钟好问了边上儿家店的老板，有说文霁送花去了，也有说可能是孩子病了，昨天他们看见文霁抱着孩子急急地上了一辆车，具体回来没，却没一个人能说清。站在离新安百货门口十来米远的地方，钟好怔怔地盯住"星空"两个字，心里忽然有些难过。这一对夫妻，生活也真是有些不易啊。

正发着感慨，手机蜂鸣了一下。拿起一看，是一个陌生号发来了短信。手机丢了，我借朋友手机告诉你一声，有新情况。后面落款是大侠。钟好马上按号码打过去，劈头就问："你小子怎么回事，连个人也看不住，还把手机给丢了，你是不是要告诉我，这行你干不了了？"

大侠却不解释，直接道："老大，你听我说，那个林其彬，真的吸毒。"

"什么?!"钟好脑袋嗡一声。吸毒,林其彬?

"什么,你再说一遍!"他大声冲大侠吼。

"老大,这次千真万确,他跑来找史晓蕾要钱,史晓蕾不给,他抢,结果毒瘾发作,史晓蕾是被吓跑的,这都是我亲眼所见。我现在在路上,跟踪这家伙。"

"跟踪?"钟好又是一头雾水,大侠上个厕所都难,出门就得人搀,能跟踪别人?

"老大你别管了,我在去前江的路上。林其彬被季文韬接走了,听着,是季文韬!他们要去前江。这边你交给我,我一定探个明白。对了,史晓蕾很可能去了省城,你去省城找吧,她弟弟孟非病重,住在省人民医院。"

"等等,你把情况说清楚点行不,林其彬怎么会让季文韬接走?"

"我也说不清啊,林其彬毒瘾发作,来了两个人,把他抬上了车,其中一个是季文韬。老大先不说了,你快去找史晓蕾,我怕她出事。"

说完,大侠挂了机,好像那边又有什么情况,像是车子抛了锚。

乱!林其彬、季文韬、吸毒……怎么突然冒出来这么多事?

钟好想把电话打给缉毒队老丁,大侠腿脚不方便,都不知道他怎么追的踪,再说他一个无业人员,擅自追踪吸毒人员,会惹出麻烦的。一想局里现在的情况,又将念头打消。打不得,局里现在情况乱得很,这情况一旦到了别人手里,指不定会给你弄出什么结果。改弦易辙,偷梁换柱,甚至会给你弄成子虚乌有。得,还是让大侠去跟踪吧,宁可伤自己人,也不能让这一重大线索化作虚影跑掉。这两年类似的事太多了,他真是怕了。

钟好火速回到医院,副局长于向东已在现场。曹亚雯扑过来,一点不顾及在场的人,几乎是声嘶力竭地吼:"你赔我人,你把她给我找回来!什么大侠,他不来一切都好好的,他来了全都乱了套,都是你安排的结果。"

曹亚雯一直对钟好安排大侠住进医院有意见,在于局面前都告过几次状了，说钟好不信任她，弄个不三不四的大侠来，跟她的当事人鬼鬼祟祟。

"他就是不相信我，让大侠来监督，这下好，人跑了，我看咋收场。"曹亚雯又冲着局吼。

"行了！"于局猛地打断曹亚雯，"都什么时候了，你们还闹，有这样办案的吗？"

曹亚雯被于局的声音吓住，噤了声，躲后面去了。不过她看钟好的目光，还是充满敌意。钟好苦笑一声，曹亚雯别的方面都还好，就是一根筋起来，让人实在没办法。

女人的思维总是很离奇，也很荒谬。钟好没时间跟她计较，于局脸色很不好，钟好担心局里又刮起了什么旋风。果然，于局看着他说："知不知道，这次你把乱子动大了？"

钟好低下头，这时候他是不能乱讲话的，得让于局先把表面工作做好，不能授人以柄。工作干这份上，也真是搞笑。可钟好哪敢笑，笑不出啊。一想这些年瞒着众人做的那些事，心竟怦怦起来。没有不透风的墙，钟好怀疑，他暗中调查三角楼事件还有海二药收购案真相，在局里已不是什么秘密了。这从于局脸上就能看出来。如果林其彬真的涉毒，整个事件又会升级。钟好还不知道接下来会发生什么。

于局抛下钟好，将曹亚雯几个叫过去，就怎么维护医院秩序、平息风波作了几点指示。也是这时候，钟好才知道，不见的不只是史晓蕾一个，同一天，康复中心那边，护工陈水仙也不见了。好在现已查明，陈水仙跟史晓蕾不同，一来身份不一样，二来，康复中心那边说，陈水仙不是因为钟好他们调查了她，是因家庭原因，辞了护工这份工作。

半小时后，于局跟钟好离开现场，往医院外边走。于局不停地指责曹亚雯，遇事不冷静，使劲叫唤，弄得局里上上下下都知晓了。

"韦局那边怎么说？"

钟好没问大局长郗如英，而是问起了副局长韦旭峰。这段日子韦旭峰不停地给于局和他找事，韦旭峰在局里虽然排名位居于局之后，但这是一个手伸得很长的人，眼下他重点负责刑事案这一块，发生在朝山路二十三号的别墅杀人案，就是他直接领导的。由于事件也牵扯到赵纪光一家，所以很多地方就会跟于局发生碰撞。韦旭峰最大的特点就是揽权，分管禁毒的另一位副局长上次带队执行任务时发生车祸，目前还在上海住院，这一块工作本来是要交给于局代管，可最终还是被他抢了去。所以眼下他们交叉的地方很多，而此人在三角楼事件发生时，还只是禁毒队长，三角楼事件后火箭提拔了起来。钟好总感觉他怕别人提三角楼事件，更不容许有人背后再次调查三角楼事件。

当然，他的背后还有别人，因为三角楼事件，从头到尾都是成卓然指挥的，而成卓然目前又直接分管公安工作。

这是一个大坑，钟好深知里面水有多深、暗礁有多少。

"少打听这些，多事不是你的风格。"于局冷冰冰地丢过来一句，钟好把后面的话咽了下去。

两人出了医院大门，又往前走几步，见周围人少，于局停下步子，转过身来。

"说吧，究竟怎么回事？"

从于局这份慎重劲，钟好越发感觉，事情可能比他想的还要糟糕，指不定局高层，已经短兵相接了呢。

"林其彬吸毒。"钟好声音重重地道。

"能确定？"

"基本能，大侠说林其彬毒瘾发作时，他就在现场。"

"又是大侠，我说你能不能干点有眉眼的事，知道别人怎么说你吗？"

"怎么说？"

"有人说你根本不像个警察，倒像个跑江湖的，说你是拿着警官证领着薪水却干着私家侦探的事，是银河最大的私家侦探。"

钟好心里猛地一震，脑子里立马浮出一张脸来。这五年他一直跟这个人合作，所有关于赵纪光的消息，包括赵纪光跟柳冰露以及范欣生那边的事，都是从这个渠道调查来的。这事他不但瞒了局里，跟于局也是守口如瓶。于局从来不问他跟谁合作，他只要消息，只要证据。这阵钟好突然感觉于局像是窥破了他的底。一时心虚，正要掩盖性地说点什么，于局又道："马上让大侠撤回来，他根本就不适合做此项工作，抛开身份不说，单是他的腿，你就不怕他再出事？"

钟好想了想，狠着心道："不怕。"

"你不怕我怕，一怕大侠再出事，二怕别人说我们完全脱离组织，搞黑社会那一套。知道曹亚雯为什么对你不满吗？大侠跟史晓蕾关系非同一般，还有，你对大侠到底了解多少？"

"什么意思？"钟好突然感觉于局话不对头，似有更深的含意在。

"什么意思也没有，我们是警察，办什么事都得按规矩来！"于局像是窝了好大的火，稍不留神就会把他点爆了。

钟好也犯了犟，这些年他听不得别人说大侠坏话，大侠两口子跟史晓蕾关系不错，大侠年年都要到康复中心做康复治疗，史晓蕾对他很关照也很耐心，史晓蕾跟叶文雯因此成了好姐妹，这些他当然知道，至于于局还怀疑什么，他不想听，他对兄弟们就两个字：信任。他欠兄弟们的，这五年他也是靠兄弟们才走过来的，否则早就脱下这身警服找别的事去做了。

"按规矩什么事也办不成，按规矩三角楼就是铁案，谁也不能翻！"他顶撞了于局一句。

于局气得翻白眼："你能翻得了吗？五年你拿出了什么？除了怀疑除了猜测，一样铁实证据也没拿出来。钟好，我不能再替你扛下去了，现在风声鹤唳，谁的眼睛都在盯着你，包括你在哪个酒吧喝茶、跟谁打情骂俏，都有人报告，你让我怎么替你遮拦？你做好准备，关于三角楼的调查可能随时中止，一旦中止，这事谁也不能再提！"

"你怕了？"钟好没去计较打情骂俏那样的话，他才不在乎别人说他什么，这五年别人眼里他就一浪子、老油条、二货，但他知道自己在做什么，这事他必须得完成，谁也阻挡不了。

"怕，我于向东是怕的人？我是急！五年了，你想过没有，啥事能让你由着性子晃荡五年，你是警察啊！不是社会人员，更不是他们说的私家侦探。还有，你什么时候重视过林其彬，这个人你提都没提过一次，相信你也没拿他当回事吧，可现在突然冒出来他吸毒。毒从哪来，他跟谁在一起，是自己吸毒还是别人逼他吸毒……"

这话捅到钟好痛处了，钟好有种万箭穿心的痛。是啊，五年了，他关注过那么多人也怀疑过那么多人，可对这个林其彬，真是没上心啊，压根就没拿他当个人物。林其彬进入他的视野，也只是最近的事。

他已查清，上次史晓蕾在医院喝下大量安眠药，并不是害怕沙子他们闹下去，也不是一开始他怀疑的，赵纪光的死亡跟史晓蕾有关，而是史晓蕾需要钱。她父亲眼下是没事了，可弟弟孟非又出事，赵纪光入住银河医院不久，大约是一个多月后吧，弟弟孟非突然患了急性白血病，眼下在省人民医院救治呢。史晓蕾需要钱，要给弟弟治病，可林其彬再三说，五十万还有他自己的六十多万一分也要不回来了，全让颐养园骗了。骗子罗德跑到了国外，现在这事没人管，提都不能提。有几个被骗者想上访，人还没到政府门前，就被抓了起来。史晓蕾急了，说我不管，钱是你从我手里拿走的，你必须还我。林其彬说我都让他们骗成这样了，你还跟我要钱，你有良心没？说完一把夺过史晓蕾的包，要找钱。钟好也是才知道林其彬涉毒很深，已经到根本无法控制的地步，发作起来简直痛苦得要死。史晓蕾怕他。有时候他会追到医院跟史晓蕾要钱，去买毒品，或者直接跟史晓蕾要杜冷丁。史晓蕾摆脱不了他，史晓蕾已经不止一次骂他滚了，可他不滚，反像狗皮膏药一样牢牢粘上了史晓蕾，史晓蕾叫苦不迭，但又拿他没一点办法。每次来，他总能从史晓蕾这里讨到想要的东西，要么钱，要么救急用的杜冷丁。史晓蕾已经瞒着柳冰露，给他捣腾不少杜冷丁，这点钟好已经从康复中心查实。那晚林其彬先是抢钱，可史晓蕾哪有钱啊，钱包翻来翻去，只翻到二十多元，林其彬怒了，骂她把钱藏起来，非要史晓蕾去拿针，他要救急。史晓蕾说你杀了我吧，我再也不肯帮你了，你这害人虫，毁了我一辈子，我恨不得拿刀捅掉你。林其彬才不怕史晓蕾捅他呢，他又把目标盯到柳冰露身上。说她不是你爸的小情人吗，去跟她要啊，赵纪光一定给她留了不少钱。史晓蕾说你疯了，这主意你都想得出来。林其彬哪管这些，他就想钱。后来他威胁史晓蕾，他自己去找柳冰露，如果不给钱，他会天天缠着她。魔鬼啊，史晓蕾完全被他的疯魔劲吓住了。以前他只是骗她，现在完全是坑她逼她，把她往绝路上逼啊。史晓蕾没有别的办法，感觉自己真是无路可走，只有一死了之。情急中抓过安眠药就吞了下去，吞到一半，突然想到患病的弟弟，心里叫，我不能死，不能死，死了弟弟咋办？

　　也就在这时候，柳冰露结束了手术，迈着疲惫的步子回到了楼上。柳冰露似乎听到了那屋的动静，似乎没有，总之那天她心情烦躁，更有些不安。这一切都跟史晓蕾有关。柳冰露心里，史晓蕾是一个不大爱听话的孩子，虽然她才大史晓蕾几岁，柳冰露却真拿史晓蕾当孩子。其实在柳冰露心里，这个世界上很多人都状若孩子，跟年龄无关，跟他们的经历也无关，只跟他们对待世界的态度有关。柳冰露是一个非常客观的女人，对这个世界上的一切打击，一切不堪，虽然也承受不了，但从不哭哭闹闹。她喜欢以坦然之心、冷静之心来迎接这些。或者说，在世界面前，她永远露出一副慈祥，露出一副从容，露出一副不想争也不想反抗的姿态。这姿态让她显得强大，显得对世界刀枪不入。史晓蕾不，这孩子喜怒无常，又极度敏感。像是一个被世界过早伤透了的人，其实她那点伤，在柳冰露这里根本就不觉得有什么，哪个人没伤呢，哪个人的影子下面不是一堆无常呢？可史晓蕾放不下，她跟柳冰露最大的区别，是柳冰露就算遇到极度不堪的事，首先想到的是放下，人只有放下那些伤害，放下那些痛，才能将步子重新抬起来。一个老活在阴天的人，是永远无法面对阳光的。史晓蕾恰恰相反，史晓蕾在心里有一个展览馆，她把所有的伤害都陈列在架子上，最深的伤摆放在最显眼处，时时刻刻都能看见。她喜欢用旧伤刺激自己，更喜欢用这种刺激来保护她。有时她会表现得很反叛很另类，细一琢磨，这种反叛或另类不过是在拿一把尖利的刀把自己划开，给自己新伤。史晓蕾真是一个拿新伤疗旧痛的人，折腾来折腾去，非但不会把自己医好，反而是新伤加旧痛，直把自己逼得没有活路。

每个人都得有活路啊，这是柳冰露常常感叹的事。对自己如此，对赵纪光如此，对姐姐春露还有姐夫范欣生，都如此。当然，她也希望对史晓蕾如此。她是喜欢这个女孩儿的，虽然史晓蕾脾气乖戾，虽然史晓蕾对她充满敌意，但她还是喜欢她，放不下她。但最近史晓蕾好反常，常常会说出匪夷所思的话。比如在手术台上，她会冷不丁地说，这把刀真漂亮，真想插自己身上。比如在楼道里见了她，莫名其妙说，你这个吊坠好漂亮啊，怎么看都像一根吊死的绳。还比如看见新来的病人，她会说得一场病其实也挺好啊，哪怕是癌，至少自己的命是迟早要掉的。就算是被沙子他们闹，柳冰露还尽着心照顾她呢，生怕牛丽娜他们将史晓蕾羞辱得更厉害，史晓蕾却说，真想让他们羞辱死，我这样的人活在世上有什么用啊？总之，都是些不入耳且心凉的话。柳冰露有点怕，老感觉这丫头要出什么事。经过史晓蕾办公室时，柳冰露脚步下意识地停顿了一会儿。她想进去，又没敢，就在门前犹豫来犹豫去，后来恨恨一跺脚，还是离开了。正是这一脚，让林其彬听到了动静，以为要来人了，急忙钻到衣柜后面。

柳冰露回到自己办公室，替自己倒了杯水，心里依旧不踏实，她是累，可史晓蕾这孩子，更让她累啊。她发呆一般站在窗前，心里漫过一层水，水面上漂浮着各种各样的杂质。多的时候，柳冰露是想把那些杂质看清楚的，可就是看不清楚，人生有太多看不清楚的东西啊。她刚叹了一声，史晓蕾办公室就传来一声闷响，重腾腾的，像是什么东西被撞翻，柳冰露疾步跑过去，就发现史晓蕾倒在了地上……

卢小亨已对衣柜前后留下的脚印做出最后鉴定，证明那晚藏在护士休息室的，的确是林其彬。

这事钟好还没来得及向于局汇报呢，林其彬这边又爆猛料，钟好真是张不开口了，心里五味杂陈，只能低着头挨于局训。

于局训他半天，心中火发泄得差不多了，才缓下口气说："钟好，你认真想一想，是不是我们一开始就把方向盯错了，我怎么觉得，这五年，我们都他妈做无用功了？"于局爆了句粗口，于局是极少爆粗口的，多大的事到他头上，他都能非常儒雅地应对。可今天他爆了粗口。

"头儿……"钟好想说什么，一时之间又理不清，只能别扭地叫出一声。

"林其彬这个料爆得猛啊，钟好，你不觉得我们错了很多吗？前几天我们还信誓旦旦，认为我们的方向是正确的，滑稽啊，一个副局长，一个曾经的支队长，绕半天，结果发现走在死胡同里。"于局的话里已没了批评，完全是自责，是恨憾。

钟好不能不说点什么了，方向，他终于知道，他们错在了方向。事实上从听到林其彬吸毒那一刻，关于方向这个词，一直在折磨着他。五年来，他是干了很多事，也收获一些东西，但是真相迟迟浮不出水面，很可能是他把方向整错了。

他曾固执地认为，三角楼事件是赵岩一手策划。真正的"血狮子"不应该是章笑风，而是赵岩。三角楼事件之所以成败笔，就是因赵纪光。当年银河地下大量涌出的新型毒品"乐神丸"，始作俑者还是赵岩。现在看来，是他错了。

章笑寒！

他终于将这个名字说了出来。

天啊，他竟然一直不重视他，甚至拿他当海二药收购案的受害者，拿他当三角楼事件的无辜者，一门心思去追查赵岩，去查赵纪光。五年，他把五年时间花在一个极有可能错误的判断上，花在他假想的对手身上，而把另一个关键性人物漏掉了。记得中间于局婉转地提醒过他，不要先入为主，要综合各方来判断，当时他还理直气壮地说，三角楼那天，他在第二现场见到过章笑寒，而且整个事件也是以章笑寒的哥哥被击毙而告终。没有人拿自己的哥哥的命不当命，更没有人会因某件肮脏的事而去搭上亲人的性命。

现在看来，还是他不了解章笑寒。不了解啊。

有人是什么都能做出的。他再次想起柳冰露跟他讲过的这句话，是赵纪光死后跟柳冰露接触的过程中。当时以为柳冰露是在暗示赵纪光呢，他还顺着杆，一气说了赵纪光不少。现在看来，他连人家的话都没懂，还是犯了先入为主的主观错误。

怎么办？

一个实实在在的问题突然跳到他面前，他知道不能向于局讨办法。调查三角楼，调查海二药，于局看似是支持的，但心里一直有个梗。中间一段时间还坚决反对，强迫他停下来，是因他的坚持最终又让于局改变主意。他理解于局的难处，于局能默许并在特定时候为他提供方便提供保护已经很不错了，不能再指望更多。现在问题出现了拐点，出现了大的突变，他得先理清方向。

现在有两个办法，一是直接找林其彬，以吸毒为由收审他，逼他说出实话来。但这事听着容易，操作起来难度非常大。禁毒目前不归于局管，涉毒案都由禁毒队负责，他和于局都不能越权行事，想收审林其彬，必须经过韦旭峰这一关。这显然不行，把人交给他们，非但拿不到你想要的，很可能还会再整出一个完全相反的结果给你。第二，现在就把林其彬交出去，让禁毒队介入，可证据明显不足。再者钟好也不想这样做，这案子他必须亲手查，每一个细节都必须经他的手，他现在不相信任何人。把林其彬交上去，万一他们什么也不查，只按简单的吸毒来处理，将林其彬关进戒毒所，拘留几天再放掉，他又能奈何？他总不能说，林其彬这事，牵扯到三角楼，牵扯到更多。要知道，三角楼自从定案后，上上下下都不许再提，尤其成卓然担任副市长后，"三角楼"三个字，更成了禁忌。至于海二药收购案，那更是一个雷区，稍不留神，就会被炸得粉身碎骨。

得，不想这么多了，得抓紧行动。

钟好当即离开医院，跟曹亚雯招呼也没打。这时候他忽然不怕乱了，乱点好，乱点就会有更多的人跳出来。他也没给大侠打电话，他才不听于局的呢，身份，他笑了笑。有身份不办案的人多了去了，把案子往泥潭里拖的更是大有人在，他得依靠大侠，他要按自己的方式把银河这只盖子揭开，要让隐在幕后的那一双双黑手都曝出光来。

而不只是赵纪光。

钟好狠狠地咬了下牙。

海东省第一人民医院坐落在美丽的蝶江边上，蝶江几乎是绕着海州这座美丽的省会城市转了大半圈，然后像一条长龙，奔腾而下了。海州因为蝶江，也多了几分妖娆多了几分水秀。

钟好来到血液科，正是中午时分，医生大多下班了，楼道里静悄悄的，只看到几个病人家属在走动。孟非住在29床，钟好寻着数字找过去，病房门虚掩着，钟好没敲，轻轻推开。病房里有两个病人，外边这张床是一位四十多岁的中年人，像是刚做完治疗，病人显得还很吃力，陪同的家属一个在给病人擦汗，一个忙着把床往平展里弄。钟好看了眼里面，躺着一个二十岁不到的年轻人。他一定是孟非。孟非见他进来，礼貌地冲他笑笑。不知是孟非年轻的原因还是最近治疗得好，猛看起来几乎不像是病人。钟好走过去，轻声问了句："你是孟非同学？"孟非点头说是，问钟好找谁，钟好说我是从银河来的，我姓钟，找你姐姐史晓蕾。孟非说你来得不巧，她刚走。钟好忙问去了哪，孟非脸色忽然暗下来，嗫嚅半天道："去筹钱呗，我这病是筹一点治疗几天，筹不到钱，就不能治疗。"

"是这样啊，不是有医保吗？"钟好问了句废话，很多病尤其大病，医保是不负责的。孟非苦笑了一下，倒没怎么计较，挪挪屁股道："您请坐。"

钟好说不必，就势问了下孟非的病情，又问怎么不见有人照顾他。

孟非说："我爸有病，我妈得在家照顾我爸，我这里完全就靠姐姐了，不过姐姐刚请了护工。"

正说着，病房门又被推开，进来一中年妇女。钟好把目光投过去，中年妇女也把目光投向他，钟好觉得女人很面熟，一时又记不起在哪见过。中年妇女也好像认识他，但就是叫不出名字。两人对看一阵，钟好忽然记起来了，带着吃惊地问："你是牛……丽娜？"

中年妇女嘘了一声，示意病房不要大声讲话。她刚才去提水了，放下暖水瓶，又把孟非的药拿出来，分成几顿，将水杯放在床头柜前，叮嘱孟非半小时后先把靠床边两小包喝了。然后才回过头来跟钟好说："找我？不会吧，有事咱到外面去说。"

两人出了病房，中年妇女带钟好下楼，然后出了住院部大楼，往南边停车场方向走了一会儿，中年妇女说："你认出我了？我就是牛丽娜。"

钟好简直惊得不知说什么，史晓蕾喝药之后，牛丽娜突然失踪，不再出现在医闹队伍中，有人说她出了车祸，也有人说上别的医院当医闹去了，谁知竟在这地方遇见她。

"没想到啊。"他忍不住叹了一声。

"你是谁啊，不会是医院的吧？"牛丽娜显然没认出他，但又觉得应该能记起来，拼命想了一会儿，突然道，"你叫钟好吧，对，你一定叫钟好。"

"你怎么知道？"钟好记得跟牛丽娜并没有过接触，她当医闹羞辱柳冰露和史晓蕾时，他只是站在远处看，相信牛丽娜一定不会知道当时人群中还站着他。

"护士长告诉我的，她说如果银河有人找到医院来，一定是钟好，不会是别人。"

"啊，她还说什么了？"

"说的多了。"牛丽娜并不急，显然，她打算好好跟钟好聊上一场，见医院到处是人，站哪说话也不方便，她急了，"你外面有没有地方啊，带我去外面吧，不远处有个咖啡馆，我还没喝过咖啡呢，你请我喝一杯行不？"

钟好说当然行。于是带着牛丽娜，大踏步地往街那边走去。路上他问："你不是当医闹吗，怎么又变成护工了，还给孟非当护理？"

"我就知道你会好奇，看来护士长说对了，你这人脑子就是不一样，天生当警察的料。"牛丽娜一点不像过去那样子，非但不凶，反而有几分可爱。钟好对她的警戒消除了，很想跟她多谈谈。

"说啊，你怎么又当护工了？"钟好的好奇心还没消退，他觉得这事真好玩，带点梦幻色彩。

"一言难尽啊。"牛丽娜边走边叹了一声，接着道，"哪碗饭也不好吃，要说呢，跟着光头李当医闹，也是个不错的差事，有钱挣，还能出出恶气，可这事也不能长做，一来你们公安要打击，这不你们把人都抓进去了嘛，连赵岩都敢抓，你们胆子真不小呢。二来，你们不了解光头李，我了解，甭看他凶，他是好人啊。好人干这事，就一定有我不知道的原因，想了想，我还是不干了，得另行找个正经事做。跟政府作对，迟早要进去，我可不想蹲监狱呢。"

钟好差点被她的话逗乐，细一琢磨，又句句有理。一个没多少文化的人却能说出这样的话来，钟好也算长了见识。"然后呢？"他问。

"你是觉得奇怪吧，我怎么会给护士长家当护工。碰巧，就跟今天碰巧遇到你一样。不干医闹，我就到了省城，在银河我要是当护工，会被人打出来的，我牛丽娜名声毁了啊，当医闹毁的，只能到省城来，反正我也没啥拖累，就来了。来了才知道，护工这活压根不好找，各医院都满了。我说满了你可别不信，现在啥活只要能挣点钱，能养得住人，人们就抢着干。我找了半月，跑了不下十家医院，私人办的医院也去了，没岗。那我咋办，不能活活饿死啊。也有人找我当医闹，在省城闹，但我牛丽娜算是想通了，一脚跳出来，绝不去蹚那浑水。我就在医院饭堂里干活，端盘子，洗碗，擦地，啥活紧我干啥，反正我能吃苦。有天护士长突然来打饭，认出我了，可把她吓坏了，掉头就走。我想坏事了，她一定是拿我当坏人了，我可不想给她这种印象。按你们的话说，此一时彼一时嘛，我牛丽娜现在不做医闹了，她就没必要怕我。我追出去，我知道她恨我，我得给她赔礼，给她道歉。结果就这么着，她原谅我了。护士长也是好人呢，好人都心善，你也是，这不，我说想喝个咖啡你就把我请来了，你们都是好人。"

说到这时，他们的步子已站在了咖啡馆里。咖啡馆不大，门脸小小的，里面也不是太宽敞，比不得"深度"也比不得"绿林"。也是，牛丽娜敢让他来的咖啡馆，也大不到哪去，大的她不敢啊。钟好叫了两杯咖啡，坐下，让牛丽娜继续讲。

"开始我并不知道她弟弟住院，我跟踪她，以为她是到省里进修呢，后来发现不是，是替她弟弟看病来的。我得向她赔罪不是，人干了错事，就得积极承认。我一承认，护士长也就不记仇了。正好她要找护工，我说有现成的啊，干吗还要花钱。就这么着，我把这活儿揽过来了。"

钟好正要唏嘘，牛丽娜又说："我可没跟她要钱，她哪来的钱啊，让那个坏良心的害惨了，那么漂亮那么有知识的人，竟也上这种男人的当，你说傻不傻啊？"

"傻，真傻。"

"就是嘛，太傻了。听得我都流眼泪呢，姓林的真不是东西，那个姓成的女人，小母虎，护士长这么叫的，更不是东西，抢人家男朋友，然后又害人家，自己玩腻了又一脚踹回来，让姓林的继续骗护士长。你是警察，这事你得管啊，不能让姓林的这么嚣张，他还吸毒。知道这次护士长为啥逃出来吗？"

钟好心里猛一动，这么严肃的问题，没想到在这种场合以这种方式提了出来。"为什么？"他紧着就问。

"还是那男人害的啊。"牛丽娜呷了口咖啡，眉头猛一皱，做出要吐的样子，又没吐，坚持下来。

"这么难喝，你要的是不是咖啡啊？"她大叫了一声。

钟好忙说声音小点："这就是咖啡啊，很有名的卡布奇诺。"

"比马尿还难喝，我以为咖啡有多好喝，原来这味啊，城里人真是脑子有问题，这么难喝的东西天天喝，帮我换杯饮料啊，我再也不馋这个了。"

钟好苦笑着摇了摇头，只好再替她要杯果汁。牛丽娜刚呷了一小口，脸上笑容一下舒展开来："对嘛，我喜欢喝这个。"

钟好不敢做任何回应，心里却由不得地为她生出一些东西。牛丽娜连饮几口，又兴奋起来，道："你还不知道护士长怎么逃出来的吧，也怪你们，听说还放了两个警察看呢，怎么能让姓林的进去找她吗？姓林的现在猪狗不如了，整个一垃圾。他找护士长要钱，声称不给钱就把护士长怎么害赵纪光的说出去。”

“等等，你说什么，史晓蕾害赵纪光？”

“花粉啊，我这个医闹都知道。她恨她那个老子呗，养了不负责，还自私，为了要钱，给她弟弟治病，她拿花粉欺负他，知道他闻不得这个。这个我在医院都听说了，根本不是个事，人家柳主任看得紧呢，那些花粉根本到不了赵纪光跟前，全让柳主任中途拦截了。”

钟好紧起的心又放下，以为牛丽娜要提供什么新线索出来，原来还是花粉。这事一开始也迷惑了他，也确实怀疑过赵纪光因花粉中毒窒息死亡，还鼓动赵悦借此当医闹。后来查明不是。史晓蕾为了从赵纪光手中要钱，的确犯过任性的错误，拿花粉欺负赵纪光。一开始她假惺惺地往病房买花，从叶文霁那里。后来被柳冰露发现，禁止往病房送鲜花。史晓蕾又想出一个恶毒的法子，不知从哪弄来干花粉，掺入水中，或者在清理房间卫生时，在拖把上、抹布上，用掺了花粉的水，但也很快被柳冰露发现。柳冰露知道赵纪光见不得花粉，他是顽固性花粉过敏，年轻时很厉害，也四处查过，但愣是没找到过敏原。上了年纪，反应虽没那么强烈，但史晓蕾这么做，对他身心伤害还是很大。柳冰露开始并没揭穿史晓蕾，装不知道，但在病房采取了非常严格的措施，一是不让史晓蕾接触到赵纪光，两人见面，必须经她同意。史晓蕾气得直跺脚，大骂赵纪光重色轻女，嘴上说非常爱她，想让她这个女儿回到身边，事实上却让另一个女人来压着她。柳冰露听到后，不得不把史晓蕾揭穿，她警告史晓蕾：“别玩火，也别以为你是护士长，你那点医学常识，还差得远呢。他的身体根本经不起折腾，每一个老人的身体都经不起折腾，如果你不想担上杀人罪名，最好收起那些坏念头。再让我发现病房里有异样，我会向医院打报告，让你离开康复中心。”史晓蕾可以不怕赵纪光，但不能不怕柳冰露。虽然她对柳冰露有这般那般的恨，也时时刻刻在诅咒柳冰露，但调查中钟好发现一件非常有意思的事，真让史晓蕾离开康复中心，离开柳冰露，她又坚决不干。两个女人间的关系非常好玩，史晓蕾嘴上说要缠着柳冰露一辈子，要成为柳冰露克星，内心却是舍不得离开柳冰露。柳冰露呢，看似对史晓蕾分外严厉，但真正让她对史晓蕾狠，她又根本做不到。

两个女人之间究竟是怎样一种关系，到现在钟好也说不清，可花粉的事他已查实，史晓蕾只带进去过几次，柳冰露后来严格到赵纪光病房使用的一切物品，都由她亲自来配，包括那些量杯，还有从她房间找到的几样器皿，都是专门为赵纪光准备的，就是防止史晓蕾再钻空子。

花粉事件至此可以告一段落。

"这个我知道，也谢谢你再次证实。还有其他没？"钟好还是对牛丽娜感兴趣。

牛丽娜想了想，又说："姓林的每次来，身上都带着针管。"

"天！"钟好叫了一声，他天天查案，天天找线索，这么重要的线索却不知道。

牛丽娜继续说："姓林的见拿花粉吓不倒护士长，就想别的办法。这人完全是没脸了，说得也是，要脸就不会染那个。后来他用针管威胁护士长，护士长不给他钱，或者拿不出救急用的杜冷丁，他就恐吓要用针头扎护士长，他真的敢扎呢。"

牛丽娜停顿了下，看来她也是一个爱憎分明的女人，对林其彬的所作所为，真是恨得咬牙。过了一会儿又说："那天姓林的在急诊中心突然毒瘾发作了，我没见过毒瘾发作是个啥样，但护士长说很吓人。护士长是怕被同行看到，更怕姓林的拿针管子扎她。要是让他用过的针管一扎，护士长这辈子就惨到家了。"

牛丽娜一气又讲了许多，钟好听得如雷震耳，心里更是翻江倒海。他们压根没想到这些，他没想到，于局没想到，曹亚雯同样没想到。他们自以为把问题想得复杂，但有时候问题一点不复杂。

"她现在怎么样？我得见她。"钟好一刻也按捺不住了，必须马上见到史晓蕾。是他们没保护好史晓蕾，更没把她的处境想这么艰难。

牛丽娜终于喝完了饮料，抖了抖肩膀说："我就知道你要见她，她跟我说过，要是姓曹的女警察找来，她不见。你，她想见。"

"真的想见？"钟好忽然有些感动。

"当然啊，有困难找警察嘛，护士长现在可难了，不说了，快带你去见她吧。"

2

史晓蕾知道钟好会找来，一定会来。所以当牛丽娜带着钟好出现在她面前时，一点惊讶也没。

"你终于来了。"她说。

这就是那套位于蝶江边上的房子，紫星花园。钟好已调查清楚，这套房子当年是章笑寒送给赵纪光的。章笑寒一并在紫星花园送出两套房子，一套给了赵纪光，一套给了成卓然。成卓然那套，直接落在了成思维名下。林其彬为什么知道史晓蕾有这样一套房，说来可笑，是成思维告诉他的。跟成思维关系还没断掉以前，两人来省城，在这里住过几次。有天晚上他们站在阳台上，成思维指着前面第三幢楼说，瞧，那幢楼看见了吗？里面有一套，是你前岳父送给你前女友的。林其彬故意装不知，说什么前岳父啊，乱七八糟。成思维一点不忌讳地说："你也别不好意思，我还挺感谢他的，要不是他，我怎么会跟你上床？所以啊，你要好好感谢人家，等于人家一次性为你送上两个，都不知道你哪辈子修的这福气？"

"是得感谢，是得感谢。"林其彬马上顺着她的话说。谁知成思维突然脸一黑："感谢？你再说一遍，信不信我会让你从楼上跳下去？"

那之后，林其彬再也不敢接成思维的话了，这女人脾气诡异得如同大猩猩，令人发毛，你根本不知道她心里究竟在想什么。但林其彬却记下了这幢楼，记住了这套房。

企业家跟官员的关系是很复杂的，这点钟好至今还没搞懂，搞不懂。这世上很多事并不是他一个警察能搞懂的，越往深挖，蹊跷的事越多，诡异的事更多，简直就像走进迷宫一般。不过这也大大地刺激了他，令他有种欲罢不能的快感。好在经过艰辛的调查，很多事已在他脑子里清晰起来。

章笑寒是在父亲死后，正式接过三河药业的，当时三河药业连遭重创，奄奄一息，要翻身简直就是一件不敢想的事。赵纪光也认定三河不可能再有所作为，为此还不无骄傲地跟儿子赵岩说："现在把你的拦路虎打掉了，海天能不能发展起来，就看你怎么表现。"赵岩比他父亲更张狂，竟然大言不惭道："放心吧，三年内我让海天成为药界第一，我想让章三河在地下看着，我是怎么把他两个儿子玩死的。"赵纪光纠正："是一个，笑风这边另当别论。"赵岩瞪着父亲，重重道："不，他们都姓章，都该死，而且我永远不要在药界看到他们。"

没想到三年后，赵岩并没把海天做成药界第一，三河却起死回生，并以奇迹般的速度在不为人察觉中猛然崛起，无论规模还是实力，都比在章三河手上强大出许多。货真价实地再次成了海天强有力的对手，而且二次崛起的三河，比之前的三河更多了一样东西：梦幻。

是的，后来章笑寒玩的很多手法，赵岩根本看不懂。他像一个魔术师，不停地在变换，不停地出怪招损招，赵岩每每知道那些环节有诈，可还是一次次被章笑寒诱入陷阱。尤其重离子治疗项目，究竟怎么甩给赵岩的，钟好到现在还没弄清。

钟好目前掌握到的，章笑寒之所以能带着三河从绝境中二度杀出来，得益于三个方面。一是竞争对手的轻视，赵家父子尤其赵岩，太过小瞧章笑寒了，结果给了章笑寒喘息的机会。二是章笑寒另攀新枝，另寻靠山，充分利用赵纪光跟成卓然之间不便言说的裂隙，迅速拉近跟成卓然的关系，利用成卓然，还有父亲章三河打下的一点点基础，在省里攀附上了赵纪光的死对头陆子铭。三河的二度崛起，陆子铭真是出力不少。第三点，也是最重要的一点，章笑寒比他父亲更狠更隐蔽，也更会装孙子。他几乎对谁都笑脸相迎，几乎对谁都毕恭毕敬。尤其对赵家父子，甚至包括赵一霜，态度低调到令人无法想象。这点真是麻痹了大家啊。钟好感觉，自己之所以坚持将目标锁定在赵岩这边，而没去怀疑章笑寒，一大半原因就是三角楼之后，章笑寒完全把自己伪装了起来，倒是不知收敛的赵岩，仍然坚持走张狂路线。

钟好眼看要对章笑寒肃然起敬了，一个能如此收敛住自己、卧薪尝胆、甘受胯下之辱的人，欺骗他算什么呢，章笑寒几乎欺骗了整个世界。

钟好怔怔地看着史晓蕾，一时有些恍惚。才几天不见，史晓蕾就瘦了一圈，憔悴得更是厉害。两个眼圈黑黑的，明显是刚哭过，精神面貌比沙子他们闹时还要差出许多。

"怎么，不让我进啊？"他故意装出一副轻松的样子，知道不能再给史晓蕾压力。路上他再三提醒自己，态度一定要和蔼，一定不能让她感觉到压力。

"我怎么敢不让钟队进呢，只是怕钟队现在就要把我带走。"

"没那回事，我不是来带人的，再说也没理由带你。"钟好故作轻松，还冲身后的牛丽娜说了一句，"是吧丽娜，我可是你带来的，真要带人走，你也不答应是不是？"

牛丽娜马上说："不带不带，哪跟哪啊，都别站着了，快进屋。"

史晓蕾这才像是放了心，侧开身子，让钟好跟牛丽娜进了屋。眼神还在牛丽娜脸上晃着，好像要证明什么。牛丽娜说："你看看，屋里乱成什么了，还没吃吧，我就知道你饿着自己，这样可不行，好多事儿还靠着你呢。"一边说，一边忙着烧水。其实她是给钟好和史晓蕾单独说话的机会。

钟好目光扫了扫，这房子真大，比他想象的要大。这房子的来龙去脉钟好清楚，房子其实也不是章笑寒的，是一个叫张兴的包工头从开发商手里顶的。章笑寒跟张兴有生意，要不了钱，就把房子要来了。当时章笑寒要在银河拿一块地，扩张三河，地的审批权虽然不在赵纪光手中，但章笑寒不管这些，他就送。章笑寒这方面堪称大手笔，有些企业家是求人办事时才出手，他不，他是高兴了就出手，而且野蛮地出。你不要都不行。这等气魄，真是让钟好叹服。他把房子拿到手，一套给了赵纪光，一套办到成思维名下。然后又把情况都告诉了成卓然，办手续时成卓然果然没再找任何理由，很痛快地就批了。钟好在调查过程中得知，赵纪光一开始是坚决不同意成卓然再给章笑寒批地的，他也不缺一套房子。但成卓然说了一番话，赵纪光这边就不再干预了。

成卓然说："还是让他拿去吧，反正他也干不成什么事。再说不给他批，赵岩那块也不好批，别人会说三道四的，捆绑到一起批了，哪个也没话说。再说了，他现在拿多少，过两年还不全是赵岩的?"

这话说得好，说得妙，赵纪光哈哈笑了。每当这时候，赵纪光的笑声总是很夸张。夸张其实是门艺术，用在特定的场合。尤其两人关系不那么牢靠时，这种夸张就能缓解掉许多尴尬。但是成卓然那天的话，真是让赵纪光很受用的。尤其后面那句章笑寒拿多少，将来都是赵岩的，简直说到了赵纪光心坎上。赵纪光非常舒服地看着成卓然，有时赵纪光也弄不明白，成卓然到底跟他是铁着心呢还是背着心，也许既铁又背吧。再想想自己，这辈子跟谁铁过，他们这些人不都这样吗，一面铁着一面防着一边又算计着，他们是把一颗心翻来覆去地用着啊。想到此，赵纪光有些释然。不管怎么，成卓然还是没背着他胡乱行事，凡事都还知道到他这里请示汇报一番，这就行。

这就行啊。

钟好收回心思。房子虽大，但显得空荡，家具也不多，就一组沙发、一张茶几，还有两把简单的小凳子。厨房里连张吃饭的桌子也没，墙壁上光秃秃的，什么也没挂。估计，史晓蕾也没打算拿这里当自己的家。

"我刚从医院回来，很对不起，你弟弟的事，我也是才知道。"钟好说着话低下头去，脸上真有了一种自责。

史晓蕾眼里突然就有了泪花，哽咽着说，她弟弟太可怜，才只有十九岁，刚刚考上海师大，一家人正为他高兴呢，谁知……

钟好想就着这话题谈下去，史晓蕾却躲躲闪闪，不肯多说，只是一个劲地哽咽，呜呜声让人难受。一双眸子不时地投向厨房里的牛丽娜。钟好看出她的意思，牛丽娜在场，她不好说。钟好又不好意思让牛丽娜离开，正纠结着，牛丽娜捧着一壶茶过来了，道："你们慢慢聊，这茶先用着，灶台我洗干净了，需要水自己再烧点，我得先去上班。"然后冲钟好挤个鬼眼。钟好非常感激地看着牛丽娜，想说什么又张不开口。总之，今天的牛丽娜带给他的冲击太大了。

钟好并不知道，牛丽娜并不是专业给孟非当护工，还在饭堂打着一份工，而且打工挣来的钱全替孟非交了医药费。

牛丽娜刚走，史晓蕾扑通一声给钟好跪下了。

"钟队你救救我，你一定要救我啊。"史晓蕾抱着钟好的腿，猛地哭开了。钟好愕然："护士长你怎么了，快起来，不许这样。"

"我不起，钟队你答应我，一定要帮我，我真是没路了啊。"

"快起来，慢慢说，到底怎么回事？"钟好让史晓蕾吓坏了，硬将她从地上扶起，递给她纸巾，"把泪擦掉，我知道你遇到了难处，不要急，一切都会有办法的。现在不是还有公益组织吗？实在不行，我带你去找民政部门。"

"不是这个，钟队你弄错了，我是说林其彬。"

"他？"

"他要杀我，要逼我一起吸毒。"

"啊？"

"他已经拉不少人下水了，那天在急诊楼，如果我再慢点，他可能就把针扎在我腿上了。"

这一天，在蝶江边这套尚不完全属于自己的房子里，史晓蕾哽咽着嗓子，跟钟好讲了许多。

她说，林其彬绝不会甘休，他已经疯了，让毒品害疯的。"他知道这房子，也知道我弟弟住在医院，他会追来，钟队你帮帮我啊，我让他逼得走投无路了。"

钟好虽然不知道林其彬现在在哪，他没再跟大侠联系，真的不知道具体情况，但看到史晓蕾这样，还是义不容辞地说："放心，只要证实他吸毒，我们会收拾他的，不会让他再伤害你，绝不会。"

"真的？"史晓蕾真是被林其彬逼急了，一听这话，马上像个孩子，一双眼睛充满了期望。钟好不忍心让她失望，重重道："我说话算数。"

史晓蕾接着又忏悔："都怪我，鬼迷心窍，他明明是跑来骗我，我竟然还信，竟然……哦，我真该死，我没脸活下去了。"

史晓蕾说不下去了，这段日子她真是不能想林其彬，更不能当别人面提林其彬。一提，马上会像鬼魂附身一样，诸多不堪的往事潮水一般涌出来，吞没她卷走她。而她竟然愚蠢地认为，那就是她的爱情。

哦，爱情。史晓蕾泪水滚滚。

她这样愚蠢的女人，竟然也配谈爱情，竟然认为，被成思维抢走的林其彬，这次是完全回到了她身边。

对她来说，这个世界上只要有了爱情，还在乎什么呢，什么都不必在乎。滚他的赵纪光吧，滚他的柳冰露吧，她才不要管他们那些脏事丑事呢，她只要爱情，她宁愿在爱情里再度死去。哦，她不止一次跟林其彬这样讲，以陶醉的方式讲，以梦呓的方式讲。有时是在他怀里，幸福地闭着眼睛，喃喃道："我什么也不要，只要你，只要这份爱。"有时是在两人最热烈的时候讲，在他赤裸而健壮的身子下，在他强大的攻击下，兴奋地大叫："哦，占有我吧，把我全拿走吧，一滴水也不要剩下，我是你的，全拿走啊你。"然后她会昏死过去。

那种感觉真美。

那天她喝药，喝下一大把药，还有一个原因就是这种美好的感觉好久没回她身体中了，自从得知林其彬染毒，自从得知林其彬是拿爱情来戏弄她，不，拿爱情杀她，这种感觉就猛地退去，仿佛中年女人绝经一般，再也回不到她身体里。可她太想唤回这种感觉了，就是在现在，就是在跟钟好痛哭流涕的述说中，她仍然渴望着这种感觉的回来。她不能少了这种感觉啊，说穿了她压根接受不了"骗"这个字，真的接受不了。包括现在，听上去她对林其彬恨之入骨，恨不得将他千刀万剐，可一想那种感觉，她的身体立马酥软下去，一点力气也没有。那天夜里在值班室也是，面对穷凶极恶的林其彬，一番痛斥后她竟然又说："哦，其彬，你不能这样，我不想看到你这样，你俘获了我的心，你让我相信了爱情。"林其彬冷冷地笑笑，嘲讽道："爱情，你个傻子，竟然相信爱情。拿钱来，我现在只相信钱。"天啊，怎么能这样？她受不了，真受不了，必须借助一样东西，把曾经那种醉痴疯癫的感觉找回来，于是她拿出了安眠药，她要用喝药这种方式来唤回它。你还甭说，喝了药，那感觉立刻回到了体内，如同压抑了几个世纪的火山，猛地爆发，她被甜蜜的爱情燃烧。她闭上眼，真想就那么幸福地死去。可讨厌的柳冰露，居然第一时间扑了进来，居然把她送往急诊楼，她被他们折腾、洗胃、灌肠，如同一头剥光的猪，在肉案上任他们赤赤裸裸地开膛破肚。

钟好听不下去了，这根本不是一个正常人，而是一个疯子，一个被贼偷走了灵魂的女人。

钟好猛地想起柳冰露讲过的一些事，想起死去的赵纪光，眼前的史晓蕾，不愧是赵纪光的私生女啊，这忏悔的语气，纠结不休的样子，以及纠结中呈现出来的那种虚幻的向往，简直像极了。可忏悔不起作用，钟好没有耐心了。

他跑这里来不是听一个女人犯臆症，也不是听她无休无止地忏悔。他打断史晓蕾，说："现在不是跟自己过不去的时候，我不想看到你这样，你必须振作起来，必须配合我们，查清案件。只有这样，我们才能更好地保护你，你的生活也才能回到正常，才能有更多的精力照顾你弟弟。"

"什么案件？"史晓蕾又像是刚醒过来似的问。

"我想知道林其彬染毒的具体经过，想知道他跟章笑寒在一起时还做过什么，我想了解他，还有章笑寒！"

钟好终于第一次，当着别人面重重说出了章笑寒的名字。自从撞上妻子乌梅跟章笑寒那件丑事，自从离婚后，他一直拒绝说出这个名字。事实上他心里还是很有障碍的，可现在不说不行了。

"你问这些做什么？"史晓蕾猛地警惕，那样子就像是钟好给她挖坑一样。

人在任何时候其实都是有提防心的，我们一面渴望别人伸出救援之手，希望拉自己一把，另一方面又时刻担心着自己，生怕这个世界再露出一张狰狞的脸来。

钟好已没有心思计较这些，如实道："他吸毒绝不是孤立事件，他对你纠缠不断，看似很可恶，但你想没，他也是受害者。惩治他是肯定的，但你不希望把背后唆使他坑他害他的那个人揪出来？"

"他背后就是章笑寒啊，可我们能斗得过他吗？"史晓蕾语气里忽然有了股寒意。

钟好鼓起信心说："是的，章笑寒是势力很大，隐藏得也很深，可我们为什么要怕他呢，多行不义必自毙，我们要有信心啊。"

"信心？"史晓蕾忽然又陷入茫茫苍苍中。

钟好知道，史晓蕾现在有巨大的心理压力，要想说服她，必须给她信心，同时也给自己信心。他还没想好怎么对付章笑寒，他知道这阻力很大，难度更是不堪设想。但他更知道，"血狮子"根本没打掉，银河地下毒品的泛滥，一直存在，而且随时会像瘟疫一样暴发。从现在开始，他必须调整状态，必须先消除别人对他那种吊儿郎当的印象。同时，他也得越过乌梅这道坎，心里不能有任何羁绊，不能因为离婚刻意去回避谁。

一个也不能回避！

这天钟好真是费了不少口舌，最终将史晓蕾心底的疑惑打掉。史晓蕾似乎也看到了另一个钟好，她向钟好坦陈，之所以敌视曹亚雯，是曹亚雯一开始便怀疑是她害死了赵纪光，非要拿她当杀人凶手。

"我怎么能害他呢，我是恨他，可他毕竟是我亲生父亲啊。我再不懂事，也不能拿一个人的生命去开玩笑。何况我早就知道，他的生命已经不远了，说穿了他就是一个活着的死人。"史晓蕾再次泪流满面。

至此钟好已经坚信，赵纪光死亡跟史晓蕾真的无关，史晓蕾看似性格诡异，内心并不糊涂。她只是经历得太多，又一直处在被小瞧被轻视的环境中，很多时候她是用这些别人看不懂的手法来保护自己。

"好吧，曹亚雯这边我来做工作，这个不用担心，我们不会仅凭怀疑定案的，相信赵纪光之死，最终会水落石出。现在我需要你把知道的一切讲出来，既是帮我们也是澄清你自己，明白不？"

史晓蕾终于点头道："好，我讲。"

3

重离子治疗肿瘤项目，是章笑寒精心设计的一个骗局，是章笑寒此生卖给赵岩最大的一个当，死当。

钟好从史晓蕾这里得到了证实。章笑寒接管三河后，表面上仍对赵家父子恭恭敬敬，甚至比父亲章三河更甚。但这都是假的，他一直在酝酿机会，伺机反扑。开始章笑寒认为吞掉海天是件轻而易举的事，他压根不看好赵岩，一个阿斗，专门用来败爹的，这是章笑寒对赵岩的评价。他只给了赵岩三年时间，或者说，他坚信三年后银河就不会有海天了。

可三年后章笑寒发现，海天不但在，而且力量超野，还走在他前面。章笑寒这下醒了，知道自己轻看了赵岩。再后来他发现，他轻看的不是赵岩，而是赵岩的老婆范欣然。他给海天下了那么多套，一次次地挖坑，海天愣是不跳，跳进去还能跳出来，让他白做一场。他以为是赵岩机智，原来不是，是范欣然。

一次次化解掉风险的，不是赵岩的海天，而是海天后来成立的三巨。章笑寒悲哀地笑了，说出来怕是没人相信，他真正的对手，原来不是别人，是他哥哥。范欣然纵使再有能耐，也不可能把他什么也看穿，懂他套路知道他怎么出牌的，是章笑风！

章笑寒决定改变套路，那段时间他真的没轻举妄动，只是一个劲地给赵家父子示弱，使劲讨好他们。他的这招真还麻痹了赵岩，直等三角楼事件发生，章笑风被击毙，章笑寒仰天长笑，说天不负他，机会总算来了。

接下来章笑寒下了一盘很大的棋，套路跟先前完全不一样。

史晓蕾说，重离子治疗肿瘤项目，一开始就是套。林其彬曾经告诉他，染指这个项目，章笑寒起初只是为了讨好陆子铭。章笑寒一心想搭上陆子铭，但陆子铭高高在上，对他也是有一着没一着的，再者章家跟赵家关系一直亲密，陆子铭不得不提防。那年陆子铭一心要将重离子治疗肿瘤项目引进海东，他在不同的会议上讲了多次，也对几家重点企业作了动员，可响应者寥寥无几，大家都因设备昂贵，投资数额巨大，未来治疗费用又高，效益无法测算望而却步。大家都跟着他叫好，包括请来的一些专家，但就是没人帮他落实。陆子铭有点急。他这个级别的领导，喜欢说了就干，不喜欢拖，更不喜欢被他人否决。就在这时候，章笑寒突然找到陆子铭，说三河愿意接手这个项目。陆子铭一开始还当笑话，一来他不看好三河，二来对章笑寒这人，他也有些不大对胃口，总觉得此人有些阴。表里不一可以，事实上就没哪个人能真正做到表里如一，尤其他们，真要表里一样了，这个位子能坐住？可陆子铭还是反感章笑寒，这人表里反差太大了，跟他老子比起来，更让人琢磨不透，为官者更害怕这种看不透的人。陆子铭并没答应，又等了两个月，陆子铭看好的几家药企都不表态，有些甚至开始躲他，陆子铭怒了，将章笑寒叫来，问章笑寒到底有没有决心，章笑寒表了一大堆态，还将心中想法一一道了出来。陆子铭觉得章笑寒并不是儿戏，是真心想拿这个项目，于是点头同意。坦率地讲，章笑寒压根不是为了上这项目，他就是想替陆子铭卸包袱，借机搭上陆子铭。事实上他也确实替陆子铭卸下了这个包袱。他也深知这项目风险极大，成功的可能性几乎为零。所以一开始他便做好了风险防范，根本没让三河插手，设备引进还有前期工作都是骆一山操纵，由林其彬的华科运作的。可以说，从第一步开始，章笑寒就做好了全身而退的准备。设备买来后，林其彬急了，天天找章三河，如此巨大的一笔债，林其彬担不起啊。章笑寒才不管这些，高兴了拿好话安抚一下林其彬，说你怕什么，这项目是陆子铭出面的，还怕一个大领导担不起这点责？不高兴了，对林其彬一顿训。林其彬那时候死的心都有，他不敢惹恼章笑寒啊，但华科他又控制不了。就在为此事天天愁得睡不着觉时，章笑寒突然将他叫去，让他去找季文韬，如此这般叮嘱一番，意思是让他给季文韬吹风，大讲特讲这项目的好处。谁都知道，季文韬是赵岩的人，心腹级别的，季文韬打创业时就跟着赵岩，表面上他只做点花草生意，其实是帮赵岩打理海天，另外还有一些隐秘的生意。他妹妹季小田，还暗中让赵岩养着呢。林其彬不放心，问章笑寒，季文韬会理他吗？章笑寒说，你去试试不就知道了，凡事不试怎么下结论？结果林其彬去了两次，季文韬就答应帮他做吹风工作。后来的事实证明，赵岩之所以对重离子动心，很大程度是因了季文韬。为了让赵岩更急地走入圈套，章笑寒这边也马上行动起来，他开始拿地，跟赵岩比赛着拿。为了拿地，他再次向赵纪光低头，不断地送好处。除了蝶江边这套房，他还送给赵纪光另一套，这套赵纪光一直用来跟柳冰露幽会。柳冰露有洁癖，既不愿到宾馆更不愿到赵纪光家。这套房没有落在柳冰露名下，赵纪光这方面很精，他跟柳冰露的关系大家都知道，他怕别人循踪追查，落在了跟柳冰露八竿子打不着的一个男人名下，那男人受过赵纪光恩惠，且早已出国。这样的移花接木术，很成功。

钟好问史晓蕾为啥知道得这么清楚，史晓蕾说，对她的事，我格外上心，老头儿送过她什么，我这里都有账。

史晓蕾已经不直呼赵纪光名了，叫他老头儿。

钟好又问这套房为什么又落到柳冰露名下，讲不通啊。史晓蕾说一是这房便宜，就算查起来，人家柳冰露也能买得起，不像那一套。言下之意是那一套远比这套豪华，这也是史晓蕾至今不服气的事。另外，赵纪光当时真找不到别人，这人必须可靠，必须不给他惹麻烦，而且要确保能将这套房最终交到她手上。

"柳医生真的可信？"钟好多了一句，也是借这个机会，多了解点柳冰露。

没想史晓蕾点了下头说："这个没问题，她真的值得放心。"

钟好忽然就生出很多感触，人与人之间，怎么有那么多理不清说不明的纠结与情分。这世界，温暖到让人想哭。

史晓蕾莫名其妙又插一句:"她有时候像我妈,真的,这个不骗你。她要是我亲妈,该多好啊。"史晓蕾忽然仰起脸,满脸露出了钟好从没见过的向往。可就一会儿,马上醒过来:"不可能,她才大我几岁啊,钟队我是不是有病了?"

话题又回到项目上,为了让赵岩上当,章笑寒真是付出了巨大心血,这出戏他演得太完美了。一段时期,就连成卓然都相信他是真要上这个项目,还婉转地劝他,不要太盲目。章笑寒笑着说,扩张是死,不扩张照样是死,两者选其一,我宁愿被项目拖死而不想让海天把我逼死。戏演到这份上,赵岩不入套也就不可能了。依赵岩的个性,凡是章笑寒要做的,他必须夺过来。他的目的就一个,不让三河再发展一步,死死地压住三河,直到三河被困死。章笑寒越急,赵岩这边也越急,章笑寒越是动作大,赵岩这边动作更大,两家就这样拼来拼去,各种手段都使出来了。

终于,章笑寒缴械投降,当着成卓然的面,将重离子项目拱手让给赵岩。

双方合同签订那晚,章笑寒大醉一场,这时候他都没露出心机来,酒桌上他放声大哭,说自己辛辛苦苦折腾两年,眼看要上马的项目就这样被人夺去,他不甘心啊。那晚他抱着成卓然秘书的脖子,着实哭成了泪人。哭得林其彬都有些同情他了。

可背后的事实却是,第二天章笑寒就带着乌梅去美国了。真的是乌梅。钟好心里那个痛啊,都有点恨讲给他事实的史晓蕾了。史晓蕾却不管这些,她以为这些情况钟好早知道呢。钟好真的不知道,他只知道那段日子乌梅确实去了美国,时间对得上,就是没想到是跟着章笑寒去的。乌梅那些年出国出得很勤,跟他说是学术交流,钟好也相信是学术交流。

从美国回来,章笑寒一蹶不振,都让人感觉他有点不想经营企业了。先是低价处置掉一家子公司,接着又打发走骆一山,将华科又还到了林其彬手中。他还算不是太狠,华科的债务,他算是替林其彬还清了,林其彬很激动,差点就要给他跪下。他抓着林其彬的手说:

"医药这行业我是干不下去了，只要赵岩在，我连一只脚也休想插进去，我是完了，斗不过赵岩的。我打算解散三河，彻底退出江湖，找个地方养老去，你们好自为之吧。"见他如此悲壮，林其彬心里那个难受啊，第二天就将这番话说给了季文韬。

章笑寒并没解散三河，但他确实摆出了一副退出药业的姿态。他把药业的几个核心项目关掉，出人意料地竟搞起旅游项目来。赵岩那边听闻消息，哈哈大笑。就连赵纪光也说："他总算是知趣了，知趣好，知趣好啊。他老子要是这么知趣，就不会死，也不该死。"

可是谁知，这里面却有一个巨大的黑洞。章笑寒利用赵岩的霸道贪婪之心，在设备上狠赚一把。那套设备引进时本来就昂贵无比，他竟然又翻了一倍的价转让给赵岩。同时又将他用来建设此项目的两块地加价出让给了赵岩，蹊跷的是每次做这些事，章笑寒都要拉上成卓然，都要让成卓然出面做工作，他才表现出一副委屈样，极不情愿地把它们出让给赵岩。

现在想起来，他就是想套住成卓然，自己赚个盆满钵溢，还要让赵岩以为他胜利了，还要把所有责任推到成卓然身上。一箭双雕的把戏，让他玩得出神入化。

赵岩从动心那一刻起，就注定会输个精光。这是免不了的结局。事实证明，这一次是章笑寒完胜，彻底将赵岩引到了死路上。

史晓蕾讲得支离破碎，钟好听得胆战心惊，不知脊背上冒了多少冷气，头发根差点都要竖起来。相比于商业的残酷无情、尔虞我诈，他的人生真是弱爆了。

这天钟好走时，给史晓蕾留了一笔钱，不多，两万元。史晓蕾不拿，钟好动怒了，说这是我的工资，放着也没用，你先拿着救急。说完火速回到了银河。

钟好紧着去见大侠，他现在急于见到林其彬。钟好有一种预感，林其彬现在很危险，必须想法将林其彬保护起来。他身上还有很多谜，包括他到底替章笑寒做了什么，怎么会染上毒品，以及那个季文韬。钟好一直拿季文韬当赵岩这边的人呢，现在看来他离真相还很远。这些人身上每一个细节，都有可能是重大线索。

钟好有点兴奋。感觉要柳暗花明起来。

大侠在自己的花店里，文霁不在，钟好问了句文霁呢，大侠没说话，而是沮丧地低垂着头，一副做错事的样子。

再问，钟好就被大侠的回答气得跳了起来。大侠居然没追到林其彬。他们的车子半路上抛锚，坏在了高速路出口。等把车子修好，那辆要跟踪的车早已不知去向。

"你说什么?! 抛锚? 大侠你开玩笑吧，这样的事你也做得出来，你还是警察呢?"钟好一直拿大侠当警察，从来不认为大侠已退出警界。这也是他跟于局观点不一致的地方。有时候两人会为此吵架，于局太过正统，认为到现在他还放不下他那个圈子，是对工作的极不负责。钟好却恰恰相反，只有跟原来这些弟兄在一起，他的斗志才能被激发出来。反而跟曹亚雯这样的新人配合，让他无数个不自在。就算大个子，他也越来越不顺手，总感觉不是一条道上的，没默契不说，做事风格更不一样。

"我有啥办法，要怪你去怪卢小亨，谁让他开一辆破车。"大侠气急败坏说了一句。看来没追到林其彬，他对自己也很愤怒。

"什么，这事关卢小亨什么事?"

"关他什么事?! 我用的是他的车啊!"

钟好简直想哭。原来那天大侠见史晓蕾跑了，林其彬又倒在病房，整个人一看就是毒瘾发作的样子，这点骗不了大侠，他跟毒贩还有瘾君子少说也打了几年交道，对发作起来的那个疯魔劲太熟悉了。大侠想打电话叫钟好，他不敢通知别人，在医院这几天，他已从史晓蕾这里知道不少。史晓蕾告诉钟好的这些，他都知晓了，甚至比钟好知道得还要多。

就在这时候，大侠看到进来两个人，一个是季文韬，另一个年轻点，个子蛮高，两人朝病房走来。当时医院很乱，那边在抓捕医闹，医生护士还有不少病患家属全去看热闹了，这边空荡荡的。大侠赶忙摇着轮椅从史晓蕾病房出来。季文韬来到病房,抓起林其彬头发看了眼,冲个子高的说:"抱他上车。"大侠急啊,他虽是从史晓蕾嘴里无数次听到林其彬的名字,真正见到林其彬本人,还是第一次。而且这一次,一下让大侠记起曾经的一些事,大侠当时的想法是,绝不能让季文韬把林其彬带走。他摇着轮椅出来,急得心里乱抓,偏在这时候,卢小亨跟女朋友孟蝶走过来,大侠想也没想就叫住卢小亨,说快抱我上车,追上前面那辆面包车。

卢小亨爱玩车,很早就买了私车,可那辆私车也太破了,简直不能叫车,甭说追踪,就是在市里追辆三轮车也很难。

"你咋不给他配辆警车啊。"大侠闷腾腾地说。

钟好简直要被这番话气死,卢小亨,他心里恨恨叫了一声。

"知道他现在去了哪吗?"过了一会儿,钟好问。

"不知道,你可以打电话问啊,或者去找他女朋友,孟蝶,是史晓蕾继父孟瓷的侄女。"

"不是问小亨,我是说林其彬。"钟好叫了一声。卢小亨他肯定要收拾,但现在他急着知道林其彬的下落。

大侠忽然不说话,抱住头,一副苦恼不堪的样子。

钟好泄气地坐下,顺势看了看花店。花店比先前破败了许多,就跟见惯了的没落破产的工厂一样,整个店里弥漫着一股衰败的气息。那些惊亮双眼的各色花卉不见了,东一盆西一盆胡乱摆放着二十来盆非常廉价的花,且都半死不活,一看就是要不做了的架势。乐乐姑娘也不见影,原来卖茶的地方空空荡荡,尘埃遮盖了一切。钟好很想问问这是怎么回事,是不是这一行做不下去了。猛又想起季文韬,将话压在心里,目光也变得阴沉下来。

大侠终于抬起头来:"老大,我又见到他了,他的影子一直在我心里,根本忘不掉。五年了,我终于又看到了那个影子。"

"你在说什么,又犯神经了?"

"不是,老大,还记得三角楼事件后,我跟你提过的那个影子吗,跟章笑风一同走进三角楼的,当天若不是他,惨剧就不会发生,我和章笑风，都到不了那扇窗前。"

"你说什么，怎么又扯三角楼去了？"钟好明显是被大侠吊起了胃口，眼睛瞪得老圆。

"三角楼里陪章笑风进去的，是林其彬。那天他一走进医院，我就认出了。我怀疑，有些事史晓蕾压根不知道，我怀疑这里面有鬼，当年应该是章笑寒指使他加害章笑风的，头儿，一定是这样。必须找到他，找到他三角楼的谜就能解开！"

钟好完全僵住。一切都像戏剧一样，本来查这个，却突然拐到另一边。

三角楼，章家兄弟，林其彬，血狮子，他似乎也触摸到另一条线了。如果真是这样，三角楼事件，就完全是另一个版本了。

4

钟好将卢小亨大骂一顿。

"你掺和什么，还嫌不乱是不？你是物证中心的技术员，不是刑警也不是缉毒警，知不知道瞎掺和的后果，不想穿这身服装了是不？"

卢小亨低着头，只有挨骂的份。女朋友孟蝶站一边，吓得一直吐舌头，还从没见过钟好发这大的脾气呢。

要说也怪孟蝶。这是一个好奇心非常重的女孩，对警察尤其崇拜，不然不会喜欢上卢小亨。孟蝶知道史晓蕾是赵纪光的女儿，孟瓷是他大伯，孟家的事她当然比史晓蕾更清楚。孟蝶更知道赵纪光跟柳冰露的关系，大伯孟瓷得胃癌，柳冰露去过孟瓷家，走时还给她大伯放了钱，大伯不要，追出来要退给柳冰露，正好被她撞见。孟蝶在医院上班，对柳冰露跟赵纪光的传闻更是听到不少，对史晓蕾跟柳冰露之间那种奇妙的关系，也非常感兴趣。总之，她就是多事。那天大侠叫卢小亨开车追林其彬，卢小亨是犯过犹豫的，孟蝶不犹豫，一听追嫌犯，马上兴奋劲就上来了，鼓动卢小亨："还愣着做什么啊，我还没见过警察追犯人呢，快开车。"卢小亨在孟蝶的怂恿下，热血冲昏头脑，才带大侠上车的。

要说车子抛锚，也怪孟蝶。卢小亨那辆车实在太破，一上高速就不好使起来，速度慢不说，还老发出怪声。孟蝶见这样追下去，甭说追不到嫌犯，怕会把她的屁股颠出血来。她是前江人，对前江乃至庆河的路再熟悉不过，高速追了一段，她指挥卢小亨在庆河前一个出口下高速，抄近道，这样就能在季文韬他们下高速时截住那辆车。谁知下了高速，正遇上一段路施工，她又指挥拐上另一条小道，结果车子在泥洼路上熄火，再也发动不起来。

"瞅你干的好事，自己连安全都不顾了，好玩，你以为当警察真的很好玩是不?"钟好又教训孟蝶。

孟蝶嘴甜，见男朋友被钟好训得抬不起头，钟好又训她，忙嬉笑着脸逗钟好："队长你就消消气嘛，我们已经合计好了，马上换车，下次再遇上这样的事，一定给他追到。"

"还下次呢，长点记性行不?"

"行，行，队长快消消气，你发火我很害怕的嘛，走，我请你喝咖啡好不，就在你老相好那里，前两天我还带一帮护士帮过她生意呢，这点上你可得表扬我。警民是一家，对不?"

说着她剥了一个橘子，非要喂钟好嘴里，钟好被她逗乐了。遇上这样俏皮又性格好的丫头，钟好真是没法子。

"把你车换掉!"钟好冲卢小亨又说。

钟好找不到林其彬，按大侠和卢小亨的判断，那天季文韬确实是往庆河方向去，最终到没到庆河，他们现在也不敢确定。从庆河那边反馈过来的消息，好像最近那边很安稳，没有什么异常。

但林其彬就是找不到。

一股不祥之感涌出来，钟好怕林其彬遭遇不测。这条线索对他来说太重要了，让他直接去碰章笑寒，难度太大，压根找不到突破口呢。大侠反过来安慰他，没那么危险。季文韬就算再狠，也不敢做出杀人灭口这样的荒唐事，再说也犯不着啊，不就一个林其彬吗？

想想也是，季文韬能瞒过所有人，一边在赵岩这边当心腹，一边又跟章笑寒有各种来往，头脑绝不简单，或许这次也是奉命行事呢。钟好有个心思，想找文霁了解点季文韬，但文霁不在。问了大侠多遍，大侠不是满嘴支吾就是莫名地发火，钟好不敢再问了。试着给文霁打电话，手机一直处在关闭状态。

这两口子八成又有了什么事，钟好心里想着，却不敢乱问。"婚姻"两个字，现在对他太敏感，史晓蕾关于乌梅和章笑寒那番话，至今还像蛇一样咬着他。

找不到林其彬，调查就没法往下走。这个时候钟好想到了柳冰露，他给柳冰露打电话，说想单独见见她。柳冰露说她在上班，没时间。又问他晚上行不，钟好说当然行啊。柳冰露让钟好晚上等电话。

直到第二天晚上，柳冰露才将电话打过来，说她在家，让钟好过去。钟好说家里不方便吧，要不外面找个地方？柳冰露说我去过你家，也没啥不方便的，你还没到我家来过呢，不想看看？

钟好的心便莫名地动了一下，女人这样说话是很诱人的，钟好冲电话里笑了一声，说那我得带点礼品。

柳冰露说你随便吧，我这里啥也不缺。

钟好还是跑到茶叶店买了两包茶，买别的他都觉不合适，况且他也真不知道买什么，他只对茶熟悉。

柳冰露的家在城西，西湖家园，这西湖绝不是杭州那西湖，而是银河在这里绕个弯，形成一个自然湖泊，叫西湖。小区看上去很静，这一带的房价相对高，过来买房的也基本是看中休闲养老等，因为周边没学校没医院这些必需的配套设施，但就是房价高。很多东西都不是我们常人能看懂的，尤其成功阶层的生活方式。钟好觉得柳冰露这样的人，应该就属于成功人士。她能继续留在银河这样的小城已经算是奇迹。当然，钟好也越来越觉得柳冰露是一个静态女人，她的生活跟世俗无关，拒一切喧嚣于心外，很有点超凡脱俗的味道。这点跟他老婆乌梅有很大的不同。同是医生，也同是女人，乌梅内心里有太多的追求，她像一只永远吃不饱的豹子，一双眼睛时刻警惕在猎物上，表面看她也有安静恬淡的一面，但只有钟好知道，她的心永不安稳。可越是这样的人，上帝赐给他的越少，因为赐多了怕撑着。

钟好到达西湖家园时已近九点，天完全黑了下来，银河整座城被夜幕严实地罩住，相比于城中心的万家灯火、车水马龙，西湖这边就呈现出它特有的气质来。不只是安静，还带着一层朦胧，一层神秘，夜气完全地铺展开来，让前面的湖，后面的山，全都隐了身，只有那层层叠叠的水汽，还有山花的清香覆盖在上面，嗅一口都觉奢侈。

柳冰露在家候着，她没穿家居服，而是刻意地换了一套米色职业裙，看上去有点怪怪的。大约她自己也不习惯，所以见面第一句话就是你别笑我啊，这套衣服我自己都有点不适应。钟好一边将茶叶递给她一边说："眼前一亮啊，老见你们穿白大褂，突然变个风格还真不习惯。"

"我就说嘛，要不我去换装？"她突然显得不自信起来。钟好笑了，从来都觉得柳冰露是一个非常内敛非常有主见的人，这阵却发现，她也有不自信的时候呢。

"没必要吧，我都说了眼前一亮呢。真的，我看惯了白大褂，只要穿别的，我都觉好看。"

"你是说乌梅吧？"柳冰露突然提起了乌梅。钟好脸上表情僵住，过一会儿又舒展开："我好久没见她了，你见过她？"

柳冰露摇摇头："没，我现在联系不到她。"

"不是在美国吗，你没她联系方式？"

柳冰露苦笑一声，像是要说啥，又摇摇头："算了，说这个干吗呢，快请进，都忘了让你进门。"

屋子不大，顶多也就一百平方米，两个卧室，但在餐厅跟卧室的中间，辟出一个小区域，装成了茶室。这很让钟好开眼，只见过装成书房的，弄成茶室真还有点新鲜。转了一圈才发现，柳冰露把一个卧室整体改成了书房，里面码满了书。钟好这才想起她是单身贵族，没必要留那么多卧室。

柳冰露请钟好进了茶室，茶早已准备好，还摆了一瓶红酒，两只杯子。

"怎么，还要喝酒啊？"

"适当来点，要不然会有压力。"柳冰露说。

"压力？"钟好忽然感觉，柳冰露做足了某种准备，心里暗暗提醒，今晚谈话可得小心啊。

等坐下，柳冰露先是熟练地洗茶冲茶，将飘着香气的茶盅递给钟好，又倒两杯酒，说："甭以为只有你爱喝茶，我也有这爱好呢。"钟好忙说："哪敢跟你比，我那是牛饮，只有一个功能，解渴。"

柳冰露笑笑，她的笑看上去有一层温暖的颜色。宽厚、包容，犹如裹着海绵一样。柳冰露想起第一次跟钟好认识的情景，好像是在一家餐馆吧，她跟乌梅一起吃饭，中途钟好来了。那时对钟好的感觉真是牛饮呢，现在不那么认为了。这人表面粗糙，内心其实很细致，也压着东西。柳冰露想，钟好这人其实跟她有很多相像的地方，什么时候见他都是乐观的，都在疯忙，大大咧咧的，看着像是没心没肺。但她相信，每当夜深人静，一个人独处，钟好心里一定是有很多感慨很多说不出的苦衷。尤其离婚后。一个离婚的男人心里没点想法，那是断断不可能的。钟好的强项就是把这些想法码起来，放在暗处，脸上却总是露出一副无所谓的样。

也不容易呢。柳冰露想着，端起酒杯："先碰一下吧，想想我们认识也好多年了，郑重其事跟你谈话，好像还是头一次。"

"以前不算？"钟好还是老样子，故意装出没心眼的样子，说话还是粗声野气。这让柳冰露不舒服。为今晚，柳冰露是做了一些准备的，她觉得她跟钟好还是很能谈一些事的，比如赵纪光，比如乌梅，还有钟好急着想谈的史晓蕾，以及她所在的医院，银河，还有她姐姐柳春露，这些她都能谈。但她的重点不在这，今晚她是很想跟钟好谈另一些的，比如爱情，比如婚姻，比如人在这个世界上怎样行走才不负自己。还有一个人到底能受多少伤，伤过后，那些残渣怎么才能清除。她相信钟好有经验，男人的经验。当然，她更知道这些东西都不能谈，钟好没兴趣，男人大都没兴趣跟你谈人生，谈伤，那是女人的事，这是柳冰露的经验。男人的心思永远在事上，在他打算攻克的那个堡垒上。男人把人生的不快和失意全消耗在了酒上、烟上，轻烟一飘，烈酒一泡，男人就又完好如初，好像一点伤都不曾受过。女人却做不到，女人老是把这些寄托在事后的倾诉上，寄托在那毫无意义的安慰上。

钟好是跑来跟她谈论史晓蕾的，柳冰露再次提醒自己。可纵使这样，你也得拿出点真诚来啊，认真点投入点动情点啊，干吗老要用粗糙的不在乎的甚至坚硬的神情对待她呢？

柳冰露心里漫起一层伤感。最近这种伤感老是浮出来，如夜气一样不分场合就打湿她。尤其赵纪光死后。尤其大家都拿赵纪光当一个怪物，当一部废旧的庞大的但又任由他们性子去拆裂的机器，哪个人都想胡乱切割一下，这种伤感就越发浓烈。这个世界原来一点都不可靠，大家都想当然地对待着他人，用"我只要那一瓢"的逻辑撕裂他人，而从不静下心来听听别人怎么说，更不会去想那些被割裂的人内心里到底装着什么。

唉，算了吧，想多了闹心。他们怎么能看懂赵纪光呢，不可能的。这个世界上真是没有谁能看懂别人。

"当然不算。以前总有种你审问我的意思，现在不一样，咱俩是平等的。"柳冰露说话的语气忽然就变了。

"这样啊？"钟好碰了一下酒杯，小饮一口。同时也感觉出柳冰露细微的变化。今晚的柳冰露好生反常，轻松中透出诙谐，随意中带着庄重。跟以前那个文静安详说话始终带着清晰条理的柳医生比起来，真有些不同。

柳冰露一开始还是想营造一些浪漫气氛的，所以她备了酒。从法国带来的，保存了三十年的红酒。这酒当然是赵纪光送的，柳冰露一直不舍得喝，她觉得酒很通人性，谁拿来的酒，里面就有谁的味道。今晚她想喝这瓶酒，想当着一个还不十分熟悉的男人面，去回味另一个男人，并讲一些跟他有关的事，这也称得上是一种怀念吧。而且在一种带着怀念的气氛里谈论跟这个男人有着深刻关系的两个女人，是两个，她，史晓蕾，而不是一个。她用了深刻这个词，可见跟赵纪光的关系，她是有认真思考的，包括她跟史晓蕾的关系，那也是非常深刻的。深刻到没有酒就谈不成，必须借助一些外在力量，才能将那层坚硬的壳破开。

她想破开壳，谈谈内质。

她也希望钟好能触摸到内质，那样对他理清这宗复杂至极的案子有好处。但钟好的态度还有跟这样的气氛不相融合的一些坏毛病，让她突然觉得很无耻。毁灭一种美好是无耻，企图将粗糙瞬间雕刻得精致同样是一种无耻。她无端地想起她的好朋友乌梅来，同时也想起跟乌梅老上床的那个男人章笑寒。以前不理解他们，这一刻，她至少能理解点乌梅了。女人骨子里都有向着精致向着诗意的这一面，章笑寒虽然也谈不上精致谈不上诗意，但人家至少会装，会在特定场合披上一件外衣，眼前这个警察，一点装的意思都没。

装其实也是一种尊重呢，装好了还能让人把它当成梦想来怀念。她就不止一次听乌梅说过，我知道他假，但假的东西体验多了，也上瘾呢，生活中哪有那么多真。

是，真没有。

"找我是谈晓蕾的吧，我都做好了准备。你是大忙人，没有急事你肯定不找我。"受钟好影响，柳冰露自己也开始粗糙起来。想好的开场白过渡等都给略去了，不如直接打开话题痛快。

钟好刚拿起的茶盅猛地放下："你咋知道，搞情报的啊你？"

柳冰露浅浅一笑："我知道你找过她，是为那个不争气的林其彬去的。"

"你知道林其彬的下落，他在哪？"钟好就是这般急，一点也不解今夜的风情。

"能不能好好说话啊，到家里还当你的警察，怪不得乌梅受不了。"柳冰露差点要哭，一怒之下就将乌梅搬了出来。她现在才知道为啥那么舍不得赵纪光，别人都骂但她就是舍不得，是他懂女人啊。

她在赵纪光那，可一次这样的"礼遇"都没受过。

"什么，她受不了？"钟好仍然不开窍。

"你以为啊，换哪个女人也受不了，别老是把工作挂嘴上，人不能一天到晚都为工作，知道不？"柳冰露霍地站了起来，想想又坐下，摆出一副无可奈何的样子。

钟好这才知道出了问题，泄气似的抓过茶盅，要一口饮下。茶盅递嘴边，又默默放下。

钟好其实也知道自己的问题出在哪，粗糙、大意、马大哈惯了，急惯了疯惯了，根本不在乎场合不在乎对方怎么想。一开始他认为男人就该这样，警察更该这样。乌梅无数次跟他叫，说男人不都是这样。他不理，觉得女人娶进来，就是自己的了，干吗还要跟陌生人似的瞎客气，再说跟陌生人他也不会客气啊。但现在他发现，这真是个毛病，尤其听史晓蕾说了章笑寒跟乌梅怎么怎么的，他在气愤的同时，也暗暗拿章笑寒跟自己做比较，一开始他认为是自己钱少，乌梅要实现梦想，需要钱，需要一个能供给她的男人。后来又觉不是，一定是哪儿还有问题。

现在他更加明确，问题就出在他的粗糙上，出在一向不在乎别人尤其不在乎女人的坏毛病上。他不是大男子主义者，真不是，但他就是学不来那种素养，学不会那种浪漫。或者说叫情调。

庄稼汉。野人。他忽地想起乌梅曾经骂过他的话。

钟好兀自一笑，摇了摇头，跟柳冰露说："何必计较一个粗人呢，我要是真能细，这工作就干不了了。你是整天跟躺病床上的人打交道，他们见了你都敬重，都想抓住你的手，抓住了才有命。我不，我整天跟什么人打交道啊，他们见了我就想让我死，野，只有野，我才能活下来……"钟好说着说着，忽然叹出很重的气。这深重的叹气，一下让柳冰露觉得自己有点那个了。人总是站在自己的角度想问题，而极少设身处地为别人想过。这话好像是赵纪光跟她说的。那是在她跟赵纪光的第一次后，她从酒中醒来，发现凌乱的一切，发现自己丑陋不堪裸个精光的身体，疯了，大叫一通，想换回点尊严，也想换回

116

点做女人的羞耻。她还抓破了赵纪光的脸，并且怒不可遏地打电话报警。等把黑夜折腾到亮，等警察还有成卓然等人走掉。赵纪光去卫生间洗了把脸，回来坐到床边，寂静无声地坐了有半个小时，然后面对住她，问了她一句："折腾够了吧？折腾够了就睡觉，你需要把觉补回来。"她大喝一声："我不需要，你个臭流氓，无赖！"喝完一脚将被子蹬下了床。

赵纪光什么反应也没做，默默地从地下拿起被子，盖她身上，然后背对着她，又站了许久。再次转过身后，赵纪光就说了这一句。

事后证明，那晚真的不怪赵纪光，罪魁祸首原来是周泽晋。这是她怎么也想不到的。非但不怪，为了她，赵纪光甚至不惜搭上自己的名声。要知道，警察不是她报了警就能来的，只要赵纪光想阻止，就算她将电话打烂，警察也听不到。但是赵纪光没阻止，非但没阻止警察，还把成卓然也叫来了。想一想，让一个下属当警察面看自己出丑，还是出那样的丑，那得多大的胆量多大的胸怀。

是的，胸怀。别人可能从不认为赵纪光有胸怀这件东西，但她从那晚起，就认定了。后来她更是知道，赵纪光主动担这名声，目的竟是不让别人知道更多。

"反正我已烂到家了，烂我手上，你还能获得一点同情，输得不是太惨。烂别人手上，那可真叫完了，你以后的路没法走。"

赵纪光后来跟她这样说。她不信，还在怀疑，可明显的事实是，那之后，院长周泽晋再也不敢骚扰她，对她毕恭毕敬，礼貌周全。直到最近，周泽晋这边才又死灰复燃，蠢蠢欲动……

苦心。到现在她才明白，全是苦心。

这种情怀，谁有？

"你又分神了。"钟好把玩着喝空了的酒杯，像是在揣摩她似的说。柳冰露恍然收神，不好意思地说："对不起，我想起了一件不该想起的事。"

"人生没有不该想起的，只要它能到你心里，就证明你很在乎它。"

"是的，我很在乎。"她也不问钟好具体说什么，就点了头。钟好拿过酒瓶，替她斟了酒："我们谈谈史晓蕾吧，你知道的，我被一些事困住了。"

柳冰露略微一怔，道："困住你的不应该是蕾蕾，她还不足分量，困住你的其实是你自己。"

"哦，怎么讲？"

"你一心想揭开许多事，你认为那些事里面全是肮脏，你有道义把它们揭出来，让大众看看到底是怎样的烂，但你又揭不开。你像一条蟒蛇，看似力量很大，撞来撞去其实还在原地，没往前走几步。"

"难道你不觉得那些事很脏？"

"脏，的确很脏，不但脏，还很黑，所以我请你来家里，想跟你认真谈谈，或者我真能帮你呢。"

接下来的谈话居然很是奇怪，两个人再也没有什么不适，就像一对故人，不仅交起了底而且还有了默契。他们防止着没让话题散开，他们都怕在这样一个晚上，话题无边际地蔓延，这样对谁都不好。他们都是有伤的人，所以在看似热忱中还多了几分谨慎。话题几乎都是围着林其彬和史晓蕾展开的。柳冰露说钟好并不懂史晓蕾，有时候她都不懂呢，他怎么会懂？然后问钟好："是不是觉得我俩关系很特别，一定搞不懂是吧？"钟好点头，说真的没搞懂。柳冰露沉思一会儿，道："我是她母亲。"钟好哈哈大笑，说你真会开玩笑。柳冰露说这决不是玩笑，说出来真没人相信，但她真就扮演了一个母亲的角色。

"我虽然大她才六岁，但这只是生理年龄，人是不能只看生理年龄的，心理上我感觉比她大出许多。况且因为我跟赵纪光的关系，也让我不由得扮演了这样一个角色。她打小受苦，一路走来都很艰难。如果赵纪光不去认她，不让她知道身世，或许她这辈子，会平静一些，至少不会生出那么多恨。但赵纪光找了，她所有的平衡被打翻，见谁都恨见谁都仇视，你怕是理解不了这样的心情，但我能理解。她总觉这个世界上大家都在抢她的东西，她之所以过得如此不堪，不是因她不够好，而是世界对她太刻薄。正是这样的心理，她才一次次上林其彬的当，谁劝也听不进去，其实她不是横，真的，这孩子看上去很凶很拗性子，让人误以为她过激，其实不，她还是怕啊，她就是想抓住，哪怕这东西不值，抓在手里总比跑掉好。"

"哦……"钟好对心理学并不陌生，但大都是犯罪心理学。柳冰露这么剖析一个人，听上去就不只是好奇，而是很入味了。等于柳冰露跟他上了一次心理课。

柳冰露又说了许多，钟好问："那你为什么之前不说，记得前几次跟你谈她，你可都是有某种暗示的，要不然，我也不会怀疑是她害死了赵纪光。"

钟好说的是实话，赵纪光死后，他几次在柳冰露面前提起史晓蕾，包括柳冰露后来不让史晓蕾闲着，每次手术都要将史晓蕾带到手术台前，究竟为了什么？柳冰露虽然不直接回答，但说出的话里明显有另一种意思，就是将钟好往另一个方向引。

柳冰露没脸红，虽然被钟好当面揭穿，但没脸红，而是悠长地唉了一声，道："我是想让她受点教训，好早日醒过来，她中毒太深。"

"中毒?"钟好又有点不明白了。

"自己毒自己。"柳冰露说，"她把受过的难吃过的苦，全算在自己头上，这孩子其实挺自卑的，她用一种假想的强大来保护自己，她看不清自己，更看不清世界。哪个人不受难哪个人又不受苦，受过了，忘掉就是。可她不，老想翻本，老把自己淹在过去的苦里。"

柳冰露还说了许多，这些话，真是让钟好醍醐灌顶，感觉一下对史晓蕾有了清晰的认识。当然，柳冰露最后说的话，还是深深地刺痛了他。

"女人在爱情上是受不得伤的，不伤透女人还能活，要是真伤透，女人想活都活不成。蕾蕾不只是被伤透，简直是被伤完了，伤到根伤到底了。"钟好问是钱？柳冰露笑说："钱算什么啊，你觉得钱很重要么?"未等钟好回答，她又道，"都说蕾蕾是被钱逼的，不啊，钱能把一个女人逼那份上？是情。女人一旦重情，这辈子就注定要输。输的程度要看她为情付出的程度。她傻到几次都能把心掏给那个男人，让男人一次次地戳碎，血都不让流一点，这等于是做手术不打麻药，杀人还不让流血，你说受得了不?"

柳冰露的话忽然间不像先前那么透明，也没了开始时的暖色，变得灰变得暗，变得跟血一样有不堪的颜色了。

钟好猛地就去想，这应该不是在说史晓蕾，是说她吧？他怀疑，柳冰露跟纪豪之间，绝不是他们听到的那样，不是，一定还有更不堪更破碎的故事。

第四章

1

钟好紧追林其彬这条线的时候，于向东也没闲着。

他跟钟好想法有些不同，钟好说他完全把柳冰露和史晓蕾排开了，真要查死因，必须从其他人入手。于局觉得这话说得有点早，他还是觉得柳冰露和史晓蕾这边藏着什么，钟好并未完全知道真相，一半都没呢。他感觉钟好这次有点感情用事，太容易激动了，跟当事人接触几次，马上就变换态度，这很危险。尤其钟好跟当事人走得太近，这令于局不安。钟好跟柳冰露之间，眼看都要发生什么了，寡男单女，频频接触，不好。

于向东一向认为，做警察，还是要跟当事人或是嫌疑人拉开点距离，距离就是清醒，距离更是态度，过近过于亲密的关系往往会让我们在不该投放信任的人身上投放信任，进而影响到我们的判断。可钟好老是让他揪心，老是跟当事人打得火热。钟好还有过跟嫌疑人同吃同住五天，抢着为嫌疑人买单，嫌疑人女儿上不了学，他打着于向东的旗号找人家校长，非要说这是于向东的外甥女，最后将学校拒之门外的孩子重新送进学校，搞得他跟嫌疑人是铁哥们似的。后来他真的跟那个嫌疑人成了铁哥们，还把于向东也拉了进去。现在嫌疑人女儿见了于向东，还左一声舅右一声舅叫呢。钟好为此自豪，说要不是搞成铁哥们，那案子根本破不了。当时认定嫌疑人就是主凶，是他为了钱财受雇于某企业主，对竞争对手实施了报复，用非常残忍的手段，将对手一家五口包括年迈的父母反锁在一辆商务车内，让车子起火爆炸，瞬间大火燃起来，五条人命葬身于火海。锁定嫌疑人后，钟好主动请缨，说把嫌疑人交给他。嫌疑人是一家4S店的修车师傅，汽车方面非常懂行。接触几次后，钟好说嫌疑人性格内向，事在心里，但就是不说，可能跟他过早离婚有关，有一定程度的自闭。说要想查清此案，就得跟嫌疑人交朋友，把他的内心世界打开。结果他就真的动上脑子跟嫌疑人交朋友，以办案为名，直接搬到嫌疑人家去住，天天跟他缠在一起。这种办案方法当时引来很多非议，于向东也警告他不要太离谱。钟好一意孤行，谁的建议都不听。后来他让嫌疑人带着他，找遍了银河城他修过的同样款的车子。最后钟好提出了一个让所有人目瞪口呆的说法，此案不涉及雇凶杀人，起火原因是车子发生自燃。

那案子足足查了两年，不只是惊动了部里，很多部门都惊动了。死者的确是有竞争对手，两人同时竞争省人大代表，互不相让，结果矛盾升级。竞争对手的确也有雇凶杀人的动机，但雇的不是汽修师傅，而是一无业青年，混子。但混子原打算施暴的地方不是在车上，而是死者常去的一家夜总会，办法就是先让夜总会小姐跟死者发生摩擦，引发口角，然后混子以小姐对象冲进去，扩大事态，最后抽刀捅死人。混子也没打算把一家都残害掉。冤有头债有主，人家只拿了一个人的钱，不会干一车人的事。钟好不只是把混子找到，连同那位小姐还有给混子安排了此事的人也查了个清，是对手的助理，一个非常漂亮且性感的女人，没想到她也能安排得了这类事。

事实最后证明，这一切只是计谋，并未来得及实施。在对车子残骸进行不下二十次的鉴定，对同款车子做了将近一百辆的测试和安检，跟厂家无数次的交涉后，十多位从各个层面请来的专家一致认定，钟好说得对，这起惨案的确不是凶杀，是一起罕见的机动车自燃爆炸致人死亡案。

钟好的灵感就来自跟他成为铁哥们的修车师傅在他发动车子时多了一句话，说车子发动机里应该卡了异物。钟好不信，跳下去看，发动机里果然卡了一只老鼠。他大为惊讶，顺着这方向跟一向不怎么爱说话的嫌疑人聊了起来，嫌疑人后来告诉他，那辆车子出事前是从他手里提走的，他跟车主提议过，车子有"搭铁"现象，需要大修，而车主开来维修的原因是车前脸碰了，需要补漆。车主没听他的，还骂他为了多赚钱，啥黑心话都敢讲。后来查明，这辆车子是由出事车辆翻新的，死者是以抵账方式从出事一方抵来的车辆。

这案子不只是让钟好名声大振，更是让那个嫌疑人一夜间身份倍增。他因维修了一辆车子而被错定为嫌疑人，又因钟好的独到与大胆成为修车行的奇才，其对车子的经验还有维修技术，让前来参与此案调查的专家们都大为震惊。这人目前已被高薪请到某大型汽车制造厂，成为一名实战经验非常丰富的土专家。

生活的戏剧不是每次都能发生的，于向东不敢做梦，不敢企盼类似的奇迹每次都发生。

林其彬至今没有信息，赵纪光仍然躺在医院太平间，本以为抓了赵岩等人会让此事有个相对快捷的解决办法，比如促成尸检。或者直接将赵纪光死亡案上升为刑事案，这样才能理直气壮开展工作。谁知于局给自己惹了麻烦。打击医闹非但没让赵纪光案往前走半步，赵岩等人在看守所的表现，更让他匪夷所思。这家伙一不闹二不叫，舒舒服服地蹲在里面，跟住宾馆一样。外面也没一个电话打给于向东，连说情的都没。好像整个世界都不认识赵岩，都跟他没有关系。赵岩妻子范欣然只是来局里领了张通知书，然后就像没事人一般走开了，对于抓赵岩的理由问都不问一句，好像人家早就合计好了想进来一样。

有诈！

这是于向东最直接的反应。

里面的诡异，外界的平静，上上下下集体沉默，越来越让于向东觉得，自己这次出错招了，真错了。抓医闹不只是给他套了一个罐，更担心是中了赵岩等人的圈套。

现在再想起那天的情景，更是觉得诡异。赵纪光住院后一直不出现的赵岩，那天突然带了十几个员工，闯进医院。当时他以为是赵悦叫来的，后来证明不是，是人家赵岩自己来的。现在这些人全关在看守所，放也不是，继续羁押也不是，人家压根就不配合。

诈啊。于向东再叹一声，他真是看不懂赵岩在跟他玩什么。

还有，朝山路那边的案子也越来越离谱，就在昨天，大局长邴如英将他叫去，说别墅杀人案刘子江他们侦查得差不多了，考虑要走下一个程序。他佯装不知，随意问了句："凶手找到了？"

邴如英看着他说："凶手不用找，这案子开始就明确，夫妻关系恶化，感情破裂加上财产纠纷引发的杀人案。另外，子江他们怀疑，嫌疑人柳春露很可能吸毒。"

邴如英说到这，不往下说了，而是别有意味地看住他，想等他发表看法。于向东现在很注意，不是自己直接管的案子，出言极其谨慎。很多时候该装哑巴的，必须装哑巴。邴局等半天，也不见他把反对意见谈出来，就道："这事跟你先私下通个气，具体情况等他们把结案报告拿出来，我们再研究。"

从邴局那里出来，于向东耳朵里就响着一个声音，柳春露吸毒。他害怕案情朝这个方向发展，可偏偏就朝这方向发展了。不行，不能再等下去，更不能由着他们乱定性，必须赶在刘子江他们拿出报告前，将柳春露这边的情况搞清，千万不能将杀人案归结到吸毒上，否则，甭说是挖出更多的东西，怕是连这起案都能整成冤案。

一想到"冤案"两个字，于向东冷不丁地打出几个冷战。

他不得不出手了，不得不把属于他自己的极隐秘的一条线暴露出来。这令他悲哀，本来他是发誓永远不暴露这条线的，就跟永远不暴露章笑风那条线一样。怕是没人想得到，章笑风根本不是什么"血狮子"，他对"血狮子"恨之入骨，并发誓要跟于向东一起撕开这人的嘴脸，遗憾的是，他们的计划执行到一半，有人嗅到了气息，炮制了三角楼事件，逼他们仓皇出手，结果……

又是一个不眠之夜，于向东辗转反侧，试图找到更好的办法，可是没有。逼他的不只是穷凶极恶的犯罪分子，也不只是银河根深蒂固的隐秘势力，更有内部。

哦，内部。

于向东从来没想过，有一天会被内部逼成这样。看来，只有豁出去了。

早上六点钟，监仓的门"哐啷"一声，打开了。随后传来王管教年轻的声音："放风。13号，跟我来一趟。"

13号是新关进来的光头李活。

李活整整衣服，他起得稍晚了些，脸还没来得及洗呢。听到喊声，忙到洗漱区拿毛巾擦了把脸。擦脸的时候，他的背上让人扔了东西，李活回过头，扫一眼监仓，目光定格在进来后一直对他不服气的"大蝎子"脸上。"大蝎子"也挑衅地看住他，李活报以微笑。他不会跟这里面任何人发生不和，自然也不会挑战"大蝎子"的地位，但他同样也不希望别人拿他当软柿子捏。对看守所，他有经验呢。这么想着，李活两只手绞一起，身子往下一缩，只见他胳膊一拧，整个身体就像蛇一样动了起来，从拳头到胳膊肘，发出一连串"啪啪"的声响。监仓的人有些紧张，"大蝎子"脸上也是一阵慌。李活冲"大蝎子""友好"地笑了笑，收起身上动作，转身，不紧不慢地走出来。

外面光线很好，又是一个大晴天。晨光中，看守所已经从宁静中醒过来。女监那边，女嫌犯们已经排着整齐的队伍，在女管教略带威严的声音引领下，开始做早操了。

李活目光往离他最近的一列队伍中瞅了瞅，没发现他要找的人，心里浮上一层疑惑。昨天都看见她呢，怎么今早……

"往这边走。"王管教说。

王管教比他年轻，三十不到，李活不认得他，但他知道李活。昨天往监仓送他时，王管教就急不可待地向他表达了一些敬佩，说有关他的传奇，他听了好多，老佩服他呢。

李活笑笑。他有什么传奇，一个医闹头子，被政府严打了进来。

"你可别这么说，对你的过去，我们都知道呢。"王管教一看就是没啥社会经验的人，年轻嘛，吃亏少，栽的跟斗也少。李活昨天没跟王管教多说，任由王管教把他奉承了一番。能在这种地方得到管教人员的奉承，李活觉得可笑。

"昨晚睡得好不？"走了几步，见避开了众人，王管教快步跟上来，先是重重冲他呵斥一声，抬起头来，然后又压低声音问。

李活想笑，但忍住了。感觉这次进来，他不是蹲看守所，而是来检查工作的。

"还行吧。"李活伸开胳膊，扩了几下胸。活动惯了，不活动就有点忍不住。本还想踢打踢打腿，忽一想现在的身份，忙把身体收敛住了。

"监仓人多，休息不好是肯定的，李队还是多担待担待吧。"王管教声音更低，边说话边朝四周望。有几位管教走过来，王管教马上正起脸，"挺胸收腹，走路要有个样子。"

李活配合地挺起了胸，收起了腹，走路果然有了样子。一等那几个管教走过去，王管教马上赔着笑脸："不好意思啊，千万别往心里去。"

"这是什么话，我是嫌犯。"李活略带着提醒地说。

王管教似乎意识到有点不妥，便收起脸上歉意，有模有样地走了起来。

他们是往办公区那边去。李活想不明白，这么早带他到办公区干什么？这时间，不管男嫌犯还是女嫌犯，都该是放风活动身体。就算要提审，那也得等早饭过了。莫不是请他单独吃早餐吧？李活觉得自己想得太美好了，赶忙将自己嘲笑一番。还以为是当年啊，把你美的。

第一看守所建得很早，李活当刑警的时候，一年不知要往这里跑多少回。那时候监室还没现在这么多，关押人员也有限。每间监仓不是现在的十人，而是十五人。那阵势，才叫热闹。后来看守所进行了改造，办公区成了三层楼房，监室条件也得到很大改善，每个监仓现在关押十个人。李活所在的二号监仓因为最近放出去两个，他又补进来，便成了九个人。

王管教还是忍不住，走着走着又低声问道："大蝎子没欺负你吧，跟他打过招呼的。"

李活这次没敢笑，从他一进来便知道，"大蝎子"是二号仓的仓霸，他还纳闷大蝎子为啥不给他过招，教他一些仓规仓章呢，原来提前打了招呼。昨晚睡不着，发现大蝎子也没睡着，一直拿一双蝎子眼盯着他，最终还是没敢动手。他以为大蝎子是怕他一身肌肉，可见不是。

哪里都有规矩，哪里也都有见不得光的事，这个世界何时变成了这样？李活忽然有点心暗，脚下的步子也慢了起来。

来见他的居然是于局，这让李活着实意外。

王管教将他径直带上二楼，快进房间时，王管教低声说："你会想不到的。"

他的确没想到。

会见室里还有两个人，一位是管教所李所，一位是教导员，李活一边装出一副担惊受怕的样子，一边命令自己动作规范点。他就怕一激动，露出破绽。

还好，他的表演让于局满意。于局铁青着脸，一声不吭。李活被带进去，椅子是事先摆好的，离三位有一定距离。鉴于他不是重大犯罪嫌疑人，椅子上既没手铐也没脚镣。李活怕那个，干了十多年刑警，给别人戴过不知多少次，可他怕。他觉得人这一生，还是离这些东西远一点。

"坐下！"教导员命令了一声。

李活乖乖坐下，胸脯抬得挺好，头也昂着，两条手臂垂下来，十分规范地放在身体两边。这些他都会，他曾是一个合格且优秀的警察，这些怎么不会呢？

训话先由李所开始，照例是那一堆，几乎对每个嫌犯都要重复的，而且是每天重复。遵守所规，打掉妄想，积极交代，争取宽大之类。

训话大约持续了六到七分钟。

接着是学习，教导员翻开准备好的资料，向他讲了一些当前的大形势，除治安方面外，还有省里针对目前全省各地医闹越来越猖獗，对正常的医疗秩序破坏越来越严重的态势，决定开展一次声势浩大的对医闹尤其专业医闹的集中打击活动。这个李活早已听闻到了，所以他对教导员讲的这些兴趣并不是太大。但他装作听了很震动，很有震慑力。

在教导员十分有威严的声音里，他惭愧且心虚地垂下了头。

接下来是问讯。

"对自己所犯错误有没有反悔？"教导员的声音。

"有。"

"具体说说。"

李活就说。不说是不可能的，这么早把他带到这里，既然不是请他吃早餐，那就是让他吃一顿洗心革面的精神早餐。

李活就顺着这个路子，把自己的灵魂还有一些举动剖析一番。

"不够深刻！"教导员的声音很严厉，李活吓得抖了几下。

"报告政府，我来的时间短，反省当然还不够，我要继续努力。"

"好，这个态度好。那么接下来，把你怎么当医闹头目，怎么干扰医疗秩序的事实交代一遍，注意，不许漏掉一条。"

这可苦逼了。李活暗叫一声不好，这得多长时间啊，刚才来时，因为监仓卫生间被一个外号"地鼠"的小子占着，没来得及小解，这阵教导员一训话，忽然小腹紧张，一种想尿的冲动。他夹了夹，挪挪屁股，开始按教导员说的交代。

这些都是明着的事实，李活向来不做暗事，进来第一天，就已经交代过一遍，让他发挥新的，也实在发挥不出来，只好原模原样又重复一遍。他无所谓，反正到这个地方，天天不是交代就是反省，难为了做记录的王管教。那天已经记过一次的，又要重复再记一遍，不过李活发现，王管教一点也不觉枯燥，记得十分认真。轮到他发音不清时，还会抬起头来一脸郑重地看住他。

每项工作都不容易，天下真是没好干的事。

又想到自己，本来好好地干刑警，替百姓除害，维护社会正义与安全，结果警察做不了了，被除名，还背了一身孽债，怕是这辈子都偿还不清。那就改行干医闹吧，反正也是替天行道，他李活从不干没来路的事，每起医闹都是有理有据，能站得住脚的。何况他不是靠医闹敛财，除匡扶正义外他还做了不少善事，救了至少不下二十人的命，那可都是贫寒的底层家庭啊，一点办法都没有，如果不是他的光头帮，那二十多条命，早就没了。所以李活不觉得做医闹羞耻，而是把它当成一件很有意义的事。可现在这也不让做了，还把他抓进来，要严厉打击……

当然这些他不会说，再怎么着他也做过警察，还是一名不简单的警察，立过好几次功的警察，觉悟他有，场合他也分得清。

李活终于说完了。

"没了？"教导员问。

"没了。"他十分认真地回答。

"行，还可以，但就是不全面，深刻度还远远不够，回去继续想，会让你把什么也说出来的。"教导员一边说一边目光往于局脸上看去。

"我接受改造，我一定接受改造。"李活连忙重复。到了这种地方，不接受改造那是不行的，这点李活懂。

于局看看李活，又看看二位，没急着表态，像是深思什么。这中间李所手机响了，拿起一看像是什么重要来电，不好意思地冲于局笑笑，说了声抱歉，往外走。教导员也像是要结束问话，目光再次征询于局。于局趁势说："二位先忙，有些事我需要单独跟嫌犯谈，不违背原则吧？"

教导员赶忙说："局长亲自指导我们工作，哪来违背一说？好，我们先去忙一会儿。"说话的同时，目光在王管教那里扫了一下，王管教识趣地收起记录本，跟着一道出去了。

李活的目光一直跟着他们，他看见教导员临出门时，没忘"吧嗒"一声，关掉房间的摄像头。

会见室的气氛立马缓和下来，刚才那种场面，不只是李活不适应，他发现于局也极不适应，但他们必须适应。

适应一切适应不了的，这才是人能生存并发展的前提。

"怎么样，还习惯吧？"于局开了口。

李活心说，这鬼地方能适应才怪。嘴上却道，谢谢政府。

于局差点让这句逗乐，不过他还是很能绷得住："行啊李活，不错。"

李活不知道于局是夸他表演得不错还是进来后改造得不错，吃不准，没敢乱反应。

于局也不做解释，往门那边扫一眼，见门是严严实实关上的，才问："知道这么早来找你的原因不？"

李活当然知道。刚才走进会见室，看见于局，心里立刻就清楚了。于局选择天一亮来见他，一是于局睡不着，严重失眠，肯定又是在办公室干坐了一夜。二呢，也是赶在看守所正常上班前把该做的做完，人多眼杂，一个主管局长亲自来看守所，也是一件大事，太惊动了肯定不好。

他静下心，等于局将话说完。

于局佯装咳嗽一声，道："谈正事吧，有发现没？"

李活略一思忖，知道于局问的是什么。他进来这是第三天，只见过对面那人两面，一次是从监仓门上的小窗口看到的，她在两位女管教的看护下，朝办公区这边走来。李活想应该是带她到心理咨询室。对心理或精神有问题的嫌犯，看守所都是要做心理观察或心理辅导的，第一看守所的心理辅导员不错，专业水平。第二次是在昨天放风时，他看到她站在队列之外，一个人抬头看天空。看着看着，忽然发出一阵大笑，笑声毛骨悚然，紧接着就手舞足蹈起来。同监仓年轻的女嫌犯发现了，马上报告管教，两个女管教架走了她。

就这两次，再没有。想在短短两天有什么发现，难。但李活还是凭细致的观察、敏锐的眼神以及丰富的经验，注意到一些问题。他跟于局说："外表看她精神确有问题，但有两点暴露了她，一是手舞足蹈的样子不像精神分裂或失常者那么随意无序，更像是自己精心排练过的。建议把她这些动作拍下来，反复研究，会发现猫腻的。如果我的怀疑没错，她应该是长期准备了几套动作，用来麻痹别人。"

"嗯，不错。"于局点头，对他说的，显然很感兴趣。

"接着谈。"于局的声音有点兴奋。

"还有一点，是从她抬头看天空时感觉到的，她心事很重，身上一定有什么重大秘密，这秘密压住了她。"

"她不可能没秘密，关键是怎么把这些秘密掏出来。"于局接话道。

"找她信任的人，比如那个身高在一米五八左右但绝不超过一米六、留齐耳短发走路爱哼儿首民歌的女管教，她应该知道些什么。"

"齐小染？你怎么知道？"于局的声音稍稍高了些，是内心的变化抬起来的。

"直觉。"李活说，"有时候直觉比什么都重要。"

于局这次没急，刚才一兴奋抬高了声音，让他对自己很不满意，他刻意冷静一会儿，琢磨着李活的话，说："这个我同意，你一向直觉很准，几乎没错过。"

"错过一次，很严重，不可挽回。"李活纠正道，神色暗了下来。

"不提那次，不提。"于局立马阻止。

两人又说几句，知道这方面再谈不出什么，于局转换了话题："医院那边，你有什么提醒的？"

李活这次没急着回答，显然这问题比刚才那话题难回答，他低头思考起来。

"没这么多时间，快说。"于局催促。

"有可能我们把目标都搞错了，她们两个，可能都不是。"吞吐一会儿，他道。

"你是说，当事人正常死亡？"

"我没这么说，当事人死因肯定很诡异，我们可能把方向跑偏了，在她俩身上错花了时间。"

"哦……"于局受到震动，闭眼思考了一会儿，又直起身，"你能确定？"

李活也没急着表态，片刻后说："确定不敢，但我最近这种感觉很强烈，尤其对柳冰露……"李活一急就说出了名字，好在这里只有他和于局两人，于局也不制止，由着他往下说。

"对不住，我还是改不了急性子。"

于局非常理解："没事，也可能是名字烂熟于心，证明你的确费了心，说吧。"

李活就说："我们可能太关注柳大夫跟他的关系了，先入为主，等于是给我们自己挖了个坑，柳大夫这边的可能性几乎不存在，但她还是一个谜，这谜必须解开。至于护士长，我现在也纳闷了，开始觉得曹亚雯的调查应该对路，赵纪光的死或许是跟史晓蕾的身世有关，但有件事改变了我的看法。"

"什么事？"

"史晓蕾夜里跑到太平间哭过。"

"真有这事？"于局也惊讶了。

李活点头道："真有，她跟太平间看门的老头儿关系很好，老头儿见她被沙子他们又打又羞辱，动了恻隐之心，她要进去，老头便放她进去，结果一看见赵纪光，她就哭成了泪人。"

"这样啊……"莫名其妙的，于局眼泪就下来了。这一刻他想到了许多，活到现在这把年龄，人世间的悲哀，爱恨情仇，对他来说已经很淡，近乎麻木了，但是听到史晓蕾哭成泪人，他的心还是湿了一大片。

"我们不该怀疑她的，不该。"他说。

"但也不能感情用事是不，该查的还是要查清楚。事实上排除掉她俩，本身就是往前走了一大步，这也算是成果。"

话虽这么说，于局还是很失落。

"半天还是一团糨糊。"

"没办法，迷雾太多，要一层一层拨开，接下来我怕是帮不上太多，得靠钟队了。"

于局显然不甘心，但李活这样说了，他也得接受现实。赵纪光一案，情况他比谁都清楚，本身就是乱麻缠身，头绪众多，不好理。他打算结束谈话，遂起身，装模作样训了几句，然后拿起包，要走。

李活突然问："他们怎么对我这么客气？"

他们显然是指看守所的人，包括对他崇拜至极的王管教。

于局又回转身，看着李活说："真想知道？"

"想。"

于局脸上表情一动，眉头舒展开："我打过招呼的，说李活同志曾经是我们局的骨干力量，有功之臣，现在沦落成这样，我们要多帮助，力争把他感化回来。再说事情也不是太大，能交代清楚并保证以后改邪归正就行。"

沦落？李活被这两个字狠狠咬了一下，半天没有发声。沉吟一会儿，有几分悲凉地说："您老也真有心，可我已经不是警察了。"

于局微微一怔："不要乱想，你好好改造，眼睛给我放活泛点，过几天我再来。"

说完，于局离开座位，往门边去，走两步又停下，有点不舍地回头再看一眼李活："你像是还有什么话没说？"

李活嘴唇动了几动，终于道："让钟队来一趟吧，我有点怀念过去的岁月，我的底，是不是该跟他揭了？"

于局像是被什么重重撞了一下，身子有点晃，他还是坚挺地站直了。嘴唇紧咬着，什么话也没再说，果断回头，开门，走了出去。

外面集结的号子已经响起。早饭已过，看守所热闹起来。

2

竹林大街，深度酒吧。

于局于向东让老板娘沙沙把酒吧门关上，说要跟钟好认真说点事，又转身对年轻的警员温涛说："你在外面等着，替我们把把门，想喝什么随便点，今天我请客。"

温涛忙说："您老难得来一次，就安心跟钟队谈吧，单的事不用您操心。"说完挑个位置坐下来，他坐的位置正好就是光头李活常坐的那个位置，由于没穿警服，猛看上去就像这家酒吧的服务生。

沙沙关了门，见温涛没跟进去，有几分奇怪。但她已习惯了这些警察，知道他们做事诡秘，没多问，到吧台上忙活去了。冲咖啡的过程中，沙沙眼角余光不时扫过来，从窗口泄进来的阳光正好打在温涛脸上，让那张脸生动。温涛她是第一次见，年轻、帅气，眼睛里充满机警，整个人不但阳光而且充斥着力量，沙沙觉得这男人不错。托着托盘往包房去时，目光又在温涛身上多停留一会儿，见温涛也在看她，沙沙冲温涛笑了笑。

　　里面于局已经跟钟好谈了起来，沙沙给于局递上咖啡，于局爱喝"蓝山咖啡"，蓝山咖啡是咖啡中的极品，产于牙买加的蓝山。受到加勒比海环抱的蓝山，每当太阳从蔚蓝海面升起时，便反射到山上发出璀璨的蓝色光芒，故而得名。蓝山咖啡拥有所有好咖啡的特点，不仅口味浓郁香醇，而且由于咖啡的甘、酸、苦三味搭配完美，所以完全不具苦味，仅有适度而完美的酸味。但因产量极少，市面上多是以相同风格的咖啡来替代或冒充，但沙沙这里的"蓝山"绝对正宗。于局接过杯，只嗅了一口，马上便发出一连串赞叹，大夸沙沙手艺又进步了。沙沙得意地笑笑，才把钟好的递过去。跟前几次一样，钟好除了一杯口味较苦的曼特宁，还有一壶热茶。

　　"老是改不了这种喝法，你这不叫品咖啡，叫糟蹋。"于局调侃了一句钟好。钟好笑说："改不了啦，这辈子要是没了这口茶，我都不敢想象人生会咋样。"

　　"该咋样就咋样，你还怕啊。"于局笑道。

　　沙沙将盘中物一一放下，知道不能久留，轻轻一笑道："二位慢用，我在外面，有什么需要随时叫我。"钟好说没需要，显然他急着让沙沙走。沙沙脸上有几分挂不住，好在于局总是能给她安慰："老是打扰你，还要影响你的生意，真是过意不去，等闲下来，叫几个朋友，多喝你几杯咖啡。"沙沙心说，你闲不下来的，等你照顾我生意，就得关门了。一想这话又有点偏颇，这些年若不是于局暗中支持，帮她撑着，她可能早就坚持不下去了。

　　沙沙心里忽然有一股酸，默默看一眼于局，转身出来了。

于局看着她出去，回过头来，声音沉沉地说："我见过他了，情况不是太乐观，有一些发现，但不够。"

钟好知道于局在说谁，心里瞬间泛起一股浪来。

光头李活的身份，在整个银河还是个谜，公安内部同样如此。三角楼事件后，光头李活遭到各方猛批，尤其开向大侠的那一枪，有各种解读。面对质疑，李活一句解释也没，至今仍保持着缄默。钟好记得，当时李活就一句话："枪是我开的，人也是我看走眼的，怎么处理，你们看着办。"一副认账但却不讲理的样子。那时钟好也有过怀疑，依他对李活枪法的了解，是绝不会出现闪失的，不然也不敢让他当狙击手。至于李活为什么击中大侠却不是将枪弹打在章笑风身上，钟好也是百思不得其解。处理三角楼事件过程中，钟好想把责任全揽过来，甚至做好了被开除的准备。但上面没这样做，上面对他作出撤销禁毒支队长职务、关三天禁闭的处理，对李活处罚得更重，调离公安战线，工资降两级，自己联系单位，然后由组织协调安排。李活一怒之下，扔出一句：老子不干了。然后就离开公安局，先是云游了一阵，等钟好二次听到时，他已经成了光头帮帮主。

钟好一开始对李活很失望，认为他丢了公安的脸，有什么不能扛的呢？警察是什么？警察就是永远站在风险最前面的人，是用生命跟犯罪嫌疑人做斗争的人。有时候更是用牺牲换取身后平安的人。他们每一次出警，都是冒着生命危险的。一个能将生命安全交付出去的人，还怕一点委屈？

那段时间，他跟李活几乎没任何来往，原来那么好的一支团队，随着三角楼土崩瓦解了。可是突然有一天，钟好发现一个秘密，副局长于向东竟然请光头喝咖啡，而且就是在这家"深度"里，这让钟好很是震惊，也引发了他一系列思考。随后，钟好对李活的态度变了，虽然到现在还不知道李活的真实身份，但他相信，李活离开公安系统后，并没自暴自弃，更没堕落，他是在用另一种身份跟他们并肩战斗。

这个发现令钟好振奋，同时对李活，也有点肃然起敬。而且他坚信，于局在瞒着所有人，布一盘新棋，这棋是当年他们没能下完的。

包括这次将李活以打击医闹的名义关进第一看守所，关进柳春露对面监仓，都是有深刻意义的。而钟好对赵纪光案的判断还有诸多线索的追踪，也都基于这个判断。如果不是李活指使沙子他们大闹柳冰露和护士长史晓蕾，他是不可能将目标锁定在这两人身上的。

李活等于是在前面为他们蹚路。

今天于局急着将他叫来，跟他这样谈，等于是于局在他这里公开跟李活的关系了。

这应该是情势逼的。

"那边急着要定案，这边要是再查不到新的线索，就只能按他们的意见往下走了。"于局说到这，顿住，抓起咖啡杯，抿了一口，又沉沉道，"不甘心啊——"

于局说的是范欣生一案。最近局高层突然做了一次变动，是在于局出乎意料地对医闹采取强硬措施后。局班子认为于局眼下应该集中精力处理医闹，维护正常的医疗秩序，这也是省厅提出的一项新任务，非常艰巨。同时对赵纪光案尽快做出结论，不能再拖。而将发生在朝山路的那起凶杀案，也就是范欣生被杀案交给了副局长韦旭峰。

钟好担任禁毒支队长时，韦旭峰是刑侦支队长，管着刑侦一队和刑侦二队，三角楼事件后，韦旭峰得到了火箭式提拔，在局里位置突然重要起来，加上他是一个有野心的男人，这些年在工作当中，跟于局较了不少劲。可以说，在公安局内部，于局的一大半麻烦并不是来自大局长郯如英，而是来自这位副局长。

最近副局长韦旭峰更是活跃，有传言说，大局长郯如英马上要调走，公安局下一步到底由谁接班，是眼下热门话题。韦旭峰最近不只是咄咄逼人，更有种志在必得的样子。况且他下面还有刘子江。

于局这番话，大约就是冲韦旭峰说的。

钟好默不作声。对局里复杂的人事关系，他向来是能看清但懒得参与，但这次，钟好似乎另有想法了。最近他集中精力了解了一些局里方方面面的人事关系，对平时不热衷的事，也热衷了一下。人不能太过沉默，太过沉默有时很容易被他人当成软弱。真要想把银河这几个铁盖子揭开，过于软弱了还真不行。该出手时必须出手。当然，这些想法钟好目前还藏在心里，不能乱出手，得等，他相信会有合适的时机。

副局长韦旭峰不是没在他面前表现过亲热，意思很明显，但他看不起这个人，所以也懒得跟他有任何工作外的接触。这反倒成全了刘子江，刘子江最近表现张狂，跟这个有一定关系。

世界是由人组成的，有人的地方就有斗争，而权力的争夺又是世界上最热闹的事。想让公安局成为世外桃源，明显是个笑话。

凭他之力扭转这个局面，显然不可能，但这次他绝不会像五年前一样，对一切都默默承受。五年了，他也差不多受够了。

等着吧，我会让你们一个个下不了台。让对手先跳，这永远是最正确的。钟好心里说着，脸上却装作浑然无觉。

沙沙给他泡的是金骏眉，对他来说是奢侈品。

"好茶。"他品了一口，由衷地夸赞，然后冲于局笑了几声。

于局知道他笑什么，两人合作这么久，彼此性格早就吃透。于局也不想把他拉进权力争斗的漩涡，但情势所逼，至少要让他知道，权力已经向他们使出杀手锏，不管是朝山路别墅里的凶杀案，还是发生在医院的赵纪光案，都将成为新一轮权力交锋的焦点。而对方下出的第一步棋，就是强行将这两起案分裂开来。

于局决然不能答应，也相信钟好不会答应。这两起案，只有联在一起，才能见底。表面看二者毫无关联，分开来查也是合理的，但于局坚信，两起案子最终的指向定是一致的。割裂的目的不是为了办案，而是害怕有些东西探底。

底才是他们要保的。

看来有些人急了，再逼一步，说不定就要跟他们摊牌。

"他想见你。"于局又呷了一口咖啡，道。

钟好心里一动。于局把跟李活的神秘关系呈现在他眼前，等于就是把全部的底都亮在了他面前，他不能不感慨。要知道，他们每个人都是有秘密的，没秘密就办不了案。而有些秘密是永远不能向外界透露的，比如章笑风的死，以及沙沙、苏苏跟章笑风的关系。还比如他在利用另一条大家都注意不到的线广泛收集证据，如果不这么做，他们真是抵达不了真相。

哦，真相。

他思谋了一会儿，道："如果有必要，我会去见他。"

"有。"于局说得非常坚定，"你们配合那么久，形成的默契是别人无法达到的，有些话，他更愿意讲给你。"

钟好心里一热，看于局的目光也潮湿起来。

世上没哪样东西比信任更珍贵。

两人就凶杀案又谈一阵，于局开始说赵纪光案。

"你介入也有一段时间了，这案子难道真的那么复杂？"

钟好真是羞愧。赵纪光案他介入时间的确不短了，到现在为止，依然不能给于局一个满意的答案。尤其嫌疑人方面，他是走了一个大弯路。

钟好很诚恳地将所走的弯路及中间思想上的波动还有反复告诉了于局，说柳冰露和史晓蕾是被排除了，到现在却发现不了其他线索。明知道还有一个人在，但就是找不到。

于局听了并不急，反倒很诚恳地说："我能理解，也不能怪你，能判断出他不是死于淋巴癌综合征，已经算是从迷雾中走出了关键一步。至于死因，我想很快就会揭开的，只要尸检顺利进行，就不信找不到元凶。至于你说的浪费时间，我倒不这么认为，我们办案就是要把怀疑的一切都澄清，柳冰露也好，史晓蕾也罢，她们身上都有谜，就算不是凶手，也得把这些谜一一解开，不是吗？"

于局望着钟好，脸上闪出一层笑。

钟好点头，又给自己的金骏眉冲了水。

"对了，忘了一件事，他让我向你道歉，因为他的判断失误，把你带进了误区。"

这个他还是光头李活。

钟好赶忙说不。他承认，之所以在柳冰露和史晓蕾身上花这么多时间，动那么多脑筋，真是受了李活影响。钟好走进医院的第一天，注意力就在光头帮身上，他不相信光头帮只是帮赵一霜讨公道，更不是为了赵一霜那点儿钱。他相信李活是有其他作为的。当他站在阳光下看着柳冰露和史晓蕾任由光头帮沙子他们闹来闹去，却不做出应该有的反抗，心里就有想法了。

但凡跟常规不符的地方，就藏着猫腻。就是现在，他也不能完全将这二人从怀疑目标中排除，一切皆有可能，他跟自己说。

"我得感谢他，没有他，我怕是连方向都找不到。"钟好由衷地说。

"你们啊——"于局又叹了一声。

3

钟好跟于局在里面深谈的时候，外面两个也没闲着。

温涛本来在刘子江那面，负责朝山路凶杀案。一周前局里对此案作出调整，由副局长韦旭峰直接负责。温涛心想完了，这案子肯定又要往诡异的方向发展。温涛并不是对韦旭峰有成见，他是怀疑韦旭峰的能力。做刑警是需要能力的，更是要有求真精神，韦旭峰缺的恰恰是这个。在温涛眼里，韦旭峰属于那种会钻营的人，他对权力的兴趣远远浓于对案件真相的追寻。韦旭峰挂在嘴上的一句话，就是办案要讲政治。

温涛感觉自己快要摸到凶杀案的底了，在对此案的调查中，温涛是第一个提出柳春露绝不是凶手的人，可刘子江听不进去。这起疑点重重的凶杀案，折腾了太多，单是负责人就换了好几拨。一开始是由温涛的大学师兄、毕业于公安大学的刑二队副队长大个子邹锐负责，大个子邹锐还没查出什么，就又被抽走，案件转到刘子江手上。案件这样转来转去，温涛就很有想法，但他人微言轻，说了也不顶用，只能将想法藏在心里。让刘子江取代大个子，上面的理由是大个子邹锐前些年一直在禁毒队，打击毒品犯罪方面他是强项，查办过不少大案要案，到刑侦队时间不长，虽然担任了刑二队副队长，但刑事案件尤其凶杀案，他参与得少，破了的大案要案几乎没有。刘子江就不一样，参加工作到现在，一直在刑侦队，每年都能破掉几起案子，尤其前段时间侦破的银河"12·6特大恶性杀人案"，引起了巨大轰动，专案组受到了部里和省厅的双重表彰，刘子江还被公安部记一等功。让刘子江接替大个子，表明局里对此案高度重视。

温涛觉得滑稽。他知道这不是原因，真实原因有两条，一是大个子邹锐又跟前女友和好了，前女友成思维坚决反对大个子办这种案，要么离开公安局，到别的单位干个副处。就算留在公安，也不能接手有危险的案子，更不许参与凶杀案的侦破。这有点苛刻，奇怪的是这次大个子竟然同意了。另一个原因，局里想快速结案，而且提出限期破案，要求办案人员立军令状。眼下他们这些人当中，敢拍着胸脯打包票能限期破案的，还就一个刘子江。

限期破案不是哪个人都能做到的，因为办案靠的不只是决心更不是口号，它需要太多太多，甚至还需要一些运气。比方说温涛三个月前破获的竹林街酒吧女被害案，就是在抓捕两名抢劫嫌犯时意外惊动了一中年男子，中年男仓皇逃跑，引起了温涛注意，将其带回警局审问，才发现此人正是五年前在竹林大街抢劫强奸并杀害酒吧女，然后逃往内蒙古，在内蒙古挖了几年煤，最近又潜回银河企图二度作案的嫌犯。但这样的好事不是经常能碰到的，有些案件可能会沉下去十年甚至二十年，让人根本找不到头绪，有些甚至永远也破不了。就连钟好，也不敢说每起案件都能打包票。

当然，也有办法把它破掉，那就是……

温涛打了个冷战，害怕案件朝那个方向发展，但从目前看，这案还真就朝那个方向发展了。刘子江不知哪儿来的自信，一口认定柳春露就是杀人凶手，杀人理由是夫妻感情不和，丈夫范欣生在外面有女人。

感情不和就杀人，这思路也真够吓人的。但刘子江不管，这段日子，朝山路凶杀案又陷入了僵局，关键原因是柳春露对之前所作的供词全部反悔，外围又找不到新的突破口。

外围的突破口其实是有的，温涛在调查中就发现两条线索，一是柳春露极为隐秘的感情线，他顺着这方向，查出了一桩陈年旧事，摸到了柳春露跟另一个男人的私密关系。还有一条线，是围绕着欣生制药展开的，温涛发现，最早跟那个化学天才纪豪接触的，既不是三河药业的章笑寒，也不是海天制药的赵岩，恰恰是死者范欣生。温涛甚至怀疑，范欣生被杀，跟一批药品有关。这批药品都说是范欣生当年按照纪豪提供的"秘方"生产的，是几年前在银河市面上非常流行的"乐神丸"。温涛认为不是，他正在证实一样事实，这批药品跟化学天才纪豪无关，纪豪根本没染指过毒品，他的全部心思都扑在戒毒药物的研制上，可惜的是他被人利用，有人拿他的戒毒药配方，试制出了"毒品"。如果此事被证实，那么五年前钟好他们就全错了，三角楼那场围绕纪豪展开的抓捕，就是公安的一大败笔。温涛还查出，五年前三角楼所谓的交易，是一起彻头彻尾的阴谋，这阴谋跟两个人有关，一是三河药业董事长章笑寒，另一位，是他哥哥，普生制药厂原老板章笑风。

温涛想到这，笑了笑，最近他常发出这样的笑。其实那不是笑，是内心深处的一种苦闷，一种惧怕，一种强烈的不安。

"你倒是挺自在啊，要我替你续一杯咖啡吗？"

温涛并不知道，刚才他发呆的时候，沙沙的眼睛一直盯在他脸上。他那一笑让沙沙看到金黄的颜色，里面有一种久违的东西感染了沙沙。沙沙走过来，佯装热情地跟他打起了招呼。

温涛说不必。他对沙沙并不热情。他是被于局强行带到这里的，副局长韦旭峰接管朝山路别墅凶杀案后，于局跟对方做了一个交换，将他从凶杀案那边抽过来，说要补充到赵纪光案中去。这令温涛很不高兴，怎么能这样随心所欲呢，想抽谁便抽谁，想调换谁便调换谁，一点不为案子着想，更不为他们这些办案人员着想。他们找一条线索容易吗，那可全是付出啊。

但领导的话又不能不听。

温涛这两天跟于局闹别扭，于局也知道他不高兴，但又不做解释，整天拿他当跟屁虫，走哪都把他带上，带上却不安排任务，就让他这么闲着。他实在跟不住了，就问于局："你这到底是做什么，是想废掉我吗？"于局不慌不忙地给他一句："我不想让你点火，你越界太大，知道不？"

温涛当然知道于局在说什么，他对那边案子的调查，除过极少部分，其余都是跟于局定期汇报的。所谓的越界，无非就是他先刘子江掌握到案件背后许多不为人知的东西，可于局为什么怕这些？

"不续了，我不大喜欢咖啡的苦味。"温涛收回思绪，冲沙沙说了一句。

"那你喜欢什么？"沙沙凑上来，一双眼睛近距离看住温涛，这张脸的确有特色，有棱有角。大约也是无聊，沙沙想逗逗温涛。

"啥也不喜欢，平时就喝矿泉水。"温涛说了句实话，目光避开沙沙，去看窗外街景。

"那你是不是还要告诉我，也不喜欢竹林大街，不喜欢这家咖啡店？"

"你说对了，我受不了这里的味道，有种糜烂的东西在飘荡。"

"你在说我？"

"如果你非要这么理解，也无妨。"温涛还是没把目光收回来，这让沙沙有几分不快。一个大美人在他眼前晃，他居然视而不见。

"有个性。"沙沙索性搬过一把凳子，面对面坐下来。

"你是新来的啊，以前好像没见过你？"

"老人手了，只是从不到这种地方。"

"办案也不进这种地，要是犯人就在酒吧里面呢？"沙沙带有挑战。

"那是另一说，现在不是办案。"

"可他们在里面谈的就是案子。"

"……"温涛一时无语，沙沙这嘴巴，还是有点功夫，温涛觉得有必要跟这女子过过招。正在想着给她一点什么样的厉害时，里面传来叫声，钟好让加水，没茶喝了。

"茶罐子。"他这样说了一句，又将目光从沙沙身上移开。沙沙穿得有点过，露出的部位令他心跳加快。他不认为沙沙是一个放荡不羁的女人，但他反感沙沙这样作践自己。

哦，他用了作践。

"骂得不错，跑酒吧喝茶，一点没素质。"沙沙说着话，要去为里面添水，走几步又回过身，"别走开，还有话跟你没说完。"

温涛自嘲地笑了笑，棱角分明的脸忽然一暗，走开，他能走到哪里呢？

沙沙很快回来，包房的门又被带上。温涛发现，沙沙身上多了条披风，苋红色，裹住了她裸露的肩，一只手又将披风拉在胸前，这样那片晃眼的白也不见，他能正视了，不过他觉得苋色有点太深，如果追求暗，还不如来条黑色，那样更能衬托出她身上那股冷艳。要么就来件灰色的，温涛觉得沙沙应该披一条月亮灰的。

"我知道你在想什么。"沙沙俏皮地冲温涛咧了咧嘴，两个酒窝里渗满了甜意。

"我什么也没想。"温涛说，他觉得在酒吧这样的地方去想一个女人应该披什么样的披风是件很无聊的事，这样的想法最好在早晨出门面对镜子时，或者带女朋友逛街的时候。可温涛没女朋友，他忽然觉得自己应该有个女朋友了，于是将目光落到沙沙身上。

"不，你想了。"沙沙突然顽皮起来，她一顽皮，青春的可爱就尽显在脸上了。她还是孩子呢，温涛记起了她的年龄。温涛把比自己小的人都称作孩子，女人就更不用说。

"你叫温涛？"

"你怎么知道？"

"里面那个茶罐子告诉我的。"

"还告诉你什么？"

"没有了。"沙沙忽然静默下来，两手托住下巴，傻傻地看住温涛。

"你叫沙沙，笑风老师的女儿，你还有个妹妹，叫苏苏。"

"警察还有这一手啊，从我脸上看出来的？"沙沙抬起下巴，整个身体前倾了一下。

"那倒不是，我翻过一些资料。"

"什么资料?"

"这个不能告诉你。"

"没劲，你们这些人都活得没劲，一个个装冷酷，装得像吗?"

未等温涛说话，沙沙又道:"我已经五年没见过她了，死丫头。"

温涛看出沙沙神情的变化，知道她是想妹妹了。章笑风有一对女儿，不是双胞胎，但外面传说是双胞胎，其实沙沙比苏苏大将近两岁。

温涛是在调查柳春露社会关系时发现章笑风的，柳春露很崇拜章笑风，这崇拜打小就有，到现在都没消退。范欣生下海经商，创办欣生药业，苦于没有专业人员，柳春露就请章笑风来帮忙，章笑风还真设身处地为欣生制药做了不少谋划，欣生药业的技术班子都是章笑风给搭的底，人员也是章笑风培训的。同行之间能做到这些，真是不简单，至少表明章笑风是个人品高大上的人，可谁知他非但没把欣生引到正路上，自己连命都丢了。

想到这，温涛突然说:"笑风老师不是血狮子，不是。"说完，把自己吓了一跳。一看沙沙也被他这话吓住了，忙抓起吧台上的包，想走。走几步又想起于局交代的事，回过神来，没到沙沙这边，找一个僻静的角落里坐下来。

沙沙显然被温涛的话击中了，瞬间又成了呆子，痴痴地趴在台子上，半天，眼里有冰凉的泪跌落下来。

4

时间过得真快，转眼又是两周过去了。尸检迟迟没有下文，钟好等得有点心急。那天在深度酒吧，于局还说，一切都准备好了，就等法医去医院。钟好好兴奋，赵纪光案最大的困扰就在尸检，如果换平常人，这案根本就不是个案，更不会困住他。叫来法医，做完尸检，死因就出来了。循着死因再去查找嫌疑人，纵使作案手段再高明，也不愁查不出来。可死者是赵纪光，围绕尸检已经展开过数次争论了。上面有顾虑，反复强调赵纪光的身份，好像官做到一定位置，连尸检都不可以。赵家兄妹更是不同意，谈判几次都未达成一致。为了促成尸检，钟好不惜拿花粉事件策反赵纪光前妻的女儿赵悦，钟好已经跟于局承认，让赵悦前来医院闹事，是他的主意，这也是没有办法的办法。

"我就想让尸检快一点，让上面顾虑小一点。"钟好说。

"你瞒不了别人的，赵悦一出现，就知道你在背后捣鬼。不过我还是有一点不明白，干吗要提花粉呢，你不会傻到真以为花粉会要掉老头子的命？"于局问。

钟好摇头："我当然不傻，但总得找点借口不是，至少花粉说出来，赵悦会信。"

"可她最终还是没信。"

"什么意思？"钟好有点听不懂于局的话。

"这个先不说，以后你就明白了。"

"难道她这边又说了什么？"钟好感觉不妙，于局在他面前从不打哑谜，除非事情非常特别。

于局叹一声，道："花粉的事，你查得对，我们都不是神人，线索总是在一次次的否定中才清晰起来的，别乱跟人说你没怀疑过花粉。"

"这——"

钟好一时也恍惚了。

赵纪光死亡后，钟好第一时间是进过太平间的，虽然不让尸检，但没人挡得住他对尸体做细致观察。凭经验，钟好发现尸体有疑点，患者死亡后，有人对尸体进行过认真处理，死者面部尤其眼睛和鼻孔以及嘴角残留未挥发掉的酒精，证明患者死亡后，有人用酒精擦洗过他的面部，个别部位擦洗得很认真很仔细。这让人起疑，一般说这些工作都是死者家属来做，但赵纪光死亡后，子女并没有第一时间赶到医院，到医院最早的赵一霜也是在死亡一个小时又四十分钟之后，而据赵一霜说，她到医院后，父亲已经包在一块白布单里，她只是掀起布单看了一眼，既没用酒精擦也没给父亲换过衣服。这些工作不用怀疑就是柳冰露做的。但钟好有两点想不明白，一是柳冰露为什么要做这些？二是她做的这些，赵纪光子女尤其是赵一霜为什么不产生怀疑？后来钟好明白了，柳冰露不忍心赵纪光潦草地走掉，所以赵纪光死后，她替子女尽了一份心。但同时又有另一个疑问生出，赵纪光死后，柳冰露是不是先期发现了什么，她这样细致地处理赵纪光尸体，有没有另一种可能，就是替他人做掩饰？

这个想法一直困扰着钟好，因为他在赵纪光眼角和鼻孔里不只是检测到酒精，还查到一些不明体，后来经卢小亨检验，是死者的呕吐物。然后他又带卢小亨去过太平间，卢小亨看完尸体后说，死者临死时表情痛苦，应该是中毒身亡。死者眼珠还翻了白，是死后有人让眼珠复位的。从衣服上提取的残汁中，卢小亨查到一些花粉，也同样查到麻黄素的成分。凭这些，钟好几乎肯定，赵纪光是大量吞服含有麻黄素也就是甲基苯丙胺中毒而亡的。但这个太过敏感，说出来怕引起轩然大波，钟好只能挑花粉来说。

可是麻黄素还有甲基苯丙胺，一直在钟好脑子里盘桓，怎么也抹不掉。

就在钟好焦灼地等待尸检时，于局突然打来电话，让钟好在"深度"等他，他马上赶过来。钟好撂下手头活，直奔"深度"去。二十分钟后于局赶来，见面就道："情况非常不好，尸检突然叫停。"

"什么？"钟好惊在那里。一层凉意从头顶泻下来，寒遍了全身。

于局拉他到里面，让沙沙关了门，正着脸说："我也是刚刚得到通知，对赵纪光不能做尸检，这是省里的意见。同时让我们加速结案，尽量往……"

"往好的方向努力？"钟好替于局把话说了出来。

"原话不是这样，但意思差不多，就是做家属工作，尽快火化，让这事翻过一页。"

"扯淡，这是命案啊——"

钟好叫了起来。

"现在不能说是命案了，赵悦翻了供，说是受人蛊惑，才相信父亲是花粉中毒。"

"什么，她供出我了？"钟好惊得头发都要竖起来。顺便又骂了句："这女人，完全靠不住。"

"本来就靠不住，是你一厢情愿。"于局有点事后诸葛亮地说。事实上他根本不是事后诸葛亮，赵悦还有老大赵实的脑子，于局不是没动过，动得比钟好还要早，他也暗暗接触过。可对方令他失望，赵实意气消沉，对父亲的死不闻不问，一口一个他不是我父亲。赵悦呢，这女人让人害怕，典型的神经质，忽而清醒忽而又犯魔怔，一会儿说对不住父亲，没尽到做女儿的责任，你还没跟她讲责任呢，她又话头一转，大骂起赵纪光来，说他活该，禽兽不如，然后罗列出赵纪光一大堆罪状，于局一开始还听着，听一半，不敢了，赵悦这嘴，真是啥都敢往外讲啊，那些话听起来，句句骇人。她说出的每一句，都能称得上爆炸性新闻。

于局吓得不敢跟她联系了。没想钟好步他后尘，还自以为聪明。当然，于局也有该检讨的地方，明知赵悦是钟好鼓动来的，却没阻止，现在他有些后悔。

"她供出我什么了？"钟好情急地问。

于局瞪他一眼道："用脚都能想出来，这么简单的问题，你还问。"

"她不会把一切都推我身上吧？"钟好显然有些吃不准。

于局本来心里就起火，一看钟好这态度，火更大。但他还是努力压住，现在不是冲自己人发火的时候，不是。

"有烟没？给我一支。"

极少抽烟的于局主动要烟，钟好一下蒙住，他知道，事情一定小不了。拿出一根烟递给于局，自己也点上一根。两人吞云吐雾，一句话也不说，各自脸上闪着骇人的表情。包房里一时烟雾腾腾，呛得于局猛咳几声。钟好赶忙递过水杯，于局不喝，呛了声："拿远点！"

时间在一分一秒地过去，钟好快要撑不住了，虽说也是久经沙场的人，但这种压抑的气氛，他还是很受不住。

"说啊，到底发生了什么？"他扔了烟，突然冲于局吼了一声。吼完，又恨恨地将脚踩在地上。

于局缓缓抬起来，看住他："真要听？"

"听！"

"好吧，你先把当时找她的详细经过再说一遍。"

"都现在了还问这个干什么？"钟好轻易不这样急，一急，所有毛病都出来了。于局再次瞪他一眼，重重道："讲！"

钟好这下不敢造次了，跟了于局这么多年，这是他见到的最狠的一次。他挠挠头，只好又将当时找赵悦的情况复述一遍，这次他尽量不漏掉一个细节，生怕讲得不细，又惹于局发火。

事实上真也没啥细节，当时找赵悦，完全是心血来潮，甚或有几分恶作剧的味道。赵一霜一开始作为家属代表，拒不同意对父亲做尸检，让钟好想到另一层，赵一霜一定清楚父亲是怎么死的。当时钟好的心思并不完全在花粉上，而是他在现场捡到的几支白蛋白。经卢小亨检测，白蛋白全是假的，再调查，这些药品都是从赵岩的海天生产并按正规手续到了医院的，批号都能对得上。不过不是进了汪科长的药房，而是由医药代表供到各科室，科室再按自己的价格提供给患者。赵岩用的医药代表竟然是季文韬，这点也已查清。给赵纪光用这药，纯属意外，事实情况是赵一霜将白蛋白的事交付给史晓蕾，史晓蕾本来是拿了真的白蛋白，但在给护士交代时，她的电话响了，是家里打来的，告诉她弟弟病又重了，必须转院治疗。史晓蕾弟弟一开始住在海大附属一院，后来才转到省人民医院的。史晓蕾接完电话，心思已经不在赵纪光身上，给护士药时，就将另一个口袋里为其他病人准备的白蛋白交给了护士。

当时钟好怀疑赵纪光是让假的白蛋白夺了命，赵家一家怕引火上身，才阻挠尸检。于是想起了赵悦。你不是不让尸检吗，赵纪光又不是一个人的爹，你们阻止，我找别人去。见赵悦的过程还算顺利，钟

148

好在基层有朋友，不是警察，是法院的，不久前刚刚办完赵悦离婚手续。他请赵悦出来，先从离婚谈起，赵悦大骂男人不是东西，一辈子靠她家，说穿了就是先靠赵纪光再靠她母亲沈绪岚，从一个中学教师变身教育局长。从局长位子上下来没多久，突然要跟她离婚，还说忍她不是一年两年了。

"忍个头！"赵悦那天突然爆了句粗口，把手里杯子也摔了。法院那位朋友赶忙拾起，跟她说好话："都过去了，咱不谈这个，不谈。"

钟好一看架势不对，也不敢再谈。可赵悦不甘休，足足用了两个小时，将那男人从里到外骂了几遍，最后无比泄气地说："他早就有了外遇，当教育局长的时候，他帮人家卖书，卖学习资料，还帮人家把五所中学的食堂承包下来，这杂种，他帮别人发财，还让人家替他生个小杂种。"

这才说到了根本。

骂完这个男人，赵悦才又提起父亲，说当初就是没听父亲的话，父亲是看不上他的，强烈反对过她嫁，可她不听，她悔啊。

就是这个悔字，让钟好觉得机会来了，顺着这个字，钟好才又将赵悦对赵纪光的感情勾起来，没这份感情，他是把赵悦弄不来的。

"感情？"于局冷冷一笑，插话道，"我见过谢百周，就是她诅咒的那个男人。"

"你见过？"钟好猛盯住于局，盯着盯着，笑了起来。荒唐，一切都是荒唐。

于局却一点也不觉荒唐，道："我跟谢百周认真聊过，事实完全不是这么回事。赵悦她说谎。老谢这辈子唯一对得住自己的，就是没靠过赵纪光，更没靠过沈绪岚，一次也没。靠赵纪光，完全是赵悦想象出来的，这女人一辈子活在仇恨里，活在嫉妒中。总认为赵纪光把什么好处都给了赵岩赵一霜，硬逼着老谢去争。老谢不去，她就闹。她跟老谢闹了一辈子，真是把老谢闹苦了闹够了。老谢离开教育局，本可以到更高的位子上去，但他厌烦了，不想再干，主动申请提前退休，结果惹恼了赵悦。赵悦觉得这辈子输给了赵纪光其他子女，死不甘心，非要逼老谢把这些夺回来。这女人心理太可怕，她自己只读了初中，一点能力没有，但就是不容许别人超过她。她的一双眼睛永远不盯着自己的生活，一辈子都在追逐赵岩他们，更糟糕的，自以为出身名门，不把老谢当回事，老谢不管怎么努力，她都嘲笑，都说没有她一家，老谢屁都不是。至于老谢养小三，跟别人生孩子，更是无稽之谈。"

"你怎么知道？"钟好忽然觉得于局并不是在了解过程，而是别有用心。他感觉用来支撑自己的那些柱子正在被于局一根根抽掉，他知道什么样的东西在等着他，他不是怕遭到于局嘲笑，他是怕某种荒唐的东西被印证。

激情用事向来都是大忌，可他老改不了这点，而且不愿意面对现实，包括现在，他想抓住一根稻草，为自己捞点脸面。

于局今天偏不跟他打马虎眼，非要一捅到底。

"老谢是我学长，比我高两级，还有，他父亲是我岳父的同事，他们两家是世交。他的人品还有官品，我信得过。如果他真的靠了赵纪光还有沈绪岚，现在根本不是这样。"

这话一出，钟好就知道自己死定了。于局是把功课做足做全才来跟他摊牌的。此时他已无心争辩赵悦到底是怎样一个人，他只是不明白，这件事于局已经不提了，此时怎么突然又提起，一定是局里有了新变化。

"干吗啊头儿，绕这么多，没用。说吧，到底发生了什么，我能承受得住。"

于局仍然没说，而是继续追问："你拿钱收买她？"

"钱？"钟好把自己吓了一跳，刚要摇头马上又道，"我是给过她四千块，怎么了？"

"还真给过啊。"于局脸上的表情不像是笑了，比哭还难过。他的拳头恨恨地擂在茶几上，"钟好，我救不了你，这次谁也救不了你"。

"到底怎么回事吗？我要让她到医院来，她不说来也不说不来，一个劲嚷嚷，家电公司买了冷柜，这不好使那不好使，交涉了多少次，家电公司反复说产品质量没问题，是她非要拿三千多的产品跟人家一万多的比，当然会比出毛病来。我一急，就说这事我替她承担，身上仅有的四千多全给了她，就当是我替家电公司赔了她。"

"四千六。"

"记不清具体数字，反正钱包里的钱全给了她。这女人很好玩，我以为她不收，谁知还真给收下了。"

"她啥钱也收。"于局跟了一句，又接着说，"甭说冷柜，她买几块钱的菜，都要跑去跟人家反悔，一件衣服能来来回回折腾十多次，导购都怕她。"

"还有这样的事啊，我没听说，可她不缺钱啊。"

"心里缺。老谢把家产全给了她，等于是净身出户，但她非要说老谢给了她十分之一不到。"

"服了，你要不说，我还真想不到她会是这样。"

"想不到的还多。"于局话说一半，又不说了，急得钟好想扇自己耳光。又压抑了很长一会儿，于局才重腾腾道，他被这女人耍了。

赵悦翻供了！

要说这事也怪于局，如果那天将赵悦连同赵岩他们一并抓走，关进看守所，就不会有这一幕。可当天发了慈心，一来赵悦在他们整治医闹时突然变得乖下来，一句话也不讲，很配合的样子。后来她又拿出一份医疗证明，说她心脏不好，还患有风湿性关节痛等多种病。于局打电话跟大局长请示，大局长邴如英不耐烦地说："这事也用得着请示，怎么听上去有点不敢担责任呢，该抓的抓，该放的放，具体情况你在现场做决定。"通完电话，于局没多想，就将赵悦放了。

哪知这一放，就给发生了变化。

于局并不知道什么人找了赵悦，又是什么人从赵悦那里取了证，总之，赵悦把钟好出卖了。

一个小时前于局突然被叫去开会，局里几位都在，大局长邴如英黑着脸主持会议。于局并不知道要讨论什么，大局长也没说，只是敲了下桌子，然后冲副局长韦旭峰说："你先通报下情况。"

副局长韦旭峰就振振有词地说，经调查，发生在银河医院的医闹，是一起彻头彻尾的阴谋，我们个别公安干警，为了破案，竟然不惜收买病人子女，让病人子女到医院闹事。"

接下来于局就听到，赵悦将花粉之事完全推到钟好头上，不只是将钟好找她的经过添油加醋说了一番，还说钟好先付给她四千多块劳务费。注意，她说的是劳务费。一个警察而且是专案小组长拿钱雇家属来当医闹，性质能不严重？

于向东没在会上为钟好力争，对方打出赵悦这张牌时，他便知道钟好这次是怎么也洗不清了。鲁莽，不谨慎。他在脑子里跳过这两个词，开始紧急思忖怎么挽回局面。等韦旭峰通报完，大局长直接把话头撂给了他："人是你管的，专案组长也是因你力荐才决定的，现在出了事，还是你说吧。"

于向东这天做了两件事，一是将责任统统揽在自己身上，说钟好找赵悦是他同意的，责任他来负。二是当会议提出撤销钟好小组长时，他一点都没敢坚持，而是积极表态，说必须撤。至于后来提到的关禁闭还有给处分，他替钟好一一挡住了。他的原话是："这事事先经我同意，如果要担责任，就由我一人来担，关禁闭先关我。当然，我本人也保留对此事的质疑，按说调查赵悦，应该是在我的职责范围内，不知是谁决定让韦局去查的，这点我很不理解。"

大局长冷冰冰地丢过来一句："是我。"

会场就什么声音也没了。

鉴于于局这样一个态度，会议只做了对钟好撤销专案组长的决定，其他留待以后处理。这等于是给了于向东机会。当然，于向东在会上也没示弱，韦旭峰提议由一名姓余的副支队长接替钟好进驻医院时，他学大局的样子，同样冷冰冰地说："这事就不劳韦局操心了，钟好出了问题，不等于专案组全部出了问题，组长暂时就由曹亚雯来担任。"说完，夹着公文包先行离开了会场。

于局急着把钟好叫到"深度"，就是趁下一步处理还没开始时，弄清情况。没想钟好一听给气炸了："什么?!连个小组长也不让当啊,你们是不是要赶尽杀绝?!"

于局猛地拉下脸,他还没训呢,钟好倒给野上了。

"想吼是不是,要不要我带你去局里吼?"

"去就去,别以为我不敢,真要惹毛了,我把它吼个底朝天。"

"长本事了啊,这样的牛都敢吹了,声音再大点,我听不见。"

钟好忽然就夙下来,在于局面前,他还真不敢野。默半天,又嚷:"让曹亚雯领导我,头儿你也太能想得出了吧?"

"怎么,她不能领导你,我看你真得好好跟她学学,至少她不惹事,不给他人机会。"

一语又戳到了钟好痛处。钟好低下头,不敢再争了。于局说了句好好反省,抓起包就走了。他真没时间听钟好发牢骚,他得赶回去,抢在别人发力前将这起风波平息下来。

于向东回到局里,找了两个人。一是局长郏如英,他在郏如英面前狠狠批评了一通钟好,又自我检讨一番,说今后一定要严加管理。郏如英见他如此认真,道:"也不是多大事,特殊时期,别让下面老添乱。有些事下面人不懂,难道你不懂?"于向东在"特殊"两个字上琢磨一会儿,郑重地道:"懂,都懂。"

然后他又去见副局长韦旭峰,必须见。虽然局里他排名在韦旭峰之前,当副局长的时间更是比韦旭峰长得不知到哪里去,但特定时期,该有的姿态还必须得有。于向东没跟韦旭峰谈钟好,他在任何时候都不是就事论事的人,他谈刘子江,谈发生在朝山路那起凶杀案,谈刘子江他们怎么对待嫌疑人,甚至还提到柳春露身上的伤,以及审讯过程中遭受的某些屈辱。以及她美丽的乳房上有两道新伤痕,绝不是丈夫范欣生弄下的。谈着谈着,韦旭峰脸色变了,说话的声音也接近嘶哑。

于局最终替钟好化解了这次危机。在他的坚持下,这个专案小组没被立即撤掉,有人企图是要撤销这个专案组的,于向东非常坚决,赵纪光还躺在太平间里,赵纪光尸体一天不火化,专案组就一天不能解散。组长最终换成了曹亚雯，钟好作为办案人员，要严格听从曹亚雯指挥。

钟好这边气得牙都要掉出来了。不是气别人，是气赵悦。敢出卖我，敢把脏水往我身上泼，我饶不了你！本来他想立即去找赵悦，这次谁也休想拦住他，但于局走时让他别离开，就在"深度"等他电话。他在里面愤怒地燃烧了将近两个小时，于局的电话才打过来，说可以离开了，让他去找曹亚雯组长报到。

"让她指挥我?！休想！"

钟好一边发着牢骚一边离开包房，同时将电话打给卢小亨，问他那辆破车换了没，卢小亨说没换，舍不得。钟好说一辆破车都舍不得，把它开过来，拉我去下面。卢小亨说走不开啊，手头一堆物证，急着要鉴定出来。钟好气愤不平地骂了声，用时一个都靠不住，好吧，我自己想办法。

快要出门时忽然想起账还没结，便放开嗓子，沙沙、沙沙地大叫。沙沙这天是睡着了，发生了什么一概不知道，被钟好的叫喊声惊醒，揉着眼睛走过来，发现成了钟好一人，就问："于老大呢，怎么成了你一人?"

"哪有什么于老大，这里就我一人。"钟好野蛮无比。

"你有病啊，脾气不顺冲我吼什么吼，有种去你们局里吼啊。"

钟好猛地瞪住沙沙，感觉这话似乎隐含着什么。

"你知道，你啥都知道。"钟好忽然觉得眼前的沙沙很可怕，一把扭过沙沙肩膀，"告诉我，你还知道什么?"

沙沙被他弄痛了，尖叫一声："要流氓啊，哪有这样欺负一个女孩子的。"

钟好一想也是，这样欺负一个女孩子，太不像话了。松了手，却又不甘心，再次横在沙沙面前："我一直小看了你，这店根本不是你自己开的，是他帮你开的，他在还你债是不是?"

沙沙即刻白了脸，挣脱他，跑到吧台前还在呼呼喘着粗气。钟好狠狠捶了自己一拳，大骂自己蠢货一枚。章笑风根本不是"血狮子"，他是于局的线人。章笑风死了，于局等于害了沙沙姐妹俩，这才想办法补偿。

怪不得光头要拿这里当据点，怪不得当年"绿林"跟"深度"抢生意，他只是替"绿林"老板娘苏林紫说了几句好话，就惹得于局大怒，把他叫去一顿狠骂，原来他是头猪。

等等！钟好突然对自己叫停，天啊，于局要背负多少沉重，他的心不知要比自己苦多少！

这个问题一下又把钟好搞乱，半天后他服气地叹出一声，于局批他批得对，心里装不住事，喜怒哀乐全在脸上，根本就不配做大事。

不配。他这么说着，掏出一沓钱，冲沙沙说不找了，就当我刚才态度不好，赔罪。钟好这人结疙瘩结得快，通得也快。凡事只要想通，立刻就跟变了人似的。等他再看着沙沙时，就一点看不出刚才怄气的样子，从里到外显得亲切随和，真跟大好人似的。

沙沙像不认识似的盯他半天，钟好笑说："臭丫头，看什么看，以后老钟就拿你这当点了，来了可别嫌烦。"

"不去'绿林'啦，我可不敢，会让人家打断腿的。"

"她敢。"钟好说着话已到酒吧门边，抬腿往外迈的空儿，沙沙忽然又叫住他。

"还有事？"钟好问。

"你真不生气啦？"沙沙脸上显出一副稚气，那不是装的，是自然色。

"我生什么气，本来就没气可生，我只是讨厌了一下自己，这会儿好啦，彻底好啦。"

"那……我是不是可以跟你打听件事？"

沙沙看上去很别扭，像是真有什么事要打听，一时又说不出口。

"有话就说，跟别人不客气，倒是跟我客气起来了。"钟好真像是什么也没发生过一样。

"哪是客气，人家是怕你嘛。"沙沙嘟着嘴说。

"我是老虎？"

"你还是歇着吧，就你这样子也能充老虎，顶多一头长毛狮子，还是爹不疼娘不爱的那种。"沙沙说着哈哈笑起来，她才不在乎对方是谁呢，只要顺眼了啥玩笑也敢开。她对钟好并无恶意，其实她对这些警察都无恶意。曾经有，恶到想杀人。是在父亲死后，为了复仇，她都要将自己沦落到跟银河的地痞流氓小混混打成一片了，充当他们的大姐大，专门跟警察找事。妹妹苏苏就是看不惯她，一怒之下离开银河去了三亚。是于向东，强行把她从那条道拉了回来，告诉她闻所未闻的事，将她的心结打开，才变成了一个规规矩矩的酒吧老板娘。打那以后，见了警察，她就成这个样子了。

钟好被气得翻了白眼，臭丫头这张嘴也够损的。

"好吧，那我走了。"他报复性地说。

"哎，等等。"沙沙拽住他，"正话还没问呢。"

"你有正话？"

"有呀，人家不好意思嘛。"

"抓紧问，我真的没时间了。"钟好不想逗下去了，抬起手腕看看表，糟糕，一晃半个小时又没了，他急着出门。

钟好刚说完，沙沙就急慌慌问了出来，生怕问得慢点，话就会被她咽回去。

"那个谁怎么没一起来？"

钟好一愕："你是说光头？"

"不是他，他在看守所，我知道的。"

"那还有谁？"问完钟好猛地想起，沙沙应该是问温涛，再联想到前面于局在时，沙沙伏在吧台上那凄凄的样子，忍不住就取笑，"发春了，见一次就对眼了？"

"什么话啊，恶心，狗嘴里永远吐不出象牙！"

"不是狗，是长毛狮子。"钟好说着，人已出了咖啡厅。

第五章

1

钟好必须要见赵悦，不只是赵悦出卖他，关键是赵悦翻供这事非常蹊跷，令人不得不多想。依赵悦的脑子，是断然做不出这种事的。赵悦一定是被别人利用了，这个钟好完全可以肯定。

钟好打电话给一位朋友，让他把车子开到竹林大街。卢小亨不能同去，钟好有点遗憾，本来还想让小亨一并见见赵悦呢。小亨除物证方面是专家，对拍案，也常常有出其不意的想法，这是钟好跟小亨接触过程中发现的，有时候他想，将小亨固定在物证中心这样一个岗位上，有点可惜，他应该是一个更有前景的刑警。

十几分钟后车子到了，钟好要过钥匙，说借我用一天，然后跳上车，径直往庆河去。

车子是丰田霸道，朋友是做工程的。钟好有不少这样的朋友，都是办案中结识下的，平时不大联系，要紧处，必须靠他们帮忙。

钟好喜欢有力量的车，尤其喜欢独自驾着上路的那份感觉。有时他也会想，自己要是不做警察，这辈子会不会成为一个赛车手？他想应该不会，人其实生下来就有一定命运轨迹的，他还是觉得琢磨人比琢磨车子更有趣点。

赵悦一直留在庆河不出来，外界说法很多。有人说她是跟赵纪光赌气，也有人说是为了母亲沈绪岚。其实都不是。钟好跟她接触虽然不多，但相信这女人绝不是一个赌气的人，赌气的人大都自己有志

157

向，且有能力，赵悦除了抱怨还有嫉恨，真是没发现还有别的。至于为了母亲沈绪岚，更是笑话。不错，沈绪岚跟赵纪光离婚后，是跟她同留在了庆河，但母女关系并不是人们说的那样好。一个典型的事实是，沈绪岚一直独居，跟赵悦也少有来往。钟好倒更是相信另一个说法，不管是赵纪光还是母亲沈绪岚，对这个女儿都是极度失望的。上次见她，赵悦跟老公离婚不久，钟好还有点同情她，现在钟好不这么想了。

钟好没找任何人，这次是直接将车子停到了赵悦楼下。

"是你……"敲开门的一瞬，赵悦明显有丝恐慌。等确定是钟好，她才道："你怎么又来了？"

"看看你最近又买了什么东西，是不是还在跟商家讨说法。"钟好边说边从赵悦身边挤进去，他怕赵悦反应过来不让他进门。

"没买，我干吗要老买东西？"赵悦并没反应过来，但瞬间，她就有了上当的感觉，"你这话有别的意思吧？"她转过身来面对住钟好。

钟好一屁股在沙发上坐下："先给口水喝，渴了。"

赵悦站着不动："我这里可不是你想来就来的，话说清楚，说不清楚马上走。"

"会说清楚的，先给水，不，泡茶。"钟好说着，随后拿起茶几上的手机乱翻起来。赵悦见状，立马扑过来："乱翻什么，放下。"

可是晚了，钟好这方面有特异功能，短短一分钟，就将赵悦的近期通话记录记了下来，有一个号码他熟悉，之前跟踪过，到现在还没查出是谁。去过电信部门，人家说是老号码了，早已无法核实真正的持机人。

"也没什么秘密嘛。"钟好装作什么也没发现似的将手机放回茶几上，赵悦一把抓起，感觉手机里藏着她的超级秘密。

"乱翻东西，不像话。"赵悦一边嘟囔一边往卧室去，她穿着睡衣，而且是质地很差的那种，显得身材不但臃肿而且懒散。大约她也意识到形象出现问题，卧室里传来一阵窸窣声。钟好暗笑一声，心想自己也有点毒，最起码得提前打个招呼，等人家换好衣服化好妆再进来。

"你正经点，少偷看，我在换衣服。"

这话从卧室飘出来，着实把钟好吓一跳。偷看，他啥时有这爱好了。可赵悦分明没关门。

"放心吧，我见过女人。"他也坏坏地甩过去一句。见茶几上有烟，烟灰缸有烟蒂。这女人还抽烟？快手拿纸巾包了两个烟蒂，塞进了口袋，目光又淡定地四下瞅开了。

"说得好听，你们男人哪个不色，嘴上一套，心里一套。"

这女人突然跟他说这个，钟好真有点蒙，这是第一次遇见。咳嗽两声："大胆换吧，色男人不会看你这种，做噩梦的事没人愿意干。"

"怎么说话呢你？"赵悦突地扑出来，衣服才换一半，一根吊带还斜挎在胳膊肉最多的那个地方。钟好慌忙躲过头，什么叫有病，今天他算是领教了。

赵悦又假模假样数落他几句，进了卧室。还好，没当着面将后续的装换完，钟好算是万幸。

赵悦很快走了出来，她换了件米色无袖低领毛衫，半片脖子露外面，下身是一条窄窄的浅色牛仔，将两条腿还有屁股包得很紧，往凳子上坐时都很费力："说吧，又让我做什么？"赵悦抓起茶几上的烟，想了想，没点，目光似乎朝烟灰缸看了看，并未发现少了两个烟蒂。

拿起烟灰缸，到厨房清洗去了。钟好再次断定，这里有男人来过，而且是一个不简单的人，这人跟策反赵悦到底有没有关系，赵悦这样子，是紧张还是心理真的有问题？

"我是来拿钱的。"等赵悦再次坐下，钟好说。

"拿钱，拿什么钱？"赵悦敏感地弹起身子，顺手拿起前面放下的烟，点燃，狠狠吸了几口。

她烟瘾很重，上次见她时，没见她抽过烟，这次为什么不躲他？

"烟少抽点，这玩意伤身体。"

"不用你管，又不是吸粉。"

"哦，大小姐还对粉感兴趣啊！"上次来钟好就称她大小姐，赵家女子里的老大。

"少唤我大小姐，我对啥也没兴趣。"她又猛吸几口，掐灭了。

不正常，不管是吸烟还是说话，都显得极不正常。钟好目光无目的地乱转，最后在卫生间洗手台那地方，看到一双男人的鞋，应该是四十或四十一码的，比他的小，他穿四十三的。他没见过谢百周，不知道身高有多少，但从赵悦身高判断，谢百周应该跟他差不多。再说两人离婚也有三个多月了，对丈夫恨得咬牙的赵悦，不可能还把一双鞋摆在那里。

除了那双鞋，似乎再发现不了什么，他不能进卧室去看，这点规矩他还懂。

"四千块，上次给你的，我想拿回去。"他又说。

"什么意思，你说给就给你说拿就拿，拿我当什么了，再说你让我做的事我可都做了。"不知为何，赵悦对钱很敏感，换别人不会这样激烈的。

"我让你做什么了，我什么也没让你做。"

"你骗子，你让我去医院，让我给那个死老头喊冤。"

"他不是死老头，他叫赵纪光，是你父亲。"钟好纠正，目光不放过赵悦脸上任何一个表情。

"他就是死老头，臭死老头，留下那么多钱，宁可给野婊子也不给他女儿。还给那个野种留下房子，瞅瞅我这里，过的是什么日子，亏我还听上你的话，为他喊冤，他活该啊。"

赵悦说的明显是赵纪光遗产，律师拿出赵纪光遗嘱后，差点引发一场轩然大波，鉴于赵纪光死亡一事还没彻底处理，尸体也未安葬，相关部门为稳妥起见，紧急叫停遗产分割，律师挨了批，他有故意制造风波扰乱秩序之嫌。此事目前彻底被压了下去，就连赵一霜那样多事的人，都没敢找碴。钟好掌握到的消息，此事已引起相关部门高度警惕，赵纪光那些遗产，包括史晓蕾柳冰露的房子，最终会是个什么结果，都很难说。

这事敏感，钟好不敢接话。

想了想说："我不是谈别人来的，有笔账想跟你算算。"

"算什么账，少跟我提钱，若不是帮你，我肯定能从商家讨个说法的，破商家，敢给我卖假货。"

"但你出卖了我。"钟好压得很瓷实地说。

"出卖，哈哈，我出卖了你，你让我去为死老头喊冤，然后再让姓于的来抓我，还说我出卖。要不是我办法多点，这阵怕还在看守所吧。你狠，也别怪我手辣，咱这是一报还一报，少在我面前装蒜，你们这种人，我见得多了。"

钟好想反驳，可又觉得人家说得也在理，前因后果连起来，还真是这么回事。但赵悦又说了句，钟好就嗅出另外的意思了。

赵悦也是一时说激动了，没控制住就又说："还好有人帮我，不然怎么栽你们手里都不知道，强中更有强中手啊，也让你尝尝坑人的滋味。"

钟好心头猛地一沉，事实上于局在"深度"跟她说赵悦翻供的时候，他心里就有不好的想法了。就赵悦这智商还有离婚后越发凌乱的生活状态，能想到翻供才怪。把一切推到他身上明显是有人做局，他到这里来，就是想证实有人在借赵悦冲他下黑手。

现在他清楚了，赵悦喜欢钱，有人拿钱买通了她。

"说吧，他给了你多少？"

"他？哈哈，你是冲他来的吧，你们真有意思，斗来斗去斗我这儿了，有意思，好玩。"赵悦简直兴奋起来，这女人真是让人难以捉摸啊，整个人像是坐着过山车，说话还有情绪没一点逻辑，哗哗的，让人感觉就像是嗑了药。

钟好真是有点受不住了。

"说，他是谁，给了你什么好处？"钟好忽地拉下脸，意识到被人算计，钟好就觉得任何过场都不用走了，他现在只想知道，这个人是谁？

"你干吗，恐吓我啊？"赵悦也看出钟好是真发了火，尽管装作不在乎，脸上仍然有掩不住的惊恐。钟好要是真黑了脸，没人不怕。

"别以为我不敢，你害得我差点丢了饭碗。"钟好尽量将后果说得严重，果然，赵悦脸上那层不在乎没了，整个身体蓦地收紧，看着钟好的眼神也在打战。不过她调整得也快，眨眼间，就又摆出不把什么放在眼里的那种死皮劲。

是死皮劲，不是横也不是傲，钟好对这个真是太熟悉了。生活烂到一定程度，这种死皮劲就粘身上擦不掉了，有时甚至会成为人全部的特质。

此时的赵悦，大约就是这个样子。可能她也觉得钟好不能把她怎么样，跷起二郎腿，重新点上烟，吐出一串烟圈，然后很过瘾地说："真想知道啊，那我可就说了，是你仇人。"说完，阴阴地笑了笑。

仇恨世界的人，投在每个人身上的目光都是一样的。钟好避开那目光，平静地说："我没仇人。"

赵悦突然爆发："还没有啊，睡了你老婆散了你家庭给你戴了绿帽子，还不是仇人，我说你肚量真大啊，这也叫男人？"赵悦一连问出许多，大约她觉得这些话很刺激很能发泄，可没发现钟好的拳头握了松开又握了又松开。她还在说，一句比一句恶毒，钟好的拳头已经擂在了茶几上。

"小心我茶几啊，砸坏了要赔的，有种去砸他家啊，砸给我看，在我这里装什么豪情！"她把烟扔掉，起身提了提裤子，这个动作很令人反胃，一大块肚皮晃出来，上面全是圈，晃得钟好眼疼。她又往下拽拽毛衫，重新坐下。

女人要是失去美感，怎么看怎么恶心。钟好强忍着道："继续。"

"当然要继续啊，我就喜欢看你们斗，两个男人围着一个女人，有趣啊。"说着说着，她突然道，"我他妈咋就没这福气，就算一堆烂白菜，也想让猪拱啊。"

她竟然大哭起来，号啕声非常嘹亮，非常粗犷。

钟好没想到她还有这一手，整个没招了，哄也不是骂也不是，心想今天真是撞上神经病了，搞得自己也神经错乱。

章笑寒！

他终于清晰地骂出这个人来。

"猪，你们都是猪，以为有钱了不起啊，一个给我四千，让我当医闹，一个又拿钱让我翻供，我他妈不缺钱，不缺！我就是缺一个疼我的男人，呜呜——"她又哭了起来。

天啊，这还是赵悦吗？

钟好不敢再坐下去了，要知道的东西已经知道，再坐下去无疑是作死。他起身，逃也似的想溜掉。没想到赵悦一把拉住了他。

"你想干什么？"她把他吓坏了，本能地往后挪了挪。

"你躲我干吗啊，你先别走，不许走，是你惹哭了我，你得负责。"钟好吓得又往后缩了一步。赵悦猛地扑过来，抓住他，头抵他怀里，"让我哭一会儿吧，我知道自己很狼狈很无用，可我也是女人啊。"说着，再次哭成了个泪人。

钟好不敢动，真的不敢动。僵尸一般挺在那，既不忍将她推开，又不敢伸个胳膊啥的。赵悦哭得很放肆，好像要把半辈子积攒下的泪水全哭给他。他的胸前已经感觉到湿了，热湿。那是泪水，还有赵悦哈出的热气。他想挪动一下，变换一下身姿，但赵悦两只手死死抓住他胳膊，胳膊那里发出钻心的痛。这女人手劲真大。有那么一刻，钟好悬在空中的手试图努力着放到她肩膀上，拍打也是一种安慰，念头一闪又熄灭，钟好仍旧僵僵地站着。

"你们都恨那个死老头，都想给他治罪，你们有本事去动他啊，他躺在医院，你们一点本事也没，却一个个跑来欺负我，我跟他有什么关系啊，不就是他弃掉的一坨肉。"

她的声音已接近哀嚎。

钟好站不住了，他有什么理由厌恶这个女人，凭什么一次次来找她，她有错吗，赵纪光那些事是她做的吗？还有，他一来，章笑寒也跟来了，他们不敢摊牌不敢明斗，却要拿这个女人做武器，他还是个警察吗，是个男人吗？

就在钟好企图想对赵悦表白一些什么的时候，赵悦一把推开他："行了，舒服多了，你这肩膀还真管用啊。"她一边抹泪，一边竟露出了笑。

遇见神了。钟好由衷地叹了口气。

赵悦绝不想挽留他，泪抹干净后，她又回到以前的那个样子，指着门说："你是从那里进来的，现在从那里走吧。"说得好像她家还有另一道门似的。其实她想表达的意思很可能是我跟你没关系，哪来的滚回哪去。

钟好落荒而逃。人都跨出门了，赵悦又叫住他："等等，帮我把这双破鞋扔掉。"钟好早已忘了那双鞋子，怔然间，就见赵悦拿来一个塑料袋，将那双鞋装进去。鞋果然有点帮，沙发上距离远，看不清。此刻钟好看清了，一双穿过头了的皮鞋，里面散发着恶臭。

"妈的，是人的不是人的都想欺负我，一个修灯的，也想吃老娘豆腐。老娘豆腐那么好吃啊，让我给赤脚赶了出去。"将鞋子递给钟好时，又多出一句，"老娘也是见过男人的，你这样的怕都进不了老娘眼，拿着啊，发什么呆。"

钟好居然乖乖按她说的，提了鞋，下楼时满脑子是赵悦骂的这些话。到了楼下，又将那鞋看了一遍，骂自己，还老警察呢，一双破鞋都认不出。看来老司机也不全都认得路啊。很是嘲笑地冲自己哼了几声。

不管怎么，此行钟好还是有收获，他判断得没错，章笑寒开始往外跳了，这是一个好兆头。钟好就怕章笑寒不跳，躲在深暗处，没事人似的看着他们折腾。章笑寒跳，至少说明一个问题，有人开始惊慌。

联想到局里借赵悦翻供想对他停职，想把他跟于局彻底断开，钟好更加确定，拿钱收买赵悦，根本不是章笑寒的主意，章笑寒才不愿意玩这种小把戏呢。再说章笑寒比他还急着等尸检呢，急着让赵纪光臭名远扬呢，怎么会想办法阻止尸检？不可能的，另有其人。这人一开始也是想搞臭赵纪光，只有搞臭赵纪光，他才能全身而退，才能显得自己清白。搞到中间，这人怕了，不敢了。于是动用章笑寒，想给尸检还有接下来的调查制造障碍，想把他这根顽刺挑掉。

钟好也坚信，绝不可能是章笑寒亲自找赵悦。钟好虽然至今没跟章笑寒过招，但绝不等于不了解他。他是做大事的。这话钟好信。发生在银河的很多大事，越来越表明是章笑寒做的。钟好后悔五年里目光还有精力过多集中在赵岩身上，反把他给冷落了。不该啊。钟好一边想一边往车子前走去。走着走着忽然停下来，从衣袋里掏出两个烟蒂，仔细端详半天，看清了那烟的牌子，不由得发出一声问，抽这烟的难道真是季文韬？

卢小亨的检验结果很快出来了，这烟不是季文韬抽的。

"你确定？"

"当然，老大不会连这点小技术你都怀疑吧？"卢小亨显得很受伤。

钟好笑笑，他怎么会不相信卢小亨呢，季文韬的指纹、口水，还有DNA，早就备录在案，钟好不知从文霁花店捡来多少烟蒂，层层叠叠都是季文韬的嘴巴印。"那会是谁呢？"钟好像是问自己。

卢小亨说："这我就不晓得了，总不能让我把全体烟民集中起来排查吧。"

"你最近见过大个子没？"钟好突然问，他被自己这个大胆设想吓了几跳。

小亨没反应过来："见过啊，半小时前还找我查验物证呢。"

"去，弄根他抽过的烟来。"

卢小亨被吓到："老大你疯了啊，他……"

"按我说的做，有结果马上告诉我。"

当天晚上七点过一刻，卢小亨电话来了："老大你还真是神啊，两支烟真是大个子抽过的。可我就纳闷了，他跑那地方做什么？"

钟好兴奋得要叫："这问题不该你管，听着，接下来大个子不论让你查什么，都要一一告诉我，我现在对他很感兴趣。"

"老大，这不好玩啊。"卢小亨声音里明显有一股怯。

"怎么，怕丢饭碗是不，又想起纪律了是不？"

"不是这样简单啊，这是丢饭碗的事吗？"

"不是，它很严重，但你必须去做！"

"老大！"

"叫我老大就按我说的做，少掉一样你小心。"钟好挂了电话，他自己也心虚，怕再说下去，他这边先反悔。

钟好知道，是该认认真真想一下大个子了，想一想他跟成思维的爱情。这里面还牵扯到一个人，成卓然。钟好甚至觉得很有必要再去见见柳冰露，关于成卓然和赵纪光的关系，还是柳冰露讲起来入味、深刻，能接触到实质，并能说出一些非常精髓的话。不像他，很多时候愣是看不清官员间那种五迷三道的关系。

钟好跟柳冰露约的时间是晚上九点，柳冰露说再早了她真是走不开，钟好说要不晚饭一起吃？柳冰露说晚饭就不用一起了，她有个大学闺蜜要来，她要请人家吃银河的美食。"两个女人在一起，相信钟队你也不方便，所以晚饭我也不请钟队了。"柳冰露说。

晚上八点，钟好打算去趟新安百货那边，问问大侠林其彬最近有没有消息，车子刚离开小区，于局电话来了，问他在哪，钟好说在车上，去见一个人。于局说："你掉转车头往南开，在南华路立交桥底下等我，又出事了。"

2

钟好是在立交桥下等到的于局，于局让他把车子扔下，坐他的车。

刚上车，于局就说："跟你先强调两件事，第一，我要带你去一个地方，这地方你很熟悉，但你一定要装作不熟悉，今晚我们不是主场，带你去也是我力争来的，到那里后不许发表任何意见，只许看，只许思考，一个字不能讲，更不能跟人家抬杠。第二，不许擅自离开我，一切行动都必须服从指挥，能做到不？"

"什么事啊，至于这样严肃？"

"必须严肃，能做到就走，做不到，现在请你下去。"

钟好一看于局脸色，知道真是遇着事了，想了想道："好吧，我管住自己的腿。"

"还有嘴。"于局强调。

钟好笑了笑："行啊头儿，我一个字不吐，这总可以了吧。"

于局没跟钟好再说什么，冲司机道："开车。"

离银河六十公里的地方，有一处地方叫响马湖，那里曾经非常热闹。上世纪七十年代末八十年代初，这里大办过乡镇企业，是银河乡镇企业示范区。人口不足三万人的响马镇，一夜间如雨后春笋般，密密麻麻长出不少乡镇企业来。响马镇最初是以制造包装物出名的，大大小小的厂子全都干一件事，给产品制造包装。当时这里也叫中国包装第一镇，也有人将它称为黄金镇，意思是当年赚了不少钱。

可惜好景不长，似乎也只是转瞬间，当年的那片繁荣已不再，随即而来的，便是永无尽头的萧条，还有不忍目睹的惨败。

有多少辉煌，就有多少落寞，更有多少凄凉。

钟好对响马湖感兴趣，还是因了那批货。

那批货不管对他还是对于局，以及对局里，都是一个痛。

三角楼事件前，银河地下突然涌出大量的"乐神丸"，经过一系列密集侦查，钟好他们判断，这批"乐神丸"就来自银河地下工厂。当时锁定的目标是赵岩，这也是他们一开始将"血狮子"定位成赵岩的关键缘由。后来发现，这批货物不是从赵岩的海天生产的，是范欣生的欣生制药。范欣生最开始创业，是从响马湖这里起步的。当时响马湖乡镇企业区快要变成一片废墟，市里县里为了不让这一片变得更加狼藉，想出一个新名词，叫科技示范区。出台一系列政策，鼓励创业者到这里来淘金。地很便宜，房租更是低廉，因为大量的厂房闲置，四处涌来的打工者像觅食的鸟群，既不想逃走又窝在这里没食吃。而且这里又暗暗形成一个新的市场，卖淫的嫖娼的，吸粉的，打架斗殴寻衅滋事的，总之，正义死去的地方，邪恶便开始疯长。长不出庄稼的地方，杂草就吸足了营养。反正那些年，这地方就没消停过，各种各样的事儿都有。范欣生在这里租了厂房，不是做包装物，那个时期响马湖的包装物已臭了街道，没人敢再来订货，他是做药品，兽药。

怕是没人想到，范欣生最早是从做兽药起家的。等到他将厂子盖在市区不远新辟的工业开发区，他的资本积累还有创业过程已经完成，并且成为制药行业不可小瞧的一支力量。

钟好他们判断，五年前那批货，就是范欣生生产的，用的是纪豪的配方，背后主谋却是赵岩。三角楼行动，本来计划是一举擒拿赵岩，将"血狮子"及其团伙彻底打掉，然后查缴那批数量不菲的"货物"。谁知行动惨败，钟好他们输个一干二净。

三角楼事件后，那批货突然不知去向。有说被赵岩控制在手里，藏在一个很安全的地方。也有说货仍然在范欣生手里，范欣生跟赵岩彻底闹翻，赵岩逼了多次，范欣生拒不将那批货交出来。

这些货一天找不到，钟好他们就一天不得踏实。想想看，如果那批货突然流向市场，后果简直可怕到不敢想下去。所以这些年，钟好和于向东的另一项工作，就是秘密侦查那批货的藏放地点，但他们花了五年时间，居然一无所获。钟好还知道，不只是他们在找，另一个人也在找。

三角楼事件后，三河跟海天的竞争越发激烈，两家龙头企业连着上演一场接一场的大战，狼烟四起烽火连天，大有一个吞死一个的架势。总体架势是三河越斗越旺，海天节节败退。尤其重离子项目，更是让海天不堪重负。钟好得到的另一个消息是，章笑寒之所以冲赵岩狠下毒手，将他逼到绝境，就是想逼着赵岩把那批货物抛出来。在章笑寒看来，只要让海天的资金链断掉，只要让海天陷到资金这个坑里，依赵岩的性格，断然会铤而走险，用那批货来救自己。这样的话，章笑寒就可以一劳永逸了，只管搬个凳子看热闹。

因为那批货物只要一出手，公安绝不会袖手旁观，赵岩连回头的机会都没有，就会被彻底灭干净。

钟好他们看明了心思却不阻止，其实也是在等这一天。可惜，赵岩这次意志坚定，都被逼到这份上了，还稳稳地压着那批货不出手，让钟好他们的等待落空。

这晚于局带着钟好，就是奔这批货来的。

车上于局说，消息是线人提供的，当然不是提供给他，是提供给大个子。

"大个子？"钟好有点吃惊，邹锐啥时也有线人了？不简单啊，后浪真要把前浪拍死在沙滩上。

"不服气是不是，再不使点劲，可真要被淘汰了。"于局给了这么一句，钟好脸上一阵烧，火辣辣的，还疼。知道于局不是在激他，是真的在讲一种可能。

"可这也不归大个子管啊。"他又想起管辖权来，很多事到了他这里，就牵扯到管辖权，怎么到别人那，就没这个约束了？

"别乱争议，他现在属于机动，再说是人家线人举报的，当然由人家来负责。"于局模棱两可回答一句，钟好知道这不是真话，真话应该是有人急于让大个子出成绩，急于让他办成几个大案。大个子都变成机动了，这消息他还不知道。机动有两种倾向，一是像他这样的，犯了错误，不好给职务，又不能具体放哪个岗位上养着，当闲人一样四处抓差，填补空缺，偶尔也抓来救救急，发挥一下余热。还有一种就是要重点培养了，但因资历啊啥的还欠缺一些，一下不能安排到重要岗位上，就机动出来，瞅准机会让他出成绩，迅速成长。

不用说，大个子是后者。

于局又强调："这次行动由他负责，等会儿到了现场，你不能干预，最好不要跟人家打照面，你那老毛病，到哪都爱做主，带你去，只有一个目的，你对那熟悉，帮我判断一下。"

至于判断什么，于局没说，这就要让钟好自己去领会。

到了现场，于局让钟好先等在车里，没他的命令不许下车。同时跟开车的小丁说，看好他。小丁虽是司机，但也是刑侦队的骨干，于局不喜欢身边养闲人。于局下车走了，很快没入了夜色。夜色已经很浓，响马湖隐约一片，能看得见朦朦的水影，也能看见影影绰绰高低不一的楼房影子。当年的红火早已不再，喧嚣热闹的场景仿佛也如梦境，随着这湿咸的风远去了。隔着车窗，钟好除看到一片破败，还是破败。

楼影那里已经有人在活动，一定是大个子他们。钟好不知已来过多少次了，对这里每一幢楼，每一个废弃的厂区，每一间库房，都是熟悉得不能再熟悉。五年，他用五年的时间将这里以及周边几个能藏货物的地点悉数装在了脑子里，但五年他什么也没嗅到，除了这里腐烂的气息，夏天那一股股恶臭，还有比死亡更令人窒息的对世事的哀绝。

是的，钟好每次来，都会想一些跟拍案无关的问题，比如那一波接一波的创业大潮，比如候鸟一样来了又走掉的人们。这里埋葬掉的岂止是金钱，岂止一个又一个梦想，岂止希望，它把一个时代彻底地埋葬在了这里。

坐在车子里，钟好脑袋有些空白，甚至都不知道去嫉妒一下大个子，毕竟让一个资历不凡经验老到的刑警止步于现场，是件残酷的事。他木呆呆的，就跟搞不懂于局为何带他来这儿。小丁连着喊他几声，他才醒过神来，忙问可以下去了吗？小丁说不可以，头儿没给话呢，我是怕你想不通，想安慰安慰你。

"想不通，啥想不通？"钟好觉得奇怪，他现在还有什么想不通。

"货物搬走都好些日子了，今天才接到线报，还要如此兴师动众，想来也是滑稽。"小丁又说。

"搬走好些日子了？"钟好又惊。

小丁叹了一声，不说什么。

货物果然搬走有些天了。钟好是在二十分钟后深一脚浅一脚到达那一片库房前的，于局又将情况大约跟他说了一番，据线人报告，这里一段时期非常安静，什么人也没有，但在大约一周前，有天深夜，两辆卡车神秘驶进，车上下来五六个壮汉，从几间低矮的库房里搬走一批货物。车辆走后，线人来到现场，发现现场已被清理干净，线人一口咬定，搬走的就是一直存放在这里的毒品。

"一周前发现，为什么才报？"钟好不明白地问。

"当晚线人离开时，被人打了，有人藏在暗处，等他离开时用石头猛击他的后脑部，他差点丢命，下午才醒过来的。"

"不可信。"钟好给了这么一句，又往里走。

"先别急着做判断，货物堆放在前面两个车间，下面有地库。"

"地库？"钟好越发诧异，这一带他真的来过不知多少次，包括前面两个车间，也走进去过，地库还是第一次听说。

于局走在前，钟好紧随其后，快到大个子他们跟前时，于局又说："没说你要来的，我没通知他们，你只许看，不许做任何点评，管好自己的嘴。"

钟好心里不服气地叫了几声，可以不让他来，来了不让说话，太难为他。进入车间时，钟好再次看到一片狼藉，外边院落里码放满了各种过时的包装物，四周长满了荒草，由于离市区远，离周边的老百姓也远，平时人迹罕至。边上同样是几家早已破败的企业。有些房屋早已倒塌，残砖烂瓦还有半截钢筋裸露在外头。之前这里经常有瘾君子出没，也成了吸毒卖毒的一个窝点。钟好他们还抓到过两男一女，以毒养毒那种，平时就在响水镇干偷鸡摸狗的事，需要毒品了就到这里来拿。后来他们建议，市上应该将这一片废墟平掉，把它改造成公园什么的，别整成一藏污纳垢的场所。但这样的建议很难被重视。好在这两年这里还算平静，没发生什么大事。

里面果然有地库，但钟好跟着于局往下走几步，就发现这不是地库。这家最早也是搞包装物的，所谓的地库不过是地下车间，用来堆放半成品的。这厂子的老板是浙江台州人，姓陈。钟好还记得他，个子不高，还当过市政协委员。但最终结局不好。这边破败后，又到工业园区投资一家服装厂，后来却发生一场火灾，啥也烧没了。陈老板现在去了哪，钟好无从知晓，但他相信这个人是再也没有气力去藏什么货了。范欣生的厂子不在这边，在离这大约有一公里多的另一个方向。

地库里亮着灯，大个子指挥着几个干警，正在拍照。他们也是刚进来，之前在外面勘查。灯光映出大个子的脸，很投入也很兴奋，指挥的声音也很亮。钟好想起大个子刚来时的情景，要说搞现场勘查，大个子还是跟钟好学的，刚来时他激情满满，到哪都爱发表演说。毕竟是正宗的科班出身，论理论谁也比不过他。可真要遇到案子，就无从下手了，是钟好手把手教会他的。

钟好看了一会儿，见大个子他们对地上的脚印还有剩余的几个纸箱比比画画，心想这些人还真拿这当毒品窝藏地啊。且不说这荒郊野岭的，有哪个敢把那么重要的货放在这，单就他们拍照提取物证的姿势，就让他看不下去。于局见他有些按捺不住，示意边上的小丁，先带他回去。钟好丢下一句："八九不离十，运走的是一批过期货物，而且是食品。"

"为什么？"

"空气啊，难道你们没闻出来，空气很香，全是食品的味道。到市区查几个小型超市，或者到老城区闸口北批发市场看看，一准能找出来。"

钟好正得意呢，于局回他一句："都查了，没有。"

钟好眉头一蹙，不敢乱说了，感觉于局带他来，不是让他表现的，应该另有意义。

什么意义呢？钟好怔在了那。

于局往下走了，钟好又站一会儿，觉得没意思，退步出来，小丁紧随其后。两人来到院落，钟好随手翻起几个纸箱，又捡起一块破烂，放鼻子前嗅嗅。

"嗅出什么了？"小丁笑问。

"迟钝，嗅不出。"钟好看住小丁。

"知道头儿为啥要跟来吗？"尽管夜色很暗，钟好还是看出小丁脸上那股异常。

"你小子知道什么，说。"

小丁又往前走两步，突然掉头说："赵岩在里面，章笑寒在美国，这个时候突然上演这么一出，你说会是谁呢？"

钟好一开始并没听懂，顺着这话题想了一会儿，脑子忽然开了窍："你是说，除了他们还有第三股力量？"

"我可不敢瞎说，我就一开车的。"小丁说完往院外去了。钟好紧追过来，"头儿要查的并不是这里搬走了什么，而是谁在搬，为什么要在这时候搬，对不？"

"难道你不觉得异常？"小丁再次停下脚步，这时候他们已经站在了院外空地上，里面的动静已经听不到了。四周很静，有风哗哗地吹过来，湿湿的，还有股腥臭味，那是不远处响马湖的味道。

"我还是不明白，这里能有什么，能搬走什么？"钟好脑子有点跟不上趟了，于局和小丁说话都怪怪的，好像知道什么，但又不明确告诉他，"能不能讲得清楚点？"他希望小丁能提醒他。

"我比你更糊涂啊，我这不也乱分析嘛。"

"乱分析？"钟好差点哭出声来，还有这样戏耍人的啊。

"开车拉我出去。"他突然跟小丁说。

"去哪？"

"送我到村口，或者前面路口处。"

"这不行，头儿知道了会骂死我的。"

"拉不拉，不拉钥匙给我。"钟好伸手要钥匙，他像是想起了什么。

"坚决不行，头儿让我盯着你，哪也不能去。"

"行，那你候着，我走出去。"说完，真就往村口那边走了。小丁追过来："你哪也不能去，必须在这候着。"

"想威胁我？"钟好忽然瞪住小丁，小丁吓得往后缩几步。等小丁反应过来，步子已经远去了。

小丁是后面开车追过来的，钟好沿着那条简易公路走，借着夜色，他还用手机拍了几张图片，知道不能用，但还是习惯性地将几处泥洼地上留下的轮胎印拍了。从轮胎碾过公路的痕迹看，货物重量不轻。钟好想，可能前面在地库想法简单了，一眼就否定，不是他的作风。问题其实出在他对大个子的态度上，大个子一下抖起来，他很不习惯，脑子里充斥着各种各样的猜测，甚至愤怒。他是那种看不惯就想发泄出来、就想撕碎的人，可惜今天于局压制了他，结果让他又犯了一个错误：将对大个子的坏情绪发泄到了案件上。

现在钟好静下心，排开所有干扰，认真地思考起眼前这案子来。

先不说那批货物究竟是啥，但跟他们要找的东西根本不沾边，这个钟好可以肯定。东西是最近才藏放在这里的，不超过半月。钟好感兴趣的是，什么人会将货物拉来存放这里呢，这地方都烂成这样了，既不卫生也不安全，货主干吗要选择这样一个让人看不懂的地方？这里虽偏僻，但也不是没有人来，来得多还是有不良动机的，更是手头缺钱的主。这些人可不管你藏什么，一旦嗅到气味，准给你连锅端，他们才不跟你讲客气呢。存放货物的人不会连这个也不懂，那么存放过程中一定有人专门看守，现场自然会留下许多痕迹，吃喝拉撒，进进出出，只要有人活动了，就有印记留下。越是这种脏乱差的地方，毁灭这些印记越难。钟好想，大个子应该能把这些拿到吧。

哦，大个子。钟好的思维又定格在邹锐身上，想到刚才地库里邹锐志在必得的样子，再联想到最近发生的很多事，以及大个子跟成思维的爱情，还有成卓然，心里就有些迷茫。

更迷茫的，怎么有人会说转移走的是那批货呢，这有点故意放风啊。那批货虽然公安内部大都知道，但这五年真正关注并竭力寻找的，就他跟于局啊，其他人都是闻而色变，提都不敢提，大个子他们怎么突然对这个感起兴趣来？再说了，就算真怀疑是那批货，也轮不到大个子来查啊？

谜，一切都是谜。

3

一阵刺耳的刹车声传来，飞起的泥巴溅得钟好满身都是，有两片甚至打在了他眼睛上。钟好抬起头，还没来得及抹去泥片，小丁已在冲他喊了："还愣着做什么，快上车，送你到三角口。"

三角口就是公路交叉的地方，一边通湖一边连接着镇子，还有一边就是往这里来的。钟好上了车，小丁说："一个人走夜路也不怕遭人暗算？"钟好说哪个敢暗算我，再说这地方鬼都不见一个，哪有暗

174

算的人？小丁一脚轰开油门，车子呼呼叫着往前冲，夜色被他们甩到身后，前面依稀能看见灯光了。

"跟大个子提供消息的人，就是在刚才这地方遭的暗算。"

"啊？"钟好惊得回头望了一眼。小丁又说："我只能送你到三角口，头儿不知道，他要问起来，我该怎么撒谎？"

钟好想想说："就说我提前回去了，对这里没任何兴趣。"

"他不会相信的，我就说你抢了车钥匙，我不是你对手。"

"行，随你怎么说。"钟好说着已掏出了手机，开始拨号，拨一半忽然又记起什么似的说，"我今晚可能不回，完了你让小亨来接我。"

"怎么，有新发现啊，砸你自己的饭碗可以，砸小亨的不行，还是我来接你吧。"

"你能走得开？"

"等下就要收队，放心吧，头儿不会那么小气，能带你来，我想他早有心理准备。"

说话间车子已到三角口，远处的响马湖已经明晰起来，水面如同一片巨大的明镜，泛着白白的光，周围隐约可见夜风中飘荡的芦苇。湖的西边，一幢幢高楼拔地而起，错落有致，那是前年兴起的响马湖别墅区，投资方是海天药业旗下的欣海地产。离别墅区五公里处，同样是高楼密布，那里已经跟银河新城相连接，钟好目光所及的地方，是章笑寒三河旗下的三河时代广场和三河影城，边上是一家五星级超豪华酒店。

有三河的地方就有海天，有海天的地方一定会出现三河，这已经是不争的事实。这片土地上，你随时能看到两家交手的盛景，有时你甚至怀疑，这两家究竟是交手还是以交手为幌子，联合推动着什么？

钟好跳下来，小丁掉转车头回去了。钟好将电话打给溜秋。溜秋是地道的响马人，三十多岁，以前是这一带的农民，十八九岁时在这里的厂子干过零活，因打架斗殴，致人伤残，蹲过三年牢。出来后开了家摩托车修理铺。他做钟好的线人，时间已经很久了，两人就像老朋友。

别看响马湖现在是一片废墟，但不少人的第一桶金的确是从这里淘的。对银河很多老板，这里曾经是天堂，至少是梦想飞起的地方。可是好景不长，这里就面目全非，罪魁祸首有两个，一个是污染，垃圾遍地，到处都藏着污纳着垢。另一个是很快被地头蛇盯上，敲诈勒索，明抢暗偷。溜秋从监狱出来的前五年时间，就是吃这碗饭的。他纠结了一帮小混混，成立了一个叫"响马帮"的组织，当然是黑社会性质，天天来收取保护费。不给，就变着法子给你捣乱，今天把电线截了，让你正在运转的机器突然停下来。明天把你的员工砍伤了，吓得其他员工卷起铺盖就逃，工钱都不敢要。再后来这里发生了一起命案，有个非常漂亮的女工被人奸杀，尸体就扔在厂房边不远的响马湖边，连湖里都懒得扔，就那么赤裸裸地扔在草地上，很有些挑衅味。那案子就是钟好拍的。钟好把所有人包括当年在这里创业的范欣生也叫了去，对指纹提取DNA。死者因为漂亮，生前在几家厂子干过，好像有老板们争抢着要的味道，不管到哪家，都是光拿工资不干活的那种。包括在范欣生这里，也是销售科业务员，但一样药品也没销出去。最后查明，跟她有过那种关系的老板有六位，其中也有范欣生。这六位老板最终都被排除，一是作案理由不充分，再者他们也不会杀了人故意将尸体弃放在明处。钟好将目光盯在溜秋几个身上。溜秋觉得冤，天天跟钟好说，不是他，也绝不是他的弟兄。这女人有艾滋病，他才不敢碰呢，而且花那么多钱不值。溜秋跟钟好说了那女人的价格，钟好听了也觉得有点贵，怕是除范欣生这样的老板，真的很少有人睡得起。再后来的调查，溜秋还有他几个兄弟也被排除。女人并没有艾滋病，但真是传染了性病，最后找到的凶手竟然是个逃犯，在一家化妆品厂上了两年班，身上背着三条命案。他是让这女人传染了性病，一怒之下过激杀人的。抓他的时候，这家伙在省城一家高档宾馆，身边有两个年轻女孩，都是海东音乐学院的。案子快要结束的时候，两个女孩一个跳楼自杀了，据说身体有了异味，下体长满了米粒大小的疙瘩。另一个说是去了东莞。

钟好就是那次跟溜秋交的朋友，溜秋感谢钟好，说要是遇上一个混蛋点的警察，他这次就完蛋了。溜秋起先隐瞒了钟好，他跟死者真的有那种不洁的关系，谁让他是"响马帮"的头儿呢，是人家老板送货上门的。好在没传染上病。"我很注意呢，必须有预防措施啊。"溜秋很骄傲地跟钟好说。"不过我也很后悔，整天心不安呢。"溜秋又说。

"你小子，以为谎话能瞒过我啊，要不是念在你老母亲的分上，找个理由也要把你关十天，看你以后吸不吸取教训。"

"不敢，真不敢。"溜秋嘿嘿笑着。

溜秋是个大孝子，老母亲八十多岁了，瘫了有三年，不管他有多忙，每天都要带上老母晒太阳。钟好正是冲这点，认定他还有可救的一面。果然后来的事实证明，溜秋这家伙很能靠得住。钟好有不少这样的线人，要说负责啊打探消息的积极性，还是溜秋这边最积极，而且溜秋从来不提钱，他现在经营一家汽修厂，生意做得风生水起。不像有些线人，有时为了钱，故意提供假情报假线索呢。溜秋还有一点，就是对作案嫌疑人会分析判断，毕竟坐过三年牢，在牢里学到不少东西。

溜秋很快来了，开一辆轰轰作响的皮卡车，右前边的大灯还是瞎子。

"搞什么怪，你咋不整辆坦克来呢，上天啊你。"钟好是嫌皮卡声音太大，这样的夜晚，他不想引起别人注意。

"没办法，店里能开的车就这辆，你就凑合着看吧。"溜秋笑眯眯的，真跟见了老朋友似的。

"我看什么看，我是问你长没长眼睛，耳朵呢？"钟好声音有点压不住。他心里有想法，这一片就算发生啥事，也该是溜秋第一个告诉他，而不是其他线人把消息先提供给大个子，他觉得溜秋越来越不敬业。

"大半夜的把我叫来，就是发火啊。车上谈，下面风大。"溜秋脾气很好地将钟好硬拽上车。

"知道我半夜到这地方干什么吗？"钟好依旧拉着脸子。

"知道，为地下库那批货来的。"

"知道怎么不报告，故意啊？"

"老大你先别急，知道那是什么货吗？"溜秋掏出烟，钟好不抽，他敬了一支没敬成，自己点上抽。

"我要知道还找你干吗？"

"别急嘛，不报告有不报告的理由，是一批失效药品，开始说是拉来销毁的，结果又给拉走了。"

"失效药？"钟好为之一震。

"不会有错，我一个小兄弟在里面，啥都清楚。"溜秋有点得意。

"失效药也很重要啊，怎么不报？"

"有人要报，我干吗要急？"溜秋说得很滋润，好像胸有成竹一样。借着车灯，钟好看见溜秋脸上那丝狡黠。

"什么意思，原来你小子知道底细？"

"一开始是要报的，可我发现这事诡异，拉货的人好像成心要让我们知道似的，就想多观察几天。"

"观察到什么，说。"

"老大你想想，他们拿一批过期药品拉来拉去，还故意在深夜，还故意放出风，难道不值得怀疑？"

"等等，真的是过期药品？"

"这个我能肯定，包装在方便面箱子里的过期药品，里面还混杂着过期食品，但大部分是药，有白蛋白和血浆。"

钟好猛吸了几口，想起地库里闻到的那股味，他的嗅觉还是不错，能闻到是食品，可白蛋白这几个字还是吓着了他。

"真的是白蛋白？"他一把夺过烟盒，抽出一支点上。

"起先我也不信，可我那兄弟说，他故意摔破了一只箱子，里面掉出白蛋白。"

"药品从哪里来，知道不？"钟好兴趣被激起，溜秋这些话超出了他想象。

"我查过了，白蛋白是从三号点那边库房拉来的，方便面还有过期食品是从几家超市收来的，在地库里进行了混装，然后又拉走。"

三号点是他们一个暗语，这地点其实就在范欣生现在厂子的边上，赵岩还有一个分厂也建在那边，这一带没有章笑寒的厂子。

"为什么要在这里混装，直接在三号点装不就得了？"钟好还是想不出对方的路数，不得不多问几句。

"这里隐蔽、安全。"溜秋说。

"可你前面说对方有故意让别人知晓的意图，这怎么解释？"

"就算是让别人知道，也得选一个神秘点的地方，不然你怎么相信会是那批货。假戏真做，这话难道你忘了？"

钟好点点头，感觉这个解释能站得住脚，接着问："知道他们把货运往哪里了吗？"

"我估计绕一圈，还是会进三号点。他们舍不得把过期的白蛋白扔掉，或许从这里拉出去时，批号啥的都变合格了。"

钟好猛一拍大腿，怎么把这个给忘了，很多过期药品还有食品都是这样偷梁换柱的啊。

"货主是谁，能确定不？"

溜秋不说话了，显然这问题他无法回答，他挠起了头。挠头是溜秋的坏习惯，其实也是钟好带给他的。当年那起奸杀案，钟好可没少折腾溜秋，明知道溜秋及手下不会是凶手，还是天天找他们麻烦。尤其案子陷入泥淖无法推进，钟好就拿溜秋几个磨牙。天天将他们叫来，问东问西，净是些跟案子无关的东西，感觉在拿溜秋们打发时间。溜秋常常被钟好问得脑子断掉线，就养成了抓耳挠腮、挠头摸下巴的坏毛病。

当然，溜秋能从那个黑圈子里跳出来，坚决跟以前划清界限，成为一个自食其力的小老板，跟那段光阴有很大关系。正是那种没完没了的磨牙，启迪了溜秋，也让溜秋知道什么才叫活个体面活个坦然，活得敢往人面前来。这样溜秋就跟钟好成了难得的好朋友，非常感谢钟好呢。钟好趁势提出，让他发挥一下余热，利用过去那个圈子，给他提供线报。

"我就知道你有目的，不然我溜秋算老几啊，值得你天天开导我?"溜秋嘴上揭露着钟好,还是愉快地答应了。

这些年他们合作得不错,钟好所有线人里,唯有溜秋不跟他提钱,这点也让钟好很开心。

溜秋挠了好长一阵头,突然说:"季文韬在现场出现过,不是当晚,是第二天上午。"

"季文韬?"

季文韬的确在现场出现过。

溜秋之所以没在第一时间将情况告知钟好,原因有两条,一是他觉得过期药品跟食品不是钟好需要的,不在他的报告范围。二是第一时间他也没搞清货从何而来、是谁的,他需要时间。

拉货的那个晚上,季文韬真的没出现,负责的是一个外号叫"水手"的男人,这人三十多快四十了,溜秋到现在也不知道他的底细,不过他在查,他说这人来路有点不简单,以前从没听过,道上很多人都不晓得。当天晚上货被拉走,第二天溜秋并没去现场,而是让以前一个叫锁骨的手下去了。结果锁骨在小丁拉钟好的那个地方受到袭击,打人的正是季文韬。

溜秋说,季文韬应该是来清理现场的,结果发现了行踪诡异的锁骨,一声令下,让跟随的两个人将锁骨狠狠揍了一通。

"打得狠呢,肋骨断了好几根,人是我送进医院的。"溜秋说。

"那锁骨为啥找大个子报告?"

"我就知道您问这个,为钱啊,还能为什么。锁骨染了毒,瘾大着呢,戒了几次没戒成,我看他是戒不掉了。老婆跑了,他又没个正经事做,保护费现在也没的收,跟您报您又不给钱,还训人家,哪个愿意?"

"说清楚,大个子跟锁骨到底怎么回事?"钟好挑最关键的问。

"还用说啊,我知道你们内部出了问题,都来抢线人,我是抢不走的,但锁骨这种人,很容易啊。邹警官给他的钱多,当然他就要找邹警官卖情报了。"

原来是这样!

可是有几个问题钟好还是搞不懂，第一，之前他只知道季文韬是赵岩的人，跟赵岩跟了十多年，但凡季文韬做的事，钟好都认为是赵岩的事。现在情况不一样了，季文韬跟章笑寒也有关系，而且关系很可能更深更密更不简单，那么这批货，确切说是白蛋白，到底是章笑寒的还是赵岩的？第二，这次事件到底跟那批货有没有关系，是单纯的拉来更换保质日期还是另有其他目的，会不会真的如溜秋所说，是有意将人们的目光往那批货上引，目的又是什么？第三，大个子什么时候开始收买线人的，明知道这一带是他钟好的地盘，线人基本都是他培养的，大个子为什么要插进一脚来？

事关重大，钟好来不及多想。马上开始调查。两天后他查到了一个重大线索，既知道了那个"水手"的底细，更知道了这批货的来历。

原来这批货既不是赵岩的也不是章笑寒的，而是季文韬自己的！

这个发现让钟好大吃一惊，原来他们疏忽掉的地方很多。

季文韬早就背着赵岩和章笑寒自己干了。水手真名叫季武略，是季文韬胞弟。四年前来的银河，来了就在三号点那边暗中收购了一家药厂。药厂原名叫星河药业，老板是福建人。四年前季文韬从福建人中全资收购了该厂，继续叫星河药业，交给自己弟弟打理。已查明，收购后的星河药业几乎是做一件生意：造假。只要银河几大药业生产的产品，星河全有，尤其以白蛋白居多。季文韬表面是做花的生意，又兼着赵岩海天这边的医药代表，其实他的身份很复杂，做的事也很复杂，凭借着对这个行业的了解，以及掌控的渠道，倾销假药劣药对他来说是轻而易举的事。钟好不得不叹服，他对人对事的了解还是不够。钟好甚至怀疑，当初护士长史晓蕾给赵纪光输的白蛋白，指不定还是星光药业生产的呢。进而怀疑到他一直坚持的赵岩不同意对父亲做尸检，是惧怕假药暴露这一条也应该是错了。

错了，肯定是错了。

钟好既兴奋又沉重。兴奋的是多出一条线又让他多了急切想追查下去的激情。沉重的是银河这张网越来越大越来越深，他以前所有的判断可能都得修正。

顺着线索再查，钟好就发现季文韬这些年利用赵岩还有章笑寒的双重关系，为自己的假白蛋白铺出一条路来。钟好手里多了一份名单，名单上多是各医院的院长还有药剂科负责人。不幸的是，这里面竟然有银河医院的汪树林汪科长。

4

事情突然显得不一样了，一条路走着，突然出现了岔路。本来是想查清这批货物，结果突然冒出个季文韬，性质立马不一样了。

钟好得停下来，认真地想一想。

这些线索必须压下，不能声张，钟好也没跟于局汇报。自己还没整清楚呢，怎么汇报？尤其是汪树林跟季文韬的关系，跟谁也没讲，暗暗埋在了心里。这些必须慎重，没有确凿的证据，绝不可以乱提。而且他也坚信，有些线索于局已经掌握，之所以不急着提出来，一是掌握的证据链远远不够，二是局里现在形势也不容许他提。

接下来钟好有两样事要做，一是查清季文韬这人的底细，这个必须要清。尤其他跟赵岩还有章笑寒之间的关系，一个人横跨两界，而且双方又是劲敌，他却能游刃有余，很了不得。

这天晚上八点，钟好给汪树林打电话，约他一起去喝咖啡。这次钟好没将地点选在沙沙的"深度"，那里最近太敏感，钟好暂时还不想让汪树林敏感，他冲汪树林说："老地方吧，到绿林坐坐。"

汪树林显得不大情愿，借口晚上有事，没法出来。钟好说："汪大科长到底是忙人啊，我想要是李光头给你一个电话，八成你这阵就得来。"

钟好提起了光头李活，果然汪树林的话不一样了："钟队开玩笑呢，你们都是强人，能叫我喝咖啡，是我的荣幸呢，好，好，晚上准时到。"他客气得连请字都没说，说的是叫。

钟好压了电话，嘿嘿笑了笑。

他见了光头李活。没跟于局请示，直接去看守所见的人。当然，他的这次约见完全符合规定，谈的也都是正儿八经的事，陪他去的是温涛。

光头李活见到他俩，先是一愣，继而就镇定下来。当着看守所两位管教的面，钟好没多说什么，就简单问了点关于汪树林的事。

"你在五月十六号晚上，指示沙子等人，将汪树林带到江边一家海鲜楼，有没有这事？"

李活先是装作一阵紧张，然后就有掩不住的兴奋露出来，似乎钟好此行，是他期待的一样，声音也跟着激动："有，我承认。"

"为什么见他？"

"有人说他向你告密，说我们光头帮坏话。"

"真是这样？"

"但凡给光头帮找麻烦的人，都是给自己找不自在。"

"你倒挺牛的，你认不认识一个叫刘晓菲的人？"

"男的还是女的？"

"当然是女的。"

"不认识，天下叫这名的多了去了，不知道你问哪一个？"李活说话虽然又带了无赖腔，但他面部神经的每一次变化，都提供给钟好另一种内容。什么叫默契？也许这就叫。他们说的话完全是用来麻痹别人的，真正的内容，却在脸上，在眼睛里。

"银河医院特护中心神经科护士。"钟好把刘晓菲的详细情况讲出来，顺口又说，"她父亲叫刘慈堂，老中医，这个你不应该忘吧。"

"哦，你说她啊，这个你应该去找汪科长，他最清楚。"

然后钟好就不问刘晓菲了，话题又跳到看守所这段时间，李活思想改造得怎么样。李活老老实实做了汇报，钟好欣慰地笑笑，拿起包，跟李活说："你好好改造，有问题我会随时来找你，希望你能认真配合。"

"是，我一定好好改造。"李活腾地站起，冲钟好敬了个礼。钟好眼睛闭了一下，有点不忍目睹的样子，低头走了出来。

出了门，回到车上，钟好问温涛："听出什么没？"

温涛一头雾水，表示没听出什么。

"你还嫩，以后要学会用两只耳朵听话。"

温涛下意识地摸了摸自己耳朵："我就是用两只听的啊。"

钟好看一眼温涛，差点笑出声。"那就用四只听。"然后就又不说话了，闭上眼睛沉思。

温涛安心开车，一路也不敢多问。车子走了一会儿，钟好突然睁开眼，像是反应过来什么似的。

"搞清楚他当初为啥找汪树林吃饭没？"

温涛说："老大你东一句西一句，我脑子跟不上趟啊。"

"你是跟不上，我都没跟上呢，原来他是提醒我，对姓汪的及早下手，我这猪脑袋，居然没反应过来。"

钟好狠狠地擂了自己一拳。

汪树林按时来到"绿林"，推门一看，惊吓住了。

钟好身边居然坐个女的，年轻，五官很端正，说漂亮都可能是埋汰她了。齐耳短发，穿一件半袖格子衬衫，显得文文静静。

她怎么在这儿？汪树林往里迈的步子僵下来，里面的刘晓菲也浑身不自在起来，非常别扭。

"大科长啊，快请进，你看我给你请来了谁？"钟好大大咧咧，一点不拿人家的难堪当回事。

汪树林进也不是，不进也不是，纠结一会儿，还是艰难地将步子迈了进来，目光不敢往刘晓菲这边看，刘晓菲更是不敢抬头。

"坐，坐，大家都是熟人，都别见生，干吗羞羞答答的。"钟好像是一点不知道这二人有过什么事，那样子就像大家真是老朋友似的。

你还别说，钟好之前还真不知道，他是一个不爱八卦的人，再说汪树林跟眼前这小丫头片子那点事，密着呢，不像柳冰露跟赵纪光，那是吵得沸沸扬扬的事。但跟光头见完面，钟好就知道怎么回事了。这种事想知道也很容易，叫几个人喝一顿茶，啥都清楚了。汪树林跟

184

刘晓菲的确有过那种关系，刘晓菲的工作也是汪树林努力的结果，但现在没了。原因是这种关系被刘晓菲父亲老中医刘慈堂发现了，刘慈堂倒没把汪树林怎么样，反正他们二人合作也不止一天两天。他就给了汪树林两句话，一是想继续好，就把家里老婆离了，正儿八经娶过去。女儿嫁个大自己二十多岁的虽然听上去丢脸，但比起让人家白睡，还是划算一些。二是如果离不了娶不了，就正正经经做个人，偷偷摸摸毕竟不光彩，毁了女儿名声事小，要是被发现，毁了汪科长前程那可就十万个不划算。

老头子说得非常温和，一点不生气，汪树林听了，却惊出几身冷汗。说过之后，汪树林这边果真收了手，不跟刘晓菲来往了。刘晓菲呢，也想正正经经找个男友恋爱，可她找了三个，谈了都不到一个月，全告吹。从别人的议论还有今天刘晓菲见了汪树林的态度，钟好感觉着，这丫头片子心还在汪树林这里呢，没收回去。

现在这种女孩很多，中了毒似的，就是醒不过来。按当下非常俗的一句话说，就是大叔控。

"晓菲，跟汪科长打个招呼嘛，别愣坐着。"钟好故意把难题扔给刘晓菲。

刘晓菲这才挪了下屁股，缓慢地抬起头，看着汪树林，好像几个世纪没见着人似的。钟好听见，刘晓菲嘴唇动了几动，说了句汪叔叔好，然后就又垂下头看她的双手去了。

她的双手其实并没啥好玩，就是一只绞着一只，使劲地绞。那是内心有许多排解不开的东西，全凝结在手上。

"汪叔叔"三个字刺痛了钟好，他真是想不出，刘晓菲到现在还能称汪树林叔叔。不过这些并不影响他心情，今天拉刘晓菲来，就是给汪树林施加一点压力，让他知道，钟好也不是那么好糊弄的。

茶很快泡来了，钟好为他们点了两杯咖啡，也给汪树林要了一杯茶。今天谈话可能艰难点，他怕汪树林撑不住，提前想得周到一些。

汪树林端着茶杯，心里那个乱啊，他已经有一年多没跟刘晓菲说一句话了，医院里碰见，也是装不认识。刘中医那些满含警告的话一直在他脑子里响呢。他真是搞不清，钟好怎么知道这些事，又怎么能把刘晓菲也拉到这里来？

这点汪树林还真是想不到，钟好既不是通过柳冰露也不是通过史晓蕾，他找了一趟老中医，佯装去看病，然后跟老中医聊起了白蛋白。老中医很警惕，马上问他是谁。钟好起先没说实话，只说是帮人打听买药的，有多少要多少。老中医认真端详他半天，喃喃道："不像，不像，你绝不是，你更像公安。"

钟好趁势说："老爷子好眼力，不过我不是来搜查你的，我是来跟你聊聊假药怎么害人的。"老中医一听话头不对，起身关了店门："里面请。"

钟好跟刘慈堂聊了将近一个下午，从刘慈堂最早考上大学，家穷上不起谈起，谈到回乡务农，两年后心不甘，又考了一个普通的中专，读了三年的医，回到县里。本来是分配到了县医院，一心想当一名医生的刘慈堂也算在年近三十岁时实现了自己的梦想。可惜好景不长，在刘慈堂三十二岁那年，医院发生了一起假药致死人命案，刘慈堂当时已是门诊大夫，虽然年轻，但在中西医结合方面，已经小有名气，慕名找他看病的人多了起来。一位孕妇感冒着了凉，外加吃坏了肚子，刘慈堂给她开了三服中药，在孕妇的一再要求下，又开了几种西药。这些药品都是孕妇可以服用的，刘慈堂开出的剂量也比正常剂量小一点。谁知孕妇当天服了药，马上引起不良反应，送到医院时已经四肢冰凉。医院抢救过程中，胎儿死在了腹中，后经全力抢救，孕妇生命是保住了，但胎儿没了，而且孕妇以后再也怀不了孕。

这起医疗事故后来闹得很大，孕妇一家将刘慈堂告上法庭，刘慈堂拿着自己开的方子，再三申诉，他开出的药方没错，经得起各级卫生部门的审查。药方也的确被送到了更权威的部门，大家给出的意见大体一致，单从药方看，医生并无不妥，要么是病人个体差异，要么就是药品有问题。

那个时代，要查清药品有问题真不是一件容易的事。而这个证明过程必须要由刘慈堂本人来完成，谈何容易。刘慈堂不甘心，找同学找同事，四处委托人，将孕妇喝过的药渣以及未喝的药品全部送到各个渠道去检验，还是查不出问题。眼看这案子就要按医疗责任来判了，刘慈堂猛然想起孕妇煎药的砂锅，请求相关部门对砂锅再行检验，最终，此案又拖一年多，才查清砂锅是劣质材料制成的，里面含有大量的有毒物质，这些物质在煎药过程中跟药品发生了反应，生成了毒素，病人饮下这种毒素后，导致胎儿死亡。

刘慈堂虽然躲过了一劫，但工作丢了，出了这么大的事，医院是断然不敢留他了。他自己也有点心灰意冷，不想继续从医。被医院除名后，刘慈堂干过许多事，当过装卸工，给人家库房当过保管，还到火车站食堂做过饭，转来转去，最后还是转到了行医上。自己开了家小门诊，挂起了慈念堂的招牌。

那起事故虽然不是由假药引起，但假这个字却深深种进了刘慈堂脑海。刘慈堂随后多年的行医，秉承着诚信不欺人，假药零容忍。但是，他还是没想到，自己有一天也会跟汪树林联手，贩假售假，而且还搭上了女儿的贞操。

刘慈堂悔啊。

钟好是那种不打开话匣子便罢，一旦打开，非要把你捅到实处捅到痛处让你无法还击的人。第一次他没捅，只是拐弯抹角旁敲侧击了一下，第二次他就带了白蛋白包装去，而且指名道姓说，这就是银河医院用在赵纪光身上的白蛋白。

刘慈堂瞬间白了脸，有种魂飞魄散的错觉。

"不可能，这怎么可能？"刘慈堂一边端详着钟好给过的包装，一边抖着声音说。

"先不说可能不可能，您老认真看看，这东西真的还是假的？"

"假的，绝对是假的。"刘慈堂的回答十分肯定。他把目光从老花镜里抬起来，有点不大相信地审视着钟好："真是用给了赵县长？"

钟好郑重地点了点头。

赵县长就是赵纪光。见刘慈堂之前，钟好先搞清了一段历史。刘慈堂在前江庆河医院惹出那起医疗事故时，赵纪光正好是庆河县长。

刘慈堂那案，多亏了赵纪光。可以这样说，当年如果不是赵纪光，刘慈堂跑不了是要吃官司的，那个时候的侦破水平还有办案能力，是不能将案件解剖到那么细致的，大家都在药和方子上做文章，哪个还能想到煎药的砂锅上。而且那时候已经流行限期破案，人命关天的事，哪个有工夫跟你磨那么久，行政长官一句话，案子基本就顺着那个方向破了。但偏偏那年赵纪光没发限期破案的指令，而是要求公安和医疗部门联手调查，本着对案情高度负责的态度，不放过任何一个细节，一定要将此案搞得水落石出，不错判不冤判。自己破不了，就请人来破。赵纪光还在几家联合召开的会上说过一番话："县里出一个人才不容易，刘慈堂虽然年轻，但我看像个人才嘛，这人肯钻研，有脑子，连着治好了几起疑难杂症，老百姓对他评价很好嘛，我们可别把小伙子给冤枉了。"

就是这几句话，让办案的方向变了，办案人员的立场也变了。这才为刘慈堂赢得了时间，能让他自己想起煎药的砂锅。

"他们真把这药用给了赵县长？"刘慈堂再次问。

钟好这才反应过来，吓到刘慈堂的不是白蛋白，而是赵纪光。刘慈堂念着赵纪光的恩啊，大家都说赵纪光这样那样，但在刘慈堂这里，赵纪光就是他的大恩人，一个了不起的清官、好官。

钟好重重点点头。告诉刘慈堂，这药是他从赵纪光病房里拿来的，他们先后一共给赵纪光用了六支，这是没来得及用的。

"这药我见过。"刘慈堂说。他的目光茫茫苍苍起来，像是陷入了旧事。果然，迷茫了一会儿，他说："不瞒你说，我这里也卖白蛋白，这东西能不能救命，不好说，但大家都信这个，加上医院使劲推销，老百姓就开始迷它。几乎每一个到了生命晚期的人，都在尝试拿它救命。一样东西神起来，假的就开始钻空子，再说真的贵啊，老百姓买不起，于是假的就有了市场。"说着话，他起身进了里间，片刻后出来，手里拿着两支白蛋白，"你看看，这是我从上海进来的，你拿来的这个，几乎跟真的一模一样，甭说老百姓分不清，就连我们，有时也给搞糊涂，只能从有诚信的厂家那里直接进货。"

钟好接过刘慈堂手里的药，认真比较一番，的确看不出二者有什么不同。

"可我真是不明白，他们吃了豹子胆啊，敢拿这药糊弄老县长，这什么事啊？"刘慈堂还陷在怔思中摆脱不出来。从他神情还有受刺激的程度，钟好可以判定，刘慈堂心里，对赵纪光是很有感情的。原想顺这个话题再刺激一下，又一想没必要，于是直接点题。

"告诉我，你是从哪见到这药的，如果我判断得没错，应该就是汪科长那里吧？"

刘慈堂犹豫了很久，还是如实跟钟好说了。

刘慈堂见的假药的确是汪树林拿去的。刘慈堂之所以能跟汪树林走在一起，一来他跟汪树林是校友，汪树林当年也毕业于刘慈堂读过的那所中专，只是比刘慈堂晚几届。二来刘慈堂救过汪树林老父亲的命，是汪树林慕名去的。一开始是汪树林找他，是医院有多余出来的药，让他帮着销。刘慈堂知道汪树林是为了钱，将医院药房中多出来的药品转到其他渠道销售，赚外快。药房的人嘛，这点便利还是有，刘慈堂也不是不懂。所谓靠山吃山靠水吃水，靠着药房当然只能吃药房了。对于真药，刘慈堂也不讲什么，按低于进价的价格就给汪树林结了，有时汪树林也会白送他一些，这叫大家共同发财。刘慈堂承认自己也不是多高尚的人，这年头高尚还真不顶用，有时太高尚了，连朋友都没的做。况且刘慈堂又是一个性格古怪的人，他从汪树林这里便宜拿到药，省下的那部分钱并没装进自己口袋里，而是帮了穷人。这些年到他这里白吃药白看病的人，还真不少呢，所以慈念堂的名声越来越响，跟这些都有关系呢。但假药他是断断不收的。第一次汪树林将假的白蛋白给他，被他识了出来，大骂了一通汪树林，都有点断交的意思。汪树林怕了，认了一大堆错，从此以后再也不敢。

"可他是哪来的这种药呢？"钟好又问。

刘慈堂摇摇头，表示这个真不知情。

"对他的事，我是知一半而不知全部，不能知也不想知。你知道的，我只是一介野夫，很多事我是不打听的，也打听不得。"

钟好相信刘慈堂说的是实话。正要失望，又听刘慈堂说："他跟季文韬关系很好，如果猜得没错，源头应该还是在季文韬这里。"

"可季文韬的药又来自哪，三河，还是海天？"钟好想进一步确证。不料刘慈堂说："这我就不知道了，不过我听说过一件事，赵岩媳妇是范家的，按范家人的规矩，是不许造这种孽的。我行医这么多年，也从各处进过货，海天的药我也用过不少，凭我的直觉，海天不像是造假的，倒是三河可能性大一点。当然，这都是猜测，你是警察，谁真谁假，还是你去判定吧。"

有了刘慈堂这些话，钟好心里，差不多有底了，再面对汪树林，钟好在气势上就完全占了上风。

5

这晚的谈话一开始是很不尽如人意的，钟好甚至后悔，将刘晓菲叫来是不是个错误？因为不管是汪树林还是刘晓菲，都显得压抑，有种极度的不自在。这还不算，钟好甚至发现，两人尴尬一会儿后，目光就开始在对方脸上不住地搜索了，这种搜索很有味道，就跟大山里两只互不相识的兽，试探着走近对方，试图跟对方有一种近距离的接触，但又不敢。

很好玩。

钟好不由得想起第三次跟刘慈堂见面的情景，钟好真是属于锲而不舍的那种人，竟然一次又一次地到刘慈堂那里去。他想跟刘慈堂谈谈女儿刘晓菲，谈谈银河医院，或者刘晓菲所在的特护中心。刘慈堂坚决回避这些话题，钟好好说歹说，才从刘慈堂嘴里挤出一些关于女儿的话来。

钟好非常吃惊。这是他听过的最另类的父亲对女儿的评价，但他相信，刘慈堂讲了实话。

刘慈堂说这事他不怪汪树林，怪只怪自己没把女儿教育好。女儿倒不是贪图汪树林的钱财，她就是想要份好点的工作，汪树林替她办成了，她就要感谢。"这孩子还是太傻了，眼界太低，报答别人的方式有很多种，她为什么选择这种呢？"刘慈堂表示到现在他也搞不懂。但他还是相信汪树林没采取强迫或利诱等手段。"可能在她小时，我因这事那事，没好好照顾她，让她此生有了欠缺。这孩子心理有问题，对我从来是什么话都不说，对这个家，也是冷得很，但独独到了汪树林那里，就一下话多了，人也变了个样。"

此时看着二位，钟好就觉得刘慈堂说得很准，刘晓菲见了汪树林，目光里的确活跃出很多东西，很艰难，但一经活跃起来就有点控制不住。钟好对这些东西都很怕，不得不拿话题打断他们。

"请汪科长来，是想谈谈一个人。季老板，汪科长一定熟悉吧，就是那个送花的季文韬。"

钟好知道，他真正的目的并不是汪树林。不管汪树林做了什么，他不过是这个链条上最薄弱也最经不起敲打的一个环节，钟好不想一下就把他吓住。汪树林这样的人物是根本不经吓的，一来他有公职，有公职的人不管做什么事，都还是有禁忌的。二来从对待刘晓菲这件事上，钟好也觉得汪树林这人坏不到哪去，换别人，不管刘慈堂怎么警告，人家不放手就不放手，除非他玩腻。可钟好觉得，汪树林并不像一个玩腻的人。钟好的目的还是季文韬。

汪树林猛一怔，盘旋在刘晓菲脸上的目光迅速收回，看住钟好说："钟队怎么想起问这个来呢？"

钟好抓起杯子，灌了一口茶："没事，随便聊聊，我最近听说，他好像开了一家药厂，专门生产白蛋白？"

"实在对不住钟队，你说的这人，我还真不了解。"

"是不了解还是不认识？"

"这……"汪树林又垂下头去，脸上明显有未定的惊慌。钟好也不急，对付一个汪树林，他还是绰绰有余。汪树林犹豫好久，后来还是刘晓菲帮他开了窍。

"你还是说了吧，队长找你，也绝不是没凭没据，早就跟你说，那人不可靠也不地道，让你少掺和他们的事，偏不听，这下惹麻烦了吧。"

一句麻烦，最终让汪树林缴了械。

看来，汪树林自己不安已经好久了。说得也是，自从赵纪光死后，警察就住在医院没走过，汪树林能不焦灼。加上之前李活那一吓，怕是这段日子，觉都睡不好呢。

踏破铁鞋无觅处，得来全不费工夫。汪树林不说则已，一说，钟好这边好多疑点都解了。只猜想汪树林跟季文韬有不正当的来往，但没想到汪树林居然对季文韬知根知底。

据汪树林说，季文韬的确是有一个药厂的，不过公开的说法，星河药业是他弟弟季武略的产业，知道底细的人都说，那不过是个说辞，掩人耳目罢了。

季文韬为啥要收购星河药业，说来还有段故事。季文韬一开始是跟赵岩铁着心的，赵岩对他很赏识，两人合作得很好，有时甚至不分你我。那时候季文韬真是没有自己办厂这种想法的，只想一心跟着赵岩，把海天的事做好。赵岩也跟他夸下海口，说这个世界上只要有他立足的地方，就会划一片出来给季文韬。赵岩的确也对季文韬不薄，创业没几个铁杆心腹不行，季文韬的经营才能还有江湖义气，都是赵岩迫切需要的，所以赵岩对季文韬，真是没啥说的。问题出在收购海二药前那段日子，季文韬的妹妹季小田中师毕业了，不想当老师，想到社会上闯闯。季文韬说行啊，你哥现在正跟人干大事呢，这么大公司，还愁没我妹妹施展才华的地方，于是跟赵岩说了，赵岩大笑着说你妹妹就是我妹妹啊，当什么老师，明天就来报到，到行政部干文秘。季小田就到海天总部当了行政秘书。季文韬父亲死得早，是母亲将他们兄妹三个拉扯大的，作为长兄，他在家里还担着父亲的角色，对弟弟武略还有妹妹小田，都是有父爱注入在里面的。尤其妹妹小田，更是当宝一样。季小田加盟海天不久，海天就开始运作大手笔，暗中布局要收购海二药。季文韬跟着赵岩，闯东跨西，忽而南下忽而北上，忙得不可开交，对妹妹也是偶尔闲下来，打个电话过问一下。季小田说一切很好，能适应工作了，感觉要比在乡里当一个小学老师强多了。季文韬听了很高兴，再三叮嘱妹妹切不可在公司拿他的旗号作虎皮，要认认真真做事，安安分分做人。妹妹说她会的，她一定要给哥哥争脸。季文韬也相信妹妹会给他争脸。

再后来，赵岩让他带着一干人去广州，跟那边几家药厂对接，当时赵岩是想拉几家广州企业入股，共同将海二药吃下。但操作到中间，广州几家药业掌握到的信息不是这样，说能够收购掉海二药的不会是海天，而是三河。章笑寒也同样派了一支人马到这些药厂谈判，双方在广州展开了较量。等把广州这边的事办完，季文韬又奉命去了吉林，那边同样是药厂密集地。在吉林的时候，季文韬突然联系不到妹妹了，大约有一周时间，不论是打手机还是发短信，妹妹都不回。季文韬急了，让弟弟武略去总部看看。某个晚上，很迟了，季文韬都要洗澡睡觉了，弟弟武略打来电话，说："哥，出事了。"季文韬忙问什么事，武略只说是妹妹情况不大对劲，但不再多说，一个劲要季文韬马上回来，说他根本处理不了。季文韬心里暗叫不好，订了第二天一大早的飞机，直接飞回了银河。

一下飞机，季文韬先是看到了赵岩的妻子范欣然，然后才看到弟弟武略。武略愁肿着脸，一副被人欺负了还没地方诉冤的样子。季文韬简单跟范欣然打过招呼，然后拉武略到一边，问什么情况，武略嘴巴一努，说等下由她说。

赵岩睡了季小田！

当这话从赵岩妻子范欣然嘴里说出来时，季文韬抡起的拳头都不知道朝哪个方向砸过去。范欣然讲得很简练，说事情已经发生了，她也是刚刚知道，她说她跟季文韬一样难过一样震惊。季文韬骂了句粗语："操——"这一声如同炸药包爆炸，把窗上的玻璃都要震碎了。他终于找到了地方，一拳揍过去，那块玻璃发出兴奋的欢叫，碎掉了。范欣然看见他手上的血，慌忙站起，要给他包扎。他又骂出一个字："滚！"然后又是一拳。这一拳他砸在了墙壁上，悬在墙上的画掉下来，据说还是幅名画，照准他的头砸进去，画烂了，成了一个圈，

193

套在了他脖子里。

枷锁。

范欣然要帮他拿下来，他居然冲范欣然吼："谁也别碰我，信不信我杀人？"

"信。"范欣然冷静地说，然后又道，"我也想杀。"说着眼里真的冒出两把刀来。

范欣然的冷静是平定那场风波的关键因素，季文韬从没见过那样冷静且淡定的女人，作为妻子，面对丈夫的不轨之事，同样也是面对小三，居然一不挑起战争二不胡言乱语，反复强调一句话，海天正处在关键时刻，这不是赵岩一个人的事，里面注入了太多人的心血，她不想因这点事殃及到企业，更不想看到大家兄弟一般的感情分崩离析。

"兄弟。"季文韬反复咬着这两个字，内心的波浪仍然无法平息，反而因这两个字越发汹涌。后来是范欣然说出另一句话，才让他安定下来。

"你恨不得将他千刀万剐碎尸万段，同样，我也恨不得将你妹妹嚼碎，当口水一样吐出来，再踩上几脚。但这样一来，什么都完了，海天完了，他完了，你妹妹完了，我和你，都完了。我不想这样，我现在宁可当什么也没发生。"她说得很重，几乎是吐着血一字一顿道出来的。

季文韬强辩了一句："关我妹妹什么事，一切都是他！"

范欣然冷冷地笑笑："但女人首先恨的是女人。"

这话让季文韬无法还击，大张着嘴吭了半天，然后无比沮丧地擂了几拳自己的心窝，蹲下了。

"想要什么代价，只管说，我替他还给你。"这是后来范欣然对他说出的另一句话。这个时候的季文韬已经平息下来，他见了自己的妹妹，妹妹只是哭，什么也不说，然后告诉他，她要离开海天，离开银河，到一个没人知晓的地方去。季文韬甩给妹妹一句："走得越远越好，我永远也不想再看见你。"此时面对范欣然，他用更加鄙视的口气道："你以为你们真的有钱，真以为天下都是你们的，错。记住，永远不要在我面前谈补偿，你们不配。你们欠我一条命，哪一天我不想在这个世界上活了，会来取的。"

季文韬原打算，离开范欣然那天，就是他彻底离开海天的日子，不会再回过头来。妹妹要去一个无人知晓的地方，他还留在海天做什么？他不想见赵岩，见了不能保证自己。他拉着弟弟武略的手说："爹妈生了我们三个，不管哪个受了伤，等于我们仨都伤了。这仇要报。"说完，丢下发愣的武略走了。

跟章笑寒的接触就是这个时候开始的。

事实上，章笑寒之前就跟季文韬认识，银河就这么大点地方，说谁跟谁不认识，那叫矫情。章笑寒从父亲手里接过三河帅印时，就想拉季文韬入伙，无奈季文韬心不在他这边。季文韬其实也是一个很有个性的人，他这人是意气用事，而且从不计后果。当天晚上，季文韬跟章笑寒坐在了一起。章笑寒长着一双鹰眼，对发生在赵岩身上的事，几乎是一滴不漏地全看进了眼里，但这个晚上，他绝口不提季小田的事，不能往人家痛处捅啊。他跟季文韬扯过去，扯发生在银河的很多荒诞事，同时也扯他自己。扯着扯着他说："我这边要建个老鼠会，你知道不？"

"知道。"季文韬一点也不避讳。

"行啊兄弟，哥做什么你都清楚，看来还是咱俩有缘啊，怎么样，有兴趣没，哥用的人不行，太磨叽了，几个月过去，一点进展也没。"

章笑寒说的就是林其彬。章笑寒其实是考量好了季文韬的，他也知道，跟季文韬这样的人打交道，用不着虚一枪实一枪，没用。直截了当说出来，比什么都痛快。再者，季文韬能答应出来跟他吃饭，本身就是态度，如果他再躲躲闪闪，只能让季文韬鄙视。

章笑寒不想让人鄙视。

于是那晚他们很简单很痛快地谈成了交易，季文韬帮章笑寒发展老鼠会，至于回报是啥，章笑寒没谈，季文韬也没提。这就是他们这些人谈事的态度。

其实这只是第一步，也算是两人之间的磨合。老鼠会这样的小事，哪是章笑寒的目的呢，也绝不是季文韬这样的人所干的。章笑寒知道季文韬能干成啥，交给他一个企业一点没问题，但他并不想把季文韬纳入旗下，那样对他、对季文韬都不利。季文韬这种人，天马行空惯了，真把他绑一棵树上，他会急，会跟你咬。最好的办法就是用他的同时给他充分的自由，而且章笑寒相信，季文韬是不会真正离开海天的。章笑寒只需要季文韬做一件事，那就是把赵岩以及海天每一步的动作还有打算告诉他，他需要一个人藏在海天那边，充当他插入赵岩心脏的一把刀。

这事真还遂了章笑寒的愿。

汪树林这天说了很多，不能不说。汪树林知道钟好绝不是毫无来由地找他，更不会友好到请他喝咖啡。钟好判断得对，汪树林这种人其实是根本没有抵抗力的，利益面前他的确管不住自己，见钱就想赚，就想拿，可拿了他会相当不安。这种人其实是根本不配跟季文韬为伍的，但季文韬又不能不拉他做同伙，毕竟人家占着那个位子啊。做警察做久了，钟好得出一个结论，最容易打开的缺口，就是汪树林这种人，他们有贪欲，也想借体制的漏洞为自己谋取点私利，让日子过得好一点。可有个字一直在他们内心深处，怎么也抹不掉。这字就是"怕"。不是说他们境界有多高，关键是他们没那个"狠"字。他们总是凭着侥幸，心想做成这一笔就洗手不做了，心想做的一切不会有人知道。可这世上没有哪一种生意是一笔就能完成的，它要求你一而再再而三，于是汪树林们就不知道怎么选择了。每次生意来了，都怕，但又都控制不住。他们其实活得很恐惧，最关键的原因就是他们既舍不得自己眼前的位子，又不想放弃那些潮水般涌来的诱惑，可他们又根本不具备承受这些的能力。这点上他们简直无法跟季文韬们比。就跟他们对待女人的态度一样，既想将刘晓菲的青春还有美丽捧到手心，又怕稍有不慎会让他身败名裂。他们活得苦唉。

这类人其实是没有骨头的，只要轻轻一敲打，马上就会散架。有时候钟好觉得，跟这种人过招是最不过瘾的，他都想不通这种人怎么能跟犯罪沾起边来。但现在钟好不能这么想，一方面他还不想彻底把汪树林搞乱，让汪树林留在原岗位还有用呢，所以这天的谈话完全是以朋友口吻的，不带有任何审讯的色彩。这点钟好做得很到位，说穿了就是还没到收拾汪树林的时候。另一方面又不想让汪树林太从容，必须要将该说的说出来。

汪树林哪是钟好对手，这段日子他一看到钟好影子就怕呢，所以他想用积极的态度来赢得钟好的同情。我把啥都说出来，你总不至于对我怎么样吧？他真是这么想的。

钟好想笑。人啊，有时候看着很搞笑，一个个装腔作势，不可一世，牛得不行，可真到了节骨眼上，要敲打他了，瞬间就会显出骨子里的虚来。

"好了，汪科长，今天就谈到这里吧，谢谢你提供的这些，我希望这次谈话能成为我跟你之间的秘密，不，我们三个。"钟好颇有意味地将目光搁刘晓菲脸上，刘晓菲有点脸红地扭过头去。钟好又说："我有事先走了，这是个机会，你跟晓菲好好聊聊，她可是个不错的女孩子，别太辜负人家。"

说完，钟好率先走了出来，留下傻傻的两个人，你看着我，我看着你，不明白生活怎么突然多出这么一出。

根据汪树林提供的情况，综合其他渠道得来的信息，对季文韬，钟好算是有个基本的判断了。季文韬是典型的脚踩两只船，这边充分利用赵岩的内疚还有惧怕，继续留任海天医药代表一职，这也可以理解成赵岩对他的一种补偿吧。另一边，又跟章笑寒保持着一种半紧密关系。注意，是半紧密，钟好至今还是不相信，季文韬这种人会跟章笑寒铁了心。说穿了这个世界上一大半关系，都搅和着利益两个字。章笑寒需要季文韬，季文韬呢，也想借章笑寒出出对赵岩的气。毕竟那是他最疼的妹妹，是这个世界上他最爱的人。

可是钟好不得不承认，就手段而言，季文韬真算个玩家。这时候他猛地又想起了花店那一幕，想起沙发上两个近乎半裸的人。他深深抽了口冷气。对季文韬，他还真不能说是吃透了，远呢，这人身上有太多的色彩，当然也有好多张面孔。一个能在章笑寒和赵岩之间找到平衡，两边都插进腿两边都得好两边都还依赖着他的人，能简单吗？断断不可能。

这家伙真是不容易琢磨透啊，钟好又叹一声。

旧的困惑解决了，新的困惑又涌来，关于季文韬，关于赵岩还有章笑寒，看来还有很多谜要去解。

钟好不敢在这些上面太耽误时间，眼下急于要做的，是查清季文韬从响马湖转走的那批假药究竟去了哪，这批假药为什么又被传成他们苦苦寻找的那批货。

这里面，到底还有没有其他套路，会不会是另一场阴谋？

复杂啊，钟好深深地叹了口气。

第六章

1

发生在响马湖的过期药品转移事件并未在银河激起多大的风波，钟好这边还在动员溜秋，让溜秋发动手下，继续帮他寻找其他线索。钟好真的不甘心，总感觉这事应该跟章笑寒有关，但就是找不到证据。钟好已经布置下去，一是严格监控这批调包药品的下落，盯住各个渠道，包括那些在医院外部活跃的药品贩子，一有消息马上收网，他甚至做好了提前收审季文韬的准备，理由就是制假售假。二是通过其他关系查海天的经营状况。钟好有一种不好的预感，海天可能已陷入灾难，不然赵岩不会心安理得蹲在看守所不出来。之前钟好就已听说，海天资金链出现严重问题，企业根本融不了资，就连原材料采购都成问题。海东几大银行同时对海天采取措施，不但不发放给新的贷款，还联手动用强硬措施，限期海天还债。这些都跟赵纪光的死去有关，可以说，赵纪光之死，等于是砍倒了罩着赵岩的那棵树。更有可怕的消息说，高层有人下令，对海天进行封锁。

如果这些属实，那么季文韬在响马湖的荒唐行动就有了合理解释。一定是章笑寒指使。各方对赵岩还有海天的制裁说穿了其实都是章笑寒背后运作的结果，章笑寒借助重离子项目，给赵岩上了死套，如果赵纪光不出事，这套还有可能解掉。偏巧赵纪光出事，那么海天也算是气数尽了。遗憾的是，章笑寒另一个阴谋没得逞。章笑寒动用一切手段对海天施压，目的不只是让海天关门倒闭，他是在逼赵岩链而走险，抛出那批货。

章笑寒一直认定，当年那批未来得及追缴的"乐神丸"就在赵岩手上，只有将赵岩逼到山穷水尽，逼到疯狂地步，赵岩就会不计后果地将那批货抛出来，这样，赵岩就又中计了，而且是死计，绝无生还之可能。

遗憾的是，赵岩这边至今没动静。非但赵岩没动静，就连局里，也越来越没人再提那批货了。所以章笑寒才指使季文韬演出这么一出，很有点一箭双雕的意思，既让人们把注意力转到赵岩这边，又让人们对五年前三角楼事件重新勾起回味。

钟好认为自己的判断绝无问题，否则季文韬这一着无法解释。他已查清，季文韬在三号点有两处库房，其中一处很隐蔽，应该就是平时用来给过期药品调包的。能在三号点从容完成的事，为何费这么大的周折冒如此大的险折腾到响马湖去，解释不通。更解释不通的是大个子第一时间就能得到线报。

钟好有个大胆的猜测，目前局里个别领导已经被章笑寒操纵，成为章笑寒向赵岩施压的又一种力量。这从大个子近期一系列表现就能判断出。

这种猜测他是不敢告诉于向东的，毕竟关乎到局高层，同时也关乎到市里。钟好只能咬着牙，抢着往证据前面赶。

可惜他还是慢了。

这天于局打电话将他叫去，道："响马湖的那批货查清了，你不用管了。"

"查清了？"钟好有点吃惊，查清，这简直是神速啊，大个子居然比他还快。

于局坐在板桌后面，表情是绷着的，声音也显得有那么点小激动："大个子这次立了功，这小子还是行啊，长江后浪推前浪。你判断得没错，货的确是季武略的，他们想把过期失效的白蛋白换上标签，重新销售。"

"怎么是季武略，是季文韬啊！"钟好诧异地叫起来。

于局脸猛地一黑："乱弹琴，谁告诉你是季文韬的，以后不要这样信口雌黄。"

"什么，我信口雌黄？局长大人你有没有搞错，到底是哪个信口雌黄，季武略能办得起那样一个厂？这分明又是在玩调包嘛！"钟好急了，有点跟于局较起劲儿来。

于局手里握着一支笔，把玩一会儿，突然将笔丢下："这事邹锐那边已经结案，转移走的假药也全被追回，下一步就是公开销毁。目前星光制药已被查封，相关责任人怎么处理，要报市里才能决定。告诉你这些，就是让你知道，这案子结了，你呢，就不要满世界找证据了。对了，还有一件事，省委普书记可能要来银河调研，你做好准备，到时要负责医院的警戒，这事很重要，不得出差错，明白不？"

钟好一下火了，假药的事不让提，稀里糊涂就给了结了，反倒让他去当警戒。

"我不干，他来不来，关我何事？"他怒冲冲道。

"反了你了?!"于向东猛地一拍桌子。钟好这种过激表现，他早已料到，事实上当副局长韦旭峰告诉他发生在响马湖的不明货物转移案成功告破时，他的心情跟钟好是一样的。钟好怀疑的那些，他早就怀疑，不然带钟好去现场做什么？于向东早就怀疑，有一股力量在背后算计赵岩，其实目的还是冲着赵纪光。这也是他非要查明赵纪光死因的原因。可惜现在这事很难，阻力大到无法想象，几乎不可能。但那股力量并不因赵纪光死去而甘休，他们还有更大的目的，就是想彻底搞倒搞臭赵纪光及其子女。于向东绝非护着赵纪光一家，没这个必要，他知道赵纪光做了许多不该做的事，赵岩也有太多不可饶恕的原罪。但这是两码事。一个人犯罪应该交由法律来惩处，而不是别的力量，社会不能陷入你打击我我报复你的怪圈，否则要他们这些人做什么？

三角楼事件后，于向东已经明白，所谓当年的毒品事件，也是受人操纵的，他们无一例外成了牺牲品，尤其是痛失章笑风，更让他背上了永远的沉重。他曾在章笑风墓前发誓，一定要把三角楼真相揭开，把真正的"血狮子"找出来，可从眼下情景看，困难依然重重。对方已经明显地感觉到他要做什么，所以不停地制造混乱，不停地以各种方式给他施压，逼迫他放手。可他放不了手啊，做梦都在为章笑风讨回清白呢。发生在响马湖的这起鬼怪事，其实就是对方布给他的一盘局，想把他的注意力继续转移到赵岩那边去，因为那个叫锁骨的线人明白无误地说，季文韬就是赵岩的人，要转走的货物也是赵岩交给他的。第一时间他是要让钟好接手这案子的，但大局长邴如英和韦旭峰几乎异口同声道，这案子由邹锐负责。还给了一个非常漂亮的借口，说是也要让年轻人锻炼了，不能老依赖老同志。其实他们不说于向东也知道，这都是来自成卓然的主意。自从成思维再次跟大个子燃起爱情的烈焰后，成卓然对这个准女婿，可是急于培养啊。这培养的背后，还藏着很多内容，于向东只是不愿讲出来而已。

季文韬转移货物，这样的戏演得太拙劣了，一点创意都没。足见对方现在也是不择手段不顾及细节，就是想借机把所有问题都集中到赵岩和赵纪光这边，从而让他们自己得到喘息的机会。但于向东万万没想到，大个子最后会给出这样一个结论，还真把那批货给封了。听到消息时他的确震惊，不明白这又是在玩什么。等二次局里开会，得知省委普天成书记要来银河调研，而且中心就是医闹和银河医药业的混乱，他一下明白了过来。对方是临时掉头，本来已经瞄准赵岩的枪，突然对准了季武略，他们不想这事让省领导听到，更不想因为这事而引出新的什么，他们同样也怕。所以才匆匆做出决定，有点挥泪斩马谡的味道。

于向东甚至可以肯定，这些都是成卓然做出的决定。钟好是把目标从赵岩调整到了章笑寒这边，他呢，自三角楼后，其实一直在盯着一个目标，那就是成卓然。

因为发生在银河的一切，成卓然都有份。但成卓然现在想洗白，想把所有罪责抛给赵纪光。包括急于让女儿重新向大个子释放爱情，说白了也是情势需要，跟爱情一毛钱关系也没。他需要一个靠得住的人在公安内部为他效力，为他拔掉许多钉子，包括钟好！因为钟好拔不掉，三角楼的事迟早要被揭开，包括以前另一件极为诡谲的案件，也一定会被重提，这些都是成卓然断然不想看到的。

这才是根本！

但这些他能讲给钟好吗？不能！

他只希望钟好能收起他的暴躁性子，敛起他的火暴脾气。他们现在都需要收敛，至少需要保护自己，不能将对方逼太紧，否则对方还会出狠手。

他掉头跟钟好又说："这个机会能不能争取到，我还不能确定，但希望你能冷静，如果你不去医院值勤，就永远揭不开罩在银河上面的盖子，话只能说这么多，你自己决定。"

2

普天成的确要来了。

这中间又发生了一件事，赵一霜突然被免去档案局局长职务。这事非常蹊跷，之前好像没啥征兆。但市委一个会议，说免就免了。对她下一步干什么，组织上没安排，赵一霜竟然也没闹。天天夹个包，还坚持到档案局上班。她的办公室给新来的局长腾了出来，她就挤在大办公室里，跟别人面对面办公。大家都惊讶她的自制力，在银河闹腾了这么多年的赵一霜，突然变得如此安静，大家很有些受不了呢。另一方面，院长周泽晋担任卫生局局长的事也泡汤了，好像从来就没吹过这股风一样。

紧跟着就有另一条消息被确证，尸检的的确确被叫停了。不只是叫停，而且是严厉叫停。这次出面叫停的，不是成卓然也不是市里，市里已经对此案无能为力。叫停的是省里，而且不是省厅。

整个银河的空气瞬间不一样。没有人再敢提赵纪光，同样也没人敢再提医闹，因为这阶段"医闹"这个词是跟赵纪光捆绑在一起的。大家不管是说话还是做事，都显出一股从没有过的谨慎来。

钟好非常纳闷，莫非省里有人不按岳南首长的指示办，批示此案的可是岳南啊。紧接着便得知，这次叫停的，恰恰是岳南。岳南不只是紧急叫停尸检，还将有关方面负责人狠狠批了一顿。批的内容钟好不得而知，不是他这个层面能知道的。但有两条消息钟好认为还是很有价值，一是成卓然计划到另一个市去当市长的梦落空了。成卓然是土生土长的银河人，所以他在银河的仕途也只能到副市长这一步。想再上一个台阶，比如担任市长什么的，就得到其他市里去。前段时间风传，成卓然很可能到离银河不远的清江市担任市长，但在两周前，清江市长到位，是从省里直派下去的。这就表明，成卓然这段时间的努力付诸东流，成了泡影。另一条消息，赵悦还有她母亲沈绪岚被岳南叫去，狠狠训了一通。这消息绝对可靠。

岳南此举让钟好看不懂，更看不懂的，就是这一系列的变化。

这节骨眼上，省委书记普天成要带着一干人来银河视察工作，小道消息说，省委调研组突然到银河调研考察医疗秩序，跟赵纪光之死有着很大关系。

市里立刻忙碌起来，因为之前省里没这项安排，说是普天成临时决定的，市里有点应对不及，一般说这样的安排要提前一个月将通知发下来，这次等于是省里搞了突然袭击。

对公安来说，他们的任务自然是安全保卫，这事艰巨着呢。局里连着开了几次会议，不管钟好愿不愿意，他都被派上了用场。这里面不只是于向东的建议，更多的，还是钟好本身的能耐。真到了这种时候，没人敢小瞧他的工作能力还有经验。

这天他被紧急叫回，由大局长郗如英亲自安排工作。

钟好是在二楼碰到的大个子，当时钟好已经被谈过话，他领到的任务果真是负责银河医院的安全警戒，负责人仍然是曹亚雯。谈到这个，大局长似乎有点别扭，不过还是很公事公办地说，让他不要有思想负担，更不能闹情绪，都是为了工作，不管谁负责，大家就一条心，把工作干好。当领导的，这种时候大概都会用这样高大上的理由来做下面的工作，美其名曰关怀。钟好痛快地说，他根本不在乎谁负责，他只在乎让他做事。大局长一听就放心了，非常开心地说："这就好，这就好嘛，我就知道我们的老钟不是一个斤斤计较的人。"

大局长没叫他钟队，而是换了老钟这样的普遍性称谓。这里面似乎也蕴含着点什么，可钟好没时间去细想。

有些改变不了的事，我们没必要老挂在心上，那样会让自己很不自在，也让大家不自在。最好的办法就是乐观，泰然处之，拿事不当回事。这样一来，大家又都能呵呵了。

呵呵好。

从大局长这里出来，钟好急着回医院，曹亚雯说，院长周泽晋已经从市政府那边开完会，在医院等候他们呢。

大个子和刘子江是从政委办公室出来的，按往常，大个子邹锐不论在哪见了他，都要先停下步子，很认真地跟他打招呼。但这天，大个子明明是看到了他，钟好还放慢脚步等着他过来打招呼呢，大个子却跟刘子江说说笑笑下去了，瞅都没瞅他一眼。

钟好像是受了刺激。不是说钟好受了冷落，是最近这段日子他几乎天天在琢磨大个子，琢磨他跟成思维的爱情，琢磨他跟副市长成卓然的关系。那天他还跟曹亚雯说起这问题，也是被困极了，突然问："哎，最初不是让你发动进攻的嘛，怎么让人家抢先了？"曹亚雯猛地扔掉手里案卷，冲他发起火来："恶心不恶心啊你，不提他是不是浑身不自在？"

钟好是有些不自在，这阵越发不自在。很多事绞在一起，比如从赵悦家拿来的两个烟蒂，那天卢小亨拿着检验结果问他，我是替你查清楚了，接下来呢？他居然回答不了。还比如刚刚成功告破的星光造假案，以及最近风传的大个子马上要当刑一队队长的消息，都让他无法自在，一向在各种事面前从容的他，突然在大个子面前不敢从容了。

不从容其实也是一种态度。

钟好怔然地站在那里，瞅着前面两个人，脑子里像灌了混凝土一样，特别地沉。

"怎么，不适应了啊？"从洗手间出来的曹亚雯看见他发呆，又瞅了眼前走着的两个人，故意道。

"什么不适应？"

"人家不理你，你难受了呗。"曹亚雯倒显得正常，边说边还冲钟好笑了一下。大个子的变化曹亚雯当然看得清，甚至比钟好还要清楚一些。但她一点不吃惊，这可能缘于她对大个子更真实的了解吧。她曾经跟钟好说过这么一句："是啥人就穿啥鞋走啥路，你觉得别人走错了想提醒，是你误以为别人穿了你的鞋。当然也不怪鞋，只能怪你眼睛不行。"

这话听上去很有意境。证明曹亚雯并不像钟好想的那么不会想问题，还是很有点辨别力呢。

"怎么说话呢，我有那么庸俗？"钟好本来心情就压抑，让曹亚雯这么一挖苦，就越发不好受起来。两个烟蒂的事他一直没告诉曹亚雯，更没告诉于局，他努力想把这事忘掉，可这阵他又想起了那两个烟蒂。

这人，到底有几张面孔啊？去见赵悦的目的，究竟是想加害他还是……联想到赵一霜被革职的事，钟好越发觉得，大个子滑远了。

两种力量抗衡时，表现出来的往往不是两种力量的直接交锋，而是各自打出的那些牌。

牌。钟好默默地念想了一下。

等到了楼下，等车的空，曹亚雯又说："别嫌我多嘴，你那老大心理也得收一收了，以后这种情况怕是多的是，我担心你受不了，会把自己气坏。"

曹亚雯本来是好意，可是钟好听了完全不是那么回事，有种被人奚落的愤怒。

"有完没完你，是不是当了组长有资格训我了？！"钟好没控制好，猛地就冲曹亚雯发起了火。发完又觉莫名其妙，跟曹亚雯凶什么呢，真是可笑，又不是她让大个子去找赵悦的。

"上车吧，工作要紧。"他丢下这句，先上了车。

到医院跟周泽晋碰完头，分了工，明确了双方目标与责任，钟好闲下来，想找个地方，认真想一想大个子。

谁知他的脚步刚到了竹林大街，还没迈进苏林紫的"绿林"呢，医院这边就出事了。

电话是曹亚雯打来的。跟周泽晋谈完，曹亚雯他们留在了医院，同时还有温涛几个，钟好因为之前跟曹亚雯发过脾气，为了表示服从指挥，也为了能让曹亚雯感觉到他真是服从她领导，就多跟曹亚雯提醒几句，让她多留点心，各科室转转，对医院提供的一些有可能闹事的患者家属，采取分头盯梢的方式，责任到人。曹亚雯问别人都有了工作，他呢？钟好说你别愁我没事干，我得去盯专业医闹，这个你们都没我强，你们去镇不住。钟好说得没错，光头帮是消停了，但也给其他医闹了机会，他们平日被光头帮压着，接不到大活，这种时候难保不会跳出来，兴风作浪。钟好去"绿林"，其实就是谋划这件事。

竹林大街这些开酒吧开茶坊的老板，谈论起银河医院的医闹来，个个如数家珍，钟好就是找苏林紫掌握信息，顺便想一下大个子。

曹亚雯说急诊科上午十一点住进一位病人，七十八岁，怀疑是脑出血，一直在ICU抢救，这阵死了，家属大哭大闹，说是医院不重视，耽搁了治疗。

"这么巧啊。"钟好觉得不可思议，医院刚接到预防任务，就有病人死亡，就有家属闹事，这可不是一般的巧。

钟好火速回到医院，还未到急诊科这边，就已听医院里人声鼎沸，吵成一片。及至跟前，几个中年妇女撕扯着一名戴眼镜的医生，又撕又哭，曹亚雯跟温涛虽然极力制止，但对方不依不饶，根本停不下来。

看见钟好，曹亚雯腾出身，来到钟好面前，说："死者是她们的父亲，上午住进急诊室的，当时值班的是王医生，医院开会安排明天防范任务，科主任和王医生去开会，还没回来，她们就说医院耽误了治疗。"

"那位医生姓什么，她们怎么围攻起他来了？"钟好问。

"是顶班的陆医生，他来医院没十分钟，病人就去世了。"

"这样啊——"钟好心想，问题还真出在医院这边，明知有重症病人，医生不坚守岗位，叫别的医生顶班，让人家闹也算是活该。

"病人什么背景？"钟好问了句不该问的，干工作久了，凡事都会首先想到背景。曹亚雯说不清楚，眼下家属就这几位，估计用不了多时，增援部队就到了，请示钟好怎么办。

"先观察一会儿，不急。"钟好一边说一边将曹亚雯拉边上，生怕病人家属急了，连曹亚雯一起闹。

就在这当儿，科主任还有收治了病人的王医生匆匆忙忙赶来了，还未到跟前，立马就让另一拨人围住。

还说救援部队在路上呢，人家早就来了。钟好一边感叹一边往边上去，他得对情况有个基本了解，然后再看怎么处理。这时候忽然有张脸钻进钟好眼睛，钟好觉得这张脸在哪见过，有点熟。女人一看就是日子过得非常好的那种，四十多岁，长发，面色红润，身材有点发福，肚子上已经隐隐显出好几个游泳圈了，但女人很会打扮，黑色低领短衫，外搭质地很好的宽松长衫，不只是飘逸，更是掩住了身体的缺陷。打远看过去，倒不觉得女人怎么胖，反而是一种非常有岁月味的丰满。是的，女人真的很丰满，虽是有了一定年纪，但胸部依然坚挺饱满，傲然耸立，让人不只是看到"养尊处优"四个字，还会联想起女人要善待自己啊不会保养的女人就不是一个合格的女人等等。女人的脖颈很漂亮，一定是经过长期呵护的，皮肤细腻光滑，太阳下泛起层层象牙色，如浪一般。一条细长的链子在她丰腴的脖颈上绕一圈，然后垂在双乳间，那儿有一颗钻石，此刻正发着蓝莹莹的光。

钟好仔细盯女人看半天，猛然记起，这不正是赵岩的老婆范欣生的姐姐范欣然吗？！她怎么在这里？

3

如果不是在现场看到赵岩的老婆范欣然，钟好还不多想，范欣然一出现，钟好脑子里就下意识地打出几个问号。

赵岩被关进去后出奇地安静，安静到让钟好他们吃惊的地步。目前虽说赵岩以别的理由又延期关押，但这团乌云，还一直笼罩在钟好头上，始终散不掉。为什么赵岩不争不吵，不急着出来？为什么外界没人打一个电话替他说情？这些都不正常啊。

那天在"深度"，于局还不无担忧地说，这家伙这次跟我们玩了很深的一出，到时怕不好收场啊。

"怕什么，他爹都没了，他还能咋？"钟好嘴上虽然这么说，心里还是直犯嘀咕的。因为赵岩这次的表现太诡异，等于是用他的不在乎给于局和钟好出了一道超级难题，尤其他那态度，分明是在说，看你能把我咋？

他们分明有点骑虎难下。

很多事轻了不行，重了更不行，得掌握好分寸。可分寸这东西，又实在难把握。

现在又在医院现场看到他老婆，钟好这心，就怦怦跳开了。他把曹亚雯悄悄拉到一边，低声说："马上去查，死者跟那女人什么关系？"

曹亚雯也在第一时间看到了范欣然，范欣然带给她曹亚雯的震撼远远胜过钟好。钟好怕是不知道，曹亚雯最近也在暗中查这女人呢，这是于局交给她的一项秘密工作。于局一直怀疑，海天有转移资产的倾向，这在海天被重离子项目套牢后就开始，赵岩跟范欣然分别扮演两个角色，一个故意装出蔑视一切压根不在乎套牢不套牢，仍然在那里摆出一副业界老大的架势，其实是虚的，是表演给别人看的。或者是用来麻醉大家的，包括竞争对手。另一个却在暗中紧急运作，想达到他们真正的目的。这目的就是转移资产。

于局怀疑第二项任务由范欣然来实施，他在局里同时负责经侦这一块，他让经侦队的老佟暗中侦查，让曹亚雯配合，其实是给了曹亚雯一个机会。这点曹亚雯很明白，于局在刻意培养她锻炼她呢。对史晓蕾的侦查虽然令钟好大为恼火，但于局不这么想，很是支持曹亚雯，这也让曹亚雯越来越有信心。于局叮嘱她跟老佟，行动一定要保密，绝不能走漏风声，更不能惊扰到范欣然，否则人家一变招数，这边就跟不上了。

为保险起见，这事于局也不让钟好知道。不是瞒钟好，是怕钟好多想。

"让你们提前介入，不是对他的调查不满意，而是帮他分担一下。如果对方真的有这种迹象，我们必须采取相应措施。别到时啥也水落石出了，人家却跑了，顺手还把银行的钱也搬到了国外，那样很被动。"

这是于局的原话。调查过程中，曹亚雯才知道，赵岩跟范欣然有一个女儿，叫赵赵，三年前就去美国读书，这中间一次也没回来，都是范欣然过去看她。

范欣然有三本护照，这都是曹亚雯和老佟查到的，至于赵岩，那就更多。但截至目前，他们还没查到范欣然转移资产的迹象，但他们却发现了另一个事实，就是赵岩控制的海天早在重离子项目上马前就已跟收购海二药时成立的三巨彻底脱钩，从法律上讲，目前的三巨完全是一家独立企业，跟海天没有任何关系。而三巨真正的控制人就是眼前的范欣然。

另外，曹亚雯在调查过程中还发现，赵家兄妹也就是赵岩跟赵一霜在做一场更大的博弈，博弈对象肯定不是他们公安，是更大的力量，甚至都不是成卓然。这让曹亚雯很恐惧，他们这边稍有不慎，就会成为炮灰。别以为警察是万能的，有时候被动起来，比别人更可怕，当然也更可悲。

此时看到范欣然也在场，曹亚雯本能地就想，这女人又在布什么局，会不会是为即将到来的省委普书记准备特殊礼物？

曹亚雯离开一会儿，马上又回来，在人群中拽了拽钟好的衣襟，拉他到一边，悄声作起了汇报。对不住，曹亚雯现在也不习惯自己是组长，凡事还是第一时间找钟好汇报。钟好呢，也还真换不过角色，事情不急倒也能装，故意挖苦一下曹亚雯，说现在不是她汇报，应该是他主动向曹组长汇报。可事情一急，这些玩笑就都开不起了。

曹亚雯说："查清楚了，死者叫范石磊，范欣然二叔，高级知识分子，海大生物学教授，退休后住在银河老二儿子家。他老二不争气，吃喝嫖赌，家底败光不说，还把一份体面的工作也丢了。对了，这家伙还蹲过一次大牢，两年，喝酒过程中把酒友捅了，老婆也是因这事跟他离的，前面那个张牙舞爪的女人是他后娶的。"曹亚雯指着闹得最凶的那个女人说，"旁边两女的一是他现在老婆的妹妹，在赵岩的公司上班，胖一点的是她闺蜜，之前卖过化妆品，现在跑保险。"

"原来都是跟死者无关紧要的人啊，有意思。"钟好一边说一边在人群中找范石磊的二儿子，目光最后在一中年男子身上定格。男子年龄跟他差不多，长得奇瘦，穿一件格子衫，精神显得不大集中。他老婆带着闺蜜跟王医生他们又吵又闹，他却躲在事态外面，不住地打哈欠。

"这家伙是不是吸毒啊？"钟好把自己的第一感说出来，曹亚雯说这个不好说，但肯定不是什么正经货色，听说他把父亲从省城接过来，名义上说是养老，其实是为了那份高工资。

"啃老？"

"他现在没工作，老婆以前开出租，后来也到海天制药干销售。"

"那等于都得听范欣然的？"

"应该是这样吧，要不范欣然跑来做什么？"曹亚雯也只是草草了解到一些情况，详情一时半会还搞不清。

两人正说着话，温涛来了。温涛是被钟好派去查就医情况，处理医患纠纷这个少不了，得第一时间把真实的东西拿到，现在医院很有经验，不出事它不认真，一旦出事，会在第一时间把病历啊什么的给你全改掉，很多医患纠纷之所以闹大，就是因为这个。

温涛告诉钟好，病历已经找不到了，只找到一张输液单，上面也都是常规药。科室里面很乱，几个护士都说，病人刚一死亡，家属就开始抢病历，现在也不知道病历哪去了，总之是要什么没什么。

钟好呵呵一笑，这些他早就想到，医院不会傻到把证据留下，家属自以为聪明，还抢呢，其实是帮医院毁掉有力证据。

"不过我从一个护士那里听到一件事，死者病发后并不是直接送到银河医院，是先去了银河二院，然后又转院过来的。"温涛又说。

这消息倒是重要，钟好心里一震。

"真有这回事?"他又问一遍。

温涛说这事应该假不了，小护士也是无意说出的，不存在误导。

钟好想了想，道："你带人马上过去，把那边情况查清楚，不放过任何细节，特别要查清的是转院原因，按说病人这种情况是不能转院的，这里面说不定就有别的故事。"

死者范石磊是高血压外加心脏病患者，病发当日因情绪过于激动（估计是跟不争气的儿子吵架），一头栽到了地上，死亡原因肯定是脑部出血。这种病人不管到哪家医院，医生都不可能让转院，因为风险很大，不少脑溢血者就是在送往医院途中，因为家属缺少经验而造成终生遗憾的。

温涛立刻要走，钟好叫住他。钟好想起二院有位副院长，跟乌梅是同学，跟他关系也不错。掏出电话，将这边情况说了，请求副院长帮忙查实那边救治情况。为打消对方顾虑，钟好特别强调，病人是死在这边的，跟那边没啥关系，他不是想找二院麻烦，就是想查清是谁让转院的。对方说钟好想多了，医院就是给人看病的地方，就算出了医疗事故，也很正常。

"治病不救命嘛。"对方开了句玩笑。

钟好觉得对方心态真好，看问题的角度也很不一样。遂放心地跟温涛说："去吧，这是电话，到了找他。"

又一拨人赶来了，一来便投入战斗，急诊楼前瞬间乱得不成样子。

于局打来电话，问情况怎么样。钟好说不妙，将现场情况大致汇报一番。于局说必须控制，不能造成大乱。钟好嘴上说知道，却站着不动。他不动，曹亚雯也不好动，睁眼看着范家人把急诊楼包围起来，要学沙子他们那样，造出一片声势。曹亚雯有些急，目光不停地往钟好脸上去，钟好一副见惯不惊的样，局外人一样站在那看热闹。

钟好是有想法的，这想法跟于局有关。省委书记普天成带着将近二十号人的考察团来银河，银河也组建了一个庞大的班子陪同，市委书记市长自然在其中，下面一些重点部门也都有领导参加，公安局除集中兵力保证安全外，局里也有三位领导出面陪同，但没有于向东。一位是大局长邴如英，另一位是政委，还有一位谁也没想到会是副局长韦旭峰。于局这次领到的任务跟钟好他们一样，负责警戒与安全。

这什么事啊？钟好脑子里一遍遍想，韦旭峰竟然能陪同首长，而让于局做外围？

钟好平日对官场那些事懒得关注，他是一个对政治不感兴趣对自己仕途也从不在乎的人，拍案是他全部的兴趣所在。但这次他却有了想法。联想到最近奇奇怪怪的事，一种不好的感觉包围了他，同时也自责，因他的不谨慎，给于局制造了不该制造的麻烦。尤其让赵悦当医闹那事，至今还有人揪住不放。钟好再三提醒自己，接下来不论做什么，都要慎而再慎，千万不可出纰漏。

他们的前景已经很不妙，如果这个时候再有差错，后果真是不堪设想。

钟好真就变得仔细起来，对眼下这起医闹，既不敢放手交给曹亚雯处理，自己这边也不敢学以前那样满不在乎。而是一个细节一个细节推敲，生怕哪个地方疏忽了，漏掉什么。

这起事故跟赵纪光那起不一样，赵纪光死于何因，目前虽还是谜，但有一点谁也不能否认，医院是做了认真而且长期治疗的，刚才二院副院长说得对，医院只管治病不管救命，如果医院能救得了命，太平间就纯粹不用修了，这世界也不会有死人一说。但范石磊的死显然不是，一个急诊病人送到医院来，医院虽然做了必要的检查，病情也判断得准，人呢，也住进了重症监护室，按理说医院该做的全做了，医院的说辞也是这样。但钟好发现两个细节，一是值班大夫王凯这天不在状态，虽然不存在误诊误治，但从根本上没引起重视。钟好到急诊中心调取资料时，发现医生王凯的电脑是开着的，显示的页面却让他惊讶，王凯居然在炒股。病人从早上八点十分送进来，中间拍片会诊等大约一个半小时，这中间王凯未对病人采取任何急救措施，氧都没输。九点半钟王凯给病人开了液体，跟护士做了交代，然后就回到办公室，专心地炒起股来。中间护士两次向他报告病人情况，王凯都说脑出血，能救活就救活，救不活就让家属把人拉走。这话不幸让家属录了音。第二点就是顶班。这也是死者家属闹的主要原因。医院接到紧急任务，院长周泽晋通知主要骨干开会，按理王凯是不能离开的，但他离开了，顶班的陆医生只是一实习大夫，王凯并未按规定详细向陆医生交代病情，只是简单说新来的十三床情况不好，让陆医生跟家属多谈几次话，让家属做好准备。王凯去开会，陆医生也只是象征性地到范石磊这边看了看，连病历都没细看。上午十一点二十分，病人突然抽搐，情况相当危急，当时陆医生不在病房，护士跑去叫，年轻的陆医生说慌什么，急诊科啥样的病人没见过。然后继续跟新来的一位小护士聊最近的一部热播剧，陆医生正在追这部剧。这个时候陆医生如果赶去做抢救，病人兴许也不会这么快离开。但他没有。后来是病人家属也就是闹得最凶的范欣明老婆廖香秋跑到医生值班室发了火，陆医生才不慌不忙过来，边走边训廖香秋，说医院不是菜市场，家属都这么大叫大喊，医院还救不救人了？

陆医生进了ICU病房，眼见着病人已经到最危险的关头，仍然没施救，只说是正常反应，还要家属出去，不要影响他们工作。廖香秋当然不肯出去，她说那个时候她公公已经在翻白眼，四肢都有些抽搐不动了，她求陆医生快救救人，陆医生居然说，你们全站在病房里，我们怎么救人，哪家医院的ICU病房容许家属这么多人进来？双方就这样毫无意义地争论一会儿，最后还是在年长的许护士劝说下，廖香秋和她闺蜜离开病房，病房里只留了范的女儿范欣雨。

范欣雨说，直到父亲死亡，陆医生都没在她父亲身上搭过一把手，最后的抢救都是许护士在做，陆医生一副看热闹的样子。

范欣雨说到这，多了一句："我恨不得掐死他。"

钟好非常理解，换上哪个家属，对这种极度的冷漠都会生出仇恨来。

所以，范石磊的死，医院有不可推卸的责任。

钟好对医院并不陌生，这些年医患纠纷不断增长，医闹越来越凶，除社会因素外，医院方面自身的不作为或乱作为不能不说是一个重大诱因。

此刻他真是无法说服自己，采用强硬手段让范欣雨廖香秋她们安静下来，什么也不说什么情绪也不发泄，好像有点不近人情。毕竟死去的是他们的父亲。难不成脑溢血就一定得死，也有许多抢救过来的呢。

院长周泽晋派人来请钟好，让他去办公室一趟。钟好想了想，叫上曹亚雯，去了。

刚一进门，院长周泽晋就热情地伸出手："辛苦了啊钟队，你看看，我们医院事情不断，搅得你也不能安宁。"又扭头跟院办主任说："快给二位警官泡茶。"

钟好说不用，在沙发上坐下来。曹亚雯站着，没坐，院长周泽晋说："曹警官快请坐，这都辛苦你多少天了，你看看，节骨眼上又出这事，现在的家属啊，都拿医院当金库，只要死了人，一准儿闹，不赔几十万根本不罢休。"

"是吗?"曹亚雯的声音有点冷。

"两位警官都看到了，病人送来时就已不省人事，脑部出了那么多血，二十多将近三十毫升，出血位置又那么不好，就是华佗再世，也很难挽回生命嘛。"

茶捧上来了，袅袅地冒着热气，钟好本不想接，心里不痛快，但口又渴，再说他这人，不管啥地方见了茶，都贪。想了想还是接了过来，端在手中没喝。

"先喝茶，喝茶，事情嘛，已经发生了，让他们先闹，只要有你钟队在，我就不怕，真不怕。"院长周泽晋嘴上说不怕，整个人却一直在打冷战，刚才递茶杯时手都是抖的。

钟好心想，不怕才怪，马上省委书记就来了，要是平息不下去，你这个院长，估计明天就到头了。

院长周泽晋请钟好来，就是商量办法。

"钟队你也知道，省委书记专门调研医疗工作，这在我们医疗界是一大喜事，我们非常期盼呢。上午市里开会，书记市长也反复强调，要我们做好表率，拿出最优质的一面给书记看。我这面还没来得及准备呢，他们倒好，抢先给我来了这么一出。钟队啊，这次你可得帮我们，无论如何得把事态平息下来，前段日子不是上面有令，严厉打击医闹嘛，连赵岩都抓了进去，那可是大名鼎鼎的企业家、工商联副主席，她们算什么，敢在风口上起事，我看她们是自讨苦吃。"

钟好喝一口茶，不说话，看着周泽晋表演。脑子里忽然想起几样事，一个跟柳冰露有关，传闻说院长周泽晋早就不爱自己老婆鲁春泥，他的一颗心在美丽的女医生柳冰露身上呢。还说有次周泽晋喝了酒，佯装检查工作，大半夜的把柳冰露堵在办公室不让走人。在跟柳冰露的多次接触中，柳冰露对这位院长，也是苦叹多于评价，好像有一肚子苦水在里面。还有就是周泽晋跟成卓然的关系，都说周泽晋这几年搭上了成卓然，成卓然一心想提携他到更重要的位子上去。前段时间热炒的卫生局局长，就是他跟赵一霜在争。目前赵一霜因为医闹事件，是彻底没希望了，局长之位应该非他莫属。钟好想，就这样一个人，医术平平，当医生时一年平均发生两起医疗事故，当院长后疯狂地盖楼，扩增设备，改组科室，从各种不正规渠道往医院采购药品，真要让他当了卫生局局长，银河的医疗环境会好?

还有他跟章笑寒的关系。这是钟好最愿意想起的，此时此刻，章笑寒那张脸却跳出来，以顽固的姿态，带着挑衅地看着他。院长周泽晋跟成卓然的关系其实都是章笑寒搭建的，没有章笑寒，周泽晋根本进不了成卓然视线。他们之间的纽带就是药，新特效药。

药是一个巨大的利益链条啊。钟好心境一下暗下来。他想起了"乐神丸"，想起了赵纪光用过的白蛋白，想起了医护人员向病患家属推销一些从未听闻过名字的特效药，想起了史晓蕾，甚至想起了自己的妻子乌梅。

钟好也是前些日子才知道，乌梅是三河药业在银河医院的兼职医药代表。只听过医药代表找医生院长攻关的，没听过主治医生科室主任直接兼任医药代表的。这事很可怕，乌梅从未向他提起过，但有人告诉他，乌梅有好几个账户，账户上有一笔笔数目可观的钱，都是替章笑寒推销药品所得。

医院！他恨恨地咬了咬这两个字，然后闭上眼，装作很为难的样子，其实他是心里真的苦了。

周泽晋还在喋喋不休，好像理全在他这边，钟好跟曹亚雯应该即刻出去，将闹事的廖香秋她们统统带走。

"行了周院长，大家时间都紧，多余的话还是不说了，商量怎么办吧。"曹亚雯终于听不下去，打断了周泽晋。

"怎么办，这就是我请二位来的目的啊，要我说你们就该硬手点，这种时候不打击还等什么时候，明天省里领导就到了。"

周泽晋终于吐了实话。

曹亚雯冷笑一声："院长太高看我们了，警察也不是见人就抓的。"曹亚雯也是有个性的人，说完这句，抓起包，跟钟好都没打招呼，走了。

"曹警官……"周泽晋喊了一声，没喊住，搓搓手，将希望寄托到钟好这里。

"她现在是曹组长，你太小瞧她了。"钟好不阴不阳丢给周泽晋一句，抓起水杯，使劲喝起茶来。

他在剧烈的斗争，要说他此时的职责，就是按院长周泽晋所说，不讲条件不问任何缘由，直接将闹事的廖香秋范欣雨她们带走，确保医院安宁。大局长邝如英找他，也是这么说的。大局长还说，这次安保时间紧任务重，是组织上对每个警员的一次考验，也是省委省政府对银河公安工作的一次重要检阅，市里要求每一个参与者要在思想上高度重视，行动上高度统一，务必做到眼观六路，耳听八方，精力集中，反应迅速，不放过任何一个细小处，确保零事件，要让省里看到一个安定团结、繁荣向上、发展进步、开放和谐的银河。

"钟队，不会有什么难度吧？"见钟好沉吟着半天不说话，院长周泽晋放低声音，带着感情问。

钟好摇摇头，他不知道是该告诉周泽晋没有难度还是难度很大，其实他是在想，这次普天成来，到底该看到什么不该看到什么？

办公室里只有他们两个人，院长周泽晋跟钟好套起近乎来，当院长的，总是有一些办法，为了打开僵局，他不惜搬出乌梅，道："钟队啊，不看僧面看佛面，乌梅在我们院里，各方面表现都不错，院里也是拿她当骨干培养的。这次她去美国交流，本来是没有名额的，为了她的学术，也为了我们医院的声誉，院里还是多方想办法，将这个名额争取到了。当然，你和乌梅离了，可这又有什么呢，一夜夫妻百日恩，总不能一点感情也没有吧？"

钟好被他说得心里一阵酸痛，很难受。乌梅前不久是去了美国，他也是儿子告诉他的。对了，他们离婚的事，儿子早就知道了，令他想不到的是，儿子钟远这次啥也没说，表现出超乎寻常的冷静，甚至都没责怪他一句。后来他才知道，这都归功于乌梅。乌梅去了北京，跟儿子住了几个晚上，将离婚的事告诉了儿子。也不知乌梅怎么做的工作，钟远真是表现出跟他年龄和性格均不符的淡定与宽容。换以前，哪怕是他们夫妻吵架，打冷战，儿子都会在电话里跟他闹，轻者几天不理他，重者，扬言跟他断绝关系，再也不认他这个爸。可这次没有，钟远非但没说一句过分的话，反过来还安慰他，让他凡事想开，自己保重，而且承诺，他不会受影响，一定会以优异成绩完成学业。整个表现不像一个孩子，倒像是经历了无数风雨的智者。乌梅不但帮他化解了一次危机，还在儿子面前保全了他做父亲的尊严。相比之下，离婚后他的表现可真是差得远，不但是很少关心儿子，疏通儿子心理，就连乌梅这面，也真像成了路人，这么长时间，一个电话都没打给她，对她的行踪，更是知之甚少。周泽晋要不提，他都忘了自己还有过妻子这回事。

乌梅去美国前，又到北京跟儿子住了几天，儿子还跟他发来了照片，从照片看，母子俩关系亲密，并没因离婚而让他们的感情受到伤害。钟好很欣慰，但也很内疚。

"钟队啊，我们都不是年轻人了，有些事，该看开还得看开，没必要死抱住一个教条不放。"周泽晋趁热打铁，钟好听不懂他是在说婚姻还是在说这次任务，只是机械地冲他笑了笑，然后又喝了一口茶。

气氛似乎比他刚进来时缓和了许多，周泽晋一边说一边走过去锁上了门，然后走到办公桌前，打开抽屉，从里面拿出一个信封。又像是有些犹豫，在桌前站了一会儿，然后走过来，将信封递给他。

"这段日子辛苦钟队了，本来呢，要请钟队吃个饭，表示一下我们的感谢，但钟队太忙，我看饭就不吃了，免得别人说三道四，这点小心意，钟队拿着，给儿子买点小礼物。"

钟好没想到周泽晋会来这一手，吓得往后缩了缩身子，充满警惕地问："你什么意思，这叫干啥来着？"

院长周泽晋朗声一笑，笑得非常有底气，也非常从容。证明这样的事对他来说，是家常便饭。果然周泽晋说："钟队不会清廉到一点心意也不收吧，算是我个人的意思，没别的，还请钟队能给个面子。"说完，拿起钟好的手，将信封重重地搁在了钟好手上。

钟好一下掂出了信封的分量，倏地弹起身子，遭蛇咬一般将信封退给周泽晋，扔下一句："周院，咱之间不来这一套。"

说完，几步蹿到门前，打开门，头也不回地走了出来。

4

钟好一宿未睡，不只是他没睡，整个公安局，昨晚都没睡。任务紧啊，不管他愿不愿意，工作就是工作，不容你丝毫的怠慢与松懈，更不容你讨价还价。

院长周泽晋还是很有办法，见没能打通钟好这一关，火速赶往省城，搬来了救兵。

死者范石磊还有一个儿子，范欣达，当初范石磊给两个儿子取名，肯定是让他们豁达开明，所以一个叫欣达一个叫欣明。没料想两个儿子两个样，老大范欣达非常成材，让范石磊欣慰。可老二范欣明是个败家子，按银河的说法，就是卖锁子铁的。

院长周泽晋关键时刻能想到范欣达，算是高人。范欣达目前是省里一家重要部门的处长，这种人觉悟自然高。周泽晋连夜赶到省里，将情况跟范欣达一说，尤其讲明第二天省委普书记要到银河调研。范欣达一下觉得事情不妙，二话不说就往银河赶。路上他告知周泽晋，父亲本来由他照顾，两个月前弟弟弟媳来到省城，说要尽尽孝，不管他怎么不同意，还是强行将老人接到了银河。范欣达说，他这个弟弟，没法提，自己毁了不说，还要把这个家一并毁了。

"他是为钱，老爷子一月工资九千多接近一万，把老爷子接去，等于有了金库。"范欣达说。

"他自己什么也不做，坑蒙拐骗偷，这人，真是一祸害啊。"提起自己的弟弟，范欣达一路唏嘘，不停地给周泽晋道歉，这让周泽晋紧着的心渐渐放了下来。范欣达有这态度，他的难关基本就渡过去了。

范欣达赶到医院的时候，已是凌晨一点多。钟好已经将事态控制住，将范家一干人全部集中到小二楼，急诊楼那边的警报算是解除。钟好此举，名义上是让家属代表跟医院协商解决，谈赔偿，注意他提出了赔偿，实质上则是控制。

必须控制。

钟好本来是下不了这个决心的，但温涛了解到的一些情况震撼了他，让他不得不对策略做出调整。温涛去了银河二院，找到了那位副院长。副院长很热情，当然也很坦诚，几乎没隐瞒什么（其实也用不着隐瞒），将范石磊发病及在二院救治的一些细节告诉了温涛。

范石磊本来心脏就不好，随着年龄增大，身体各器官都出了问题。尤其二儿子范欣明，更成了他一块心病。范石磊本来在省城海州，自己有房，在海大新校区。为照顾老人生活，长子范欣达还请了保姆。但老二范欣明和后娶的妻子廖香秋对老人的工资还有存款念念不忘。范欣明跟廖香秋没生过孩子，他们结婚还不到五年，廖香秋自己有个儿子，跟前夫生的，目前在广州读书，三本，花费大。廖香秋更是长着一双会花钱的手，虽在赵岩的海天制药上班，但常常是上一天缺三天，如果不是范欣然看在二叔面子上，怕早被开除了。加上海天这两天效益非常不好，员工工资处于拖欠状态，范欣明又没班上，更别指望他去打工挣钱。廖香秋就将目光盯在了老人身上。他们以养老名义将老人接到银河，第一步就是没收了老人工资卡。老人这次发病，是廖香秋和范欣明瞒着老人，跑到省城把老人的房子卖了。老人一激动，血压猛增，就一头栽了过去。

老人送往二院后，二院连夜做救治，按说情况还是乐观的。据副院长说，如果老人一直在二院，不乱折腾，应该不会有大问题，至少生命能保住。谁知早晨五点，范欣然来了，简单问了下情况，范欣然提出让转院，理由是二院各方面条件都不如银河。医生强调这种时候病人不方便移动，转院途中有可能发生意想不到的后果。范欣然听不进去，她让医生做保证，能把她二叔救过来而且不留任何后遗症，比如瘫痪什么的。医生当然不敢做，范欣然就说，你们连这点保证都做不了，还救什么人，转。

于是就转。

这个过程儿子范欣明并不在现场，一应事儿都由廖香秋做主，廖香秋听范欣然的，范欣然说啥她就是啥。就这么着，他们把老人折腾进了银河医院。

温涛还告诉钟好，当时有人建议转到解放军陆军医院，离二院更近，范欣然说哪也不去，就往银河送。

"她目的很清楚啊。"钟好冲温涛说了一句。

温涛清楚钟好的意思，跟着道："这事不简单，有人在拿老人的生命跟我们叫板。"

"别那么阴暗，咱都光明一点。"钟好制止住温涛，专心去想范欣然这个人了。

钟好对范欣然的关注并不是最近才开始，早在三角楼事件还未发生前，他的目光就一直盯在赵岩夫妇身上。一段时间，大家认定"血狮子"就是赵岩，银河地下毒品市场大量出现的"乐神丸"，就出在他们夫妻之手。五年前的三角楼抓捕，也真是冲赵岩去的，至少钟好自己是想在那次行动中抓捕到赵岩的，可惜失败。这些年钟好越来越感到，当年的判断有误。对赵岩夫妇的过分怀疑，有可能是导致三角楼行动失败的关键原因，这是他警察生涯的一大败笔，他自己难辞其咎。

到现在，钟好并没放弃对赵岩和范欣然的怀疑，侦查仍在暗中进行，但有一点他可以肯定，赵岩绝不是"血狮子"，当年的"乐神丸"也绝非出自赵岩的海天，而是另有其人。至于范欣然这个女人，钟好到现在还有些琢磨不透。外界关于她的传说很多，说法各不一样。有人将她形容成一个霸道蛮横的女人，特别是她有强烈的控制欲。这在对她弟弟范欣生死亡案的秘密调查中，钟好听得更多。都说柳春露变成今天这样，是范欣然一手造成的。她想控制住弟弟，控制住欣生制药，将欣生制药变成海天的一个基地。但柳春露偏又不听她的，为此范欣然不惜对柳春露下狠手。柳春露神情恍惚，常常会不明不白发作，钟好怀疑是染了毒。大个子邹锐也在范欣生家搜出一些吸毒工具，还有十几粒形状酷似钙片的药品，里面鉴定出了咖啡因。范欣生案不只是一起凶杀案，钟好这边更是当毒品案来调查的。但也有部分人说范欣然并没传言的那样可怕，相反，她是一个好人，不只是善良，还温柔，有理想有情怀。理由就是这些年她常常做公益，帮了不少人。还有就是她坚决反对丈夫染指毒品，正是在她的严格约束下，海天制药才没滑到那一步。而她跟柳春露真正的矛盾，也恰恰在此，柳春露是一个利欲熏心的女人，一直唆使丈夫范欣生干一些不该干的事，如果不是范欣然，弟弟范欣生怕早就罪孽深重了。

一方将她说成魔，恶魔，一方又将她美化成仙。大相径庭，没有

222

中间可取。

以前钟好倾向于前者，但最近，钟好有点相信后者了。

这个变化过程很痛苦，但也很有趣。

可范欣然此举又让钟好看不懂，如果她是魔，此举就很好理解。丈夫赵岩目前还关在里面，医闹一事还未彻底了结，她虽不方便公开找碴，但在暗中给钟好他们制造点麻烦还是能理解的。借自己的叔叔给医院施压，尤其这节骨眼上，任何的风吹草动都会给于向东给钟好给整个公安局甚至给银河带来想不到的麻烦，毕竟前来调研的是省委一把手啊。如果她是仙，就不该拿亲叔叔的生命开这种玩笑，更不该拿廖香秋她们当工具。

她到底是哪样？

不管怎么，钟好必须得对范欣然做出提防，不能让她搅浑水，更不能让她利用老人的死，掀起不该掀的浪。

钟好决定控制当事人，一是出于一份责任，维护大局的责任，另外，也想借此机会，进一步观察范欣然。他想看清这个女人，只有看清她，才不会犯五年前犯的那种错误。

老大范欣达到达医院时，钟好已将廖香秋他们全都集中在小二楼上，小二楼前安排了严密的戒严，没有他的指令，任何人不得随便进入黄线。范石磊的尸体，妥善保存到了太平间。廖香秋一听要谈赔偿，态度立马有了变化，钟好发现，这女人就是为了钱，有钱一切都好说。

医院方面也说，只要能把事态平息下来，不影响明天书记的视察与调研，怎么都行。方案汇报上去，局里很快表态，让钟好现场办公，迅速化解矛盾，力争赶天亮把矛盾解决掉，让家属离开医院。

钟好却不急，一码归一码。视察归视察，医患归医患，如果想借书记视察，不讲原则地拿钱摆平问题，他觉得有点可耻。他要做的就是确保明天的安全与平静，至于医患纠纷，还是留给周泽晋他们慢慢去消化吧。

范欣达进来，握住钟好的手，说了一大堆感谢话。顺带对自己作为儿子没能尽到责任，做了一番严厉的自我批评。然后问钟好需要他做什么。

不用交流钟好就能猜到范欣达的心思，一个重要部门的处长，这种时候如没有点政治敏感性，那是不可能的。对这类人，钟好真是太了解了。对他们而言，服从便是一切。钟好知道，只要范欣达到场，家属这边就不会再有什么难题。

他让范欣达给家人做工作，大家先回去，而且要写下保证，至于他父亲的死，等调研结束后由医院跟他们协商解决。

"哪个轻哪个重，你自己权衡，我就不多说什么了。"钟好也给范欣达来了句官话。

范欣达说："我懂，我懂，真的谢谢钟队了，没问题，我一定把他们劝回去。"

钟好带着曹亚雯离开，现场只留了温涛还有一名年轻警员。

到了另一间房里，曹亚雯问钟好："你觉得范欣达真能把他们劝回去？"

钟好没急着回答，而是问："劝回去能咋，不劝回去又能咋？"

曹亚雯说也是，反正将来丢乌纱，也丢不到你我头上。

钟好说："想问题别这么庸俗，我怎么听着你有点幸灾乐祸的味道？"

曹亚雯急了："我哪有，就是想不通，为什么领导一来，就啥事也不能发生，那领导还调研个啥？一切太平，不如大家齐声唱歌好了。"

"停！"钟好见曹亚雯又钻牛角尖，不满地瞪她一眼，"怎么说话呢，别忘了你身份。"

曹亚雯还不甘心，又道："我什么身份，我啥身份也没有，我就是看不惯这种合起来作假，骗谁呢。"

"你呀——"钟好叹一声。最近曹亚雯是有些意见大，老发一种没用的牢骚。年轻人有时候想问题简单，不像他们，岁月已经把他们的锐气和棱角打磨平了，最起码知道没用的牢骚不发，无意义的对抗不做。

"保护自己。"他这样跟曹亚雯说了一句，然后闭上眼，想趁这工夫眯上一阵。

曹亚雯显然不想让他睡，走过来摇了摇他："喂，头儿，跟你谈论个人，反正闲着也是闲着，说说话就不累了。"

"谈谁?"钟好睁开眼，往起里坐了坐。

"你注意到那个女人没，范老的女儿，范欣雨。"

"注意她干什么，我又不是花痴。"

"花一下也没关系，可惜人家不会看上你。"

"你是做媒啊?"钟好很少跟女警员开玩笑，这晚他却跟曹亚雯开起了玩笑。

"我倒是想，看你单着，有点心疼，不过人家有老公，老公还挺能干的。"

"是吗?"钟好脑子里闪出范欣雨那张幽静深邃的脸来，这一整天，他的目光在范家人身上扫来扫去，该注意的都注意到了，他觉得范欣雨有那么点深沉，跟她两个哥不一样，身上不只是有那么一层知性味，还有一层轻易察觉不到的固执和坚韧。他甚至认为，今晚的阻力很可能会来自这个不太爱说话的女人。

"我认为她才是范家真正的主心骨。"曹亚雯不紧不慢地说出一句，钟好身上的困意瞬间被惊走，身子一倾："你掌握到什么?"

"什么也没，就是一种感觉。"

"晕。"钟好泄了气，怎么他们都喜欢拿感觉说事，难道拍案真的要靠直觉啊。不想再理曹亚雯，继续闭上眼装睡。

"你别睡了嘛，陪我说说话。"曹亚雯又推搡他几把，撒起了娇。好久都没人在他面前撒娇了，曹亚雯这一推搡，唤回钟好一些记忆，心里禁不住有一些细浪掠起，挺享受地又故意闭了下眼。

"她跟我说了两句话，我觉得她是在暗示什么。"

"什么话?"钟好眼睛没睁，耳朵却竖了起来。

"她说别人为不为钱她管不着，但她不可能考虑接受赔偿，她要一个说法。"

"有道理，还有呢？"

"她还说就算我们把事情压住，她还会通过渠道把情况反映到普书记那里，她就不信，医院这种草菅人命拿命不当命的儿戏作风没人整治。"

"她真的说了？"这下钟好眼睛全睁开了，紧着又问，"她老公做什么的？"

"调查记者，在网络上很有名气。"

"你怎么不早说！"钟好猛地弹起，要往外走，走到门口又收住脚，"她跟你还说什么了？"

"再没了。你知道的，她话不多。"

钟好思考了一会儿，走回来，又坐椅子上："这个我们管不着，也不归我们管，是不是？"

"头儿你算是开窍了，我们干吗啥也要管，我们只保证明天的平安就行。再说了，这次明显是医院有问题嘛，那个王凯，我查过，平日上班就吊儿郎当，病人中印象很不好，关于他的投诉不止一起了，上个月就出现一次大的误诊，把病人的急性胰腺炎当胆囊炎治了，若不是科主任发现及时，怕会闹出人命的。对了，知道周泽晋为什么护着他吗，他老婆是银行副行长的女儿，医院要贷款。"

钟好不爱听这些，或者说，类似的东西听得太多了，早已麻木。他冲曹亚雯说："咱不八卦行不，咱就事论事，依你之见，这次范家人真正要达到的目的是什么？"

钟好也有借机考察一下曹亚雯的意思。最近他对曹亚雯态度改变不少，完全不像刚开始那么轻视她，个别时候还特想听听她的意见。

"廖香秋肯定是为了钱，这女人没法提，跟她男人简直是绝配，巴不得老爷子多出几回事呢。这下好，她能狮子大开口，狠狠敲医院一笔。范欣雨嘛，我觉得另当别论，这女人有正义感，不会无理取闹，可这种女人最怕的就是一根筋，一旦有理在握，会破釜沉舟。"

"嗯，分析到位。"钟好脸上露出欣喜之色，接着又问，"范欣然呢，怎么不谈她，没听温涛说，是她做主将老人家送这边的吗，你不觉得她有什么企图?"

曹亚雯忽然静下声来,看钟好的目光也发生了变化,不再是那种崇拜的、迷幻的,而有了些许审视。钟好某根神经动了几动,感觉曹亚雯要批他了。

果然,曹亚雯沉吟一会儿,胸脯一挺,鼓起信心说:"头儿,有些话我一直想跟你谈,但你太傲了,我没机会讲出来,今天呢,你也甭批我,就容我把内心想法讲出来。"

钟好心里一阵乱跳,仍装作不在乎地说:"好啊,看来我们的曹组长有魄力了。"

"不,你少叫我曹组长,跟你说话也跟魄力无关,在你面前我永远是没有魄力的,也不需要魄力,你是我师傅,不管你承不承认,你都走在我们前面,是激励我鼓舞我的榜样。但是头儿,你有没有觉得,你把有些事想得太复杂太暗了?"

"复杂?暗?"钟好一愣,不明白曹亚雯为什么说出这样一句话来。

曹亚雯又镇静一会儿,她还是有些紧张,以这种正儿八经的口吻跟钟好讲话,她还是第一次。

"头儿,你办案有强项,就是喜欢深思,从不同角度去想,想别人想不到或不敢想的,而且深刻,角度刁钻,这成就了你,让你在重大案件上总能较别人有所发现,也总能找到一些诡异的线索。可是久了,你看世界就跟我们不一样。"

"啥不一样?"

"你太阴暗了。"

曹亚雯这句,太重了,她自己也可能感到这话的分量,说完,垂下头,好像做错事一般等着惩罚。钟好被她说得怔住了,脸上神情凝固,嘴巴张了几张,发不出声音。

"对不起。"过了一会儿,曹亚雯又说。

"没事,接着讲,我能撑住。"

"撑不住也得撑,我话还没说完呢。"钟好的幽默让曹亚雯缓过劲儿来,索性一不做二不休,把内心藏了许久的话一股脑儿道了出来。

"世界没你看的那么黑暗，也没你想的那么复杂。有些事是诡异，但不是每个人都这样。我知道你们对范欣然有看法，就因为她是赵岩的老婆，赵纪光的儿媳妇。但你了解她不？不能因为嫁给赵岩，整个人就染上赵岩的颜色了。赵岩是做了许多不该做的事，有些事范欣然也确实参与了，因为她是赵岩的妻子，丈夫的事业关乎到她的幸福，她不可能袖手旁观。但她也是一个独立的人，有独立的想法。头儿你知不知道，她公公住院这么长时间，为啥她一次都不来看望？"

钟好已经被曹亚雯击中穴位了，但还是极力撑着说："为什么？"

"因为她看不起赵纪光。"曹亚雯重重道。

"哦？"钟好觉得这说法新鲜，只听过媳妇不孝敬公公的，没听过媳妇看不起公公的，曹亚雯这思维，还真跟他不一样。

曹亚雯又说："你一定会说我在替她辩解，天下公媳之间哪有看得起看不起一说，事实却正是这样。别人眼里位高权重风光无限的赵纪光，在范欣然眼里，就一垃圾人，垃圾人你懂不？"

钟好感觉自己的世界观快要被曹亚雯给颠覆了，从没想到曹亚雯还有这样能说会道犀利尖锐的一面，只能垂下头来洗耳恭听。

"赵岩的事业是靠着他父亲，没赵纪光，赵岩什么都不是，范欣然太明白这点，但她不甘心啊，她这些年做的努力，就是尽最大力量去掉赵纪光的影子，能让老公的事业带上她的色彩。"

"你有证据？"钟好问完这句，立马觉得这话太臭，这种看似强硬先声夺人的态度恰恰暴露出他已经心虚，缓和一下又说，"好吧，你接着讲。"

曹亚雯却表现出一种大度，继续道："他们翁媳关系一直不好，关键是范欣然一直不向公公妥协，让赵纪光很没面子。尤其对赵纪光私生活上的混乱与无耻，范欣然更是忍无可忍。她不来医院看望赵纪光，就因两个人，一是柳冰露，二是史晓蕾。"

钟好心里咽一声，整个人被曹亚雯一席话砸得没了声息。半晌，他缴械似的说："不要说这么远，就谈范欣然为什么让她叔叔转院。"

"这很简单，银河医院医疗条件和救治水平都比二院强，范欣然

228

很爱她叔叔，她的一生受范石磊影响很大，她跟范欣明关系并不好，对范欣明后面娶的这个老婆，更是恨得咬牙。所以站出来做主，冒着风险让叔叔转院，就是想挽留住叔叔的生命。"曹亚雯也激动了，眼里竟有了泪花，过了半晌又说，"你是没看到她刚才哭的样，要是见了，你就不会问这么多为什么。她做得并没错，如果我是她，也会做这样的决定，哪个子女不希望父母得到更好的医疗啊。"

曹亚雯长长地叹了一声，坐下了。

房间里一下冷却下来，气氛比刚才沉重了许多。曹亚雯讲出的这些，钟好不是没想过，可念头刚冒出来，就又被阴谋论给否决了。

莫非他内心真的阴暗？

第七章

1

情况果然跟曹亚雯判断的一样，壳卡在了范石磊女儿范欣雨身上。

这让钟好不得不对曹亚雯另眼相看。

"行啊亚雯，都让你说中了。"钟好由衷道，眼里溢满了赞许和肯定。

廖香秋看似蛮横，大哥范欣达却没怎么费力，他将廖香秋单独叫去，如此这般，谈了不到半小时，工作通了。大哥范欣达拿出的法宝当然是钱，钟好估计一切都是车上跟周泽晋谈好的，范欣达说医院肯定要赔，赔多少现在不好说，但他可以保证医院不会少赔，而且赔的钱都归他们夫妇，他一分不要。廖香秋嘴上说不是为钱，说话态度和语气却已经变了，还主动为大哥范欣达添了一杯水。要知道这可是很少有的事，自范欣明娶了她，五年时间，她对这个大哥可从来没尊敬过，不编派着说他两口子的坏话已经很不错。范欣达让廖香秋天亮以后去医院财务室拿钱，先领十万，其余等他跟医院谈妥后再领。廖香秋拿着一张领条，上面有院长周泽晋的签字，不放心地连问两遍："天亮真的能领到钱啊？"范欣达很负责地说："放心吧，大哥不骗你，能拿到的。"廖香秋脸上就露出很兴奋的色彩。

到了五点钟，院长周泽晋电话催促财务人员上班，又派院办工作人员带着廖香秋去拿钱了，这颗地雷算是排除了。

范欣雨这边却始终谈不拢。不管大哥范欣达怎么跟她做工作，她就一句话："父亲的死因得查清，医院得给个说法。"

范欣达说："医院答应赔钱，就是说法，你还想咋？"

范欣雨有点失望地看住哥哥："哥，莫非你觉得我也是为了钱？"

范欣达说当然不是，你跟廖香秋不同，你是真心为咱爸，可你也得替哥着想一下啊，哥有难度。

范欣雨冷冷一笑："不就是个处长嘛，难道比父亲养育你还重要？"

范欣达说："妹子啊，爸已经走了，再怎么闹也闹不回他的生命，我们还是早点让他入土为安吧。"

"你是想早点让副厅长帽子落到你头上吧？"范欣雨的话有几分刻薄，看哥哥的目光更有点狠辣。范欣达不敢跟她对视，跟周泽晋坐车来银河的路上，他已经想到妹妹这一关不好过，于是他打悲情牌，想让妹妹同情他，设身处地为他想想。不料妹妹仍是这么刻薄，一点也不理解他的难处。

"那你想咋样？"

"我啥也不想做，就想给咱爸讨一个说法。"

"医院不是凶手，要讨说法，还是回家找老二去，他要不瞒着咱爸把房卖了，咱爸能气倒？"

"哥你也好不到哪里去，甭在我面前装圣人。二哥是气倒了爸，你呢，你现在又在做啥，帮凶？"

"小雨你太过分！"范欣达突然火了。

范欣雨也不想太难为他，道："哥你放心吧，你不就怕我们明天闹事，我答应你，我不闹，但你也别想让我回去，我就在这待着，保证不惹出新的事儿来，但医院一天不给我说法，我一天不离开医院。哥你死了那条心吧，我不是廖香秋，不是拿几个钱就能打发走的。"

谈来谈去，范欣雨还是不离开医院，不过她答应就待在小二楼，保证调研组来时，不下楼不惹事，让哥把这个差交了。至于调研组走后，该怎么维权她还是照维不误。

范欣达攻不下这个关，忽然想起范欣然。范欣雨平时跟两个哥哥来往得不多，有事都找堂姐范欣然，两姐妹感情比跟他们好。

医院又连夜派车去拉范欣然，院长周泽晋想让钟好这边派个人协助，钟好想了想，还是让曹亚雯去了。

半小时后范欣然拉来了，钟好担心范欣然趁机提非分要求，把火往赵岩这边引，比如提出先放了赵岩什么的。没有。范欣然倒是跟钟好打了照面，说了句钟队好。然后就急着跟范欣雨说话去了，十分钟后她走出来，跟范欣达说："我陪欣雨在这里，你带他们都回家。这边有我，你就放心去吧，不会出啥事的。"

周泽晋一听急了，刚才只留一个人，现在反倒要留两个。

他的目光瞅瞅钟好，又看看范欣达，嗫嚅道："这样不妥吧，我们拿啥相信你？"

范欣然猛然火了："拿什么，拿你的命，知不知道现在我想做什么，就是先撕了你替我叔偿命，然后再去跟我叔谢罪。早知道你是这样一位货色，把医院管理成这个样子，打死我也不可能把叔送来。我真是恨死我自己了。"说完，她竟然狂流起泪来。

周泽晋被呛了个满脸红。

范欣达将征询意见的目光落在钟好脸上，钟好不敢表态，还是觉得这不可靠。小二楼离急诊楼太近，急诊楼是省委调研组必经之地，万一……

范欣然抹掉泪，以极快的速度补了妆，转身冲钟好道："你不放心我是不，我老公为讨说法已经进去了，整个公司眼看要瘫痪，我不会再傻到让你们请去坐铁凳子。死人跟活人哪个重要我分得清，实在不行，你搬两个铁凳子过来，我和我妹一人坐一个。"

这话不只是扇了钟好一耳光，也把钟好所有的疑惑担忧全给打没了。"好吧，我信你。"他道。

最后达成的协议是，廖香秋和她妹妹及闺蜜领了钱先都送回家，今天白天一天不得出门，为稳妥起见，钟好会派人到他们家楼下。医院这边只留范欣然范欣雨两个，曹亚雯留在小二楼陪她俩。小二楼楼门要上锁，医院派两个保安过来协查。

"还是把我们当贼防，心寒。"范欣然愤愤地冲钟好说了句，背过身去不理任何人。钟好讪讪地笑了笑，看着范欣然的背影，忽然对自己有几分悲哀。

本来一切都准备得很好，上午八点二十分于局还打电话问，事情解决没？钟好说都解决了，让于局放心。于局说我还是对你有些不大放心。钟好问为什么，于局说不为啥，总之这次跟往常不一样，我从来不怀疑你的，这次却有点……钟好说局座你就把心放宽吧，你都成闲人了，别再为这些无关紧要的事费心。

"什么闲人，什么又是无关紧要，就怕你有这想法。"于局那边突然狠起来，钟好敷衍几句，借故要布防，将电话挂了。

然后大局长邝如英又打电话，问范石磊一家都安顿好了吧。范的事情一大早钟好就汇报过，不过不是向大局长汇报，是向政委。这阵大局长问，钟好又将向政委汇报过的话重复一遍。大局长还是心虚，跟钟好强调了几点，不要只把注意力放范石磊家人身上，还要重点防范那些有疑点的病人家属。钟好说是是是，我们一个个地都做了部署，就差人盯人了。大局长说该人盯人的时候必须人盯人，这事马虎不得，稍有纰漏，前功尽弃。钟好说晓得，安防工作我也不是一次两次，我会让医院风平浪静的。

钟好又带着医院保卫科长四处巡了一遍，普天成他们就来了。

该挂的欢迎横幅早就挂了起来，形式上也不能太张扬，所以红地毯啊啥的全都没让出现。医院本来连夜准备了一支护士队，手持鲜花要欢迎调研组，一早又被市里叫停。说普书记讲求轻车简从，不喜欢这种花里胡哨的东西。

钟好带人远远地站着，做这种工作不能离首长太近，首长身边是安排了人的，他们作为外围，要在首长视线看不到的地方，也要在记者的摄像头拍不到的地方。但也不能太远，目光要始终紧盯首长，一有问题瞬间就能赶上去。

医院一干人热情地迎接。

钟好不得不佩服周泽晋，同样是人，他也熬了一晚，周泽晋熬得不比他少，思想压力更是他几倍。可此时，人家周泽晋根本看不出是一个熬了夜的人，精神饱满，容光焕发。头发梳得油光，皮鞋擦得贼亮，那份干练劲儿还有敬业精神，让钟好不得不承认，某些方面，这些能当得了领导的人就是比他们强。

普天成一行先是参观了康复中心，看来康复中心在全省医疗系统，还真有名。钟好也看到了柳冰露，柳冰露完全又恢复到以前的状态，端庄宁静，一身医生范儿。普天成说你是柳医生吧，我听过你的名字。柳冰露浅浅一笑，露出洁白的牙齿："谢谢首长，我是这里的主治医生。"

然后就由柳冰露给调研组介绍康复中心。柳冰露先是介绍了康复中心的建设，医疗设施的先进程度，接着讲了康复治疗在整个医疗事业中的重要性。普天成听得很认真，隔空打断一下，问点自己感兴趣的问题。好像他提到了两个病人，都是专程从省里来这里做康复治疗的，一听也是跟赵纪光一样的显赫人物。柳冰露带着普天成，去了病房，病床上躺的就是普天成刚刚提到过的人。

钟好站在外面，忽然想起曹亚雯昨夜说过的话，范欣然对赵纪光的恶心。假如有一天范欣然跟柳冰露面对面坐一起，又该是怎样一种境况？这问题一点不无聊，相反挺耐嚼挺有味道。想着想着钟好笑了，她们两个，各自到底是怎样一种颜色。钟好甚至想，接下来有必要接近一下范欣然，他现在对这个女人有了浓浓的兴趣，指不定从她这里，还能了解到另一个柳冰露呢。

意外发生在急诊楼前。

从康复中心出来，普天成一行又去医院中医药推广中心做了调研，国家现在大力发展中医药，银河也不例外，率先在医院成立推广中心，并成为整个海东的试点。普天成对这些年银河医院在中医药方面的普及与推广做出的努力做了肯定，并要求医院要有担当，要将中华民族的这一瑰宝继承好发扬好，还要求全省医疗系统积极行动起来，大力发掘与研究中医药，让它真正造福于人类。

参观完中医药推广中心，普天成一行来到急诊楼，钟好早已候在这里，这是医院的最后一站，再坚持一个多小时，这个上午就要过去了。钟好朝楼前小广场扫一眼，小广场呈现出一派祥和，十几位患者在家属的搀扶下来到广场，做一些简单的康复训练。几位护理人员掺在其中，非常有耐心地给患者做指导。

没有人看出这是一出戏，更没有人看出这里面有什么猫腻，事实上它也没什么猫腻。为了营造出医患关系和谐融洽、医务人员尽职尽责、患者跟医护人员关系良好这一氛围，医院从各个科室精挑细选，最近抽了十二名患者，让他们统一到急诊楼前的小广场，这些人看似是来呼吸新鲜空气的，其实是来做表演的。他们的家属也都经过谈话，而且是政治觉悟非常高的。当然，里面穿白大褂的不全是护士，护士只有两位，其余几位是紧急从各派出所抽来的年轻女警，她们的任务就是确保这出戏的成功。

钟好对这种现象早已见怪不怪，没有哪是干净的，就算今天医院不表演，其他地方照样存在表演，他只求这些演员别把戏演砸，更不要让普天成看出破绽。

调研组在急诊楼停留了大约二十分钟时间，听了主任汇报，又慰问了几名重病患者，然后一行走出了急诊大楼。

钟好心里略略有几分紧张，他提醒自己不要慌，马上要结束了，只要他们上了车，车子开出医院大门，他的任务就算胜利完成。

本来接下来的节目只有一个，就是医院职工代表跟调研组在楼前合影。工作人员已经都开始安排位置了，普天成突然朝小广场走去，没走几步，就跟一五十多岁的患者聊了起来。人群一阵骚动，记者的闪光灯全都围过去，啪啪一阵乱拍，保安人员紧随身后，用身体将其他人员挡开。钟好也稍稍往广场这边靠近了一些，一双眼睛警惕地瞅着四周。普天成简单问了问患者情况，患者回答得也很满意，按说这时候就该圆满收场了，谁知就在普天成结束问话，转身的一瞬间，小广场上突然奔出来一中年男人，一边往普天成身边扑一边高喊："普书记要为我们做主啊——"

这一喊无异于平地惊雷，一下就将所有人的目光吸过去，广场里空气陡然紧张，钟好的心也提了起来，步子本能地往事发地扑去。就在中年男子快要扑到普天成跟前时，隐在保安人员中的大个子邹锐一个箭步蹿出。邹锐这天领到了一份非常耀眼的工作，负责贴身警卫。为了不暴露目标，他这天也穿着白大褂而不是警服。那男子又喊了一声，钟好没听清，大概是他父亲死得冤。不知是中年男子等这一刻等得太煎熬，还是本来身体就有问题，在即将接触到普天成的一瞬，突然一个跟斗栽倒了，接着就出现令人想不到的一幕。男子倒地后立刻全身抽搐，四肢乱颤，眼也翻了起来，口里竟吐出一大堆白沫来。情况吓坏了普天成，普天成本能地弯下腰去想扶男子，这节骨眼上，大个子邹锐眼疾手快，未等普天成弯腰触摸到男子身体，他已一把提起男子。男子看着个头不小，身体却很轻，邹锐提小鸡一样提起他，二话不说就朝人群外走去。

是范欣明！

钟好眼前一黑，他怎么混了进来，昨夜不是再三叮嘱，将他交给负责任的哥哥范欣达吗？

慌乱很快过去，由于大个子处理果断，倒也没惊起什么。普天成只是目光追随着大个子，见大个子将男人提到不远处一辆救护车上，什么也没说，机械地擦了擦手，其实他的手根本就没触到范欣明。

钟好的电话骤然叫响，一看是韦旭峰打来的，钟好没接，抬头往人群中间看。见离普天成不远，副局长韦旭峰一边擦汗一边翻弄着手机。

因为这个小插曲，拍照环节被取消，已经做好准备的医护人员脸上涌出深深的失望。普天成在成卓然等人的簇拥下朝大门口走去，他们的车辆停在那里。

钟好没跟过去，他还怔在原地，一头雾水，不停地发问，范欣明怎么混进来的？

2

钟好和曹亚雯各背了一个处分。

发生在医院急诊楼前的小插曲，是这次普天成一行到银河调研安保方面出现的唯一一次"事故"。大局长邴如英挨了市里的批，政委代表公安局向市委、市政府作了检讨。由于事情处理得及时，并未造成严重后果，市里也没过多追究。但对当事人的处分是少不了的。

曹亚雯觉得冤，这是她参加工作以来背到的第一个处分，心情不好了好几天，她还找政委和大局长申诉过，可事实摆在那儿，作为跟死者关系非常重要的范欣明，居然没有专门派人盯防，这样的纰漏的确交代不过去。

钟好谁也没找，处分下来的这天，他独自到"绿林"去喝酒，老板娘苏林紫看他闷闷不乐的样子，想着法子要逗他开心，最终都因钟好的不理睬而作罢。

普天成他们是回去了，银河又归于平静。

可钟好的心却久久静不下来，尤其是小广场上突然出现的范欣明，让他在意外的同刻，又开始了怀疑。曹亚雯说得对，他就是太阴暗了，可他没法不阴暗。

于局说，普天成一行做完银河的调研，主持召开了一个短会，这个短会上普天成讲了三点，一是坚持毫不动摇毫不手软地打击非法医闹，尤其是有组织的医闹，坚决维护广大人民群众正常就医的秩序，同时要下大力气解决医院自身存在的问题，在医疗行业内部开展医德教育，加强医院作风建设，提升医院管理水平，强化医护人员素质，落实医护人员为人民服务这个根本。二是整顿医药市场，规范各级医院药品采购秩序，坚决防止假药劣效药失效药以不明渠道流入医院。从药品采购入手，推进医疗体制改革。三是在维护好医疗秩序的前提下，对影响较大的医患案件，包括一些长期解决不了的医患纠纷，要组织力量专门查处，对一些人民群众呼声高的问题，要回头查回头看，要让医院真正成为治病救人、救死扶伤的地方，成为广大百姓信得过的地方。

"就这么多啊？"等于局说完，钟好问。

"这还少，足够我们忙半年。"于局若有所思。

"没说你去哪儿？"钟好沉吟一会儿，突然问。

"什么意思，领导调研，跟我去哪儿有什么关系？"

"哦，我以为有关系呢。"

于局见钟好不在状态上，就问："是不是还在为处分的事闹情绪，对你来说又不是第一次，习惯就好了。"

"我在乎那个？笑话，我是想不明白，那个烟鬼怎么会溜进医院，是谁给我挖这坑？"

"烟鬼？"

"你觉得不是啊，人家普书记都觉得是呢。"

钟好这话纯粹没有根据，完全来自外面的传言。调研组走后，银河风传起一件事，说那天在医院，普天成并没对范欣明这事说什么，只是略带尴尬地笑了一笑。但有人说，那不是笑，那是追问，因为普天成的目光一直追着范欣明而去。当天晚上，工作全部结束后，普天成突然提出要去看看白天医院那个人，说总感觉男子有点不大对头。这可吓坏了市里，没想到普书记还会来这么一招，于是手忙脚乱，又做一番安排。也有说不是普天成自己去，是让身边工作人员去，也不是让市里领导陪同，而是类似于微服私访那种。但最终普天成搞清了一个事实，范欣明的确是一个瘾君子。

钟好无法判断此事的真假，他从普天成上面那段话里，也捕捉不到对应的信息，但他有一种不好的预感，范欣明很可能吸毒。这是他几天来精力无法集中的一个关键原因。要说出现一个瘾君子也不是多大的事，可他偏偏就想到了另一个人，至今没有音信的林其彬。

不知怎么，当听到范欣明染毒时，钟好脑子里第一个冒出的，就是林其彬。这种联想或许奇怪，但钟好就是排斥不开，而且他感觉，范欣明的出现或许是件好事，顺着这个人，弄不好就能找到藏起来的林其彬。

钟好已经有了一个计划，只是不便于跟于局讲。

现在钟好想的是，将范欣明带进医院带到小广场前的人到底是谁，他让范欣明接近普书记的目的又是什么？一开始他认为此人是借范欣明给他挖坑，后来发现自己又局限了，且很阴谋，甚至有几分不要脸。他算老几啊，对方花那么多心血让范欣明横空冲出来，难道仅仅是为了打一下他这个警察的脸？

当然不可能。对方是有深刻用心的，甚至都不是为了让普天成过问范石磊的死。

再联想到普天成大晚上的忽然要见范欣明，而且走时又绝口不提毒品犯罪这件事，钟好脑子里忽然闪出一道奇光，莫非……

钟好还是忘不掉范欣然。

那天能做成这事的，只有范欣然一个。范欣雨不可能，就算范欣雨有这个想法，那天一直在钟好他们的控制中，脚步从未离开过医院。范欣达更不可能，因为事后成卓然和邴如英找范欣达聊过，范欣达一见两位领导，马上检讨了一大堆，说他真是太疏忽了，以为弟弟在家，他又将房门反锁，加上弟弟范欣明对父亲死亡一事也不怎么在乎，全是弟弟的老婆在闹，所以他也没多留神，结果让弟弟跑出去了。范欣达的话当然可信，给他一百个胆，也不敢唆使弟弟去医院找普天成闹。

那么就剩了范欣然一个。

有两件事可以帮钟好把目标锁定在范欣然身上。一是曹亚雯说，那晚范欣然一直在发微信，中间她还假装着问，范总喜欢玩这个啊？范欣然抬头望住她说，她不是在玩，是协调公司工作。还说老公进去了，公司业务不能停，否则对不起三千多员工。还有就是第二天普天成一行走后，他们马上对医院外围展开调查，最后查明范欣明出现前，有辆车子在医院大门前短暂地停过，车子是海天制药的小面包，司机却是范欣然的专职司机，一个曾经在武警部队服过役的年轻人。

曹亚雯提出当天就对司机进行调查，钟好说理由呢，书记调研医院，总不能让人家车子都不到医院这边来吧？

但钟好已经相信范欣明就是这辆车子送到医院的，范欣明身上的病号服，也是提前准备好的。只可惜对方也没想到，范欣明会当着普天成面毒瘾发作。

钟好让曹亚雯别急，既不要惊动范欣然，也不要惊动范欣明，他要放长线钓大鱼。

"只要他吸毒，就是我们最好的线索。"钟好说。

"吸毒不用怀疑，他妹妹范欣雨承认了这点，说他吸毒已经好多年了，他们一家全都失望。去年还往戒毒所送过，可恨他那个老婆，人送去不到一周，又给接了回来。"

"真吸毒啊？"钟好惊完又笑笑，答案早在他心里，干吗要做出这种样子？又问："接回来做什么？"

曹亚雯也不介意他那声啊，径直道："她怕送进戒毒所，范家人就不管她了，这女人贪心重得很，每月都拿这个挨家敲竹杠，范欣雨已经给过她不少钱了。"

"这样啊。"钟好微微一笑。

两天后，温涛带着缉毒队的大李和小田坐到了钟好面前。

苏林紫忙着给各位看茶，钟好最近频频到她这里，让苏林紫十分开心。这是一个给点阳光就会灿烂的女人，她对生活似乎永远没有太多的要求，包括对钟好。能隔着老远看他一眼，那也是一种幸福呢。是的，苏林紫就这么认为。她是一个丧了偶的女人，丈夫在结婚第二年患一场急病死去，非但没让她品尝到爱情的滋味，就连生一个孩子的愿望也没能实现。此后她的生活便陷入莫名的暗黑与恐慌中，不到三十岁就成了寡妇，这个词在眼下这个世道包含着什么意味，她太清楚了，也扎扎实实领受了一番。主动找她的男人的确不少，有时多到应付不过来，可她知道他们来的目的，无非就是想在她身上掠一把，讨点便宜回去。或者赤裸裸地睡一觉，然后就将她当笑料一样满世界宣传。她在竹林大街传闻不少，都是跟男人怎么怎么的，比如说这家"绿林"，没一个人说是她自己开的，关于"绿林"到底是谁开给她的，竹林大街至少有十个以上版本。她听了都轻轻一笑，世上哪有那么便宜的事，指望男人睡你一次就开店给你，这比小时候听过的任何一个童话都实际但也好无耻。好在她不相信这些童话，对男人各式各样的许诺都报以温暖的微笑，然后用一句简短的话来拒绝。这话短到只有三个字："先娶我"，但力量无比地大。

那些伸向她的咸猪手都让这三个字挡了回去，她还是她，除过自己死去的丈夫，她身上任何一样东西，都还没被其他男人碰过。碰不得的，古董是越碰越值钱，女人却是越碰越低贱。当然，也不是所有的男人都垂涎她的美貌，其实她不美呢，顶多也就受看一点。如果非要说她身上有什么，可能就是那对胸了，她也承认自己的胸有点特别，倒不是有多大，关键是坚挺，关键是有型，有型才迷人，坚挺才是一种实力，苏林紫相信这话。

有时候看着自己那一对宝贝，也恍恍惚惚的，会生出一种鬼怪的感觉，真的是她的吗，真的长在她身上吗？于是她越发地爱它们，越发地珍惜它们。有个秘密别人根本不知道，她每天花在这对宝贝上的时间，比花在脸上的时间要多得多，得精心呵护它们啊。但有时候她也很生气，长这么一对有什么用呢，还不照样闲着！

当然，男人中也有不贪不占的，甚至一点邪心也不动一样邪念头也不生的，比如钟好。人就是怪，越是垂涎你的你越看不起，越是对你不在乎没想从你这儿拿走什么的，反倒越上心。

哦，上心。她是对钟好上心呢，以前不敢，最近敢了，因为钟好也单了，离了老婆。

虽然钟好脸上始终罩着一层阴云，苏林紫认为那云跟她无关，是工作闹的，而她的任务，就是让钟好从繁重的工作中解脱出来。

大李之前跟钟好都在缉毒队，算是老搭档，当年三角楼，大李也参与其中。但这些年大李工作积极性越来越低，可能跟临近退休有关。干了一辈子缉毒警，跟各色各样的毒品贩子还有瘾君子打了几十年交道，大李有些累了。大李现在只求早点退下去，带孙子去。

前段时间钟好还找过大李，想看看当年海二药收购案的卷宗，大李笑钟好贪得太多，啥也想插手。"安点心吧，公安局不是你的。"

今晚钟好还是让温涛把大李也拉来了。对付大的毒品犯罪，钟好有经验，对付范欣明这种小毛贼，大李办法比他多，信息量也大。大李是银河毒品方面的活字典，哪里有经常性吸毒窝点，哪里是临时性的，最近市面上又流行什么货色，又来了几拨人，地下活跃着哪几条线，还有多少是散客，大李不用调查就知道。他甚至能准确将瘾君子们的门牌号说出来。

"辛苦你们了啊，老是有事麻烦你们，真心不好意思。"

大李比钟好年长，一辈子虽然没在局里担任过啥职务，但因工作勤勤恳恳，加上人缘好，也深得大家的拥戴。在局里，他有老好人之称。有案子忙不过来的时候，他常常被拉去帮忙，而且多是通过私人关系。分工不分家，这是他们常吊在嘴上的一句话。

"钟队这么谦虚，可是很少见啊。"大李呵呵笑着，道，"说吧，又是啥案把钟大队给难住了，非要拉我们来凑数。"

"不是凑数，是真心请二位帮忙。"钟好纠正道。

"你没哪次不是真心的，你越真心我们越怕。啥时候你要跟我一样闲，我看银河真就太平了。"大李一语几关，但绝没有挖苦钟好的意思。其实警察之间是最能理解的，因为他们不只是面对着犯罪，还要面对各种无法言说的办案困境。有些困境是犯罪分子制造的，有些不是，各方力量博弈出来的。大李虽然想做一个闲人，但真正能闲下来，尤其让心闲，那也是句空话。案办久了会上瘾，按他的说法，这事跟吸毒一样，你越想摆脱越不能摆脱，每个警察听见案子心里都痒痒。

"我想查一个人，请二位帮忙。"

"谁？"大李和小田同时转过目光，一本正经看住钟好。

钟好略一沉吟，道："我们的老朋友，'血狮子'。"

"什么，你疯了？"大李第一个跳起来。当年三角楼事件，大李虽然没受牵连，但也不能说一点损失都没，至少这几年他没评过一次先进没涨过一次工资，每次成立专案组也没他的份，明显是对他不再信任呗。所以大李内心深处对三角楼事件有一种禁忌、一种惧怕。

"'血狮子'已经被当场击毙，钟队，这玩笑开不得，说点别的，说点别的好不好？喂，老板娘，拿瓶酒来，我酒瘾犯了。"

钟好一把摁住大李："等我把话说完，你答应了，有的是酒喝。"

"要是不答应呢？"

"不信你不答应，这点把握我老钟还是有。"

"你呀——"大李最终还是妥协了，看得出，能被钟好请到这儿的人，都服他。

钟好喝了口茶，道："我们几个就不互相哄着开心了，'血狮子'到底击没击毙，谁心里都有本账。这案子一直压在心头，也真不是个事。大李你也快退了，我不想在你退下去时心里还装着这么一件事，那不好，你会睡不着觉的。再说等你真的离开了岗位，就算想做贡献都没了机会，所以呢，我这是给你机会，你一定要珍惜。"

"别绕那么远，说！"

"好，我就喜欢痛快人。本来呢，这事不该现在提出，但突然冒出个范欣明来，这家伙居然是个瘾君子，又跟赵岩沾着亲，所以我就想把这案子重新提起来。"

"怎么又提赵岩？你老是过不掉他这一关，啥都往他身上靠，这不好。再说人不是被收进去了吗？想问随时可问，犯不着转一大弯。"大李说。

"情况没那么简单，我们是把他收了进来，可这家伙太反常，弄得现在放也不是关也不是，棘手呢。当然这不是重点，重点是他舅子吸毒。"钟好强调道。

"不只是范欣明吸，他老婆廖香秋也在吸。"温涛插话。

"对，他们两个其实是在吸粉中认识的，以前廖香秋是帮别人买货，后来出于好奇，自己也吸上了，但不多，算是能控制得住的那种。嫁给范欣明后，毒瘾比原来大了许多。"小田补充道。

"知道得都比我多啊，说，是不是你们几个早就串通好了，今晚是针对我？"大李佯装惊讶。其实来之前他就啥也清楚了，范欣明闹事当晚，钟好就将田跃明叫去，让他和温涛盯范家一家的梢。同时又紧急通知大侠，让他那边紧起神来，密切注意各方动静，一有林其彬消息，马上通知他。

合作多年，大李对钟好的性情还有办案风格早已熟络，指望这个时候让钟好消停，就等于让嗅到猎物的豹子给自己的眼睛蒙上两坨泥，假装看不见，可能吗？

"哪有，哪个敢瞒您老人家，我们只是打打前站而已，关键时刻还得老江湖显身。"小田嬉皮笑脸，他是大李的徒弟，在大李面前老有种可亲劲儿。

"正经点，办案得有个办案的样子。"大李瞪一眼小田，他对小田要求还是蛮严的，不喜欢他这种嘻嘻哈哈的作风。人家是年轻人呢，心里再沉重，表面上也都是轻轻松松的。大李却就是看不惯，老顽固一个。

小田不敢造次，只好跟着师傅装起深沉。默了一会儿，大李自言自语一句："怪不得呢。"

大李对范欣明和廖香秋的情况不是太掌握，应该跟长时间不接触案子有关。但心里，已经在帮着分析了。

"落伍了吧，以前你可不是这样，谈起银河这点事，你能从口袋里掏出来。"钟好递给大李一支烟，大李烟瘾特别大，典型的大烟囱，抽得脸黑青黑青。钟好一直劝他少抽点，可一论起案子来，又不停地给大李递烟。

我们都活在一种悖论中，太多的时候，我们走不出自己那一个怪圈。

大李点上烟，狠狠吸了一口："看来我快要被淘汰了啊，说吧，我能做什么？"

大李脸上的神色忽然暗下来。其实他是想到了这事的严重性，想到了他的责任。

"你眼线多，原来的老关系呢，也还有一大部分在道上，我要你暗中盯着这两口子，最近他们会拿到一大笔赔偿，这些钱一旦到手，相信他们会很快送到上线手里。他们的上线肯定还有上线，一层层的，我想我们会找到塔尖那个人。"

"可这跟'血狮子'有什么关系？"大李并未听明白钟好的意图。

"三角楼事件后，'血狮子'突然销声匿迹，对外说是我们击毙了，其实呢，我们至今还不知道他是谁。银河的毒品犯罪这几年貌似消停了一些，那是因为三角楼事件对'血狮子'有震慑。五年过去了，'血狮子'早也耐不住了，指不定靠着范欣明，我们就能逮到一条大鱼呢，不，是大鲨鱼。"

"可这事不归你我管啊，我们这样做，是不是……"

大李犹豫着没把话全讲出来。钟好理解地笑了笑："是，除了你和小田，我们俩都不是缉毒队的，说这事看似我们越了位，但要是从另外一个角度，这事就一点也不违规了。"

"哪个角度？"大李紧着问。大李做事不比钟好，钟好喜欢天马行空，胆大，敢越界，大李却总是循规蹈矩，错一步也不敢迈，这也是他至今做不了领导的关键原因。

"查违禁药品。"钟好重重说。

大李眼睛一亮："你是说？"

温涛接话道："查毒品我们的确没有权力，也不敢越界，但查违禁药品，尤其是假冒伪劣药品的生产与销售，是怎么流进医院的，这个总是我们的分内职责吧。再说了，省里普书记刚刚不是讲过，要严格规范医药市场，确保不让一粒假药进入医院或市场，要让老百姓买到真正的救命药。我们现在办的是医院的案子，赵纪光死前也确实用了不明来路的白蛋白，查这个，总没有人拦着我们吧？"

"偷换概念。"大李嘴上虽这么说，但从神态看，已经赞同了钟好和温涛的观点。

钟好继续道："三角楼事件后，有一批乐神丸一直没找到，数量庞大。当时为了快速结案，而且结成铁案，没讲它是毒品，只是把它定性为不合格药品。为什么这样定位，因为这些东西都是合法的药厂生产的。这批货只要放一天，对社会的危害就存在一天……"

钟好这才把真实目的道出来，原来他绕来绕去，还是为了那批货！

这也怪不得钟好。三角楼事件后，压在他跟于局头上的，既有"血狮子"之谜，更有那批货。他们知道有不少人盯着那批货，更清楚一旦那批货真的流进市场，后果有多可怕。但他们至今找不到那批货，明知道它就在银河，但就是找不到。钟好之所以这么急把这事讲出来，还有另一个原因，这次普天成到银河调研，各种迹象表明，于局在公安局干下去的可能性不大。一旦于局被调离岗位，凭钟好一个人的力量，根本就不可能把这批货找到。所以他要抢在于局职务或工作变动前，把这只盖子揭开。

同时，也只有拿到那批货，将三角楼一案彻底翻盘，他们才有可能把手伸到更远处，伸到海二药收购案，进而查出当年章三河和陈岳锋真正的死因。

而这些，直接关乎到赵纪光和成卓然，关乎到当年赵纪光和成卓然究竟做了什么，达成了什么样的交易。

一提成卓然，所有人的脸都绿了。

或许让他们追查赵纪光，他们敢，可钟好这是剑指成卓然啊。一个曾经的公安局长，现在的副市长。

他们有这胆量吗？

第八章

1

范石磊的赔偿协议很快达成，这次周泽晋很是大方，六十万。廖香秋本来还想狮子大开口，被范欣达狠狠训斥了一顿，这事就算是解决了。

领钱，抬走尸体。钟好作为第三方，也参与了全过程。发现从头到尾，范欣雨脸上都没有表情。她不能不给她哥范欣达面子，可这样处理，显然又不是她想要的结果。

钟好还听说，为了让范欣雨不再追究，周泽晋又动用了一些关系，找人给范欣雨做工作。同时呢，也让急诊科主任周族带着王凯，真诚地给范欣雨道歉。

得饶人处且饶人，父亲已经死了，闹多大父亲也不会回来，范欣雨最终还是含泪接受了现实。

范欣雨以前是一名老师，在银河理工学院教中文，两年前辞职，自己开了一家工作室，叫欣雨艺术空间。她的梦想是当一名作家，范欣雨还热衷绘画，她的画作大都是抽象派的，用色很冷酷，但个别作品又很热烈。

她老公是南方一家很有名的报纸的调查记者，追踪报道过不少社会热点事件。

都是些怪人。

处理完范石磊的事，钟好回到局里。赵纪光这边尸检是彻底做不成了，就在普天成带队调研的过程中，省里有领导再次找大局长邴如英谈话，要求尽快做通家属工作，让他们把尸体拉走，省里还等着给他开追悼会呢。

一听"追悼会"三个字，钟好就知道这事已成定局。

没人会给一个有问题的人开追悼会，不管他职位多高。一旦确定要开追悼会，那就是告诉别人，这人没有问题，他是好干部好同志。

于局这些天情绪也不好，低迷得很，嘴上说对调研的事不在意，组织分工，怎么都行，但那只是说说，况且分工背后还藏着诸多不便言说的信息。没哪个人是超凡脱俗的，于局也不例外。他在这个圈子里混，任何风吹草动都能在他心灵激起波澜。

"想通点吧，能干则干，不能干抬屁股走人。"钟好赌气似的说。

"你真这么想的?"于局反过来问钟好。

钟好耸耸肩："不这么想还能咋，追悼会都要开了，难不成我们还要给人家涂个黑脸?"

"要是开不成呢?"于局忽然问。

"你什么意思，想造反啊?"

"那倒未必，这两天我在琢磨赵岩。"

"管他什么事，这家伙现在完全没有了骨头，废物一个。关在里面屁也不放一个，我看他是彻底败给姓章的了。"

"你就那么看好姓章的?"

"不是我看好，是赵岩压根就不是人家的对手嘛。你是没去过他公司，名噪一方的海天制药，让他给玩死了，我还真有点心疼他老婆。"

"怎么又扯上他老婆了?"

"我最近才知道，他老婆是个能干的女人，若不是她，海天怕早就被姓章的给吞没了。"

"问题恰恰出在这里，希望也正好在这里。"

"你又动什么歪脑筋，不会是想打范欣然的主意吧?"钟好坏笑着盯住于局，两人谈论这些的时候，钟好就不拿于向东当领导，更像是多年合作的老搭档老朋友，说话非常的随便。

"是，但又不全是。"

"哦，怎么，你也对那女人有感觉？"

"想哪去了，我是有家有室的人，哪像你。"说完又觉不妥，钟好脸色已变，于局忙打圆场，"最近跟乌梅没联系？"

"她去了美国，联系不了。"

"想联系就是去了太空也能联系到，夫妻一场，不要太绝情。我们是男人，应该大度点。"

"我也想大度，可实在大度不了。对了，听说那人也去了美国，估计两人是结伴去的。"

钟好说的显然是章笑寒。章笑寒去美国，居然是范欣雨告诉钟好的。范欣雨这女人很怪，跟钟好才见过几面，就敢径直把一些话讲出来。那天下午钟好陪他们跟医院谈判、签字，中间他出来抽烟，范欣雨跟出来，先是在过道里跟他谈了谈廖香秋，说她都不知道这样一笔钱让廖香秋拿去，会做出什么样的事。钟好开玩笑说："你们干吗不把这些钱分了，或者找一个人保管起来，这钱不应该由她一个人拿走。"范欣雨苦着脸道："谁来保管，他们是儿子，我是嫁出去的女儿，女儿是不能分这款的。"钟好又问为什么不让她大哥范欣达管，至少钱放在范欣达手里，比交给廖香秋安全。范欣雨说："大哥现在躲都来不及，哪还敢跟他们两口子谈钱。你没见他见了廖香秋那样，生怕这女人黏上他。唉，我们范家是让这一对宝贝毁了。"

钟好也觉得是，半是玩笑半是安慰地劝范欣然："钱这东西，生不带来死不带去，咱都想开点吧。"

"谢谢您钟队。"范欣雨居然谢起了钟好。紧跟着她又说："这次我二哥给您惹了麻烦，还让您背了处分，实在对不住啊。"

钟好讪讪笑道："哪有的事，是我工作没做好，再说了，我没那么脆弱，一个处分压不倒的。"话到这儿，钟好又多了句嘴，"哎，你能告诉我，你二哥是怎么到医院的吗？"

范欣雨脸色突然大变，怔怔地盯住他，半天，灰白着脸说："我们能不谈这事吗?"

钟好倒是回答得挺利落:"行,不谈就不谈,反正都过去了的。"

范欣雨并没马上离开,显然她也不想掺和到那件烦人的事中去。钟好不好走开,抽完了一支又续上一支,范欣雨说:"少抽点,那东西对身体不好。"

钟好说知道,平日抽得少,只有办案时。范欣雨说可你总在办案呢。钟好呵呵笑了笑,顺从地掐灭了烟。他听出范欣雨已将对他的称呼由"您"变成了"你"。

"你老公抽烟不?"

范欣雨说以前抽,戒了。

"厉害,能戒掉烟的男人,不简单。"

"他身体不好,熬夜熬的。"

两人就这么扯起了家庭,范欣雨问:"听说嫂夫人也在这家医院?"

钟好说:"前夫人,离了。"

"知道。"范欣雨显得很平静,好像对钟好的事知道得还不少。钟好好奇心上来了,问:"还知道什么?"

范欣雨也没客气,依然用很平静的语气道:"还知道她是研究艾滋病和癌症的专家,最近去了美国,参加那边一个学术会议。听说会议规格很高的,能被邀请的都是医学界的强人。"

"这个我不太清楚,对她工作上的事,我向来知道得很少。"

"男人都这样,都觉得自己干的才是重要的事,老婆不过是生活中的配角。"

"他也一样?"

"说你呢,别乱扯。夫人一个人去的?"

"前夫人。"钟好又纠正一遍。

"好吧,前夫人,可我怎么听说,她是跟另一个人一同去的?"

"谁?"这个钟好还真没听闻过,有点小吃惊。

"说了怕你动怒,还是不说了。"范欣雨卖起了关子。

"这就很不够意思了,范作家不会也是卖包袱的吧?"

"知道我是作家啊，行，厉害，看来钟队这双眼，想盯谁就是谁，一盯一个准，这次我是撞枪口上了。说说，还知道我什么？"范欣雨脸上忽然有了层媚。钟好细心一看，才发现那不是媚，而是知性女人对事物认真时自然流露出的一层真，在她特有的气质衬托下，就误看成了媚。

女人跟女人真是不一样，有的女人审问起别人来，一脸的怒相凶相。范欣雨这种女人，越是审问你，脸上表情却越让你着迷。

可亲是一种距离，这种距离不是装出来的，而是久长的日月里修炼出的。

"我是想知道得更多一些，可无缘无故去打探别人隐私尤其女同胞隐私那是很不礼貌的。"钟好也咬文嚼字了一把。

范欣雨恬然一笑："那倒不会，我既不是作家也不会卖包袱，只是在医院里无聊，多听了一些。"

"那就说出来。"

"章笑寒。"

钟好其实是后悔让范欣雨说出来的，范欣雨不说，他什么也不知道，内心就不会生那么多纠结。人有时候真不该知道得太多，知道了而又不能改变，那种滋味的确不好受。诡异的是，范欣雨说完这三个字，也没看他有多难受，转身进了会议室，跟他连一句其他的话都没说。钟好就想，范欣雨是有意告诉他这些的。钟好当时很不理解甚至有点儿气愤，这人咋这样？晚上回去一想，就想出戏路来了。

范欣雨主动接近他并跟他提起章笑寒，是在向他传递某种信息，或者说，是把他的警觉和思路往章笑寒这边引。包括他们把范欣明那个瘾君子带到普天成面前，其实也是戏出一辙。

章家跟赵家的竞争已不止一年两年，至少有十年了吧，或者更早。自从海东提出发展制药业，自从赵岩创办海天制药，他们之间的斗争就没停止过，多的时候都是恶性竞争。当年海二药收购案，应该是他们两家最为激烈的一场斗争，或者说是斗争的一次集中爆发。可惜那场斗争中三河彻底落败，海二药收购案，成为一个分水岭。赵岩自从收购海二药后，迅速壮大起来，本来由三河一家统领的制药市场，又冒出一个强劲的竞争对手来，并且短时间内海天占了上风，反倒逼得三河没了发展空间。章笑寒心里当然不服。章笑寒更不服的，是他父亲章三河的死。

钟好反复看过当年海二药收购案的材料，里面疑点重重，漏洞百出。一开始海二药的收购是由章三河来谈的，方案修改了几次，谈的也不是收购，是重组。两家优势资源集中起来，重新组建一家新的企业，三河控股，最终要拍板时赵纪光突然插了手，于是形势急转直下，不到一个月时间，方案变了几次，重组变成了破产收购，主角也由三河药业变成了海天。这中间章三河向上面反映过，检举赵纪光利用职权侵吞国有资产，强行为儿子的海天谋好处，这便引发了后来对三河的一系列处罚。先是派审计进入三河，接着又让税务去查。任何一家企业都是经不住查的，尤其查税，哪家企业没有偷税瞒税的现象？更狠的，还查章三河的个人问题，向领导干部行贿等。总之，三河遭遇了史上最强的监管。章三河叫苦连天，他跟海二药原厂长间的一些猫腻也被端了出来，他在企业创办和发展过程中的诸多问题比如拿地比如贷款，都一一被列了出来。章三河等于是被扒了一层皮，不，几层。到后期，章三河实在受不了，眼看要疯，拿着告状信到政府门前示威，结果被冠以寻衅滋事罪遭到了逮捕。

章三河是被关了两个多月才放出来的，放出来后不到一周，死了。死后在他体内以及房间发现大量毒品，最终公安认定，他是聚众吸毒吸食过量而死。

这个结论当时是由成卓然负责做出的，缉毒队大李参与了此案。

钟好反复问及过大李，章三河真的吸毒？大李避而不谈，只说让他别管过去的事，一切向前看。

可钟好就是前看不了。

最近他把海二药收购案中的一些档案和资料又调出来，反复研究。越研究越觉得里面疑点重重，尤其章三河吸毒这事，太有戏感。钟好已经无法不让自己怀疑，所谓的章三河吸毒，不过是一种欲先设置的罪名，一种强加，一种典型的算计。是权力加害于当事人的恶把戏。如果真是这样，章笑寒后期一些作为，就能合理解释。他是在复仇，在清算。钟好甚至还想，当年所谓的"血狮子"，根本就是章笑寒精心设计的一出戏，至于为什么让林其彬和季文韬替他发展老鼠会，钟好有两个大胆的想法，一是章笑寒故意拿这个刺激赵岩，让赵岩上当，跟他抢夺"血狮子"这一地位。二来，章笑寒是借老鼠会，摸清银河地下贩毒的整个脉络和线索，其目的并不见得是他之前想的贩毒，而是借这些人来操控赵岩，进而操控赵纪光。

钟好还想，赵纪光的死一定跟毒品有关，说不定赵纪光早就成了章笑寒的牺牲品。柳冰露一直吞吞吐吐不敢讲的，怕也是这个，上面之所以急着火化赵纪光尸体，更是怕他查出这些。

钟好被自己的大胆想法激动，睡不着觉。他甚至还想到，范欣然将吸毒的范欣明带到普天成跟前，也不排除让普天成注意毒品这件事。那么，目前的银河，肯定还是有一个地下毒品市场存在，这个市场一定不是由赵岩来控制，而是章笑寒。不然范欣然不会冒这个险。

可章笑寒控制这个市场到底为了什么？

钟好眼下掌握的种种信息，都不能印证章笑寒及三河这边制毒，一点这方面的迹象也没。他也很糊涂，是信息不足，对方太过隐秘，还是他又把方向搞错了？

这次可千万不能错啊。

如果不是乌梅出轨，或者说给他戴绿帽子的人不是章笑寒，钟好大可光明正大把这个疑问提出来。但上帝偏偏给他出了一个难题，乌梅跟章笑寒发生了奸情，还让他当场逮到。钟好难啊，如果他此时说章笑寒才是真正的嫌疑人，别人会怎么看，怕是连于局都要对他重新审视。

公安最怕的就是公报私仇，任何将公权力掺杂到私人恩怨当中的人，都不配主张正义。

2

钟好和曹亚雯他们从医院撤出来，赵纪光案暂停侦查。

钟好虽然想不通，但也得服从。一连几天，他都不说话，一张脸阴得跟别人要找他上税一样。为了尸检，他做了多少努力，甚至不惜让赵悦反咬一口，背了处分。可现在所有的努力都泡了汤，上面一句话，他们这些人就得乖乖撤回来。

这天于局将他叫去，笑着说，赵悦又翻供了。

"还翻啊，能翻出什么花样来？"钟好心不在焉说了一句。他现在心思已不在赵纪光身上，从赵纪光身上打不开缺口，就得另想办法，他在天天琢磨章笑寒。

"这女人又咬起了大个子，说是大个子教唆她的。"

钟好哈哈笑了起来，他还瞒着没将两个烟蒂的事说出来，赵悦倒自己说了。

"有趣，这个有趣，大个子怎么说？"

"大个子发大火呢，他说他是找了赵悦，但绝不是谈花粉的事，他是去见赵悦母亲，沈绪岚不见他，他想让赵悦带他去。"

"见沈绪岚做什么？"钟好眉头一紧，突然听出一丝不妙来。

"上面一直想让赵纪光早点火化，大个子是跑去求助于沈绪岚，希望她站出来做做子女的工作。"

"扯淡，上面哪个时候有这意思了，就算有，这事也归我负责，轮不到他去见谁。"

于局略一沉吟，道："上面一直有这个意思，只是我们不愿意相信罢了。大个子这次没说假话，他见赵悦，真还就是想把老太太搬出来。"

"扯，继续扯。"钟好极度轻淡地又说一声。

"不是扯，是人家真的比你灵敏，有政治嗅觉，而且抢在了前面。"

接着于局又告诉钟好，局里刚开完会，大个子即将被任命为经侦一队队长了。

"行啊，坐火箭炮。"钟好对此并不意外，现在提拔谁上去他都不好奇了，他好奇的是，大个子怎么会到经侦队而不是刑侦队？还有，赵悦咬他的事，真不是大个子在背后唆使？

"咱不说这个，叫你来，两件事，一是你要设法见见沈绪岚，这也是我刚想到的，咱们不能总是滞后。"

不等于局说完，钟好就闷腾腾给了一句："不见。"

于局的话被打乱了，顾不上说第二件，追问："为什么不见？"

"都叫停了还见什么啊，再说她跟赵纪光离婚多少年了，赵纪光的事她管得着吗？"

见钟好如此冲动，于局理解地笑笑："别急着否定嘛，理性点好不，至少容我把话讲完。"

"反正我不见。"钟好嘴上依旧冲着，却拉过一把椅子坐下。

于局笑笑："老是意气用事，不好。"说话间走过去，关上门。

"想不想知道，是谁阻止了尸检？"于局声音压得很低，神情一下正经下来。钟好也不敢耍性子了，知道于局叫他来，不是为了发发牢骚，转过头问："谁？"

"就是沈老太。"

"什么？"

"是沈绪岚，她突然站出来维护赵纪光，要求上面放赵纪光一马。"

"什么，沈绪岚，这怎么可能？"钟好瞪大眼睛。

于局示意钟好小点声，但他自己也控制不住情绪，长吁短叹一会儿，道："我也是才知道上面为什么叫停尸检，这太有戏剧性了，一个被我们完全忽视了的人，她却用神奇之力阻止了我们全部行动。"

"不，不可能！"钟好近乎惨烈地叫了起来。

不管钟好信与不信，事实的确如此。就在昨天，于向东被紧急叫到省里，接待他的是省委一副秘书长，还有公安厅副厅长。谈话的内容有两点，一是省委调研组调研银河医院时遭遇的突发事件，副秘书长说，省里对范欣明一事很重视，尤其范欣明的身体，希望市里能有一个彻查，对隐藏在范欣明后面的问题，更应引起高度重视。副秘书长尽管没点明，但于向东还是很清楚，所谓隐藏在后面的问题，就是吸毒，就是毒品泛滥。另一个，副秘书长谈到了赵纪光。省里还是希望此事能尽快处理，拖久了不好。一件事如果负面效应过大，各方就都应该考虑了。说及赵纪光时，副秘书长用了以下几句话：他辛辛苦苦为党为人民工作了一辈子，为银河乃至海东的发展呕心沥血、鞠躬尽瘁，对这样一位高级领导干部，我们要采取保护措施，不能随心所欲，更不能不讲原则。说到这儿，副秘书长突然问："沈绪岚最近身体很不好，你们知道不？"于向东抱歉地说，情况还不太掌握。副秘书长说："官僚了不是？"然后告诉于向东，沈绪岚前段时间去北京看病，见了老首长，她向老首长提了一个要求，希望组织上正确对待赵纪光。

"人死为大，能不能让他尽快入土为安，走得安心点？"

说到这，于向东就彻底清楚了，这次之所以急着叫停尸检，一定跟沈绪岚有关。

"不可能，她恨赵纪光都来不及呢，怎么还会站出来为他说话？"钟好一下两下还是转不过弯来。

于局没急着解释，而是问钟好上次策反赵悦时，见没见到沈绪岚，跟她有没有过交流？

"她不可能是突发奇想，应该有所流露，是不是你给大意了？"

于局看上去非常不甘心。看来他也是被上面这一决定给击蒙了，方寸有点乱，换平常他不会这么想也不会这么问，因为他跟钟好之间一向靠的是默契，是绝对的信任。

特殊关头，每个人都想抓住一根稻草。可这个世界上稻草很少，能让我们力挽狂澜改变定局的稻草，更是没有。

钟好一听叫了起来："怎么又提策反，这罪名我担不起，感觉跟特工一样，我就是跟赵悦谈了谈赵纪光的死。"

"又犯错误，以后称赵老，或者老首长。"

"好，赵老，老首长。"钟好非常别扭地重复一遍。

"回答我的问题，见没见沈绪岚？"

钟好说没见，本来想见，但沈绪岚现在拒绝见任何人，尤其赵纪光去世后，不，赵老去世后，更是把自己关了起来，什么人也不见。好像挺绝望挺悲观的样子。

"这就对了，一日夫妻百日恩嘛，她对老首长还是有感情的。"

"不可能，一个抛弃了她的人，不让她恨之入骨就已经不错了。"

于向东呵呵一笑："你还是不懂人生，我问你，你现在恨乌梅不，恨之入骨？"

"扯我身上干吗，两码事。"

"一样的，你还是回答我的问题。"

钟好想了想，似乎有点不情愿地道："恨，但有时候又……"

"牵挂是不，有时候也会自责是不？我们办案办久了，都把自己办得没了人情，没血没肉，干巴巴的，只知道法理，却不讲人伦和人情。其实人是感情动物，感情这东西，复杂啊。"

钟好像是被触动，不过他还是不甘心，故意道："局座怎么抒起情来了，嫂夫人没得罪你吧，还是赵大小姐又找你抒旧情了？"

钟好说的赵大小姐就是赵一霜，于局跟她是有一段故事的，医院对医闹采取措施那天，赵岩还拿这事取笑他呢。也正是因了这个，对赵岩他们的处理就有些棘手，束缚住了于局手脚。外界呢，也有一些不好的传闻。

"瞎扯什么，说正事呢。"于局有点恼火，这个时候他不想开任何玩笑。

钟好敛起笑，抱着歉意说了声："看来老太太还真不简单啊。"

于局忽然不说话，脸上布了一层云。过了好长一会儿，才像是透过气来，道："我们不能小看大个子，他想到的我们没想到，虽然他也没见着老太太，但至少人家走在了我们前面，这也是这次能被破格提拔的关键原因。"

"行了，表扬得够多了。"一提大个子，钟好心里就极不爽，他不相信大个子有这种警觉，肯定还是他那个准岳父。

"我想让你去见她，跟老太太认真聊聊，指不定还能聊出些什么。"

"你还抱幻想？"

"不，尸检绝无可能，我们都不能抱幻想，但我们总得知道老太太阻拦的缘由吧？"

钟好觉得于局说得有理，点了下头，心里已经做起了盘算，过了一会儿，又问："前面你说两件事呢，第二件呢？"

于局噢了一声："让你一搅，我这里都没思路了。第二件，对范欣明的调查要抓紧，顺着这条线插进去，一定要找到我们想找的东西。人员方面，我会名正言顺地将大李和小田调配给你，由你统一指挥。"

钟好心头为之一振，相比前者，于局这话说得让他开心。不过，他还是纳闷地问："怎么调配，人家都是缉毒队的？"

"还有一件事我没向你宣布，从明天起，你将回到缉毒队，所有跟毒品有染的案子，你都可以介入。"

"什么？"钟好完全惊在了那里。绕半天，于局谜底在这儿啊。可他还是不明白，结巴着问："为什么是明天？"

"因为党组会还没过，正式通知明天才能下来。"

"这太振奋了。"钟好猛地起身，一把握住了于局的手，"谢谢你啊头儿。"

于局拿开他的手："这次调整跟我没关系，我一句话都没替你说，是省局的意见。"

"啊？"这下轮到钟好彻底震惊了。

钟好真的想不到，他的人生会在这个时候又转一个弯，闲了五年的他，终于又能回到缉毒队去。他更想不到，这次变化，真还是省局提出来的。范欣明医院小广场那一幕，表面看没引起太大风波，但这只是银河这个层面，而在省里，反应却大不一样。于向东被叫到省里的同一刻，大局长邴如英也被叫去。目前他们虽不知大局长去被谈了什么，但有一点可以肯定，关于银河地下毒品的事，省里是下决心要整治了。让他回到缉毒队只是序幕，真正的大戏怕是在后面。

从于局办公室出来，已是上午十点二十分。钟好本来是想多跟于局谈一谈的，倒不是因为他马上要回到缉毒队去，这对他来说，顶多就是可以放开手脚办案了。他是对于局前面说的那番话有了兴趣。

他们看似老在一起，但每次都是在谈证据谈案情发展，谈生活的不多，谈情感就更少。于局说得对，他们办案把自己办木了，办成教条了，不通人情了。可很多案子不只是你所看到的那样，每个人都有复杂的内心世界，犯案者更是如此。一个人能走向犯罪，其内心的博弈与争斗，是非常惨烈的一个过程。当然，有时候一个偶然的外因，会刺激这种转变。

钟好最近对犯罪心理学着了迷。

阳光很好，但空气不怎么好，有一种橡皮的味道。最近钟好常闻到这种味，他说是城外工业区一定又引来什么项目，这种低端项目引得越多，城市空气质量就越被污染。别人说不是，是他内心里有了味道。

扯淡。

钟好吐了句槽，大踏步地往车子前去。他想去看看范欣明，原想着把范欣明交给大李和小田盯着就行，现在看来不用了，他有种急切的愿望，恨不得立刻跟范欣明交交手。

刚到车前，曹亚雯来了，脸色很难看，钟好问她干吗去了，曹亚雯没好气地说，还能干吗，范家人干起来了，派出所处理不了，打电话让她过去。

"干起来了？"钟好停住步子。赵纪光案叫停后，曹亚雯暂时闲着，本来应该回到原岗位，于局可能留有私心，没让回，将她作为机动人员，哪个案子缺人先去补充一下，具体就是在于局手下转来转去。

"范欣雨突然提出，大家要均分那笔赔偿款，范欣明两口子当然不干，这不，打起来了。范欣雨被打破了头，住院了。"

"还有这样的事啊，新闻。"钟好诧异地叫了起来，心里同时想，范欣雨怎么会对这钱感兴趣呢，不可能啊。

"人家忙得焦头烂额，你倒好，幸灾乐祸。"曹亚雯不满地瞋了钟好一眼。

"可是，可是范欣雨不是那样的人啊，你会不会听错了？"

"天知道咋回事，总之都是钱闹的，不跟你说了，我要上去开会了。"

曹亚雯说完就要走，钟好像是还有啥没搞清，想继续拉住她说。曹亚雯真是要去开会，时间不等她，撂下钟好走了。钟好一时有些反应不过来，怔在院子里。这当儿大个子邹锐跟几个干警过来了，远远看见钟好，笑着走过来道："老大悠闲啊，医院不去了？"

钟好瞅一眼大个子："不去了。"

"我就说那案子是浪费时间嘛，不过老大你能浪费起，我们浪费不起。"说完这句他像是要走，又收住步子，"对了老大，最近有点忙，等忙过这阵，请你喝酒，也好跟你汇报汇报工作。"

然后冲几个干警招招手，一阵风地远去了。

钟好被大个子忽然来的热情给烫住，这是演哪出啊，一会儿冷一会儿热的，再说这叫热情吗，钟好怎么分明感到有种嘲讽和显摆的味道在里面？

橡皮的味道。

站着站着，钟好忽然明白过来。

大个子最近接手一起大案，经济诈骗，是大局长邴如英钦点的。怪不得是经侦而不是刑侦，原来早就有打算了呢。钟好另一个心里又替曹亚雯鸣不平，多好的姑娘，倒追人家都没追上。

婚姻还是要讲点政治背景的啊，钟好脑子里冒出成思维那张被化妆品过度伤害了的脸来，他越来越有一种不妙的感觉。大个子是被人算计了，联想到大个子最近接手的这起案件，更觉得这里面有一团看不清的东西，好像早就有人写好了剧本似的。

莫名其妙的，钟好突然对大个子担心起来。

大个子接手的经济案就是发生在海天的颐养园集资案。对这起案件，银河方面一直不敢提，从发生到现在，虽然有过不少风波，也有人上街闹过，但都被各种理由压了下去。海天跟西蒙睿合资要建的颐养园是个彻头彻尾的骗局，除了海天圈出一片地外，该项目一点实质性进展也没，而那片地后来考证还是海天打造重离子项目用地，跟颐养园边都不沾。早在项目运营前期，海天，还有西蒙睿跟市里几家银行联手，暗中运用众筹手段，在民间大量吸资，数目大到令人无法想象，集资方式更是诡异连连。到目前为止，钟好也只知道项目方当初承诺的回报高达百分之二十三点六七，这么明显的骗局却有那么多人上当，而且都还是些身份特殊的人。因为海天这次众筹不是向社会公开的，只在相当保密的范围内秘密操作，受骗者大部分是机关干部，而且都担任一定的领导职务。据说当时为了交上集资款，有人还托关系走后门呢。这是丑闻，消息刚一传出，市里省里便采用了高压政策，到现在为止，这波算是压下去了，没起什么浪。但事情还在，火山随时会爆发。这次把大个子调过去，让他接手此案的侦查，据说也是上面发话，要妥而又妥地把这火灭掉，不留任何后遗症，更不得传播出任何负面消息，要让海天在规定时间内把钱吐出来。

一切都是冲赵岩来的。钟好又闻到了那股味道，依然是橡皮味。

钟好不懂经济，干了半辈子公安，一件经济案件也没沾手过。他对此事只是抱着听一听的态度，眼下经济领域新名词层出不穷，他这老脑筋早就跟不上了。

大个子早没了影，钟好站在车前发了会儿怔，范欣明显然是看不成了，人家家里乱成一团，他去凑热闹显然不合适。钟好想了想，决定去一趟前江，会会赵纪光前妻沈绪岚。

3

前江最早是银河下面一个县，后来升格为市，跟银河成了一个级别。到现在，前江的经济跟银河不相上下，人口规模也跟银河差不多。前段日子风传的大局长郏如英高升的地方，就是前江。

赵纪光在银河工作时，前江还只是一个县的建制，它既是赵纪光的老家也是沈绪岚的老家，赵纪光跟沈绪岚就是在这里认识的，也是在这里成婚的。

　　前江也是史肖玉老家。史肖玉跟沈绪岚不在一个镇，沈绪岚所在的镇子叫庆河，前江升格为市后，庆河跟着升一级，成了县。史肖玉所在的镇子叫水门镇，到现在也还是镇。不过史肖玉后来从省城回到前江，不敢去水门，只能投靠庆河的姑姑。

　　庆河是钟好最早参加工作的地方。

　　钟好至今还记得，他背着铺盖卷来庆河报到的那天。作为新招入的警察，钟好在县里参加完为期两个月的培训，被分配到庆河派出所。

　　庆河派出所位于庆河长街的正中，那时候庆河镇只有一条街，人们都习惯叫它长街，这条街按现在的目光看，一点都不长，统共也超不出五千步，但在那个年代，它已经是非常的耀眼了。派出所所长姓魏，叫魏平安。一个派出所有一个叫平安的人当所长，它的辖区一定是很平安的。不错，当年的庆河，真的要比其他地方治安要好得多。

　　庆河派出所管辖着两个镇子，庆河，还有一个叫古水。所长魏平安那时不到四十岁，个子好高大，身材也魁梧，体格非常健壮，他是从部队下来的，侦察兵，在部队荣立过二等功，是参加过一九七九年那场还击战的。钟好把铺盖卷放院里，去所长室找魏平安，他手里拿着公安局开具的派遣证。所长魏平安仔细看了几遍派遣证，然后抬起头在钟好脸上静静地端详半天，说了句让钟好一辈子都不能忘记的话。

　　他说："怎么又给我派来一位熊蛋，我要的是虎。"然后放开他非常特别的大嗓门，冲门外喊，"宽叔，宽叔，过来一下。"

　　叫宽叔的是一位中年警察，年龄要比魏平安更老一些，在所长如高音喇叭的叫喊中，佝偻着腰，一步三磨地走了进来。魏平安显然看不惯宽叔走路的样子，焦急地催："磨蹭什么，步子就不能放快点啊。"

　　"不能。"这是钟好第一次听宽叔说话，他的声音跟他走路的样子一样，慢，且缺乏力感，有一种老气横秋度日如年的糟糕。

　　"这也不能那也不能，我看你就只有在大肥臀的烧锅店里显精神，是不是喝高了？"

"没有。"这是宽叔说的第二句话。说第二句时他的目光朝屋角边上站着的钟好脸上望了一眼，没任何表情，就跟看太阳底下一头猪那样。

"又来了一个青瓜蛋子，而且一看就是个熊蛋，把他交给你，好好摔打一下，我要一只虎出来。"

宽叔站着未动，目光从所长脸上移开，在钟好身上细心地打量起来，带着一副深究，上上下下看了好几遍。

他回过身，冲所长说："这不是熊蛋，是只狼崽子，调教好了，会出人才的。"

"那你就调教去，时间一个月，一个月后还是这副熊样，没说的，给我退回去，庆河可不养吃闲饭的。"所长非常高傲地说完，夹起一个宽大的黑色人造革包，喊上司机，去县城了。房间里只剩了宽叔和钟好。不，整个派出所院里，就剩他俩。

钟好的警察生涯是从宽叔开始的。

宽叔姓骆，大名叫骆宾宽，但没人叫他名字，大家都叫他宽叔。

所长把钟好教给宽叔，宽叔就开始带钟好走家串户。在这之前，钟好从不知道当警察还要走家串户，还要对各家情况尤其重点对象了如指掌。"做到比自己的亲人还熟悉。"这是宽叔教钟好的话。宽叔教钟好很多话，听起来怪怪的，跟钟好当警察的志向抱负根本不符，差十万八千里。钟好以为当警察就是出生入死，跟犯罪分子斗智斗勇。为此他不但看完了《福尔摩斯全集》，还加班加点，追了不下二十部香港警匪片，看得他热血沸腾，摩拳擦掌，越发觉得这辈子当警察是最好的选择。宽叔打击了他。听了他的话，宽叔温和地笑笑。宽叔的笑向来很温和，哪怕是很紧张的时候，这是宽叔留给钟好最深的印象。再就是宽叔说话向来慢悠悠的，不急不躁，哪怕刀架脖子上，他也能表现出极为慢条斯理的镇定。这点不能不服。那天宽叔慢悠悠地说："你当是拍电视啊，可惜你我都不是演员。记住，我们是片儿警，我们的职责就是跟辖区群众熟悉，跟他们交朋友。"

"交朋友?"钟好一头雾水,感觉自己才参加工作,理想就被这个叫宽叔的慢男人给打灭了。

"你以为啊,能交成朋友,你的工作就完成了一半,再剩下一半知道是什么吗?"

钟好很不开心地说:"不知道。"他把对宽叔的失望直接写在脸上,开始动心思怎么离开这个比绿皮火车还要慢的男人。

"你当然不知道,如果知道,所长就不让我带你了。这样吧,另一半我先不告诉你,当成作业,对了,你上学时有作业吧?"宽叔一边摸口袋一边说。宽叔抽一种很廉价的香烟,三毛五分钱一包,就这,常常断顿。宽叔摸半天,发现口袋空了,有点尴尬地说:"你吸烟不?"

钟好说不吸。

宽叔哦了一声,慢悠悠道:"那你当不了好警察,这事我得跟所长说说,别到时候说我没带好徒弟。"

"吸烟跟当警察有什么关系啊?"钟好几乎要叫喊了。

"凡事都跟当警察有关系。"宽叔丢下这句,买烟去了,钟好傻不拉叽站着,感觉青春有点灰暗,内心一下不好了。

钟好跟了宽叔五年,五年吧,从二十出头的小伙子跟成了警察中的老油子。是老油子。没当警察前,钟好是恨老油子的,觉得社会上最遭人看不起最该鄙视的就是那些老油子,哪知宽叔就是朝老油子的方向打造他的。宽叔有句很经典的话:"面对好人,你要做得比他们更好。面对渣子,你要更渣。这样你才能在社会上游刃有余,当然做起警察来也更能如鱼得水。"宽叔文化程度不高,只念过高中,不像钟好,好歹也在警察学校上了三年中专。那时候的中专,比现在的大学难考多了,不然钟好也不会认为自己是个人才,老有出类拔萃的幻觉。宽叔说话常常出现词不够用、乱用的现象,但他这些乱用的词,却能准确地传达出他的意思。比如这句如鱼得水,明显就是更从容更得心应手。

"你知道怎么才能渣吗?"宽叔又把话题拉回去,他喜欢这种方式的聊天，常常是你以为他要说下一个事情了，结果突地他又倒回去，在原来问题上耗费掉大量时间和口水。他不只是一个慢人，更是一个怪人。

这个时候钟好已经跟了宽叔一段时间，对他的风格基本能掌握，不少地方已经对宽叔很是认同。比如他说没有什么比熟悉群众更快捷更有效的侦查方式，也没有什么比发动群众更奏效的途径。毛主席还说，要走群众路线呢。

"干吗要变成人渣啊，我不想。"钟好说。

"这就是你的不是了，你已经答应跟着我，而且就这阶段表现看，你进步不小，我对你才有了信心呢，你就要放弃。"宽叔把这理解成放弃，让钟好真是无言以对。宽叔又说："对我的话，你要认真理解，要懂。"

宽叔爱用这个懂。

比如钟好跟着他去调解家庭矛盾，当片儿警最大的一件差事，就是处理家庭矛盾，有些是邻里纠纷，有些是一家人互相斗。钟好一开始觉得这工作太琐碎，枯燥乏味，不是他想要的。宽叔却说，一个好警察就是从走进别人家开始的，你要先懂得什么是个人，什么是家庭。说完这些宽叔又叹息："你才多大，指望让你懂家庭，早了。"

但钟好已经从接二连三的家庭纠纷中感受到一些，人心中的怒气，有一半是来自于家庭，来自扮演不好家庭中的那一个角色。自己扮演不好却要怪罪到他人头上，这便是犯罪的开始。宽叔认为他讲得有道理，但又跟了一句："你话里少盐。"

"盐是什么？"钟好问。

"盐就是渣。"宽叔接着又道，"把一个人精变成渣，说好听点叫历练，说不好听点就是要多吃盐。吃的盐多了，世事在心中就有了沉淀，不然人们怎么老说，我吃过的盐比你吃过的饭多，那是人家让岁月侵蚀得狠啊——"宽叔狠狠地咂了一口烟。

后来钟好才知道，宽叔说的渣，就是把人变回生活的原色。就是去掉一切空的假的虚的矫揉造作的，让人回到生活的原味中去。

当警察就得懂生活的原色。

宽叔说的另一个懂，就是懂人。

不是每一个人都能成为罪犯，也不是每个人都熬费警察的时间和精力。这个世界上，能走向犯罪的，大抵有三种人：一种是没有活路的。这个钟好懂，见得太多了，因为没了活路，不得不铤而走险，去做跟他命运轨迹完全相反的事。钟好处理过的上访啊，家庭矛盾导致的伤害案，还有因离婚提刀或抱着炸药包去毁掉岳父一家的恶性案件，大都是这种。钟好也是在这些看似普通的案件中发现，世界上有不少人，活路很窄，大多数人眼里不觉得是件事的事，到了他们那，就是生命的全部。比如宽叔曾带钟好破过一起炸药包炸死岳父一家六口人的重大恶性案件，男的是外乡人，入赘到妻子家，半辈子既受岳父母的歧视，又被自己老婆看不起。这男人居然也跌跌撞撞活了几十年，后来妻子出轨，跟一做小本生意的好了，岳父母非但不阻拦女儿，反而以各种尖酸刻薄的话污辱女婿，结果最近惹怒了女婿。自入赘过来从没说过一句硬气话的女婿经过长达三个月的准备，自制了一份厚礼，在中秋节月儿非常明亮也非常温馨的夜晚，将炸药包点燃，岳父一家还有他妻子和一双儿女死于爆炸声中。后来在对案犯审理过程中，这个被全镇子的人当作老好人的男人说了一句话，令钟好年轻的心大为震颤。他说人其实就是一物件，摆哪都行，但你得让这物件活，不能把他的路堵死，更不能把他的心堵死。满世界都张着血盆大口咬他时，这个物件只有想办法把世界干掉，干掉，他心里就舒展了。

这个男人的世界其实就是这个家，他活下去的路无非就是岳父母能积点口德。

"人是会死在嘴上的，那些说话尖酸刻薄者，其实是拿口水淹自己的命。"这是案件侦办完后宽叔给出的评价。为此案宽叔病了一个月，他说他忘不掉案犯的眼睛，他的眼睛里充满了祈求。

第二种是生来就具有犯罪基因的，他们是人类的祸害，是为犯罪来到这世界的。这些人不但聪明而且极狠，钟好就遇到过一位，是跟着宽叔拍一起连环失窃案时无意中闯进的。这案后来成为震惊全国的大案。因为死了五个人，案件属于公安部督办，但不管部里还是厅里，都没能把这案破掉。犯罪嫌疑人作案手法极其残忍，现场不留任何证据，一个脚印都不留。后来宽叔是连续接到几起报案，镇子上几个年轻的小媳妇不断地丢失内衣，宽叔想到那起重大案件的特征，死者均为年轻女性，死后都找不到内衣，就怀疑又是那家伙干的。后来宽叔带着钟好，对镇子上的单身男人一个个排查，包括那些才从大学校门走出又回到镇子上的。半年过去了，镇子上的单身汉让他们查了个遍，案子还是毫无进展。后来宽叔在喝酒中突然拍了一下大腿，说他错了一件事，这世界上喜欢女人内衣的并不只是单身汉，有些看上去很正经的活得也很不错的男人其实心理也会阴暗。于是宽叔调整方向，将目光扩大到那些体面人身上。又是一年半，钟好快要离开派出所的时候，宽叔盯住了一个人，庆河中学副校长。最后的调查终于证明，宽叔的路子是对的，偷内衣的正是这位副校长，他以前是学体育的，起先在庆河中学教体育，后来一步步到了副校长位子上，算是庆河镇相对有文化的人。他也是在上体育课的时候喜欢上女生内衣的，带点体液带着汗味的内衣会让他想入非非，十分的愉快。但他从不偷女学生内衣，他说那样很容易会让公安把目标锁定在他身上。他偷那些结了婚的妇女的内衣，还说那些内衣上面有成年男人的味道，哪怕洗了，那味道还在。这家伙有老婆，还十分漂亮，是粮站会计。他对内衣的嗜好其实由来已久，小时就偷母亲的内衣，挨过不少打，但母亲从没把这样的丑事说出来。等当了老师，这毛病相对好了点。娶了漂亮老婆后，几乎就要把这瘾戒掉。可一次偶然，让他旧病复发，而且一发不可收，直到走上犯罪。那次偶然就是他在河中救过一位妇女，救起后妇女已经不省人事，他是体育老师，有急救常识，就学着给妇女做人工呼吸，结果两只手触及到了女人丰满的身子，还摸到因为落水而沾贴在女人肌肤上的内衣。他说那天阳光很好，阳光打在女人内衣上，发出一层令他晕眩的光芒。他是救活了妇女，但也把自己打入了地狱。自那天起，他开始猎取目标，一双眼睛狼狗一样开始在镇子上转。这家伙是个典型的心理变态狂，如果成功得手，他不会伤害当事人，还跟以前一样，同当事人有说有笑。他偷了不少内衣，但只害过不顺当的人。所谓不顺当就是在偷的过程中被发现，他认为这些人该死，坏了他的好事，还有可能坏掉他的名声，临死都说自己是一个有好名声的人。的确，镇子上没谁说他的坏话，都认为副校长是一个为人师表德高望重的人，一开始连宽叔都这么说。为了保全好名声，被人发现后他当然要把对方干掉，而干掉前要做的第一件事就是先挖掉被害人的眼睛。他认为人的一切罪恶都是眼睛带来的，人要没了双眼，就不会看到美，就不会看到花花绿绿的女性内衣，更不会看到一个偷内衣的人。他就是想拿对方一件内衣啊，对方干吗不成全他？这是他跟钟好说的话，钟好当时恨不得掐死他。那些死去的人都被挖了双眼，有些还被割掉鼻子，他说如果不这样，这些人到阴间，仍然对他不安全。

这人最后挖掉了宽叔的眼睛。

宽叔老了，他的慢害了他。他盯了副校长半年，终于在他即将得手时大喝一声。那天宽叔也喝了点酒，不多，但足以让他的体力下降一半，尤其腿脚，肯定没有不喝酒时利落。副校长差点被他惊得从花园墙上摔下来，当时他是踩在花园墙伸长胳膊去偷内衣的，否则他够不到。他跳下墙来，径直走到宽叔面前，问："你发现了我？"宽叔说我盯你半年，这下你逃不了了。他说不见得，又问宽叔怎么怀疑上他的。宽叔说我跟踪了你老婆半年，看她买什么款式的内衣，还到你家阳台上看过，当然是在她洗了衣服后。后来发现失盗者丢的全是跟你老婆一样的款式和颜色。

"你有怪癖，喜欢从别的女人身上找到你老婆的味道。你喜欢用幻想慰藉自己，而且你的慰藉面很狭窄。这在犯罪心理上叫转移式安慰。"

"你真聪明。"他打断宽叔，不想听宽叔把他的心理说得太细太真。这时候他还没想着害宽叔，他想宽叔会放了他，因为他教过宽叔的儿子，还在某个夜晚替宽叔把宽婶背到医院。那天宽叔外出办案，不在家，宽婶半夜突然胰腺疼，情况很危急。可以说，没他那个晚上的救援，宽婶很可能就没了。当然宽叔并不知道，那晚他是上宽叔家偷内衣的。宽婶跟他老婆关系很要好，算是一对忘年交，也可以称资深闺蜜。前一周宽婶跟他老婆一同去过县城，两人买了相同款式的内衣。

宽婶的比他老婆大两号，更令他想入非非。

宽叔没放他，一点儿意思也没。宽叔掏出手铐，又说了一句："我还知道你偷内衣的原因，因为你是性无能，打球时废了，你让老婆穿各式内衣，摆出花样给你看，你靠这个解决问题。"

就是这句话惹怒了副校长，这家伙当即凶下脸，宽叔正要做反应，他的动作就已到了。宽叔后来在医院说，这么久拍不了案，是我们压根没想到他的作案手段，准确说是他挖掉受害人双眼的手段。这家伙偷内衣时为了容易得手，因为内衣都晾晒在相对高的地方，手上戴着假手，铁的，十指很少。他练就了一门绝学功夫，就是瞬间能准确地将假手插进你的双眼。宽叔说他办了一辈子案，什么样的犯罪手段都见过，就这没见，然后就被这害了。

他挖掉了宽叔的双眼，只一下，两颗眼珠子就掉了下来，然后在宽叔的惨叫声中，伸出脚狠劲一踩，说："以后你就不会发现什么了，都怪你长一双不该长的眼。"

这案真是让人大跌眼镜，当然也令钟好着实悲痛了一阵子，因为宽叔自此没了双眼。这个时候钟好已经对宽叔佩服得五体投地了，庆幸一生能遇到这样一位好师傅。钟好后来办案之所以喜欢用一些歪招怪招，看似很低端但又常常出奇效，无不跟宽叔有关。这也是宽叔的渣理论，你只有比罪犯更渣，才能跟他们想到一块去。

想到一块去，就是别老站在警察的角度，而要站在犯罪分子的角度。

也就是常说的换位思考。听着简单，真要做到，难。

打那天起，钟好多了一双眼睛，是宽叔的眼睛。宽叔告诉他，这案之所以拍不了，就是他们的眼睛只看到了表象，没看到内在。"要走心。"躺在病床上，宽叔又教给钟好一招。"一定要走心。什么时候你能在别人心里扎扎实实走一遭，很多问题就完全不一样了。"宽叔说。

要在别人心里走一遭。

钟好记住了这话。

第三种就是因为仇恨而犯罪，宽叔让他先懂仇恨，还要懂人在什么样的情况下才能把仇恨种到心里，仇恨一旦发了芽，又能生长出什么来？

现在钟好终于知道，仇恨这东西，是能完全改变一个人的。他的思维忽然跳到了章笑寒身上，但又很快地收回了。

钟好一路想着宽叔，来到庆河。眼下的庆河已经远不是他刚参加工作时那样了，用日新月异来形容都有点跟不上。时代变化真快，一晃，二十年过去了，当初那个不被所长看好的熊蛋，虽然没变成一只虎，但也按照宽叔说的，变成了渣，变成了一只老油子。

4

沈绪岚不见钟好。

上次来庆河见赵悦，钟好托的是庆河公安局一位老朋友，对了，现在的庆河已经不是当年的派出所，也是公安局了。因为属于两个市，钟好就不能以公事的理由见人家，再者钟好也确实没有公事。

那位老朋友说，他不能帮这个忙，上次帮了他，挨了批。

钟好忽然想起庆河跟银河，都属于海东一个省。

他笑笑，跟朋友说了句对不起，连累你了。朋友倒也实在，道："不是不想帮，实在是眼下这情势，让人说不清啊。"

说不清就不说。

钟好压了电话，思谋着要不要从大侠这边想办法，大侠父亲虽然不在了，但沈绪岚怎么着也是他姑，大侠出面，沈绪岚不会不给面子。又一想最近大侠情绪非常低落，这家伙可能遇到新的麻烦了，很可能跟婚姻有关。钟好虽然不知道大侠跟文霁之间发生了什么，一种直觉却告诉他，他们的婚姻很可能保不住了。

钟好念头一闪，干吗不直接打给文霁呢，正好借机了解一下她和大侠的关系。

钟好又想错了，他把情况跟文霁说了，文霁那边显得很低落，似乎极不情愿似的，一点都没有原来那种热情。他掉头也算快，紧着就道："你要不方便我就再找别人，也是，不该给你添麻烦的。"没想文霁却说："你把我看得太高了，我的话她未必听。"

"不至于吧？"钟好有点难为情地笑了笑，直觉这个电话是打错了。

"有些情况你不懂的，她对大侠好这是真的，但她心里恨我，她一直觉得大侠是因为娶了我才变成这样。"

"没有道理。"钟好敷衍一句。

"没有道理的事很多，但我们都得接受。这样吧，我试试，不能保证。我也有段日子没领教她的怪脾气了，但愿现在她能好一点。"

钟好没想到文霁会真帮他，心情似乎好了一点，道："这个可以，不强求，实在见不到就回去。"

文霁很快打完电话，告诉钟好，老太太啥态也没表，没说见也没说不见。"她脾气好怪的，其实他们沈家人脾气都很怪。"

钟好不知道这话里面包不包括大侠，但他相信，文霁和大侠有事瞒着他。文霁已经知道他在调查季文韬，什么也没说，好像姓季的跟她一点关系也没有。可是钟好知道，季文韬已经是一个梗，硬生生卡在了他们三人嗓子里，谁也不吐，吐不掉。钟好一直想找个机会，好好跟文霁聊聊。可文霁不给他机会。

不是每一个人都给他机会的，比如现在的沈绪岚。

钟好在街头转了半小时，感觉没希望了，电话突然响起来，一看，竟是沈绪岚打来的。马上接起，很礼貌地说了声沈阿姨好。

"用不着嘴甜。"电话那边传来沈绪岚冰冷的声音。

"你真会找人啊，居然能拉文霁来当说客，行，算你狠。"

钟好正要说几句好听的，沈绪岚又道："行，我答应你，我倒要看看，你这人脸皮究竟有多厚。"

天，钟好竟被人这样埋汰。

他心里一阵不舒服，但也得强忍着。

半小时后，钟好按沈绪岚说的，来到一个地方：石鼓街。这条街还顽固地维持着过去的样子，在整个庆河，要说这是一条最具岁月味儿的街了。听说庆河和前江都有一个心愿，想把石鼓街打造成一条老街。连风都是旧的，里面要有浓浓的岁月气息。走在青石板铺成的高低不平的路面上，一种熟稔的味道从脚底升起，很快便弥漫到全身。钟好步子慢下来，好像被旧事裹住了腿。二十多年前他还是一个青年，怀揣理想意气风发的青年，如同磨平许多人的脚掌一样，石鼓街也开始磨他。他想起屁颠颠跟在宽叔后面跑腿的那段日子，串堂子一样在石鼓街上串来串去，出了东家进西家。宽叔说这叫走门，也叫走人。作为片儿警，你得把整个庆河装心里，哪家的门朝哪开，哪家养狗哪家养猫哪家养汉子，你得像石鼓豆腐一样把它磨烂。石鼓的豆腐真心不错，明朝以前这街还叫过一阵子豆腐街呢，没出过豆腐西施，但出过一位豆腐大王，把明朝庆河的豆腐卖到了上海，也卖到了现在。如今石鼓街叫得最响的，不是那口大石鼓，而是石鼓豆腐。至于那口大鼓，钟好也是从宽叔嘴里听说的。明朝末年，各地频发暴动，一股叛军在跟明朝军交战失手后逃进了庆河，顺河而上，行至这座小城时，忽然发现这里山青水美，粮草丰厚，于是停下来，休养生息。为了不让士气受损，带头者在街中心竖起了一口大石鼓，天天以木击鼓，说来也怪，当地居民啥声音都听不到，但那些叛军一听击鼓，马上从各个角落涌到街的中央，布出一种很怪异的阵来，开始练兵。瞬间石鼓街杀声震天，后来他们每人身上多出一个小石鼓，庆河有的是石材，就算再来这样一批军，每人打一个小石鼓也不成问题。石鼓背在身上，本意是想让他们变得更有力量，但久了，就让石鼓有了新意，成了士气的象征。也让庆河镇有了新意，成了兵城。又是几年后，这股军跟另一支军会合，也有说是跟闯王的兵会合，总之，他们从这里出发，一路征战，直到把那个朝廷变了颜色。此后，石鼓被传得神乎其神，那支队伍也被传成石鼓神兵，石鼓街自此叫响。

沈绪岚叫钟好来的地方就在石鼓街中心，离那个庞大的石鼓不远。一处叫清心阁的院子。三进。本来是四进，是前清时期一举人修的，"文革"时砸掉了一进，就成三进了。钟好进去时，沈绪岚坐在三进深处一把竹椅子上，背对着钟好进来的方向。太阳从天井处泄下来，稀薄的光亮打在她背上，也映出她灰白一片的头发。她的头发质地很好，密密的，虽然灰白了，但仍然能看出营养很足的样子，况且发型整理得纹丝不乱，可见这个女人是有韧性的。她的身子仍然硬朗，虽然前段时间患了病，但此时一点看不出有病的样子。钟好就觉得这真是一个楷模，她告诉我们怎样对待不幸的生活。

"你就是钟好？"坐下后，沈绪岚问过话来。

钟好欠欠身，礼貌地道了声是，并对她问了声好。

"不需要。"沈绪岚满脸的不开心，间或还有一层提防。说得也是，本来不愿见，碍于他人情面不得不见钟好，能高兴才怪。

"你为什么这么顽固？"

钟好没想到第一句话她会这么问，尴尬地笑了笑。想解释，但又不知话从何说，只好苦笑一声。沈绪岚看上去也不想让他回答，又道："一个人太固执不是好事，有些东西，该放手就要放手，逼紧了对大家都没好处。"

钟好兀地想起她跟赵纪光的婚姻，据说赵纪光跟胡梦之有了私情后，沈绪岚什么话也没说，既没闹也没吵，很平静地带着一双儿女离开了，把地盘腾给了舞蹈演员。

"有些事不是说放下就真的能放得下，它关乎到太多。"钟好说了句包罗万象的话，他也想给老太太留点面子，不想因语言上的不敬惹出她的新怒。

"所以你就穷追不舍，找到我这来了？"

钟好说是，并友好地笑笑。沈绪岚对他的笑视而不见，继续沉浸在自己的不开心里。

"说吧，想知道什么？"过了一会儿，她说。目光并不往钟好脸上看，而是盯住屋顶。钟好抬眼看了看，发现屋顶很旧，并没什么值得看的。便想到老太太只是用一种傲慢来对付他。

他再次笑笑，柔和地说："您知道的，我在办理一起案子。"

"我当然知道，你是警察，警察不办案还能办什么？"

"说得对，您老就是明事理。"

"我什么也不明，一想你这个人，我就气愤。告诉我，为什么要找我女儿，难道你还嫌她生活不够乱？"

她忽然提起了赵悦，这倒让钟好有点猝不及防。

不回答显然不现实，钟好斟酌一番，小心道："我也是想把案情搞清。"

"骗子！"沈绪岚突然说了句狠话。钟好被噎住，毫无方向地朝四周乱看，然后才将目光回到沈绪岚脸上。

她比赵纪光还要大一岁，应该七十二岁了，思维还如此敏捷，说话还这么犀利，可见每一个人都是不可小觑的。

"你是在害她，是把她往火上架。"说完这句，沈绪岚突然闭上眼，像是陷入很深的痛苦中。过半天，她喃喃道："我可怜的女儿啊，总是被人利用。"

钟好心里疼了一下，人是不能做欺心之事的，做了，永远不能求得原谅。当然，钟好也不想求得原谅，他来的目的，仍然是做不该做的事，请她收回那样的请求，让赵纪光的尸检变成一种可能。

"你谁都可以利用，就是不能利用她。她已经被生活伤得不成样子，你还忍心？"

钟好这下不能装无所谓了，很真诚地说："对不起，我一时糊涂。"

"你哪是糊涂，分明是太精明。你们个个是人精，却拿我女儿当枪使。"

话说了二十来分钟，沈绪岚一直谈的是女儿赵悦，钟好这才知道，沈绪岚不见他的原因在这里。

他羞愧地低下了头。

又过了十来分钟，钟好才把话题引到赵纪光身上。没想到他刚开了个头，沈绪岚就厉声说："少提他，我知道你为他而来，但你休想让我改变主意。"

"为什么？"钟好突然也来了劲。局面不能由她一人控制，否则这趟真成千辛万苦跑来挨训的了。

沈绪岚身体突然发出一片抖，就因钟好说话嗓门高了点，脸上肌肉也抽搐起来，整个身体好像要缩下去。钟好吓坏了，赶忙起身想扶住她，沈绪岚嘴巴抖动着甩过两个字："不用。"然后从包里拿出几片药，急急地就着开水喝了下去。

"别让我激动，我激动不得。"过半天她提醒钟好，并长长地呼了口气。钟好又是一阵道歉，心里暗想，一个老人的坚强其实不堪一击，她是故意装出一副坚强来见他，带有唬的味道。

接下来的谈话相对容易些了，大约老人也觉把钟好批够批足了，再说老是批评人自己心情也不好，太生气了还会出事，不批了。

"你为什么要咬住他不放呢？"沈绪岚终于把话题搁在了赵纪光身上。

"因为他的死。"钟好说。

"难道他不该死？"沈绪岚突然问。这话把钟好惊了几惊，感觉之前的预设出了问题。之前他和于局一致认为，沈绪岚是因为赵纪光之死受了打击，她对他有情。现在听着不像。

"他早就该死！"她的牙齿突然发出咯吱的声音，真的发出了，钟好听得很清楚。再看她的脸，就觉这话不是打嘴里说出，而是用整个身心在说。

"可也不能死得不明不白是不？"钟好尽量让语气平稳，同时仔细捕捉老人脸上每一个细微的变化。他知道他们把沈绪岚想错了，她的仇恨现在已经扑在了脸上。

"啥叫不明不白，他都是自找的。他造了多少孽，欺了多少心，毁了多少人多少家庭……"她忽然有点说不下去，苍老的眼角挂上了冰凉，掏出纸巾抹了一把，又拧了把鼻子，继续道，"他能活这大的岁数，老天算是很给脸了。"

钟好怕她激动，道："您老误会了，我不是审判他，也无权说他什么，我只是想把他的死因搞清楚。"

"假！"沈绪岚突然恨了一声，又喃喃地提醒自己，"我不能激动，你别老让我激动。"

"好吧，我不。"钟好只好被动地点头。

"你根本不是查他的死因，死因有什么好查的，难不成查到死因他就能活过来？不，你骗不了我，你在查他过去那些肮脏事，坏事丑事恶心事，你是不想让他以这种方式死，你想把他交给法律。"

钟好心里重重响了一声，突然不敢接话。愣怔地看住她，半天都有点缓不过劲。老人这双眼，比他毒比他狠啊，那么她的心呢？

"放手吧，听我一句劝。就算他十恶不赦，就算他做尽了恶事，该千刀万剐，他也已经死了，对一个死人，你执着什么呢，执着给谁看？"

钟好不能赞同，弱弱地说了句："这不一样，死归死，恶归恶，我是警察，我的职责不容许我放过一个恶人。"由于知道了她恨他，所以钟好也敢把一些态度亮出来。

"可你想过活人吗？"沈绪岚突然问了一句。

"活人？"钟好被问住。

"我的一双儿女，你想过他们吗？他们已经很不幸了，你再揭腾出一大摊丑事脏事，让他们怎么活？还有他们的儿女。你们惩恶的目的是什么，不就是让活的人能活得更好一些，你把啥都不掩不藏地揭出来，说是伸张了正义，可伸张了吗？你是把活人又打进了地狱。"

老人略一停顿，接着又道："哦，地狱，你知道不，我在地狱里过了一辈子，我可不想再让我的一双儿女，还有他们的儿女，再在地狱里过一辈子。"

清楚了，至此，钟好算是彻底清楚了。沈绪岚找首长捂盖子，绝不是因为还有情，不是，她是为了她的孩子。

天下母亲啊。

钟好的心越发重了，而且他知道，就算他摆出一堆理由，也不可能说服她了。他打算离开，打算回去。他不能残忍地毁掉一个母亲的期望，不能。

他起身，同时拿眼看住沈绪岚，这一刻，老人在他眼里竟生动起来，钟好甚至有种走过去抱住她的念头。

"怎么，这么快要走？"

"我该回去了，谢谢您告诉我真相。"

"真相，我什么真相也没有。"

"不，您有。"钟好固执地道。

"回去也好，该走的都走吧，年轻人，不要在一些无意义的事上浪费精力，不值，不值啊。"

钟好什么也没有说，也没有走过去抱她，果断地掉过头，他真要走了。

"怎么，你不去看你宽叔？"

钟好猛地转身："您也知道宽叔？"

"笑话。"这个时候沈绪岚也站起了身，习惯性地拍打了两下腿，直起腰来，道，"我在这个镇子上活了一辈子，这镇子上啥事我能不晓得？"

"哦——"

"像，你跟你师傅太像，一样倔，一样固执，一样地爱揭腾旧事，不好啊，该埋在地下的，就让它埋地下，你把它翻出来，有什么意思呢，除了害人，还能有什么意思呢？"

她说着话，缓缓转过身，拍打着身体，慢悠悠地远去了。

钟好傻傻地站在那里，太阳打在他苍白的脸上，他的目光变暗，眼前出现幻觉，他看到了旧事，看到了宽叔。

哦，宽叔。

第九章

1

宽叔的墓在青花岗，公墓。

宽叔是钟好离开庆河第二年秋天死去的，不是死于眼疾，眼睛虽然看不着了，但不至于让他死。

他是死于食道癌。钟好却一直不承认宽叔死于食道癌，他认定宽叔死于流言。

抓到副校长后，宽叔还干了件了不起的事，还原案件，指证现场。按沈老太太的说法，就是揭腾旧事，把岁月又一次翻开。

不是宽叔爱干，其实有时候很多事，不是因为我们爱干，而是我们必须干。

那个副校长非常精通法律，这是事先他们没想到的。被抓后他抱定一个信念，什么也不说，看你能咋？而对杀人案，必须找到现场，必须还原出现场。除搞清杀人动机外，还要搞清杀人的具体细节，包括凶器，包括手法，笼统讲就是案犯作案的全部过程，少一样都不行。这案沉积了那么多年，前面死的几个早已化成了白骨，他以为自己不说，警察就拿他没办法，总不能因为偷内衣被抓，就直接给他定罪吧？

但把这话说给了宽叔，说时他还笑嘻嘻的，一副幸灾乐祸的样子。

人都有不知天高地厚的时候，我们在生活中栽的跟头，大多都因我们的无知。副校长没想到，他遇上的是宽叔。

宽叔是谁，他是庆河的活字典啊。就算没了眼睛，庆河一样在他心里。出门往左走多少步，到了谁家，应该上几个台阶，再朝哪个方向拐，朝左开门还是朝右开，他就是机器探测仪。你根本不用问，只管扶着他走就行。

副校长以为把自己的嘴封住，把真相嚼烂吞到肚子里，世界就拿他没办法了。为此还恶毒至极地冲宽叔说，我就偷了，你能咋，我还偷，有种你继续发现啊？

他用发现，而不用抓。可见他这人有多固执。

比他更固执的是宽叔。

宽叔什么话也没说，抓住之后把人犯交上去，就安心在医院养眼睛了。没了眼睛的宽叔看上去一点不悲观，比钟好想象的要坚强百倍，也乐观百倍。他说，没事的，反正他不会离开庆河，就算将来退休也能退到庆河，有眼睛没眼睛都不影响他办案。这样的话常常让钟好陷入持久的悲绝中，泪从心里奔出，但不敢流出来，因为宽叔没了眼睛，他便不能让眼睛来表达任何情感。半年之后，宽叔出了院，但没马上上班，局里让他多休息一段时间，宽叔自己也想多休息一阵。劳累了半辈子，还很少享受过这么长的假期呢。休息没多久，上面来了人，说案子如一潭死水，很多环节打不开，这家伙嘴巴撬不开，啥也不提供，明知道是他干的，就是没办法。

宽叔问，他不承认是不？

来人说不，他承认，大包大揽，一副英雄气概，这也是他干的那也是他干的，整个镇子上的女人他都偷过。但光承认不行啊，不能依口供定罪，得有事实有证据。

宽叔想了想道："这好办，让我参与到案件中。"

来人大喜："真的可以帮我们啊？"

宽叔不屑地说："怎么叫帮，这案本来就少不了我嘛。"

接下来，宽叔就完全地投入到这起案件中。钟好也是从这起重大案件的侦破中，才算真正了解了宽叔，一个他必须重新认识的宽叔。

宽叔压根不在乎副校长说什么，他说办案人员带着副校长，一家一家地走。走到这家门上，他会停下来，拉过副校长的手说，某年某月，你站在这里，偷走了女主人几样内衣。他能准确地说出内衣颜色来。然后再拉他到另一家，不上楼，站在离楼几米远的地方，让副校长抬头看，他自己也看。虽然他没眼睛了，但他看得很仔细很认真，看半天，他说："这家你来过三次，都没偷成，没偷成不是你技术不行，是你怕。这家老公太厉害了，你想起来就哆嗦。手还没伸呢，汗就下来了。你以为自己很胆大，其实你怕很多东西。怕人家老公，怕镇子上的眼睛，更怕这些东西偷回去，藏不好，被你老婆发现，问你个究竟。"

"人都不容易啊，你更不容易，这么多年，真是难为你了。"说到这，宽叔伸出手，抚一下副校长的头。宽叔个子要比体育老师高出半截，他伸手抚摸的动作像极了一个父亲，说这话的时候语气也像是父亲，说着说着还会叹出一声。然后道："其实你这是病，应该早治。早治，就不害人也不害自己了。你这孩子，打小就偷你娘的内裤，偷了还让你娘四处找，找不到又要挨你父亲的揍。你娘她不容易啊，她知道是你偷的，可她不说，不能说，说了，你会被父亲打死。"

一直站得坚挺的体育老师忽然间瘫了，谁也没发现怎么瘫的，但他真瘫了。倒在地上，双手死死地拉住宽叔："你闭嘴，闭嘴啊你个瞎子！"

宽叔不闭嘴，对付这种人就要一鼓作气，穷追猛打，让他喘不过气。宽叔让办案人员将副校长带到第一次作案的那家。那家人早已搬走，房子还在。宽叔让打开门，走进去，在屋里转了三个圈，突然在阳台拐角处蹲下。说给我拿支粉笔来。办案人员拿来粉笔，宽叔蹲下身，一边跟副校长讲当时的场景，一边在地上画。他讲得栩栩如生，好像当时他在现场，可那已经是N多年前的事了，他先是把具体日期讲出来，再把这家女主人当时的情况讲出来，她很爱自己的丈夫，丈夫常年在外做生意，副校长就有些寂寞，就喜欢常常站二楼阳台上，眼看着下边。而副校长正是从楼下经过时，一次次看到女主人的。看到后就忘不了，就惦记她的内衣。正好女主人洗了内衣晒阳台上，被他看到，颜色跟他老婆的极像，他就动了心。天擦黑时他来了，因为楼下拿不到，见邻居家那边没人，就从一楼窗户上扒上去，抓住了防护栏，然后顺着防护栏到了这边。

"你从事体育的，身手敏捷，我们应该一开始就想到这层，可惜没想到。"

副校长像是又要垮，可他狠着心挺了几挺，挺住了。宽叔抬起头，像是认真看了副校长一眼，其实大家都知道，他啥也看不见。但他分明是看见的状态，他笑笑，自言自语道："我知道你不服，等我画出来，你就无嘴狡辩了。"

然后他就专注地画，一边画一边抬头往副校长望去，好像副校长每一个表情，他都能观察到。画着画着，他说了一句："那天本不该出事的，要说几件内衣，不到百元钱的事，偷了就偷了，也不打紧，至少比丢了命强百倍。可不巧的是邻居家突然来了人，你没了退路，不得不跳进这家阳台。瞧，这就是你当初跳进来的位置。"

体育老师猛地抽搐了一下，真的抽了。

宽叔不慌不忙，继续画着，画出两只脚印来，又说："你这一跳不要紧，把里面床上的女主人吓着了，她穿着睡衣跑出来，结果就看到了你。"宽叔又走几步，到卧室那边，画出两只女人的脚印来。

"你们就这样站着，对峙了几分钟，那女人忽然喊出一声：贼！"
副校长身子猛地一悸。

宽叔又说："她不该喊的，如果不喊，你起不了歹心，当时你还没拿到内衣呢，你完全可以找个理由逃走，她也不敢拿你咋样。可她偏偏喊了一声贼。你这辈子最不爱听的就是这个字，这个字对你有特殊意义，如果你偷钱或者偷别的，你也没这么怕，可你偷的是见不得光的东西，于是就……"

"你从这个位置跳过去，瞧，就三步，你就到了她面前，她根本还没看清你呢，你的长指甲就扎进了她眼里，她痛得大叫。你又怕了，你怨恨她叫，叫声会让整幢楼的人听到，你认为她是故意，但她真不是故意。她痛啊，但你忽略了她的痛，你总是忽略掉别人，只惦着自己的想法。于是你更愤怒，以不可阻挡的勇气还有恶，用你尖利的指甲掐死了她。然后你在她屋里坐了一夜，消消停停地毁了现场，什么也没拿，走了。"

"当初我们之所以没把这案子跟连环案联系起来，就是你什么也没拿。"

说到这，钟好看见，看似强大无比的副校长，突然间软成一摊泥，连小便都尿了出来。

也就是那个夜晚，他把什么都交代了。

走心。事后钟好问过宽叔，那些情节是怎么来的，宽叔只给了他两个字：走心。

那起案件最终是破了，副校长在宽叔细致入微的讲述中，终于崩溃，精神防线彻底垮了。人一垮，交代就是很容易的事。但是钟好没想到，宽叔也没想到，庆河由此一片大乱。

一开始听到抓住贼，庆河全城一片叫好。大家都觉得宽叔做了件了不起的事，为庆河镇除了一害。可是，随着宽叔二次介入案件，尤其带着专案组一家一家描述，一家一家讲情节，庆河受不了了。

钟好以前并不能准确地说咋个受不了了，现在能了，尤其跟沈绪岚有过交流后。按沈绪岚的说法，这叫掀起旧浪，把往事揭腾开了。庆河人原以为，抓住的这个人，只跟别人有关系，对自己，只是当笑话一样看，当谈资一样到处传播。可宽叔带着专案组成员往家里这么一走，这事立马跟自己有了关。于是庆河的男人知道，原来自家老婆的内衣也被他偷过，夫妻关系一下就发生了变化。那几家死了人的，原本岁月已把伤口捂了起来，血早已流干，痂也长了出来。他们虽然也有强烈的惩治凶手的愿望，可真的不想再把往事翻一遍，翻不起啊。

但宽叔翻了。

祸乱由此而起，庆河先是出现几对离婚的，就因老公知道了老婆丢过内衣，怎么能相信只丢过内衣呢，一定还丢过什么。接着，整个镇子不一样了，那些被宽叔翻腾过的人家，再走到街上，忽然觉得身上多了东西，那是一街人望他们的目光。好像做贼的不是副校长，而是他们。然后死了人的一家男人疯了，受不住一次次被叫去谈话，被叫去查看现场，还有被叫去验尸。

太揪心了。

宽叔很快成了坏人，他不该翻腾，不该把庆河搞乱。宽叔再走出去，庆河人就不像以前那样热情地待他、当英雄一样看他。他成了瘟神，大家唯恐避之不及、躲之不远。宽叔压根不知哪里出了错，新的问题又来了。他儿子本来在镇子上开一家店，生意做得风生水起，虽不能暴富，但那也是生意啊。以前宽叔当警察，镇子上的人都给他儿子面子，买东西总要先上他儿子的店。现在不一样了，大家躲宽叔一样躲着他儿子，不只是不进店，而且，而且把一些污言污语脏水一样泼向他。

"都是这家害的啊，要不是他爹，庆河能成这样?"

或者："他爹一定也不是盏省油的灯，不然咋就那么神，啥都知道呢。"

流言很快结成一张网，无所不在，他儿子没法在庆河干下去了。年轻人性急气猛，一怒之下盘掉店，到别处干去了。

孤独趁机袭来，重重地包围了宽叔，加上他一直胃不好，为了办案，一辈子都过着饥一顿饱一顿的日子，等钟好知道时，宽叔的癌症已经很厉害了。

宽叔埋在青花岗最后面的山腰处，公墓里坟不是太多，宽叔的墓藏在山头背面，但又跟对面的山遥遥相望。墓是钟好帮忙选的，跟了宽叔五年，他得为宽叔做点事。钟好捧着花，来到宽叔墓前，站了良久，才扑通一声跪下。

"宽叔，我来看您了。"

然后，就泣不成声了。

风很大，刚才都没风，突然间就起风了。风和着轻微的哭声，在山梁上慢慢延开。

良久，大约过了一个小时，钟好才爬起来。默默来到那块石头前，石头是葬宽叔那天钟好从远处移来的，一块青石，形状诡异，猛一看如同青面獠牙的坏人。

宽叔走前跟钟好说过一句话："一个人的心好走，众人的心走不了，众人的心是石头。"

2

钟好并没回到缉毒队，这事发生了点小插曲，本来局党组会议上提出来了，于局突然又在会上反对，说还是维持现在的状态吧，他还没有足够的信心来保证，闲散五年后的钟好能不能担得起更重要的任务。既然于向东都不能保证，其他人更是保证不了。于是在于局的坚持下，会议只好决定让钟好继续留在刑侦队。

于局给钟好的说法，是他真的还没想好。起初钟好也信了，毕竟这五年他身上是显出一些不好的毛病来，尤其懒散，自由主义，个人英雄主义，这些都是致命的。但随后发生的一件事，让钟好立刻觉得于局对他撒了谎。

几乎同时，局班子分工也做了小调整，副局长韦旭峰让省厅抽去学习了，省委党校跟省厅联合办一个班，点名让韦旭峰参加，是有关加强法制建设的。韦旭峰分管的工作一部分交给了于局，另一部分由政委代管。

钟好诡异地盯着于局，道："不让我去缉毒队，跟这个有关系吧？"

于局装出一副懒得搭理他的样子，道："就你脑子想得多，以后这种乱猜的毛病要改一改，也是自由主义呢。"

这中间银河又发生两起大案，一起持刀捅人案，有个三十多岁的年轻人在新安百货拿着刀子连捅数人，被捅的都是无辜者，最后在"110"和现场群众的共同努力下，终于将其制服。还有一起是几个讨薪的民工将包工头绑架，绑到了江边一小木屋，提出让市长去见人。成卓然非常恼火，要公安局派最得力的人把包工头给救回来，他自己不去。于局亲自去了，也把包工头带了回来，但三个讨薪的民工却进去了。没办法，市长发话，他不能不关进去。

从庆河回来，钟好忽然对什么也没兴趣了，毫无。包括局领导分工调整这样的事，都没能激起他一点儿亢奋。

日子过得有点灰暗。

钟好迟迟进入不了角色，似乎被范欣明吊起的那根神经，也失去了知觉。

这天钟好正发着呆，于局进来了，拉过一把椅子在他对面坐下，说："最近有点不着调啊，整个人像没魂似的。"

钟好说我是没了魂，魂丢了。

"丢庆河了，还是丢青花岗了？"

钟好说都有吧，反正也瞒不过你，瞒了也没意思，知道更好，知道了你就得拿出药方来。

"还是放不下赵纪光？"

"放下了。"

"怎么可能，这眼神，这气色，还有整天无精打采的样子，怎么能叫放下？若能放下，你就不是钟好了。"

"放不下又能咋，一想老太太那眼神，那白发，那凄凉劲儿，我他妈就什么也不想做。"钟好算是说了实话，让他放下赵纪光，简直比杀掉他还难受。甭说上面叫停，就是部里叫停，他也无法从"赵纪光"三个字走出来。那不是一起案啊，那是一张网，不管他现在查哪个案件，思维都会不由自主跳到赵纪光身上去。可一趟庆河回来，他真的动摇了。

于局呵呵笑了起来，笑一会儿，道："你是怕了。"

"怕，我钟好会怕？"

"当然会，别把你想那么强大，你不是怕老太太，你是怕被老太太说中，怕重蹈你师傅的旧辙。"

"乱弹琴，跟我师傅有什么关系？"钟好忽地起身，像要据理争辩什么。于局轻轻摁住他："别激动，我们已经过了那个年龄，你担心的我也担心，你不甘心我同样不甘心，但相信我们，办法总是有的。"

钟好又坐下，一副想泄气又不甘泄气的样子："能有什么办法，一切努力都被老太太搅了。"

"不要把啥都推给老太太，就算老太太不站出来，尸检也未必能让你做。"

"说得也是，云里雾里，看不懂啊。"钟好叹了一声，眼皮又耷拉下去。

于局喂喂了两声，一把提起他："给我打起精神来，早知道这样就不该让你去见她。"

"跟她没关系。"钟好有点苍白地说。

"你这样子就对得起你师傅了？真没想到你钟好也有泄气的一天，我还指望着你从青花岗找到一些灵感呢，看来你是白去了。"

于局左激右激，总算把钟好眼里的神又激了出来。

"找什么灵感？"他问于局。

于局不再跟他拐弯子，直接道："钟好，不管发生什么，我们都不能泄气，这案我们得另辟蹊径，走不了她的心，走别人的心。中心突破不了，就从外围包抄。总之，我们要做各种准备。"

钟好似乎有所触动，但又说："谈何容易啊，这个人就像北太平洋一条巨大的章鱼，隐藏深不说，触角伸得满世界都是，怕是这些触角，我们一根都动不得。"

"形容得不错，章鱼，还是北太平洋的。"于局心情同样沉重，钟好放不下的，他又哪能放得下。再说最近从省厅还有上面一些微妙的变化，他嗅到了另一种气息。一种利好的气息。尤其是普天成此行，更是有无数的变化在里面。这让他重新燃起了激情，也唤回了斗志。他不能消沉，必须显出斗志来，信心饱满。不然，连给钟好他们鼓气的人都没了。

稍微调整一下情绪，于局又道："不管它是啥，只要伸了触角，就会留下痕迹，我们不就是在找痕迹吗？实在不行，就继续从柳冰露和史晓蕾那边找缺口。"

"看来还是得回到老路上去。"

也是怪得很，只要一谈赵纪光，钟好这边马上就精神焕发了，脑子也一下灵光。

"本来就没捷径，是你鬼迷心窍，非要整一条捷径出来。"于向东道。

钟好苦笑一声："哪是想走捷径，是想避开雷区嘛。"

"是得避开雷区，接下来更要避开。我们可以尝试着从小案入手，一个个地往中间挤，挤到一定时候，中间那一块自然就包不住了。"

"挤?"钟好忽然心里一亮。还是于局高啊，就这一句，哗地就将他点醒了。

接下来的谈话气氛就完全不一样了，感觉又回到了从前。两人又说一阵，钟好起身，说他去医院，看看柳医生在做什么。

于局说也不用这么急，伸手替钟好拿过帽子，放眼前端详一会儿："这事还是要凉一凉，跟着热炒不行，让大家都喘口气。要不你先帮我做件事，这事比找柳医生重要。"

"什么事?"

"医闹还关在里面呢，你没忘吧，这事得有个了结，尤其赵岩，似乎总关着他不是个事。"

"哈哈。"钟好猛地笑出了声，刚才还蔫着的他，一听于局说赵岩，马上就兴奋起来。瞅瞅外面没人，压低声音坏笑道，"这事我帮不了，尤其赵岩，还是你亲自上阵吧，怎么着他也是你大舅子。"

"胡闹!"于局陡然又黑下脸来。

"别人起哄你也跟着起哄，那我找你做什么，别忘了这事还是因你而起。"

钟好吓得赶忙收起坏笑，认真道："怎么，想放他出去了?"

钟好这话绝不是胡乱问的。将赵岩几个抓进来，的确给于局和他制造了不少麻烦。赵岩摆出一副死猪不怕开水烫的样子，任凭你怎么调查，他就是不开口，不配合，到现在为止一个口供也没拿到。钟好起初以为这事难住了于局，后来慢慢发现，对赵岩几个于局是另有想法的，或者说抓他们几个进来，并不单纯是为了打击医闹。钟好一直吃不透于局的想法，也不敢多问。这阵听于局说让他去会会赵岩，就多了这么一句。

"放与不放不是你我说了算，你代我先去会会他，看他还有哪些花样没耍。"于局说得也很节制，但里面还是有一些意思。

钟好品了一会儿，说："行，我去会会他，完了给你信儿。"

"不是给我信儿，是直接把这事往妥里处理，该罚的罚，该写保证的写保证。从打击医闹这个角度，我们还是要搞出一些动静的。"

"这样啊?"钟好怔住了。按说于局这些话也很正常，但钟好依然感觉于局是在给他暗示。

于局跟赵家，还是有段故事的，确切说是跟赵一霜。不然，那天在医院抓捕医闹，赵岩也不会说出大舅子那样的话。

那天在医院抓捕医闹，情景还是非常热闹的。

据曹亚雯讲，那天她是配合大个子邹锐他们前去制止医闹，后来于局下令收网，大个子那边人手不够，赵岩又示威似的叫来了一车人，阵势闹得很大。如果不是于局果断，怕是那天真不好收场呢。赵一霜这边还好对付，关键是赵岩，气焰着实嚣张。中间还发生了小插曲。赵岩起初以为于局只是嘴上说说，并不敢对他怎么样，还佯装友好地走过来，兄弟似的拍拍于局肩膀："行啊哥们儿，现在比当秘书时可横多了，权力果真是一剂强药，谁吃谁猛。"说完哈哈大笑起来。于局那天要说也能忍，赵岩如此过分，他竟用微笑回敬人家，还说了一句是，表示认可。于局跟赵岩之间，也是有一些故事的，两人年龄差不多。于局刚参加工作时，并不在公安系统，是银河地委的秘书。当时银河还未撤地建市，有段时间，于局跟着赵纪光，专门给赵纪光写材料，所以跟赵岩也算熟悉。坊间还有另一种说法，当时赵纪光是欣赏于局的，暗暗想把女儿赵一霜许配给他，收他做女婿。据说赵一霜对父亲选给她的这个备胎也有点动心，人她没挑的，论个头论长相，都不输给谁，一副文质彬彬的样子更是为他添分。尤其他的高学历，名校背景，人大哲学系，了得。这在当时的银河，真够显眼，于局也因此获得一个大才子的称号。不过令赵一霜犹豫的是于局的出身。于局父母都是农民，家在银河最穷的三山县大鱼镇。他是家里长子，下面还有一个弟弟一个妹妹。那个时候赵一霜是兴头来了就叫上于局去吃饭，有时也把哥哥赵岩拉来，充当他们的电灯泡。赵岩了解妹妹，知道她不会下嫁给一个农民的儿子，哪怕他特别优秀。但又喜欢拿于局开玩笑。他们这些人，最大的乐子就是找个人来磨牙，少了这份乐趣，他们的优越感怎么体现啊？赵岩那时候就乐呵呵地称于局为大妹夫，而且还是当妹妹赵一霜的面。赵一霜呢，哥哥这样取笑时她既不反对也不抗议，做出一副默认了的样子。那时候银河地委的人都以为于局要跟赵家结亲了，乘龙快婿。有些人甚至因此而改变着对于局的态度。于局却很木头，不管是对赵家兄妹还是对身边人的反应，他都装什么也反应不过，不管冷脸热脸还是嫉妒脸，他都温情脉脉地应付。这样持续了几年，就在赵一霜试图改变看法，或者说连着遭遇了几场败局，对门当户对心生暗淡，重新萌出跟个才子过一生也不错的幸福念头时，于局却给了赵家人当头一棒，突然宣布要结婚了。

于局爱着的女子叫苏和荻，于局中学老师的女儿。两人同年高中毕业，于局考进人大，读哲学。苏和荻考入海师大美术系。两人其实早在大学期间就相爱，于局之所以一直隐瞒着恋情，一是觉得这是他俩的事，没必要拿出来张扬。二来，苏和荻大学毕业后考入海大读研，专攻西方美学史，于局要等。

一听是中学老师的女儿，赵一霜笑了，鼻孔轻轻一哼，并没当回事。那个时间段赵一霜还没下定决心要不要这个备胎，虽然恋爱上连遭几次打击，赵一霜仍然认定自己相当有优势，她的目光又瞅准地委书记的公子，公子虽然没上过大学，工作也一般般，车管所负责给车发牌的，但赵一霜相信他会前途无量。不过令赵一霜难受的是，公子一身肥膘，不到一米七的个头，体重竟然超过了一百公斤，平常走路都困难，上楼梯跟要命似的难受。还有公子身边经常少不了花花绿绿的女人围着，大都年轻得让她咋舌，大方程度更是连她都受不了。这些都能忍，赵一霜越来越坚信，人活着，是得有方向有目标，婚姻也好爱情也罢，必须得沿着这方向走。她不怕得不到爱情，没有爱情照样活。但她必须抓牢一门有用的婚姻。或者说，她要嫁的男人，必须有超级价值。

赵一霜咬着牙又跟书记公子"恋"了一阵，大约三个月时间，尽管坑坑坎坎，十二分的不顺，但这种恋还是缓解了于局和苏和获带给她的不爽。虽然不拿于局当正胎，但于局曝出恋爱关系，还是令赵一霜非常气恼，已经不止一次在父亲面前告于局恶状了。父亲赵纪光对此事有自己的看法，有次他提醒女儿，恋爱这种事，要认准目标，不要漫天撒网，到时怕连一条鱼都钓不住。赵一霜懒得听这些，她知道父亲的心思。得知于局早就处了女友后，父亲已经一个多月脸上没有笑容了，他说他吞了只苍蝇，赵一霜觉得不止。父亲像是被人拿走了一样宝贝，忽然间变得无精打采，神情寡落得不行，比自己让人放鸽子还显得难受。赵一霜有点同情父亲，觉得父亲有时候心思还真能在她心上停一停的。可父亲说这样没志气的话，让她又觉得很没脸面。"放心吧，你女儿剩不下的。"她懒洋洋地丢给父亲一句话，貌似抚慰父亲被人调戏后的心。哦，调戏，赵一霜居然想到了这个词。父亲这样的人，向来是说一不二的，哪容一个年轻下属这样恶心他。"不就书念得多一些吗，能当饭吃？"她又这样嘲笑了一句，借以表达自己的不在乎。父亲盯着她看半天，走过来，抬起一只手，试图要摸她脸上。

"其实你很在乎他的，你只是装不在乎，你骗不了父亲，父亲是谁啊，大风浪里荡过来的。"赵纪光说着话，长长地叹出一声，那只抬起的胳膊又放下，并没摸在赵一霜额头上。赵一霜看出了父亲的疲惫，这疲惫似乎是一夜间添上去的，而且父亲用的是荡，不是闯也不是拼。她的心一下湿了。都说天下最懂女儿的是父亲，赵一霜从没感觉父亲懂过她，但在那一天的那一刻，感觉到了。

"放心吧，你女儿剩不下的。"她又重复了一遍，想表达一种胜出的愿望，谁知这样的话一经重复，必然要显出败落的气味来。

"人渣，不会饶过他！"父亲突然恨恨甩出一句，气愤至极地进了书房。赵一霜有点错愕，觉得父亲这样的话说得毫没来由，也有失他领导干部的风格。

此后的事实证明，赵纪光是一个说到做到的人，宁可他负人，不许人负他，这样的话他虽然没明着讲出来，但他做了出来，而且每件事上都恪守这样一个原则。可见，父亲也是一个有血性的男人。

赵一霜最终还是没能跟书记的公子发展出任何结果，那才是一个地道的人渣，所有的女人在他眼里，不过一条裤头，有些带花有些不带，年轻的不过布料少点，年长的不过是遮盖得严一些，本质却是一样的，用来换，不停地换。当他用脏了几条企图换上赵一霜这条时，赵一霜怒了，一巴掌扇过去，狠狠地扇肿了他的脸，骂："看清楚老娘是谁，你这头没长眼的猪，只配跟那些婊子混。"

骂完，赵一霜非常痛快地出来了，像是出了一口恶气，又像是把堵了一心的不舒服不畅吐了出来。可就在她打算轻轻松松潇潇洒洒生活时，于局又给了她当头一棒，他要结婚了，还一本正经发来了请柬。

"一定要赏光啊，我和和获等着你。"于向东说得又谦卑又热情。

"于向东你这头猪，去死吧！"赵一霜怒不可遏地将精致而又带着喜气的请柬撕碎，再也控制不住地哭了起来。

去，还是不去？据说当时这个问题难住了赵一霜。最后还是父亲赵纪光说："去，当然要去，热热闹闹去，趾高气扬去，我赵纪光的女儿，哪里不能去？"

赵一霜去了。

为参加于局的婚礼，赵一霜着实费了一番苦心。专程到省城海州，找最好的美发师做了发，又到一家会所美了容。花两天的时间逛遍了海州名牌店，还是没能买到称心的衣服，后来去了上海，一气弄了五套。直到觉得各方面都准备足了，才信心满满地去参加于局和苏和获的婚礼。

婚礼并没有多排场，依于局当时的条件，办不出什么排场的婚礼。岳父又是一个传统得要命的中学老师，形象有点老夫子。两家合起来酒席不到十桌，如果只按到场者的身份还有重视程度，赵一霜算得上皇后级别了。可是，可是，那天赵一霜彻底输了。

苏和荻个子不高，跟赵一霜比起来，顶多到她耳根那儿，一米六吧。身材瘦小，重要的是胸不大，如果不刻意隆一下，几乎是看不着的。而赵一霜不只是有一米七的身高，关键是有一对傲人的胸，双峰耸立，风光无限，加上刻意打扮，穿了类似于低胸的那种礼服，饱满的地方就更显雄伟，几乎有喷薄欲出的错觉。事业线分外明显，一条沟从精致的脖子那儿展开，顺流而下，直把两峰劈开，又将两峰勾画成两朵灿然的杜鹃，勃然怒放。加上她还在上面涂了一种神秘的油，那光泽，那影儿，就有点迷幻色彩了。但苏和荻显然是躲开这些优势的，她安静、恬淡，犹如一只乖巧的小白兔，吉祥如意地出现在人们的视野里。不知是因为胸小还是他们排斥西式婚礼的做法，苏和荻没穿婚纱，倒是选择了一条接近于玫瑰色的旗袍，据说旗袍是老师的妻子也就是和荻母亲亲手缝制的。和荻姥姥是旧时银河城出了名的裁缝，剪裁旗袍更是她的拿手绝活，当年驻守银河的国民党军官太太尤其二姨太三姨太们，没一个不在她的"小剪刀"裁衣店做过手工活，就连海州城的豪门，也常常慕了名来排队。这绝活传到和荻母亲手上，似乎没多大用，直到女儿出嫁，做妈的才结结实实用了一场。

料是和荻母亲专程去了趟苏州，从很久以前合做过生意的老字号店里积压的一堆料中亲手挑到的，算是绝品，市面上断断没有的那种货。款式是和荻母亲搜尽了记忆从她母亲的三十余种款式中先选出五款，一一绘出手工图来，再跟和荻的身材比，中间又做了大小六十二处变动。就连胸前的饰品或点缀，也是母亲从保存几十年的两箱旧货中精心挑出的。和荻母亲花了八十多个工，头发都白了一层，视力因为这件旗袍，一下下降了许多。

这样一件旗袍，一上身便证明了它的分量。人们发现，一件看似做工旧式款式也不带新意的旗袍，一经跟和荻娇小玲珑的身子融合在一起，再配上和荻被幸福蘸浓了的甜意笑颜，那效果，就不是哪件时装能比得了的。就算你从法国带来一件大牌的奢侈品，也未必能从她那儿讨得一点便宜。

人们的惊讶齐齐地送给了苏和荻。

加上这时的和荻已是海师大的讲师，海州画院的青年画家，脸上本身就带了画的。看似淡然中惊起了人们的目光，一颦一笑间吸纳了所有人的祝福。而且那天的和荻整个人都被恬静和知足浸透着，眼一睁释放出的是知足，眼一斜惊起的还是知足。那神情，那甜笑，似乎时刻在告知人们，能嫁给于局这样一个男人，是女人多么该知足的事。

人生有时候比的真不是多与少，确是知不知足。

知足不是一种无为的满意，也不只是人们常说的什么心态，那个真有点矫情呢。它的确是获得了货真价实的幸福，是一种别无他选的良好归宿。

赵一霜输了。不用别人提醒，到现场没三分钟，目光还未来得及跟新娘碰呢，她就知道，自己输了，败得一塌糊涂。

恶俗！

离开婚礼现场时，赵一霜破天荒地送给自己两个字。

都说于局此生的幸与不幸，尤其仕途，都跟这场婚礼有关。这些真是无从考证，于局自己不这么认为，别人也不好妄自猜测。但有两样事情那是千真万确的。一是赵一霜病了，住了十天院，严重时甚至咯血，面目青到骇人。二是婚礼后不久，于局便调出地委，到基层派出所当了一名普通的户籍警。

赵一霜最终赌气嫁给了省农牧厅副厅长的儿子胡多彪，出人意料的是她没举行婚礼，两人采用了当时比较新潮的旅游结婚。这事多少给银河留下一点遗憾，也让父亲赵纪光觉得对不住这个女儿。但是赵一霜拒不进行婚礼，也让已经手握重权的赵纪光没有办法。他把这些账都算到了于向东头上。

3

赵岩几个关在第一看守所，跟光头李活和柳春露等关在同一个地方。

　　要说，这次关的时间是长了点。外面已是传言纷纷，有说时间长是因为赵岩还涉了其他案，公安局在放长线钓大鱼，借医闹将他抓进来，慢慢取证，最终将其绳之以法。也有说公安局根本拿赵岩没办法，赵岩是谁啊，省劳动模范，优秀企业家，海天董事长，药业大王。关系多得数不清，各条路都通。随便扯起一条线，就够于局他们受的。可赵岩这次真的没找，截至目前于局这面一个说情电话都没，好像赵岩突然被世界抛弃了一样。还有说问题出在于局身上，于向东是在泄私愤，公报私仇。当然也因为他跟赵一霜这层关系，难住了他，没法下手，下重了不行，下轻了人家赵岩不理。

　　这个世界的荒诞就在人们热衷于流言，大家宁愿活在流言的汪洋恣肆里，也不愿去品真相的苦味。因为任何时候，流言都是五彩缤纷的，相比于流言的热闹与喧嚣，真相却总是显得郁郁寡欢。

　　在钟好看来，这次关这么长时间，关键原因有两个。一是赵岩拒不配合处理，对自己的错误一点认识都没有，较上劲地跟于局他们打冷战，更别说四处找人放他出去了。他的行为非常诡异，跟平常张扬跋扈的那个赵岩判若两人，反倒让大家号不准脉。专门负责医闹案的大刘找了他不下十次，每次都碰钉子，到现在成形的材料还没取上一份。"他的那张嘴，太难撬了。"大刘说，"他一派傲慢，根本不把我们放眼里。每次去都说让你们于头儿来，好像咱于头儿是他使唤的。"曹亚雯也说："倒是他那几个喽啰，呜里哇啦能说一堆，可没一句能用的。"

　　上次抓医闹时，还抓进赵岩五个手下，当时他们砸了医院东西，打伤了两名保安一名清洁工。保安是协助大个子他们维持秩序，请他们离开。清洁工是把他们拿去要悬挂的横幅当垃圾清理走了，结果招来横祸。

　　另一个原因，上面提出对医闹集中整治，要大力造势，从上而下坚决形成打压态势，形成震慑。全省各地都对医闹采取了不同程度的打击，声势已经制造了出来，效果也很明显，而且按省里要求，这项活动要持续到年底，只能深入，不能半途而废，更不能做做样子。这种情况下，谁也不敢过早放人。

抛开这两条，钟好最近越来越疑惑，打内心里，于局是不想放走赵岩的，不然，依于局的作风，早就亲自去了。赵岩这些做法等于是配合了于局。

得，不乱猜了，还是去会会赵岩再说。

钟好跟大刘来到看守所，跟李所和教导员寒暄一阵。李所说已经通知下去了，过一会儿就把人带来。钟好突然有点兴奋，他原以为跟赵岩的交锋要迟一点，也不会是因医闹这事。既然来了，他就得拿出一种气势。

"你可得小心，这家伙嚣张呢。"教导员提醒。

"比他嚣张的我也见过，虚张声势。"

"关键是事儿小，他不在乎。这点事对他来说，根本不叫个事，反以他不拿我们当菜。"教导员话里有一种无奈。钟好笑笑，道："有让他哭鼻子的时候，不急，慢火攻，早晚有一天他会受不了的。"

教导员被钟好说得有点儿兴奋，脸上神情飞扬起来。把赵岩这样的人物关在这里，对他们是很有压力的。

"看钟队的了，但愿能把他的气焰打一打。"

钟好他们来到提讯室，不多久，两个管教带赵岩来了，奇葩的是一男一女。一般带男嫌疑人，是两名男管教，一男一女钟好还很少见。起先以为是看守所人手紧，后来才知道，这是赵岩的特殊要求。这家伙到了看守所，提了一大堆特殊要求，不满足就啥也不配合。教导员还告诉钟好，赵岩对这名新来的女管教特别有兴趣，每天都要缠着见她一次，非常烦人，不让见又不行。

"你们快把他弄走吧，再关下去，我怕出问题。"这是谈话结束后教导员私下跟钟好讲的。

"姓名？"钟好等赵岩坐下，问。他发现赵岩最近苍老了许多，不管教导员他们说这人有多张狂，在他眼里，关进来这段日子，赵岩变化还是很明显的。

钟好连问三遍，赵岩不说话，只是像看西洋景一样看着他。

"啥也不说是不，那我们就熬着，把凳子取掉，让他站着。"

两个管教不敢，你看看我，我看看你，然后齐齐地将目光看住钟好。钟好眼一横："拿掉！"

然后就拿掉了。

赵岩站着，脸上照旧是一副无所谓的样子，这种人最大的优点就是能装，对啥也司空见惯了。他摆出一副冷傲的姿势，貌似在看钟好还有啥手段。

钟好其实是没手段的，手段是啥，手段其实就是经验，是面对不同嫌犯时的不同心理。但赵岩毕竟是因医闹进来的，不过是一个有污点的人，这不是审问犯人，审问犯人他有底气，面对赵岩，他没有。或许以后会有，但现在没有。

钟好对自己有点失望，感觉来得太仓促了点，功课没做足。僵持了一会儿，钟好觉得不能再僵持下去了，说："我知道你把所有人都吃定了，你也知道我们拿你没办法，事实上我们也没想拿你怎么样，好，这样才好，你在里面，好吃好喝地过活着，我们呢，隔几天来慰问一下你，反正这次严打时间长，一时半会儿也停不下来。你呢，就作为我们一份战绩，摆在这里，也好让我们对上级有汇报，对那些还想到医院滋事的，也是个警告，连赵大老板都关进来了，他们哪个还敢？就这样吧，你安心待着，我们走，还懒得跟你磨呢。"

说完钟好真的起身，要走。同行的大刘以为是计，坐着没动，钟好突然火了："还坐着干什么，让他看笑话？"

"等等。"这当儿，赵岩出奇地说话了。

钟好一怔，步子停下。赵岩跟着说："都说你是把斧子，能横砍，还往往能砍到地方上，今天还真见识了。不过这几斧子不怎么样，我就赖这里了，你不舒服是不，不舒服就把我送回去，怎么请来的怎么送走。"

钟好心里一暗，嗓子里忽然一阵憋，就跟吞了只苍蝇似的。以为计谋成功了呢，原来还是让人耍了。同行的大刘一路无话，明显是在同情他，快到公安局时，钟好猛然发火："见我碰钉子开心是不，我还不信啃不下这块骨头了，掉头，去找他老婆！"

"不是个味啊，一定是哪里出了问题。"第二天钟好跟于局坐一起时，钟好说话的语气就大不相同了，充满了疑问。

"什么问题？"碰钉子的事于局已经知道，钟好找范欣然的事他也知道，听说昨晚钟好还请范欣然喝咖啡呢。他知道钟好已经有了新发现，他要的就是这效果。

"总感觉他这次进去有点不大对劲，我们好像把什么疏忽了。"钟好说。

"菜放久了就不好吃，案件也一样，但放久了有放久的好处。"

钟好凝了下眉头，越觉得于局是借助赵岩在寻找什么。

"他不会是企业经营不下去，在里面耍死狗吧？"钟好故意道。

"依你之见呢，海天情况你是最清楚的，最近你也没少调查，既然话题拉开了，我们唠叨唠叨？"

钟好心里暗暗一喜，看来于局还真是有其他想法啊。趁着劲儿，就把自己对海天的调查还有一些看法谈了出来。

海天经营出现一系列问题，尤其最近，海天的三个分厂陆续关门停产，工人放长假。上周召开的全市经济工作会议上，市里已经对海天发出黄色预警，弄不好是要拖累整个银河经济的，包括今年税收，能不能按期完成也很成问题。这些都还是能承受得了的，大不了就是市里财政出现缺口，干部工资拖欠几个月这样的惯常性问题。更骇人的就是大个子目前查的这案，这可是海天埋下的一个炸弹。海天颐养园集资案一天不解决，银河的稳定就是句空话。

据相关部门反馈过来的信息看，海天颐养园集资涉及二千一百四十二人，涉案金额高达十二亿六千万。十二亿六千万啊，这样一笔数目庞大的资金，说不见就不见了，让人拿跑了。目前市里仍然坚持封锁消息，不敢透露资金被转移走的信息，只说是资金全压在了重离子项目上。那些受骗者心里还有要回来的希望，所以不上街不聚众闹事，是他们还相信政府。要是哪天知道，这笔钱早就不知去向，压根就追不回来，这些人还不得疯掉？

两千人，十二个多亿。钟好禁不住又打了一个寒战。

他甚至想，这次赵岩进去，方方面面之所以保持缄默，一个人也不跟他打招呼，跟这不无关系。赵岩早就不是那个企业家赵岩，也不是赵纪光的儿子，他成了一颗炸弹，不，一颗核弹，哪个敢在这个时候不识时务地引火焚身？大家甚至巴不得他能把赵岩关一辈子呢。

赵岩很可能也是吃透了大家的心，索性不找任何人，也不跟你公安配合，外面不好过，我就躲里面，看到时烂摊子谁来收拾，反正他是肯定没能耐收拾了。逼急了，鱼死网破，平地惊雷，给你炸出个天坑来。

钟好说的这些话，在于向东心里激起了层层波澜。的确，他抓赵岩是有目的的，钟好分析得对，他怕的不是医闹，而是颐养园这个炸弹。

妻子和获为这事也是发愁得睡不着觉，她们学院不少人也参与了众筹，上到院长副院长，下到一些有名望的画家、教授，就连苏和获竟也瞒着于向东入股了五十万，卖画的钱，可见当初这事搞得有多大，有多疯狂。苏和获这辈子最不善于做的事，就是理财了，甚至有几分怕谈钱。她这样的人都被卷进去，足见此事波及的范围有多广。还有史晓蕾，以及至今不知去向的林其彬。

当然，按和获的说法，她是一时好奇，被院里几个画家鼓动，她还告诉于向东，这次受骗的一大半是他们这些教授、画家，书呆子，压根不懂经济不懂投资但手里又有几个闲钱的。于向东一下就明白，这是人家精心布好的一盘棋，是冲着特定目标来的。正因如此，他才更怕，要是一般老百姓，闹起事来还好整治，这些知识精英、社会名流要是闹起来，那可就……

险棋，到处都是险棋！

但于向东总感觉着，颐养园项目，不是外界说的这样。他手里有一份资料，是从一个秘密渠道转给他的。上面陈述的事实，完全跟外界传闻相背。颐养园项目表面是打着海天旗号，真正操纵的，却另有其人。这里面涉及一个关键人物：成卓然的女儿成思维。或者说，有人是在借颐养园项目，捞足了钱，然后再将这场灾难嫁祸给赵岩。

这才是他把赵岩"请"进看守所的真正原因，也是他继续将钟好留在身边不让他马上去缉毒队的原因。于向东想借副局长韦旭峰离开岗位这段日子，重点侦查一下颐养园。如果手头这份材料反映的是事实，那整个事件就完全逆转了，而且最终会指向成卓然。

这事他真是不敢想，后果太严重了。现在他每往前迈一小步，都得十二分的谨慎，甚至不敢将真实意图告诉钟好，而需要钟好自己去接近真相。

"他妻子怎么说？"乱想半天，思绪回到现实中，于向东问钟好。

"头儿，不瞒你说，起先我还真没怀疑啥，就是昨晚跟他老婆喝茶，他老婆表现得非常古怪。按说吧，老公抓进去这么长时间，她不会不闻不问吧，总得急吧，总得找人疏通吧，何况我这个落了架的前刑侦队长还主动送货上门，可你猜她怎么说？"

"怎么说，少用那么多废话，什么落架，什么送货上门，说正事。还有，不是说喝咖啡吗？"

"他老婆不喝咖啡，说闻不惯那味，这女人竟跟我一个口味，喜欢茶，天下竟有这样的怪女人。"钟好脸上又浮出一层怪诞来。

"怎么，对眼了，找到知音了？"大约是神经绷得太紧，于向东也拿怪话来缓解一下。

"晕，头儿你怎么说话呢？刚才说哪了，哦，他老婆的态度。头儿，我觉得这次他们是合起来演双簧，他老婆说男人的事她不管，她连公司都管不过来，那么多人找她要工资，她都快要疯了。男人犯了法，交给我们修理去，也好让他收敛收敛，懂点法。这话你信不？"

"信个鬼！"于局甩过去一句。这盘棋越下越乱，越下越看不出方向。布子的人太多，多到让他无法想象，每一个又都是高手，云山雾罩，暗影连连，真是挑战他的极限啊。

"对嘛，信个鬼，可是头儿，他们到底玩儿哪出啊？"钟好声音忽然低沉下来，脸上也不像刚才那么兴奋，急切、茫然，但又清晰。

后来钟好说："头儿，别急，给我时间，我一定会查个明白。"

然后钟好就失踪了，地鼠一样一头钻进了地里。一周后他突然打电话给于局，说："头儿，情况我摸得差不多了，我们真是让赵岩耍了，这家伙那天在医院闹事是故意的，他就是想进去。"

"你说什么，我听不大懂。"于局刚开完会，还在回局里的路上。

"我在说赵岩啊，那天他在医院，是故意往枪口上撞，他知道我们要打击医闹，所以才……"

"呵呵，果真是成心想进去！"于局有点高兴，钟好这把刀，关键时候还真是能扎出点血来，"你去哪儿了，一周不见人，亚雯四处找你呢。"

"我连着跑了几个地方，见了几个人，有重大发现啊，头儿。"钟好那边的声音很兴奋。

"那就抓紧回来，我要听详细内容。"

4

钟好是去了几个地方，省城海州，离海州七十公里的陈州，还有杭城。

他不是去发现什么，他是证实什么。

事实上，赵岩在看守所的表现，不只是激起了钟好的怀疑，更让钟好想到许多可能。一个人如果过于反常，那必是有不可告人的目的。赵岩这种一向张狂惯了的人，突然变得安静下来，不只是让人不习惯，更多，它会让你想到，这家伙绝对另有打算。

钟好想得太简单了，甚至有点粗暴，以为赵岩是因海天遇到从未有过的困境，遇到一大堆麻烦，或者是被人追债追急了，借故到看守所躲几天。但跟于局的一番交流，还有对海天的进一步调查，忽然让他觉出了自己的浅薄。赵岩是那样怕事的人吗？海天这几年是节节败退了，虽然外面听着一年比一年热闹一年比一年规模大，但这都是虚的，硬撑着给别人看的。可这种情况不只是海天，如果把当下一大半企业拉出来，尤其很叫得响的大企业大集团拉出来，怕没一个不是这种境况。

肾虚。钟好忽然想到一个词，头重脚轻，身体摇晃，像一个虚无一样立在那里，用来迷惑人用来吓人。

钟好在调查中忽然发现，海天之所以上马重离子项目，并非他脑子发热，其实也是被情势逼的。如果项目真到了三河手里，赵岩不去争不去夺，海天的日子将会很不好过，不是说章笑寒就能把项目搞起来，而是凭借这项目，章笑寒就彻底成了药界老大，以他的性格还有野心，海天只能被吞掉，根本不可能再有发展空间或是机会。赵岩反其道而行之，借用父亲赵纪光的力量，不惜代价，真的是不惜代价，从章笑寒手中夺过项目，其实是给自己争取一个活下去的机会。

而这些，对从未经商也不懂商的钟好来说，要想明白真需要一个过程。

钟好为此付出了长达五年的时间，五年里他其实从未间断过这样的思考，但以他一个警察的思考力穿透力，要想看清企业界那些神神秘秘的事，真的是太难了。但钟好真的在进步，他从一个对企业一窍不通的刑警，变得对商界风云、商界黑幕能层层解剖了，对弥漫在商业大潮后面层层叠叠的雾霾，各种交易各种较量各种套路，也算是能看得清看得明了。同样，对自己从来不关心的官场那些事，现在也变得越来越着迷越来越入味。钟好都搞不清现在自己是警察还是别的，但他知道这个方向是对了。而且还远不够，要想真正把银河上面这铁一般的盖子揭开，这些，远不够。

钟好是在借助一些力量，他不是一个人在战斗。这里面不只是于局，还有一些人，不是很多，但个个跟他一样，铆足了劲儿，都在为揭开这个盖子努力着。

但他不能让这些人露出面来，安全第一。钟好现在越来越意识到这点。

这次去外面，是钟好突然有的灵感，赵岩何以能在看守所心安理得待下去，要么他在看守所还有其他目的，要么，他把外围所有的事都摆平了，不是按别人想的那样摆平，而是按他自己的计划与套路。

钟好想知道这些。

钟好这次找了三个人，海天前财务总监于桥雅，一个情商智商都不错的女人，最早跟赵岩一起创过业。后来两人掰了，准确说是因范欣然。于桥雅各方面都较范欣然优秀，而且有一种天生的气质，范欣然这个层面的女人没法比。范欣然防患于未然，趁一切还没发生时婉转地劝走了于桥雅。于桥雅目前开着一家会计师事务所，不只是对各家企业尤其这些有名头的企业情况熟，更重要的，她对赵岩知底。钟好从于桥雅这里，将自己对海天经营状况及起死回生的可能性又做了一次验证，于桥雅的说法证实了钟好的判断，海天之所以沾手重离子项目，完全是被章笑寒逼的。章笑寒等于拿这个项目把赵岩逼到了悬崖上，沾也是死，不沾更是死。依赵岩性格，当然是宁选沾了死，而不会将机会让给章笑寒。于桥雅说，这项目也不是完全没有搞起来的可能，但它需要两样东西，一是正规操作，二是认真对待，但赵岩偏偏缺少这两样，所以就……

于桥雅默了许久，仰起头道："他们这些人都被社会娇惯坏了，以为自己无所不能，以为权力会成就他们一切，在他们眼里，根本没有规矩，更别说正规。至于认真，他们有吗？不管是对事业还是对女人，有吗？没的，他们以为世界就是他们的，想怎么搞就怎么搞。结果就把自己搞成了这样……"

钟好问海天到底还有没有活路，能不能起死回生？于桥雅摇着头说："如果他爸在，或许还有一线可能，可现在别人恨不得将他赶尽杀绝，他还有心思继续去想这个项目吗？"

"你是说，他早就看透了？"

"他不傻，他比你们谁都精明。"

"那他会采取什么方式，毕竟项目烂他手里，巨额债务啊？"

于桥雅噗地笑了起来："你是真不懂还是故意装，他用的是银行的钱，烂也烂的是银行，他只要逃开便是，你真以为他会为项目负责到底啊？

　　钟好的心猛地被戳了一下，尤其那个"逃"字，他似乎听出什么来了。

　　去陈州是见普康制药的老总，可惜没见着，人家去了欧洲。秘书接待了他，也告诉了他一些事情。普康制药也是海东一家有实力的药业，名气虽比不得海天和三河，但也不能把它称作小企业。这些年海天和普康有过一些战略和技术层面的合作，尤其在技术研发和合作占领市场上，曾经联手搞出些大手笔。钟好认识普康的老板，跟他有一些私人交情。这家企业的老板曾经委托他追过两笔款，还让他暗中查过一些事。钟好去普康是证明一件事，海天是不是已经终止了各种形式的合作，包括以前的战略合作，都已退出。

　　秘书拿出相关账目，钟好看后便清楚，海天果然早就从普康抽走了资金，将持有的股份低价转让给了普康，而且变的全是现。

　　"这样啊。"钟好愣在了那里。

　　紧接着他又问："这些是他老婆做的还是赵岩自己做的？"

　　年轻的秘书问，这个有关系吗？钟好说很有关系。秘书犹豫一会儿道："应该是他自己做的，至少我听到的是这样。"顿了一会儿秘书又说，"我还听到一个内部消息，赵岩跟他老婆，早就没关系了。"

　　"什么？"钟好都无法形容当时的震惊了，这消息对他来说，简直是灾难。

　　至于去杭城，钟好就显得有些八卦。一开始钟好对赵岩和季小田的故事是不感兴趣的，赵岩这种男人，身边没几个女人，那才叫不正常。他不只是企业家，更有他父亲的传统。就算他天天泡在红粉堆里，钟好也能理解。这个社会的荒诞就在于，一件事看谁做出来，我们总是习惯于将罪恶跟身份对等起来，无权无势者哪怕多瞅几眼美女都觉得是罪恶，是不正常，而对于那些早已被名利被权钱浸泡得变形了的人，他们做什么我们都觉正常。有时候想想，社会的恶真还不只是来自于那些骄横跋扈者，更多时，它就来自于我们的认知，我们的习以为常。

季小田在杭城。

这居然是于桥雅告诉钟好的。当时他跟于桥雅谈到了赵岩的私生活，于桥雅优雅地一笑："你不是跑来调查我的吧？"说完还扮了一个鬼脸。钟好忙说哪儿跟哪儿啊。于桥雅也是那种经得起玩笑的人，见钟好真的没多想她跟赵岩的关系，就道："外界都说他很花，我倒不觉得，男人嘛，逢场作戏的事总是少不了，但要说他对哪个女人都动情，这就有点污了。感情方面，他还是比较节制的，如果我判断得没错，截至目前，真正让他上了心的，怕也就一个季小田。"

"季小田？"这话从于桥雅嘴里说出来，钟好真是惊愕，不过于桥雅接着又道："其他我也不懂他呢，我跟他一起的时间并不长，他许多事，我真不知道呢，对季小田上心，也是一个偶然的机会听别人说起，季小田好像为他生下一儿子，他对这个儿子非常爱。"

"儿子？"这下钟好更震惊了。

"是啊，小家伙叫啾啾，三岁了吧。为了这个小宝贝，赵岩真是费了心，东躲西藏的，不容易啊。"于桥雅语气里好像有一种掩不住的同情。钟好感觉，于桥雅对赵岩那份情，并未彻底死掉，看似她是彻底离开了海天，离开了赵岩，但钟好总感觉，她还在留恋着什么。

"躲，干吗要躲？"钟好不大明白地又问一句。

"不躲能行啊，范欣然能容得下他们母子？"

钟好暗暗一笑，女人跟女人间的战争，真是一部看不懂的天书。就连于桥雅这样的女人，也还是走不出争风吃醋那种低俗。

不管怎么，钟好还是决定去探个究竟。如果赵岩跟季小田真的生下儿子，可能普康制药那位秘书的话，就有几分可信度。

地址是钟好费了很大一番劲才找到的，于桥雅说，她只知道赵岩把季小田母子安顿在杭城，具体什么位置，她却无从知晓。钟好只好找杭城的朋友，最后是通过一家社区办的保姆中心，才知道季小田母子准确位置的。保姆姓刘，叫刘兰芳，也是庆河人，三十多岁，她说她在季小田家做了两年多。刘兰芳还从手机里翻出一些照片给钟好看，有小啾啾一个人的，也有季小田亲热孩子的，只有一张，是赵岩他们三个人的。钟好看完照片，冲前来帮忙的警界朋友说，她没说谎，我找的就是这家人。

跟着刘兰芳来到她工作过的地方，是一处藏在绿林深处的高档小区，花香四溢，隐秘而幽静，一看就是富人区。遗憾的是，钟好并没见到季小田和小啾啾。楼在，但人已不在，打听了一下，说是两个月前楼主也就是赵岩卖了房，将女主人送去香港了。钟好又问小孩呢，小孩子也去了香港吗？在小区里干了八年的老保安说，人家小孩就是香港生的，这次是连同他丈母娘一道弄出去的。

钟好又找到房产管理部门，从房屋交易中心证实了保安的说法。两个月前，赵岩的确出售了这套房屋，交易时间交易额都写得清清楚楚。这套房是四年前的八月购得的，房主居然用了赵岩自己的名而不是季小田。

钟好将此行的调查路线还有调查结果——报告了于局，于向东听得也是一愣一愣，既感叹钟好真有想法，一下能去见这么多人，更感叹对方总是棋高一着，而且老抢在前面。

钟好汇报完，见于局并没有批他擅自离岗的意思，有点情急地道：“头儿，我们得抓紧查两样事，一是赵岩跟范欣然目前的关系，尤其要查他们是否真的有出逃迹象。要真是这样，可绝不能手软，必须果断采取措施。二是我回来时路上想到的，赵岩故意进看守所，会不会跟柳春露有关？”

于局心里连着抖了几下，最近他也在反复想这些，尤其第一条。钟好怕是不知道，颐养园那项目，最近不好压了。局里还是想得太简单了些，以为让大个子担任集资案专案组长，开展调查，让外界以为，公安部门已经正式介入调查，就会让那些汹涌而动的暗潮暂时平静下来，至少不会发生大的骚动，也不会发生大的群访事件，各方都可缓下一口气来。对赵岩的延期羁押也是按这理由办的。谁知最近不知啥人放出一股风来，说颐养园项目根本不是赵岩搞的，赵岩的海天不过是担了个名，真正的幕后黑手却是来自新加坡西蒙睿的罗德。三天前有个叫"银河之星"的人突然在银河吧贴出一篇长文，题目就叫《层层迷雾后面的集资真相》，更是将这起虚假集资后的来龙去脉揭了个遍。文章刚一贴出，立马在银河引起了骚动。眼下文章虽然被删，但余波并未消除，相反有种一石激起千层浪的感觉。昨天下午四点，副市长成卓然将大局长和于向东叫去，要他们立即查出这个叫"银河之星"的人到底是谁，传播这样的造谣文章目的何在。同时要求他们加快对赵岩和海天的调查，将这起性质恶劣的非法吸存资金案查实查清，移送法院，必要时先行对海天所有资产包括赵岩个人资产采取扣押措施。

成卓然同时提到了赵岩有可能要外逃，要他们务必注意，加强防范。

"现在他爸死了，没人替他们撑腰了，好日子不再，又怕被追究被清算，保不准会丧心病狂，做出许多我们猜想不到的事来。"

成卓然昨天很激愤，可于局却觉得，副市长成卓然昨天有点歇斯底里。尤其是说到"丧心病狂"四个字时，于局还刻意往成卓然脸上多看几眼，他觉得成卓然说这话时表情神态跟这四个字是有几分像的。

也是昨天晚上，于局得到消息，赵岩被大个子带走了，连同上次一起关进去的五个同伙。具体带到哪，谁也不知道，大个子跟任何人都没讲，只说是赵岩涉嫌诈骗，要重新立案。于局一晚没睡，他不知道该不该找大局长过问一下，或者提醒一下大局长，后来他又放弃了，他必须装作什么也不知道，什么也不去打听。

但他内心里，却是十二分的焦急。他知道对方急了，要抢在真相浮出水面前，给集资案做一个了断。他现在满脑子想的是，怎么阻止，怎么尽快将真相还原出来？

沉吟好长一会儿，于局道："我同意你的看法，但眼下第二条没必要了，现在你集中精力去查第一条，一定要快，必要时候可以让你背后那个人走到前台来。"

"什么？"钟好吃了一惊，这是于局第一次在他面前提起背后的合作者。

"别瞒了，现在不是我们互相瞒的时候，钟好，情况非常紧急，有人又要玩偷梁换柱的把戏了，这次我们一定要阻止，不管对方是谁。"说着话，于局拳头狠狠握紧，脸上也显出从未有过的坚定来。

钟好郑重地看着于局，道："请相信我，这次他们没那么容易得逞！"

第十章

1

钟好一头扎进去，等再次出现时，已是这月的月末。

银河的热季已经过去，天气慢慢温和下来。

钟好走进于局办公室，兴奋地说："查清了，大突破啊头儿，极具爆炸性。"

"什么意思？"于向东刚送走一拨客人，回头关上门问。

"离了，他们早离了。"

"什么离了？"于向东还沉浸在刚才跟客人谈的事上，客人是市老干部局两位领导，来跟他通报情况的。关于颐养园集资案，市里最近神经都绷紧了，要求相关部门随时跟公安局通报情况，密切掌握动态，随时做好防范。可于局越来越觉得，所谓的防范不过是自欺欺人，风暴随时会来临，不，不是风暴，很可能是灾难。

"赵岩跟范欣然啊，他们一年前就协议离婚了，头儿，我们让他迷惑了。"

"你说什么，离了？"于向东手里的茶杯"砰"一声掉下去，整个面部表情僵住了。

"头儿你怎么了？"钟好这天完全处在喜悦中，对于向东的反应有点不可思议。

于向东还是没反应过来，又问一句："他们离了，可能吗？"

"是事实，头儿，他们的的确确离了，不过离得很平静，没吵没

308

闹，比我和乌梅闹出的动静还小。"钟好语气里还是掩不住兴奋，神情也有点眉飞色舞，居然能拿自己和乌梅开涮了。

于向东的脸黑住，像是在认真思忖钟好这句话。半天，在椅子上坐下来："简直不可思议，昨天还有人跟我说这事，我说扯淡，怎么可能呢，没想……"

昨天是有人跟他提及此事，而且是他也想都没想到的大局长邴如英。大局长将他叫去，先是跟他谈了颐养园项目的事，大局长心情很沉重，这是于向东很少看到的另一面。邴如英接手公安局后，只坚持一项，那就是稳。于向东其实很能理解大局长呢，一个人到了一定年纪，对官什么的基本就不向往了，因为结局已定。尤其大局长这种性格，一辈子都不喜欢争啊抢啊，他能坐到一把手位子上，完全是得益于别人抢得太猛，让上面无法取舍，只好选一个不争不抢的人来先平衡住各方。大局长曾经说过一句话，对他本人来说非常形象，鹬蚌相争，渔翁得利。大局长最近是有一种意向，想跟他交交心，谈点知心话，也谈点深层次的话。于向东能理解，人嘛，谁也不可能永远戴着面具活人，裹得再严的人，内心也有倾诉的愿望。尤其韦旭峰到党校培训后，大局长跟他这种接触突然多起来。

昨天他们谈到了赵岩夫妇，绕不过去。大局长说了一句让他似懂非懂的话："大家都说山雨欲来，可我反感觉他们很平静，好像早就做足了准备似的。"

他试探着解释一句："可能真到了这时候，他们反倒不怕了。人就是不知道结局，一旦结局摆到那里，反而会不慌不乱。"

"什么结局？"大局长问。

"万马齐喑，排山倒海，摧枯拉朽。"于向东一气说出好多个词。大局长微微一笑，后来又猛地倾起身子，"连你也这么认为？"

"不这么认为还能咋，难道他还有回天之力？"

"不，向东啊，我感觉这次你也被他们耍了，赵岩夫妇，没这么简单。你看看他们现在这态度，整个银河急得火上浇油，卓然市长都急得要崩溃了，他们呢，完全像个没事人似的，这里面有文章，有文章啊。"

于向东顺着大局长的话想了一会儿，他能感觉出大局长说的是肺腑之言。这么多年，他跟大局长之间，并无什么矛盾更无什么过节儿，很多事都是情势所迫，怪不得哪个具体的人，说穿了大家都是在池塘里游泳，拉不开架势摆不出姿势，当然也发挥不出啥本领，缩胳膊缩腿，为的就是既不伤到别人也不被挤到塘子外面去。大局长能突然跟他掏心窝子，令他感动。他道："难不成他们真的想一走了之，可现在这环境，他能走到哪去，去了还不得乖乖回来？"

大局长又笑了一声，说："走是肯定的，这么大的烂摊子，就算不清查，他们也无力回天，我说的是怎么走，一个人走还是全家走？"

"什么意思？"于向东突然感到大局长话里很有文章。

"金蝉脱壳，你一个老公安，这种小伎俩不会看不出吧？"

昨天他没敢跟大局长说得太深，办公室人来人往，他们的谈话明一句暗一句，都不挑开了说，于向东对大局长的意思领会得不是太透。晚上他跟妻子说起这事，和获帮他分析了一会儿，道："这家人很复杂，他们的招数可不是按正常思维能想到的，得往坏处想。"

坏处是什么？于向东想了那么多，但就是没想到赵岩夫妇会离婚。按说以离婚方式逃避企业债务是再平常不过的手段，太小儿科，玩这招的人太多了。但他坚信他们不会。这倒不是对赵岩多放心，而是范欣然。

于向东对范欣然感觉真是太好了，他甚至能肯定，如果不是范欣然，海天根本走不到今天，甭说上那么大项目，就是单纯的药业也经营不下去。赵岩压根就不是搞企业的料，他搞企业完全就是掠夺，欺诈，强取豪夺那套，哪管你什么规则。我要，我必须要。这就是他的经营理念。海天完全是靠范欣然那双手在打理，一次又一次地躲过灾难。范欣然还有一点，那就是绝不可能走离婚这一步。

不是爱情，爱情有时候很空洞。也不是责任，任何人的责任都是有限的，而且责任这东西，是双方的，一方不尽责时，另一方还能尽得起？是范欣然的性格决定的，直接说，范欣然输不起，她宁可维系千疮百孔的婚姻，也不会走出离婚这一步。

每个人有每个人的软肋，对范欣然这种女人，宁可心里烂洞，也要表面的风光表面的成功，她可以在其他地方输，但绝不该输在婚姻上。

可是现在钟好说，他们真的离了。

是他看走了眼，还是范欣然跟赵岩之间，发生了更可怕的事，足以摧毁范欣然维系家庭的决心？

"换个地方谈，我的神经有些受不了。"于向东拉起钟好，离开办公室。离婚这件事，在他看来比集资案还大，这里面牵扯到他对整个事件的判断，牵扯到对赵纪光一家的判断。如果把范欣然搞错了，等于将一切搞错。

还是那句话，他们已经错不起。

两人来到"绿林"，老板娘苏林紫不知情况，开了句玩笑："大白天的来这里，还穿着制服，不怕别人说你们上班时间闲溜达啊，让人打了小报告可不好。"

钟好恶恶地瞪一眼苏林紫，苏林紫吓得不敢说话了。

进了包间，于向东急不可待地说："怎么查的，到底怎么回事？"

钟好这次没找原来的合伙人，另辟蹊径，找的竟然是赵纪光前妻，沈绪岚！

"行啊你小子，越来越知道突破口在哪了。"于局由衷道。

钟好没笑，知道于局对这事很上心，接着又讲。

钟好去庆河，这次沈绪岚答应得很痛快，见他的第一句话就是："我知道你还会来，而且这次跟我女儿悦悦无关。"

钟好很老实地说："是跟她无关，我需要了解她弟弟赵岩的情况。"

沈绪岚说："你算是找对人了，甭以为我跟他们没关系，但是他们跟老赵有关系。他们造的每一次孽，我都替他们记着呢。"

"我就知道您是一个有心人，所以有问题就直接奔您老来了。"

"离婚的事吧，我知道你是为这个来，不用多问了，他们是真离了。"老太太说话非常干脆，好像准备好答案，等着钟好来拿一样。

这倒让钟好起了疑，老太太这表现可有些反常啊。

见钟好拧眉，老太太笑说："不相信是不，我也不相信呢，但事实就是这样。具体缘由我也说不清，我说了你也不信，还是去问她们吧，她们会告诉你详情。"

沈绪岚说的她们是指两个人，一个是柳冰露，另一个，竟然是范欣雨。钟好没问为什么，相信老太太每一句话都有道理，但他还是犹豫，找柳冰露没问题，他也想跟她再深入谈谈呢，可范欣雨？

沈绪岚看出他的心思，道："没关系的，欣雨找过我，专门为你来的。"

"为我？"钟好一下就又不明白了。他跟范欣雨只在医院见过面，虽然觉得这女人也很有城府，但两人交流得真不多，范欣雨为他找老太太，怎么听着有几分怪呢！

沈绪岚一点也不觉得怪，非常平静地说："是，为你。她对你印象不错，但还是有些吃不准，所以想在我这里印证一下。"

"哦——"钟好长长地哦一声，借以缓解自己的神经。

"你别哦，我怀疑她有什么事，需要你的帮助，但又不说出来。我呢，也不好多问，只是她问什么我回答什么，我告诉她，虽然我跟你只有过一次交流，但你靠得住。"

"知道为什么我要这么肯定你吗？"老太太又问。

"不知道。"钟好真的不知道。他感觉自己越来越掉进一个迷宫，根本找不到出口。

"宽叔，你是他的徒弟。我沈绪岚能看走眼人，宽叔不会，明白了没？"

钟好傻傻地看住老太太，不敢摇头也不敢点头。他在迷宫里左突右冲，原本指望让事件清晰一些，没想到越冲头绪越多，问题也越多。不过他很喜欢这种味道，哦，不是橡皮的味道。

沈绪岚这天谈兴真浓，接下来，她便饶有趣味地讲给钟好一个故事，她跟赵纪光还有范家一家的关系。

钟好不敢按原话复述，怕于局急，他挑重点的说。

老太太跟范家真是有关系的，如果不是她，范欣然不会走进赵家。虽然赵岩不是她的儿子。赵纪光抛弃沈绪岚后，开始是有些放不下心，通过儿子和女儿，给她带来各种问候，但老太太一概不接受，觉得烦。后来赵纪光还这么做，老太太就直接去找赵纪光。她跟赵纪光说，你也别觉得有啥对不住，做都做了，就不要再跟自己过不去了，你这样子让人看着可怜。男人嘛，敢做敢当，一脚踢出去，就甭朝后望，我死我活，你都甭往心上去。赵纪光说不，虽然离了，但她后半辈子的生活，他还得负责。

"负责？"老太太笑笑，"你能负得起？再说了，你想负还要看我乐意不，我能走出你赵家，就把啥也看开了。"怕赵纪光不信，老太太又接着开导，讲了一堆大道理，都顺着赵纪光的心思。说男人喜新厌旧，她很能理解，可惜是现在，要在旧时代，她都能替赵纪光把那个演员娶进来。再后来，已经过去很多年了，赵纪光发现，自己跟第二个妻子生的几个孩子相继出问题，又来找沈绪岚。沈绪岚真还没拒绝。她说："按理我是不该多事的，我自己生的我也没教育好，但念在他们都是赵家的孩子，我就多说几句吧。"于是就讲给赵纪光一堆管孩子的道理，其实听着是一堆，核心的话就几句，不要纵着孩子，不要老让孩子吃嗟来之食，那不好。给孩子金山银山，不如给孩子一根打狗棍，让他自己去觅食。赵纪光听着虽然对，但知道做不到。沈绪岚说做不到就别再来找我，说这东西说给能听得进去的人才有用。赵纪光果真有段时间没再来找。可是到赵岩谈婚论嫁的时候，赵纪光又来了，跟老太太讲了一堆的事，无非就是儿子这不争气那不争气，活生生一个败家子。沈绪岚笑笑："像他爹了，太像。"说完又觉太打击赵纪光，弥补道："就是本事没他爹一半。"

这话让赵纪光心里舒服了许多，认真跟她商量起儿子的婚事来。老太太倒也不谦虚，依旧像个母亲似的说："你得给他娶个强点的媳妇，得管住他，不要让他太过撒野，不然，你会毁在他手里的。"

赵纪光说："哪个女子能驯服得了他啊，怕是没有。"

她说有，范家就有一个。

范欣然真还是沈绪岚当媒婆介绍给赵岩的。老太太跟范家，要说也没啥深交，毕竟范家是大户，她呢，平民百姓的女儿，高攀不上那样的人家。但她有岳南。岳南跟范欣然的父亲也是好朋友，岳南每次来海东，可以不见赵纪光，但必须见范欣然家人。到后来，她跟赵纪光离了，岳南知道她落寞，只要来海东，必请她吃饭，跟她拉拉家常。跟范家一家见面，也是定要拉她去作陪。一来二去的，她就对范家熟悉了。知道范家是怎样一家人，也知道范家的闺女，是了不起的女儿。

那天老太太跟钟好讲了许多有趣的事，包括后来她怎么成为范家的座上客，跟范欣然的父母变得多亲近。老太太言语里流露出太多对范欣然的赞赏与爱，哦，是爱。

钟好跟听天书一样，不过有一样他是坚信了，那就是范欣然接受到的教育和做人标准，是赵岩根本无法比的。老太太把她介绍给赵岩，是拿一个受过良好教育且有良好教养的人去拯救赵岩，进而拯救赵家。

可惜，老太太还是失败了。她告诉钟好，这辈子她最不该做的事，就是保媒。

"我毁了欣儿啊。"老太太沉沉道。

2

钟好跟范欣雨的见面更有点夸张。从庆河回来，钟好尝试着给范欣雨打了电话，坦率地讲，他是没抱啥指望的，仅凭医院那点接触，就想从范欣雨嘴里听到真话，怎么可能呢？而且范欣雨给钟好留下的印象，太雅了。一个绝对跟八卦不沾边的人。打电话的时候，钟好脑子里还这么想。

没想到他刚把邀请两个字说出来，范欣雨就愉快地答应："好啊，钟大队长能邀我喝茶，不胜荣幸。"

钟好呵呵笑了笑，告诉她地方。

半小时后，范欣雨来了，打扮得十分素雅。天凉了，她穿一件黑色风衣，里面是窄窄的衬衫，米色，映衬得她皮肤越发亮。头发整齐地梳在脑后，打一个结，一张脸洋溢着干净的笑。

钟好特别注意到范欣雨手里那款包，一款看似低调但价格绝不简单的奢侈品，跟她今天的装扮特别相符。女人的精致不只是表现在她用什么样的香水，而是不放过任何一个细节，将若干细节完美而舒畅地结合在一起，不留一丝突兀和不协调，这才是真正的精致。

钟好想到一个词：品位。

"这地方好温馨啊，钟队是常客吧？"范欣雨笑起来也很讲究，专业训练过似的。

钟好选的是位于蝶江边的一家人文茶楼，他是在一次办案中无意发现的，这里环境幽雅，重要的是安静。从他坐的位置看过去，整个蝶江全在眼中，江水平缓而沉稳，两岸的风光若隐若现。以前他爱来这里，一个人要一杯茶，面对着江的方向，坐上一两个小时，感觉整个人能放松下来。干他们这行，身上的每一根神经都是绷着的，年轻时候他去健身房，要么练练拳击，要么打一通沙包，就能把内心积郁的东西发泄出来。随着年龄渐长，那种喧闹的地方越来越不爱去了，喜把自己交给安静。但这半年，他一次也没来过，根本就抽不出时间。

"请艺术家喝茶，当然要选一个有情调的地方。"钟好想起范欣雨的欣雨艺术工作室，笑说。

"艺术家，钟大队确定没请错人？"范欣雨又浅浅一笑，两道浓眉微微往上一挑，倒比医院里的她活泼了许多。

"我是个粗人，不会说话，也怕跟你们这些有格调的人在一起。"钟好实话实说。有时实话实说也能化解掉许多风险，明知道自己跟对方不在一个节奏上，如果硬去装，反而会让对方鄙视，不如坦诚地将自己的缺点说出来，对方至少会觉得你是个实在人。

"钟队这样讲就有些欺负我了，我有什么格调，典型的俗女子一个。"

"得，咱都不检讨了，要什么随便点，这里的茶还是很讲究的。"钟好将茶水单往范欣雨眼前一推，目光在范欣雨描过的眉毛上一掠，惊走了。她的眉是天生的特别，长而窄，两道弯镰不是描出来的，范欣雨只是浅浅地涂了一层淡色，这样让整个脸都显得活泛了些。钟好想起医院里见她时的样子，那时觉得她冷，忧郁，其实是没修过眉。不知是在微信还是在哪本书看过，这种先天性眉毛很浓轮廓又很充足的女人，内心深刻着呢。怪不得她能搞艺术。

"给我来一杯金骏眉吧，大红袍味道太重，我受不了。"范欣雨点了茶，将茶单又推给钟好，然后就双手托着下巴，安静地望着了钟好。

茶很快泡来，这里的茶真的很讲究，茶具也都是专门定制的。钟好呷一口，夸张地说了声："嗯，好茶。"然后跟范欣雨说，"家里事情都稳妥了吧?"

范欣雨自然知道他问什么，道："妥不了，我家情况您也知道，不乱上添乱已经很不错了。"然后又说，"家里有那样一对活宝，让您笑话了。"

"哪，各家有各家的难吧，我习惯了。"

"说得也是，您是警察，专门管他们的。"

"管他们?"钟好没听明白。

"我哥的情况也瞒不了您，我还听说，你们正在跟踪他呢。"

这话说的，一下让钟好无语，不知怎么接话了。只好端起茶杯，借以掩饰。

范欣雨又浅浅一笑："不好意思啊，说了不该说的，我也是被我那嫂嫂弄得心烦，不知跟谁诉说一下。"

"理解，真的很能理解。"

"谢谢。"范欣雨小饮一口。一双眼睛汪汪的，盯在钟好脸上。盯了一会儿，道："说吧，找我来什么事，钟队是大忙人，不会无缘无故请我喝茶的。"

"还真有事呢。"钟好也不想拐弯抹角，时间不容许，心情也不容许。"有件事想请你帮忙，关于你姐范欣然和她丈夫。"

范欣雨忽然定住了。已经捧住茶杯的手有点发僵，面部表情也瞬间僵住。钟好没急着说出来，怕遭拒绝，也怕太过生硬了，吓着她。

空气一时有些紧，两个人都有点不太从容。过了一会儿，钟好又试探性地道："你也知道，他们的父亲，还有公司……"

"您是说海天吧，跟我姐没关系。"范欣雨跟着道。

"怎么没关系，他们是夫妻呢。"

"早就不是了。"范欣雨说完这句，忽然往起里坐了坐，目光从钟好脸上挪开，投向窗外。

外面江水依旧平缓，两岸景色宜人。茶室里有曼妙的轻音乐声，那是一首很古典的曲子。

范欣雨望了很久，收回目光："我知道您叫我来的目的，也知道外界怎么评论他们，可这一切真的跟我姐无关，即或有什么问题，那也是赵家人的事。"

"他们是夫妻，又都在海天任职。"钟好强调一句。

"夫妻是没错，可也不能混淆啊，难道您夫人做的事，能追究到您身上？"

一句话，忽然让钟好无法回答。钟好有点被击中。

"对不起，不该提她。"

"没事，我们离婚了。"

"他们也离了，我也是最近才知道呢。我姐原本不想告诉我的，可我跟你一样好奇，几番追问，她终于还是说了。"

"我想知道详情。"

"没什么详情。只要是女人，怕都没法跟赵岩过下去吧，要说我姐能坚持到现在，也是奇迹。"

话题只要一拉开，接下来谈就容易多了。于是这一天，蝶江边这家人文茶社里，在曼妙轻柔的乐曲中，两个不太相熟的人，围绕着范欣然和赵岩谈了许多。他们谈到了爱情，谈到了婚姻，也谈到了男女各自的责任。钟好第一次发现，自己这方面并不是没有思考，更不是不能谈，真要谈起来，他的见解他的想法他对事物的态度还是蛮新颖有趣的。就连有着艺术气质的范欣雨也连连说，真想不到钟队您这样健谈啊，受益匪浅。

钟好并不觉得范欣雨是在调侃他，相反，这一天他对自己也很吃惊。他甚至想，要是早一点发现这方面的才能，他的这一生，可能就不是这样了。至少能多跟妻子乌梅交流，多掌握她的心思，也能让她懂得自己心思，他们的婚姻或许不会是这样的结局。

有多少婚姻毁在不交流或不善交流呢？钟好忽然想到了这层。

见他分神，范欣雨笑着道："我讲得好无趣是不，再讲下去，怕是您要瞌睡了。"

钟好忙检讨："不是，不是，千万别这么说，我听得入迷呢。"

范欣雨又是一笑："能让钟大队入迷的事怕是不多吧，我替姐姐感谢您。其实您应该约她的，她心里藏着很多话，但不知找谁说。"

"这样啊……"钟好想了想，又道，"现在怕是条件不成熟，再说我真约她，怕她不赏面子，还是你讲吧，讲得详细点。"

范欣雨接着再讲。

范欣雨告诉钟好，姐姐范欣然跟赵岩离婚，绝不是想逃债，姐姐是个很有责任感的人。他们的问题出在对待企业的态度不同，责任心不同，见解更是不同。一开始她是诚心帮赵岩，但后来发现，他们两个根本不在一个节奏上。赵岩根本就不拿企业当企业，在他看来，企业就是他一个舞台，他是借这个舞台谋取自己利益，他要的东西太多，但都跟企业无关。"他应该去当政客，而不是错误地创办海天。"这是范欣然原话。发现丈夫的问题后，范欣然并没灰心，想通过她的影响力，一步步将丈夫拉回头来。可这太难，后来她发现，根本不可能。于是借海天创办三巨之机，姐姐主动来到三巨，她开始按自己的意志经营三巨了。

"不对吧，三巨不是为了收购海二药设立的吗？"钟好问。

"开始是这样，赵岩的确是通过三巨完成了对海二药的收购，但很快，他就将海二药这一块全部转到海天，姐姐也不主张将三巨做成一家空壳公司，她对三巨，真是有感情呢。而且三巨对她来说，更有另一层特殊意义。"

"什么特殊意义？"钟好问。

"章笑风。"

"关章笑风什么事，他不是已经死了吗？"

"他活着以前，可以说，三巨发展到今天，基本是按章笑风的企业经营理念来的，钟队您怕是不知道，姐姐跟章笑风，还有另一层关系，她是章笑风的学生，更是他的崇拜者。"

"她是章笑风的学生，这有点胡扯吧，怎么都赶着往他身上凑？我只听说范欣生的老婆是他学生，怎么又冒出个你姐来？"

"她俩都是，而且都讨章老师喜欢。"

"这样啊？"

"对，姐姐答应过章老师，不管什么时候，她都不会让三巨变样，章老师没了后，她更是不让赵岩碰三巨，三巨在她心里，真的很重，您明白我的意思吧？"

钟好茫然地点点头，似乎明白，但又觉得不明白。

"我姐对笑风老师的敬重，怕是远远超过柳春露。这也是她力保三巨这块牌子不倒的原因，她既是为自己做事，也是为笑风老师做事，她如果真败了，那也是败给'情怀'两个字，这年头，做人真是不能有情怀的。"范欣雨又道。

钟好等于是让范欣雨上了一课。范欣雨的讲述中，姐姐范欣然的影子渐渐清晰，一个有着顽固情怀，一心想做成点事并且为了某种情怀跟自己丈夫越走越远，最终不得不分道扬镳。看来，他对范欣然的了解远远不够。

范欣然跟丈夫赵岩是离婚了，离婚原因大约有两点，一是赵岩执迷不悟，拿企业做复仇之剑，始终放不下跟章笑寒之间的恩怨，让范欣然十分失望。而且他大肆扩张，盲目发展，拿银行当自家金库，利用父亲的影响力，疯狂融资，拿到大把资金后又不用于企业发展，要么圈地，要么乱投资，反正大笔资金是从银行这边出，然后又流向莫名其妙的渠道，最后是钱不知去向，企业负债却越来越大，甚至成了灾难。尤其是重离子项目，范欣然从始至终是坚决反对的，为此他们不知吵过多少次架，赵岩一意孤行，根本听不进去，发展到最后，他们在家里根本不能谈重离子项目。也正是那个时候，范欣然多了个心眼，对三巨做了大手术。对企业更名，将原来的三巨联合变更成三巨股份，原股东章笑风和柳春露退出，范欣然将其股份收购，股东成员新增了范欣雨，还有范欣然的父亲。现在的三巨，完全跟海天脱离了关系。由于有父亲范哲明在，赵岩也不敢造次，他对三巨采取的措施就是不闻不问，完全由范欣然来经营。

钟好猛然明白，为啥范欣雨对姐姐范欣然以及三巨的情况如此了解，原来她是三巨的新股东啊。

第二个原因，就是女人。

不管是前高管兼合伙人于桥雅还是跟赵岩有过实质性关系的晏小语，都没能让范欣然对赵岩绝望。但季小田的出现，彻底激怒了范欣然。范欣然跟妹妹范欣雨说过这样一句话："早知道他会跟这小婊子搞一起，我还不如让于桥雅留在公司呢。"在范欣然看来，就算输给于桥雅，至少人家有文化有品位，她还能多少接受一些，可现在她输给了一个黄毛小丫头，这丫头刚到公司时，连妆都不会化，一化就化成了浓妆艳抹，血红的大唇，跟夜店女一样。至于学识和才干，那就更没的提。豆腐包子。范欣然这样评价季小田。

但她还是输给了季小田，而且赵岩根本不是玩玩就放手，范欣然根本想不通，赵岩为啥会对这样一个女人感兴趣，这样的女人简直一抓一大把，实在找不出她吸引赵岩的地方。最近范欣然不找了，既然不能让他回心，那就让他大大方方去爱吧。

于是范欣然毫不犹豫地提出了离婚。

钟好越听越乱，他也以为赵岩只是玩玩，没承想人家真还对季小田上了心，不明就里地问："是啊，他看中季小田什么呢，难道就因季小田给他生了个儿子？"

范欣雨莞尔一笑："不懂了吧，其实你们男人应该懂的。"

"什么意思？"钟好觉得跟范欣雨这样的女子聊天很长见识，她能在不惊不乍中将一件充满变数的大事讲得如和风细雨。

"要我说，还是怪我姐，太强势了呗。"她盈盈一笑，钟好长长地哦了一声，感觉这个也还真能算是理由。

"您想想啊，赵岩是谁，他能忍受得了事事都要被人管天天都要别人监督他，受不了的。没错，我姐是一片好心，但她总是一副真理在握不听她的话便如何如何的样子，赵岩能不烦吗？所以出现季小田这样啥也不懂啥也不说只知道偎他怀里一声接一声发嗲的货，赵岩不当成宝贝才怪。"

"人啊，缺啥补啥。"范欣雨又叹一句。

钟好就被她这些理论给糊涂住了，不由得再次想起乌梅，她缺啥呢？

3

钟好查到的这些信息令人鼓舞，尤其赵岩的家庭状况还有海天跟三巨的关系，可以帮助于局厘清许多关系，也更能知道保护什么打击什么。有件事钟好并不知道，于局夫人苏和荻是范欣然父亲范哲明的学生，苏和荻在海大读研时，深得当时的校长范哲明欣赏。范哲明对西方美术史懂得不多，他的专业也不是这个，他对和荻的注意，是在当年海大举行的一次中西文化论坛上，苏和荻发表了非常有见解的演讲，谈到了许多新颖的观点。正是那些独到而颇有说服力的观点，让范哲明对和荻刮目相看。后来和荻还被选为海大博士生代表，跟着范哲明一起出访过英国，在英国几家大学作了关于中西方文化对比的演讲。毕业到现在，和荻跟校长的联系并没有断掉，师生之间的情谊随着老校长的退休越发浓。和荻最近突然关注起赵家一些事，跟范哲明有很大关系。于局之前收到的那份关于集资案事实真相的举报材料，就来自范哲明之手。是去省里时，范哲明特意找到他，亲自交他手上的。这，于局不敢告诉任何人，更不能在钟好面前提。

于局一直害怕，范欣然会被赵岩连累，那样的话，查处案件时，他内心会有矛盾。和荻虽然没跟他多说什么，但每次提及此事，必要婉转地表达一下她的可惜。于局非常理解妻子，和荻不知是受前校长的影响，还是跟范欣然有其他一些接触，她对范欣然，是非常有好感的。她也知道不能拿自己的好恶影响于局办案，所以每次都是既想多谈，又怕多谈。听了钟好的汇报，于局心里好受多了，好像钟好此行替他卸掉了一个包袱。

但是集资案的事情还是困扰着于局，到现在，除了范哲明交给他的那份材料外，他这边还真没有什么来为范欣然洗清不该有的罪名，钟好此行，也没在集资案上有什么新的发现，等于一切都停留在原位置。这让于局欣喜之外多少有点失望，他指望钟好能在这方面有突破呢。可市里局里，对此案却是动静越来越大，大有快速灭火的趋势。大个子他们这几天已经忙疯了，除对赵岩加紧审讯，想从他身上攻破外，大个子们还从外围展开了调查，已经有好几个银行高管被带去。

这些，都让于局忧心忡忡。因为大个子们所有的举动，都奔着一个方向，那就是认定集资案是赵岩一手策划的。就在钟好回来的前一天，大个子带人已经封了海天下面几个厂子，对赵岩的个人资产，银河这边的别墅，省城海州一套别墅还有一套房，以及赵岩名下三辆车，上次也依法全部封存。海天集团账号，账面资产全部冻结。

昨天于局还跟大局长郱如英起了争执。于局认为在集资案主体还没查清以前，对海天及赵岩本人做出种种限制，是有违办案精神的，更有预设先行、未查先定之嫌。郱如英给了他这么一句："查封也是没办法的事，没听说他要逃吗？他要真逃了，你和我都无法交差，银河也会大乱，这责任，我们都担不起。"

从不为赵岩说话的于局，昨天破天荒地替赵岩辩解起来。他道："逃，我觉得可能性为零。而且我觉得赵岩想逃，也是有人故意放出的风，是误导我们办案。"

"理由呢？"大局长冷冷地问。

于局一激动就说："就算他不在乎重离子，或者按你所说，把重离子项目责任推别人身上，但颐养园呢，那可是个炸弹。他纵使再有背景，再胆大，再不在乎什么，这样一颗炸弹埋在那，他能走得开，敢走？他应该清楚，现在没人能保得了他，他父亲已经不在了。"

于局把不该讲的都讲了出来。是的，赵纪光的死，某种程度上标志着一个时代的结束，对赵岩赵一霜他们，更是意味着另一种命运的开始。

大局长不跟他争，而是从另一个角度说："如果他是清白的，他就更应该配合调查，他什么也不说，怎么查？问题还是出在他本人身上，越抵抗事情会变得越糟。现在封存他的资产，也是对他及海天的一种保护，这个，别人懂不了，难道你也不懂？"

一句话，忽然启发了于局。

可是此时此刻，面对钟好，于局那种侥幸就不敢有了，或者说，他也怕事情朝另一个方向发展，万一有人强行要给赵岩栽这份赃呢？

钟好就知道于局的死结在这里，清了一下喉咙说："头儿你还是没真正搞清海天，或者被它庞大的外壳迷惑，大家都说颐养园是赵岩搞的众筹项目，但据我分析，这真的不关赵岩什么事。这个炸弹他根本不怕，就算引爆，炸得血肉横飞的也不可能是赵岩，而是另有人在。"

"分析不管用，得有证据！"于局声音严厉起来，他对分析还有判断真的不敢再抱热情了，必须短时间内拿到铁实证据，才有可能去阻止大个子，进而阻止事态朝可怕的方向发展。

这一瞬间他又想起了章笑风，三角楼事件后，就因他和钟好拿不出证据，不得不逼迫承认，章笑风就是"血狮子"。

于局怕那样的悲剧再次重演，而且目前形势对赵岩和范欣然极其不利。

就在昨天，钟好给他打电话前半小时，他还在会场，参加的就是市里一个高规格小范围会议，会议讨论的主题正是颐养园集资案。市里有几名受骗的副地级干部，带着他们的家属去了北京，由于是老干部，盯防的人根本没注意，就算注意到也不敢截访。所以，这事还是让捅了出去。虽然上面还没啥处理意见，但就怕风波闹大。市里一再要求，要及早着手，拿出应对办法。主持会议的领导还专门跟他说，要将赵岩盯紧点，不要在这节骨眼上出什么差错。他懂领导意思，昨晚他专门到第一看守所，就赵岩的安全问题重新做了部署。

钟好越听越不对劲，心里大叫，反了，一切都搞反了。一种跟于局差不多的预感冒出来，钟好脊背有点发凉。

跟于局有点相似，钟好本来是很恨也很烦赵岩的，随着调查的深入，竟然有些恨不起来了，相反，觉得赵岩挺冤，挺能被别人坑。

"上面没说要把他怎么样吧，是不是你们已经内定了什么？"他心一狠，将担心的话问了出来。

"怎么说话呢钟好，哪来的这些思想？"于局被烫着一般，连连否认，心里同时惊讶，钟好现在是越来越直接也越来越把一切看得穿。

于局这样一说，又让钟好误解了，像是吃了炸药似的道："头儿，感觉我们俩没在一个节奏上，怪不得我讲的你听不懂，你讲的我又认为不全面，我们信息量占有的不一样，信息渠道更不一样。头儿你听得太正，你是会开多了，汇报听得也多了，所以脑子里就一点真的都没了。这样吧，先不说这个，你得告诉我，我现在能不能见赵岩，找他了解一些情况算不算违规？还有，这次我要一个人去，谁也不带，我要跟赵岩单独谈。"

于局被难住了，想了半天，终于咬牙道："可以，这方便我给你，出了问题我负责。"

钟好没见到赵岩。到了楼下，刚发动车子，电话响了，是曹亚雯打来的，钟好接起。

"老大你在哪儿？"

钟好说："我要去看守所，会会赵岩。"

曹亚雯惊讶一声："老大你去哪个看守所，赵岩早就不关在一所了。"

"什么?"钟好已经发动起的车子猛地熄火,脚狠狠地踩在刹车上,声音粗重地问:"告诉我,他关在哪儿?"

"人早被大个子带走了,目前关在哪儿,谁也不知道。"

"扯淡!"

淡字还没说出来,曹亚雯的声音又响起来:"老大你快到蝶江花园来,范欣雨这边有新情况。"

"你别一惊一乍好不,我没时间,等我回来再说。"钟好压了电话,一踩油门,车子离开了公安局大院。

曹亚雯还在对范欣然和范欣雨姐妹俩做调查,这是于局的安排,以前钟好不理解,现在他算是理解了,从范家姐妹入手,还真能查到不少东西呢。钟好正想着,电话又响起,瞅了一眼,这次居然是范欣雨。

"钟队快救救我,他们要带走我老公。"

"什么?"

范欣雨的老公就是那个调查记者,叫李念。三年前他开始介入颐养园项目的调查,似乎挖到不少内容,但因方方面面的压力,关于颐养园集资黑幕,非但一个字也没发出去,三个月前他还被相关部门请去谈话,勒令他停止调查。李念哪能甘心,这也是一个有血性有正义感的男人。

"谁要带走你老公?"钟好追问一句。

那边的范欣雨哽着嗓子说:"刚才我家里来了一伙人,说我老公涉嫌非法控制林其彬,硬是把他带走了。"

"林其彬,你说什么,再说一遍。"钟好浑身为之一震,花这大力气找不到的林其彬,竟然会被李念控制,这太不可思议了。

"钟队你快来吧,有些情况我也是刚刚知道。"

钟好不敢犹豫,掉转车头就往蝶江花园去。蝶江花园也算得上银河档次高的住宅小区,位于城西蝶江公园边上,傍水而建,环境十分优雅。里面一半是高层建筑,一半是二层的小别墅。钟好赶到那里时,已是四十分钟后。温涛候在小区门口,看见车子,冲钟好挥了挥手。

"到底怎么回事?"温涛刚一上车,钟好就问他。

"简直一部魔幻剧。我们到处找不到林其彬,原来是被李念关在他家。"

"他关林其彬做什么?"

"据他妻子讲,是为了查清集资案。李念认定,林其彬了解整个集资案全过程,更知道许多黑幕,所以林其彬从季文韬手里逃走后,他就将林其彬弄到了这里。"

"林其彬那天真是被季文韬从医院带走的?"钟好又问。

"这个可以肯定,大侠在医院看到的是事实,可惜他没能追上季文韬。季文韬将林其彬带到庆河,关在一家倒闭的酒吧里。林其彬毒瘾发作后,竟然从酒吧天窗里爬了出来。不料在购买毒品时,撞到了李念手里。"温涛将了解到的情况大致告诉钟好。钟好思索一会儿道:"看来他比我们更清楚,更知道从哪里入手。"

这个他显然是指调查记查李念。

温涛陪着钟好来到范欣雨家,是独立的一幢小洋楼,有个小院子,院子里长满了植物,还开着几种非常鲜艳的花。家里狼藉一片。从现场情况就能看出,刚才这里发生过什么,有多过激。楼门被撞坏了,屋里乱七八糟扔满了东西,书、纸张散得到处都是。二楼书房里,电脑也被砸坏,一个书橱被弄翻了,上面的收藏品有的碎了,有的滚落在地上。

陪他进来的范欣雨暗淡地说,电脑里有关东西都被删了,他们还不过瘾,将家里所有硬盘还有U盘一并收了去。

"它们可都是我老公十几年的心血,真正跟集资案有关的并不太多。"

范欣然并没到这里来,陪着范欣雨的是她一名助理,大学毕业一年,人很单薄,此时脸吓得发黄,瑟缩在屋角不敢发声。曹亚雯走进来说,是大个子亲自带人来的,他们开了搜查令。

又是大个子!

钟好楼上楼下转了一圈,发现第一看守所女管教齐小染也在场,有点惊讶。齐小染就是光头李活见于局时说的那个"个子不高，留齐耳短发，走路爱哼民歌"的女警。

"你怎么也在这？"钟好问齐小染，印象中好像齐小染并没从看守所调出。

齐小染垂下头，目光扭过去，不敢跟钟好对视。显然她对自己出现在这里，也觉得不妥。

范欣雨见状赶忙道："她是我表妹，我小姨的女儿，当时我真是急坏了，那么多人扑进来就抓人，我只好向她打电话求救。"

"这样啊。"钟好目光从齐小染身上离开，小地方就这样，七拐八拐，几乎所有的人都能扯上亲。

"林其彬呢，也被他们带走了？"

"没，跑了。"曹亚雯说。

"跑了？"钟好简直想笑。这家伙真能跑啊，一次次的居然都能跑成功。

"李念可能知道他们要来，提前将林其彬转移到了一楼，一楼后面还有道门，李念很明显不想让大个子他们抓到林其彬，他抵挡大个子他们的空，林其彬从后面那道门逃走了。"

"目前有消息没，抓到了吧？"钟好又问。

"还不清楚，没跟大个子联系过，也不能联系。"曹亚雯将后面这句说得更重。

"你老公怎么回事？"其他事了解得差不多后，钟好问范欣雨。

范欣雨说，她也不大清楚，李念调查集资案，一直是瞒着她的。她家有两套房，这套平时不怎么住。她在工作室那边还有一套楼房，平时都住那边。李念呢，他是一个人四处跑，单位也不在银河，哪儿有案件他就往哪儿去，夫妻俩见面的机会并不是很多。如果不是今天李念打电话，她都不知道他回到了银河。

"真不知道？"钟好觉得这话可信度太低，从他进来到现在，范欣雨脸上神情一直不自在，跟他目光接触时，也都躲躲闪闪的。这里面肯定有假。他判断调查集资案的事范欣雨一定知道，说不定是他们早就谋划好了的。从现在情况看，大个子分明是想将集资案的全部责任定性给赵岩，钟好不知道他们有什么证据，有一点却很清楚，大个子现在是完全听命于他未来的岳父了，一手把赵岩带了去，另一手又伸向调查此案的记者，个中用意，不言自明。但钟好不能乱说，他甚至有点后悔来到这地方，接下来他该怎么收场呢？跟大个子对着干，显然不明智，于局也不会答应。但对发生在蝶江花园的这起带人事件一言不发，又不是他的性格。

就在他犯难时，于局的电话来了。钟好离开小洋楼，来到小区院子。

"你在蝶江花园？"于局问。

钟好说是。

"那边情况怎么样，真的又让林其彬跑了？"

于局居然没批评钟好，让钟好心松下来。他说："亚雯说是跑了，现在抓没抓到，情况不了解。"

"应该是没抓到，刚才邹锐已经向局里汇报，大局长的意见是必须全力缉拿林其彬，不能让他再漏网，这人危害性很大，你们几个合计一下，那边的事先放一放，现在必须全力以赴找到林其彬，你明白我的意思不？"

钟好想了想，突然明白过来。于局这话的潜台词显然是要他们抢在大个子前面，找到林其彬。

"明白，我马上带人去找，他上不了天。"

4

林其彬真的上了天。

连续三天，钟好他们近乎用排查式的方法，将银河所有可能吸毒藏毒的窝点全查了过来，仍然没有大个子的消息。所有的线人也都问过了，包括响马湖的溜秋，也都说没见到这人。大个子这边同样没有消息。

钟好这才知道，他们对林其彬，的确是小看了。林其彬对银河地下毒品市场，非常熟悉。钟好不得不怀疑，所谓当初章笑寒让林其彬帮其建立老鼠会一说，并不怎么成立。这个老鼠会，极有可能就是林其彬一手布下的。章笑寒当年亲近林其彬，不过是想把林其彬这个网络拿过来，为他所用。

大侠证实了这点。

大侠这段日子也没闲着，从医院出来后，他只做一件事，追踪林其彬。当年在三角楼，林其彬出现过，但大侠一直不敢确定。那天在楼上，他所处的位置不好，没能看清林其彬的脸，但看清了他的背影。医院急诊中心，大侠一看到林其彬，马上便想起三角楼那一幕，他的心为之一振。五年来，虽然腿脚不方便，但只要到户外，就时刻留意着那个背影，没想到终于让他在医院看见了。有个声音更是顽固地刻在了他脑子里。三角楼那天，章笑风正要交易时，里面突然传来一声："他是线人，条子的卧底。"就这句话，引起了那天的大乱。章笑风夺路从舞厅那边跑过来，但下楼的路已被封死，他们在进口处安排了好多人。

大侠看到有人亮出了刀子，有人在抄板凳，领头的黑脸大汉扬言要把章笑风从窗口扔下去。

果然就有人扑过去，章笑风掉头往大侠藏身的这边来。

毒品这一行，你卖贵了瘾君子们不生气，你不出货他们也拿你没办法。但线人、条子几个词，对这帮瘾君子来说，就是在要他们的命。一旦你的身份泄露，他们恨不得活扒了你的皮。

情势非常危急，大侠如果再不施救，章笑风很可能真就被活剥了。

本来那天大侠跟章笑风是能逃脱的，楼的另一侧，靠近家属区那边，有道小门，非常隐秘，是钟好他们提前弄好的，遇到紧急情况，可从那边跑出来，一旦到了外边小平台，营救的人就有办法让他们安全脱离。可章笑风不认识大侠，那天的章笑风太慌乱了，他也绝对没想到跟他一道进去的林其彬会认出他，会出卖他，仓皇逃跑中，误将大侠当成了对方的人，大侠还没来得及说话，章笑风掉头又回去，可那边哪有出口啊，一群恶魔一样的人阴森森地望着他，个个眼里全是杀气，章笑风无路可逃，竟一头朝那扇窗撞去。

大侠情急地朝他扑去，试图抓住他，但这时那伙人已经逼近了，他们不可能给大侠和章笑风活路，大侠只有心一横，闭着眼睛跟章笑风一同往下跳……

五年了，大侠可以忘掉别的，但那个背影，那一声，如何能忘掉？那天在医院急诊中心，看到林其彬的背影，大侠还不敢太确认，等林其彬跟史晓蕾吵起来，要从史晓蕾包里抢钱，张口大骂史晓蕾时，大侠再也不怀疑了。是他，就是他！

大侠同时告诉钟好，五年前的老鼠会，他们又有了新发现。老鼠会是网吧老板胡星一手建立的，胡星表面上开网吧，背后却干着贩毒的勾当。林其彬跟胡星是同乡人，胡星比林其彬大十多岁。两人早在三角楼事件前就打得火热，胡星网吧出过事，几个小年轻干架，差点闹出人命，是林其彬帮胡星摆平的。当时林其彬跟史晓蕾热恋，又深得赵纪光赏识，是银河的大红人，出面摆平这点事，对他来说简直小菜一碟。胡星为了感激林其彬，常常请他喝酒聊天，两人的交情随之密起来。胡星也想抓住林其彬，想仰仗他。可惜好景不长，林其彬移情别恋，激怒了赵纪光。后来林其彬离开政府部门，下海经商。当年创办华科外贸的钱，一大半还是胡星出的。

胡星？这个名字一出，钟好本能地就想起发生在深圳的那起车祸。当年追查"血狮子"，胡星突然失踪，随后在深圳遭遇一起离奇车祸……

这里面，莫非有其他原因？

大侠接着又告诉钟好，当年成思维唆使林其彬投靠章笑寒，其实也是章笑寒跟成思维他们玩的阴谋，目的就是通过林其彬之手，将胡星创建的老鼠会全盘接过来。谁知林其彬表面上对章笑寒唯唯诺诺，暗里却留了一手，他想将老鼠会据为己有，以此来跟章笑寒抗衡。章笑寒哪容他这样，于是才出现了季文韬。

章笑寒让季文韬加盟三河的目的，并不完全是冲着老鼠会，大侠说，他们找到两个关键证人，有充足的证据证明，当年季文韬是担负了另一个使命的，用引诱和胁迫等方式，让林其彬和成思维染上毒瘾。

"让成思维染上毒瘾？"钟好听得心惊肉跳。

"是啊，老大你想不到吧，章笑寒真正要控制的并不是林其彬，而是借助林其彬跟成思维的关系，让成思维吸毒。他这招太狠了，只要计划得以实现，成卓然这边，就完全由他操纵了。"

"原来这样！"钟好头发根都竖了起来。

"可惜，道高一尺魔高一丈，他们的计谋还是被成思维识破，成思维这才一脚踹开林其彬，又投入到罗德怀抱里去了。"

"罗德？"大侠这天爆出的料太多了。

"是的，罗德。我们在调查林其彬时发现，所谓的集资案，根本跟赵岩和海天无关，完全是成思维一手策划的。西蒙睿是跟海天联合投资，但这都是章笑寒一手操作的，罗德其实是个骗子，他在新加坡什么也没有，所谓的投资商，完全是章笑寒一手包装出来的，当然，也借用了成卓然的影响力。成思维踹了林其彬，迅速跟罗德打成一片，两人没出一个月，就上了床。接下来，罗德利用西蒙睿，演了一出诈骗大戏。"

情势越来越复杂，钟好不敢耽搁下去，此事已经涉及不该涉及的人，尤其是成卓然父女。他紧急将情况报告给于局。于向东听完，长久地沉吟着不作声。钟好并不知道，就在两个小时前，于向东收到两封电子邮件，竟是调查记者李念发给他的。李念好像已经意识到自己的危险，所以赶在大个子他们抓他前，将这些年调查来的资料包括全部证据交给了于向东。

大侠说得没错，集资案真是成思维和罗德联合导演的，背后主谋就是章笑寒！

"你想怎么办？"半天后，于局问钟好。

"马上对章笑寒和季文韬采取措施，同时对成思维进行监控，以防狗急跳墙。"

于局微微一怔，但没马上表态。钟好急了："头儿，不能再犹豫了，现在情况很明显，有人利用大个子，想把集资案栽赃给赵岩，我们必须抢在前面把这个盖子揭开。"

"你以为有那么容易？"于局冷冷地问。

"头儿，不管容易不容易，现在有足够的理由对章笑寒和季文韬采取措施，如果你怕担风险，我去！"钟好说着真要走，于向东喝了一声："你想干什么，你以为措施是想采取就采取的？章笑寒是谁，他是省人大代表，全省著名企业家，对他采取措施，要办各种手续。"

"那我去办？"

"你去哪办，市人大？笑话，这事得陆子铭批，懂了没？"

一句话让钟好泄下气来，他真把章笑寒当成普通人了。

办公室的空气忽地冷下来，两个人都不说话，钟好看看表，他进来已经有一个小时零十二分钟，大侠几个还在外面等着呢。他掏出电话，想打给曹亚雯，让他带大侠他们先回去。于局突然抢过他的电话，将拨出的几个号删了。

"有件事我一直瞒着没告诉你，赵纪光有毒瘾，吸了很多年了，应该是他老婆胡梦之染给他的。"

"啊？"钟好又是一惊，目光恐怖地看在于局脸上。

"而当年让胡梦之染毒的，就是章笑寒！"

钟好真是惊得不知说什么了，他以为自己离真相很近，原来却是……

半天后他几乎爆着粗口道："这王八蛋，怎么都用这一手呢？"

"他在报复。"

"报复？"

"是。"于向东重重道了一声，又说，"还记得海二药收购案吗？章笑寒的父亲并没吸毒，章三河一生最痛恨的就是毒品，他跟两个儿子立下规矩，谁沾毒谁就滚出章家。但没想到的是，最后他的死，是以吸毒之名做的定论，我这么说，你明白不？"

钟好大张着嘴巴，感觉喉咙被什么堵住。难受半天，才怯怯道："您的意思，章笑寒是以其人之道还治其人之身？"

于向东却没回答，他的眼里一片苍茫，抑或还有许多说不清道不明的浑浊，无法清澈。走到窗前，对着窗外的天空看了半天，缓缓回过身来："钟好，我们查的不是一起案子，对付的也绝不是一个人，这案子有多复杂，我都搞不清。盘根错节，四下蔓延。现在又涉及成思维和她父亲，你说，凭我和你的力量，能扳倒这一棵棵大树吗？不，是一大片森林！"

钟好不知怎么回答了。此时的他，脑子近乎空白。不，杂陈着无数难以名状的东西。恐惧，愤慨，震怒，各种滋味都有。

就在这节骨眼上，他的电话叫响。接起一听，是曹亚雯打来的。

"老大，你快出来，林其彬出现了，他去找史晓蕾要钱，两人打起了架，史晓蕾心脏病发作了。"

"什么?!"

图书在版编目（CIP）数据

棱镜 . 2 / 许开祯著 . -- 北京：作家出版社，2017.4

ISBN 978 - 7 - 5063 - 9436 - 9

Ⅰ . ①棱⋯ Ⅱ . ①许⋯ Ⅲ . ①长篇小说 – 中国 – 当代

Ⅳ . ①I247.5

中国版本图书馆 CIP 数据核字（2017）第 082871 号

棱镜 . 2

作　　者：许开祯
责任编辑：田小爽
装帧设计：百丰艺术
出版发行：作家出版社
社　　址：北京农展馆南里 10 号　　邮　　编：100125
电话传真：86 – 10 – 65930756（出版发行部）
　　　　　86 – 10 – 65004079（总编室）
　　　　　86 – 10 – 65015116（邮购部）
E – mail：zuojia@ zuojia. net. cn
http：∥www. haozuojia. com（作家在线）
印　　刷：北京明月印务有限责任公司
成品尺寸：152 ×230
字　　数：290 千
印　　张：21.25
版　　次：2017 年 6 月第 1 版
印　　次：2017 年 6 月第 1 次印刷
ISBN 978 – 7 – 5063 – 9436 – 9
定　　价：39.80 元